사랄랄라
랄라라

사라랄리
랄라라

초판 1쇄 찍은 날 | 2016년 7월 21일
초판 1쇄 펴낸 날 | 2016년 7월 28일

지은이 | 다미레
펴낸이 | 예경원

편집 | 유경화 · 안유진

펴낸곳 | 예원북스
등록번호 | 제396-2012-000132호
등록일자 | 2012. 7. 25
YRN | 제1-0153호

주소 | 경기도 고양시 일산동구 호수로 646-24 위너스21 Ⅱ 206A호 (우) 10401
전화 | 031-819-9431 팩스 | 031-817-9432
http://cafe.naver.com/yewonromance
E-mail | yewonbooks@naver.com

ISBN 979-11-5845-172-1 03810

다미레 장편소설

YEWONBOOKS ROMANCE STORY

사라랄라 랄라라

예원

C • O • N • T • E • N • T • S

프롤로그

2개월 전.

제법 소란스런 장소이건만 정중앙에 자리한 두 여자는 추억의
CF를 찍고 있었다.

"가!"

"……."

"가란 말이야!"

무턱대고 가란 말을 하는 유정의 목소리는 술 취한 이치고 제법
강단 있고 매서웠다.

"대체 어딜 가라는 거야?"

"이씨…… 너 만나고 되는 게 없…… 어…….."

"유정아, 정…… 신 좀 차려봐."

미미는 반쯤 엎드린 채로 눈앞의 술잔을 노려보는 유정의 어깨를 강하지 않게 흔들었다.

"놔! 어딜 만져! 배신녀 주제에."

"뭐어?"

"넌, 안이안이 아니라 배이안이다, 오늘부로."

미미의 손을 털어낸 유정은 자세를 고쳐 대번에 일어났다. 짧지 않은 시간 한쪽 뺨을 테이블에 대고 있던 유정의 뺨은 원숭이 엉덩이마냥 붉디붉었다.

그 모습이 우습기보다 안타까운 미미는 말하는 자체가 무척 조심스러웠다.

지금의 유정은 마치 깨지고 부서지기 쉬운 유리공예품 같았다. 겉으로만 봐서는.

"이안이가 어디 있다고 찾아? 일어나, 가자."

유정의 몸에 손을 덴 미미의 양손은 야멸찬 거부로 힘없이 떨어져 내렸다. 술 취한 이치고는 힘이 좋아도 너무 좋았다. 마치 숨길 수 없는 애증과 켜켜이 쌓인 분노가 차력가의 괴력으로 전환된 듯했다.

"가! 가…… 라구!"

"그래 같이 가자, 가."

주위 보는 눈이 많아 얼른 이 자리를 벗어나고픈 미미는 유정의 술주정에 열심히, 즉각적으로 대답을 해주었다.

"배신녀는 이 우유정이 사절이니까."

유정은 일반 맥주잔보다 훨씬 작은 유리 술잔을 노려보며 유난히 붉은 입술을 쭉 내밀었다. 얼핏 봐서는 술에 완전히 잠식당한 이로 보이지 않았다.

"어떻게 우정이 변해?"

이젠 거의 정상인의 범주에 들 정도로 멀쩡해 보이기도 했다.

"너만 사랑 찾아가면 그만이야? 남은 사람은 어쩌라고! 넌 우리 상총사가 아무것도 아니지! 그래 넌 옛날부터 상총사란 이름도 질색하면서…… 촌스럽다고 싫어했어. 나쁜 년!"

"유정아……."

이젠 걱정보다 허탈감을 느끼는 미미는 매일이다시피 반복되는 절절한 아쉬움과 통렬한 그리움. 끝없는 부러움 그 비슷한 감정으로 울부짖는 유정을 안타깝고 안쓰럽게 바라봤다.

정신이 멀쩡한 낮에는 어떤 기색도 않는 유정이 술만 먹으면 기나긴 상총사의 역사와 의미를 읊으며 35세에 비로소 유부녀가 된 친구의 이름을 이렇게나 부르짖었다.

중2 초 국어시간, 사춘기 여린 소녀에게는 민감한 가슴이란 단어를 이안이 좋아하는 국어 선생님 앞에서 언급한 철부지 길정민을, 이안이 가늘지만 쭉 뻗은 다리로 사정없이 갈겼을 때 우리 모두의 인연은 시작되었다.

그때 촉발된 지독한 연정으로 길버트는 미친 앤으로 통한 이안을 마침내, 그러니까 두 달 전에 기막힌 모험으로 손안에 넣었다. 지금 이렇게 맥없이 쓰러진 유정의 노력과 오래된 진심과 헌신으로.

그 찬란한 노력의 대가이자 한 남자의 인간 승리는 오늘 이 순간, 이 자리를 만들었고.

두 사람이 이 같은 톰과 제리 패턴으로 추적하고 추격하며 지낸

지도 어언 2개월. 2개월 동안 유정은 용산 8군 근처 술집이란 술집은 완벽히 마스터했고 그런 친구 때문에 미미는 이태원 약국과 편의점, 골목골목을 제집처럼 들락거렸다.

오래전부터 알고 있었다. 유정에게 안이안이 어떤 존재인지.

요새 단어로 말하면 이안은 유정에게 걸크러쉬 그 자체였다.

친구 이전에 흠모와 동경의 대상이었고 닮고 싶은 멘토였으며 아스트랄한 유정의 사고 체계에서는 더할 나위 없이 최고이자 최상의 완성된 알파고 인간형.

다소 개인주의적이고 냉소주의인 이안만 보면 전남편을 거론하며 딴죽을 거는 듯한 유정은 실상은 이안을 의지하고 몹시 좋아했다. 상총사의 실질적인 리더이면서도 편파적으로 둔하디둔한 단순 종자 안이안은 이 사실을 절대 모를 테지만.

"나쁜 년!"

"……"

"색광, 색마에 소시오패스 길정민한테 넘어간 몹쓸 기집애!"

"……"

"넘어가란다고 그렇게 홀라당 넘어가냐! 그러면서 뭐 임신!"

아무래도 술과 배신감으로 인해 정신이 뜨문뜨문. 오락가락하는 듯했다. 미미는 더 이상 두고 볼 수 없었다.

"유정아, 그만하고……."

"안이안!"

"우유정, 너 거기까지만 해. 안 그럼 나 정말……."

"축…… 하한다, 임신."

정도를 넘는 표현이 나올 것 같아 순간적으로 입을 막으려던 미미는 그대로 고정이 된 채 유정을 쳐다봤다. 이번엔 애끓는 진심과 애정, 충성 모드가 술기운을 뚫고 나온 듯했다.

"……!"

유정은 눈물을 흘리고 있었다. 술주정인지 울분인지, 아니면 감격인지 모를 정체불명의 눈물을.

"진심으로 축하한다."

유정은 여전히 자신 앞의 술잔을 노려보며 어쩌면 악어새의 눈물인 듯한 모호한 눈물을 흘렸다.

"악의 기원이자 엽기적인 인간 길정민이 매일 죽자고 널 안으려 들면 그 스키니한 몸땡이로 잘 피해 다니고……."

이젠 앞에 있는 술잔이 이안이인 양 달래듯 충고하듯 속삭였다.

"절대 잡히면 안 되겠지만 한집 사니까…… 잡힐 공산이 크긴 하겠지."

그 같은 영상이 눈에 잡힐 듯 선명한지 유정은 피식 웃었다.

"여튼 잡히면 조심하는 차원에서 하루 죙일은 안 된다고 하고. 그런데도 색광이자 색신 길정민이 덮치면…… 길정민! 이 자식 맨날 맨날 덮치기만 해봐! 내가 널 응징……."

마치 공약을 하고 웅변을 하는 듯한 유정은 순간적으로 고개를 돌렸다. 미미는 안 그래도 큰 눈을 더는 커질 수 없는 사이즈로 만든 유정이 무서웠지만 내색 않고 마주했다.

"미미야……."

"그래. 정민 씨 없는데 무슨 소린들 못하겠어. 오늘 이렇게 다 풀고 내일부터는 우리……."

"이…… 안이가……."

"그래, 이안이가 왜? 걱정돼서 그래? 괜찮을 거야. 정민 씨가 이안이를 얼마나 아끼겠어? 금지옥엽에 어화둥둥 내 사랑 할 테니까 이제 그 커플 걱정은 그만하자."

진심은, 본심은 이렇게나 여리디여린 게 유정이었다.

언뜻 보면 클 만큼 커서 닳고 닳은, 약고 약은 어른 같지만 실상은 솜털 보송보송한 우유 멘탈 우유정.

"이안이가……."

유정은 세 살배기 아이처럼 제 속내를 숨기지 못했다. 삐죽삐죽. 울먹울먹. 금방이라도 우수수 떨어져 내릴 것 같은 호수 같은 눈물방울.

"……너무 ……부러워! 나 부러워서 돌아버릴 것 같아!"

"뭐…… 어?"

"대차게 팔자 좋은 기집애. 바람 쐬러 괌도 아니고 하와이를 가다니! 난 남자랑 바람 쐬러 양평까지밖에 못 가봤는데! 그랬는데!"

방금 전까지 주인 잃은 강아지마냥 애틋했던 유정의 눈빛은 지금 현재 질투와 시기로 격렬하게 불타올랐다.

"너……."

"그리고 그 인간들 하와이 바람 맞으면서 엄청 할 거 아니야!"

"뭐…… 라고?"

"와이키키 해변가에서도 하고 내가 좋아하는 해먹에서 할리퀸 로맨스 한국판 찍으면서 그 에너자이저랑 좀 많이 하겠냐고! 아, 부러운 년! 전생에 나라를 구한 년! 도대체 왜 나한테는 그런 훌륭한 사이코가 들러붙지 않는 거야!"

유정은 이안에 대한 분명한 질투, 부인할 수 없는 시기심으로 격렬하게 울부짖었다.

"도대체 왜! 내가 뭐가 부족해서!"

"……."

"내가 안이안보다 얼굴이 부족해? 아님 재산이 부족해? 그 인간한테 밀리고 딸리는 건 고작 이 가짜 가슴 하난데! 그리고 가슴은 수술해서 안이안만큼은 아니라도…… 이봐! 봐줄 만하잖아!"

"우유…… 너 정말……."

"왜 나한테는 그런 엽기, 광기에 쩌든 남자가 안 붙냐고! 대체왜! 무엇 때문에!"

처음에 안쓰럽고 측은했던 마음은 어디 가고 늘 그렇듯 허무하다 싶을 정도로 허접한 엔딩에 미미는 말을 잇지 못했다. 그러다불현듯 현재 그녀들의 위치가 자각이 돼 친구를 질타하기보다 어르고 달래서 어서 이곳을 나가자 싶었다. 창피해서 더는 머물 수가 없었다.

"그만해. 여기가 집도 아니고……."

"그래, 그러니까!"

그러니까란 말의 진위를 이해 못한 미미는 유정의 시선을 놓치지 않았다.

"왜 이태원 술집에서 나한테 대시하는 놈이 없냐고! WHY?"

"하아!"

"탐스런 꽃을 봤으면 머리 검은 놈이든 머리 노란 놈이든 뭐든와서 득달같이 아님 대차게 유혹을 해야지 않겠냐고! 내가 지금여기서 몇 날 며칠 술을 마시는데도 봐! 오늘까지 한 놈이 없잖아!한 놈이!"

유정은 고개를 쭉 빼고는 펍 안을 부지런히 두리번거렸다.

"대체 어딜 가야 길정민 같은 성스런 약장수를 만날 수 있는 건데!"

이 순간 미미는 유정의 등짝을 시원하게 후려치고 저 저급한 입을 닫게 해줄 추억과 기억 속의 진상, 이안이 미치게 그리웠다. 또 절절히 필요했다.

"죽으면 썩어 없어질 이 몸뚱이, 왜 나는 남들 반의반, 아니, 십분의 일도 써먹지도 못하냐고! 도대체 와이! 와이 낫?"

저 정신 산만에 궤도 이탈자 우유정을 케어하고 처치, 저지할 이는 역시 상총사의 리더 이안이밖에는 없는 듯했다. 그런 의미로 이 순간 혼자서 기혼자가 된 친구가 눈물 나게 보고팠다.

"나 혼자 상한 우유를 어떻게 감당할지⋯⋯."

이 순간 어디선가 누군가가 짠 하고 나타났으면 했다.

진상 유정의 바람과 희망대로 사회, 경제적인 능력보다 그저 잠자리 기술과 고수위 스킬을 타고난. 아니라면 수많은 경험으로 체득하고 습득해 길정민보다 더 강력하고 막강한 누군가가 나타나 제발이지 유정의 저 타는 듯한 목마름을 해갈시켜 해주었으면 했다.

진심으로.

1

정오도 채 되지 않은 용산 8군의 컨테이너 사무실.

어디 가도 절대 꿀리지 않을 듯한 으리으리한 덩치의 남자와 남자의 고주파 레이저 필 눈길을 고스란히 받고 있는 여자의 한 컷은 기이하면서도 흡사 밀레의 만종처럼 경건하기까지 했다.

"19중대 대대장한테 보고할……?"

"그건 아니 되옵고."

"……."

중대 거론으로 놀란 유정은 얼떨결에 사극 버전으로 답했다. 그런 유정을 남자는 답답한 듯 또 걱정되듯 쳐다봤다.

"……계속 지각할 겁니까?"

"그럴 리가 있겠어요? 인간이라면."

처음에 이은 두 번째 엉뚱한 답에 남자는 한숨을 삭이는 듯했다.

"그제도 그렇게 말을 한 건 기억을 합니까?"

"아니요."

유정은 이번에야 비로소 정상적인 답을 했다. 그 모습에 안도한 듯한 남자는 여전히, 오로지 정수리로 답하는 유정을 향해 달래듯 말했다.

"대체 밤마다 술을 얼마나 마시고 다니기에 술통을 빠진, 퍼부은 듯한 냄새가 진동을 하는 겁니까?"

"체질인데요."

"뭐요?"

"술을 한 잔만 마셔도 하루 종일 술 냄새가 나는 건 타고난 성정만큼이나 유순하고 유약한 제 저질 체력 때문입니다. 몸도 맘도 기준 이하로 여리여리한 제가 특히나 해독을 관장하는 간이 나쁜 관계로 알코올 분해가 잘 안 돼서요, 치프."

유정은 일명 소도둑놈이라 지명하고 명명한 치프와 눈도 맞추기가 싫어 사무실 바닥만 죽어라 봤다. 이 자식은 부산 하얄리아 캠프로 간다는 둥 그렇게나 신바람 나는 공약을 하더니 대체 언제, 어느 타임에 간다는 건지 알 수가 없었다.

제발 좀 빨리, 멀리, 완전히 가버리면 싶었다.

간다고만 하면 사비를 털어서라도 기차게, 기막히게 송별회를 열어주며 유종의 미로 KTX비까지 내줄 용의가 있었다. 제발 간다고만 한다면!

"여리여리하고 유약한 사람이 술은 왜 그렇게 먹고 다닙니까?"

이 인간이 미쳤나. 지가 알아서 뭐 한다고 캐묻고 난리야. 하며 유정은 버럭 소리를 지르고 싶었으나 옆 사무실 벽에 귀를 대고 있을 미미가 생각나 심신을 안정시키려 복식호흡을 했다. 유정은 고개를 들어 눈앞의 필립 정을 담담히 쳐다봤다.

사실 소도둑놈이라고 치부하는 건 좀 오버이긴 했다.

허나 한 번 소도둑놈은 영원한 소도둑놈이다. 제아무리 살을 빼고 제법 사람의, 수컷의 형상을 갖췄다고 해도.

"앞으로 자제하겠습니다."

이 자식아! 라는 말을 살포시 덧붙이고 싶었으나 침과 함께 간신히 씹어 넘겼다. 그런 유정을 걱정스레 쳐다보던 필립은 알 수 없는 음산한, 음침한 시선을 접고 어제 접수된 한국군 카투사 지원 대장 서류 및 급한 서류를 우선적으로 검토해 점심까지 올리라 말하고 사무실을 나갔다.

문이 닫히고서야 유정은 게슴츠레했던 눈을 크게, 맑게, 타고난 그대로 아름답게 떴다.

"꼭 저렇게 얼굴을 직방으로 대면하고 얘기해야 직성이 풀리지……"

자리로 돌아와 앉은 유정은 늘 그렇듯 고마운 일인용 책상 칸막이에 기대 숨을 돌렸다.

어젠 정말 술을 먹을 생각이 2%도 없었는데 오랜만에 소모임 앱에서 만난 여자들끼리 번개가 있었다. 반강제로 나간, 실로 인류애와 동지애가 발하는 뜻 깊은 자리였다.

유정을 향한 미친 스토커의 칼부림이 있던 날, 본능적으로 몸을 날린 이안 덕분에 심하게 유희적이지만 그만큼 유해적이기도 한 소모임을 눈물, 콧물과 함께 탈퇴했다. 그렇다고 그곳에서 만난 심신, 그중에서도 하반신과 자궁 내부가 심하게 공허하고 메마른 언니 동생들까지 죄다 인연을 끊고 살 수는 없었다. 그러기엔 그녀들의 삶과 밤이 처절하게 외롭다는 걸 알았다.

"길 부인, 난 너처럼 그렇게 매정한 인간은 아니라고……."

유정은 한숨과 함께 중얼거리다 핸드폰을 집어 들었다. 핸드폰 옆구리를 누르자 바로 익숙한 사진이 풀 죽고 기 딸리는 그녀를 반겼다.

볕 좋은 어느 날 강원도 길가에서 세 여자가 있는 대로 얼굴을 들이밀고 붙이며 찍은 사진. 유정은 각 잡은 천하 절색 모드. 미미는 청순 탈을 쓴 청승 모드. 그리고 새로운 지명을 하사받은 안이안, 길 부인은 제 고유의 캐릭터대로 시니컬하니 오만상에 불만 가득한 투덜이 스머프 모드.

뭐, 투덜이 탤런트 이서진보다 더한 종자가 길 부인이니까.

"이런 표정을 하는 기집애를 뭐가 좋다고…… ."

사실 사시사철 뚱하다 해도 길 부인은 결코 밉지가, 밉상이 아니었다. 오히려 적당히 삐뚜름하고 도도해서는 친구란 사실이 자랑스럽기만 했다.

사진 속, 삐뚜름한 표정 어딘가 이안은 웃고 있었다. 그게 유정의 눈에는 보였다.

생래적이고도 태생적 투덜이가 그녀와 미미가 말하는 건 그게 뭐든 다 들어주고 받아주었다. 제삼자인 타인이 보기엔 늘 반기를 들고 친구들을 무시하는 불통의 리더로 보일 수 있지만 실상은 그렇지 않았다.

"심미안 길정민, 보석 보는 눈은 있어가지고."

손을 놀려 갤러리로 가니 찍어놓은 사진들이 봇물처럼 이어졌다.

사진들 속 야수 길정민의 단단한 품에서도 역시나 뚱한 표정을 한 채 태양을 피하듯 카메라를 피하고 있는 길 부인이 있었다. 표정과 다르게 길정민이 쏟아붓는 사랑 비에 흠뻑 젖어 마침내 만년 설산에 꽃으로 활짝 핀 친구는 비주류 특유의 소장 욕구를 불러일으키는 독특한 아름다움이 만개해 있었다.

안이안이 길정민한테 받는, 오랜 세월 직접 보고도 믿지 못하겠는 그 미스터리한 우주적 사랑을 유정도 누군가에게 받아보고 싶었다.

늘 애태우길 기본으로 그녀 혼자만 애달파 기대하고 기다리는 사랑 말고 이제는 동등하고 동일하게, 사랑하고 사랑받는. 시린 등이 아닌 따듯한 눈빛과 뜨거운 가슴이 전부이자 먼저인 사랑을……

"자는 겁니까?"

눈을 뜨니 소도둑놈이 눈을 동그랗게 하고 쳐다보고 있었다.

"아닌데요."

"아니면요?"

사이코 자식! 아주 코를 박아라, 박아!

유정은 일정 거리를 유지하기 위해 자연스레 고개를 빼며 말했다.

"분해가 덜된 알코올이 위장에서 탈수기 돌 듯 헤집고 있어서 묵묵히, 차분히 온몸으로 견디고 있습니다, 치프."

유정은 그 말이 사실인 걸 적극 홍보하기 위해 배를 부여잡고 있는 대로 인상을 썼다. 그러자 소도둑놈은 좀 더 지켜보더니 제자리로 돌아갔다.

"염병! 아주 눈에 새길 듯이 보고 앉았어요. 이쁜 건 알아가지고."

들고 있던 핸드폰을 내려놓은 유정은 비로소 깨알 같은 서류를 마주했다.

8군 소속의 미군이 아닌 정기적으로 들어오는 한국군이나 민간 외부인들의 패스를 접수하고 발급해 주는 패스과는 일이 상당히 많았다. 치프인 필립 정을 빼고도 세 명의 인원이 매일같이 접수를 받고 빠진 구비서류로 인해 신청을 한 이들에게 확인 전화를 걸기 바빴다.

당초 올해 9월 평택 험프리 캠프로 순차적 이전을 하기로 했던 계획은 진행 중이나 완전 이전은 2020년으로 연기돼 유정과 미미도 평택에 사놓은 오피스텔을 월세로 돌려놓은 상태였다.

기지 앞에 사둔 매물은 운 좋게 미군들에게 렌트돼 월세가 짭짤했다.

사실 어서 빨리 평택 캠프로 내려가 새로운 환경에 적응하고도 싶었다.

늘 믿고 의지하던(불만 토로와 단점 들춰 사방치기로 깎아내리기?) 이안과 도무지, 도대체가 분리 분립이 되지 않아 미미와 함께 새로운 공간에서 새 역사를 쓰고자 했는데 이마저 뜻대로 되지 않았다.

"어서 빨리 출산을 하든가 해서 아주 그냥……."

매일 삼시 세끼 롱 타임으로 잡아먹혀 사는 것 같더니만 결혼 말이 나오고 바로 임신이 된 친구는 지금 하와이에 있었다. 야한 약장수 남편과 함께.

주식 폭등이다 뭐다로 연일 국내 주식 시장을 부산 자갈치 시장 버금가게 만든 사촌 녀석은 이 아수라장에서도 유유자적하게 제 심장이자 삶의 이유라는 헛소리를 하며 제 오래된 연인이자 아내를 데리고 떠났다.

그동안 일을 달고 산 이안에게 진정한 휴식과 안정을 주고 싶다나 어쨌다나.

사실 말이야 바로 해야지 이안을 숨도 쉬지 못하게 품고 물고 삼키며 빤 섹신 길정민이 할 소리는 아니지 싶었다.

"그러니까 사촌만 아니면 얼마나 좋으냐고. 괜히 끈끈한 DNA와 혈육으로 묶여서는……."

대체 어디서 그런 사랑스런 사이코패스에 악착스런 천하장사 변태를 찾아야 할지 영험한 도사님이나 풍수 학자에게 묻고 싶었다.

"색마를 잡으려면 강남으로 갈거나, 분당으로 갈거나, 아니면 일산으로 갈거나……."

"우유정 씨."

"네."

노래를 흥얼거리던 유정은 그대로 기립해 정색을 하며 소리 나는 쪽으로 고개를 돌렸다. 그러자 미스터 김이 고갯짓을 하며 밖으로 나가자는 제스처를 했다. 순간적으로 유정은 멈칫했지만 불필요한 하이에나도 아니고 신혼에 애처가로 소문이 자자한 미스터 김이기에 고민 없이 자리에서 일어났다.

사무실 밖은 그야말로 아흐! 야호! 하는, 알프스의 미니미 버전 가을이었다.

8군은 특히나 봄과 가을이 제맛이었다.

이 모든 게 저 울창한 나무들 덕분이었다. 아직 여름이 전부 물러가지 않은 어정쩡한 상태지만 더 이상 클 수 없을 정도로 큰 나무들은 조급하지 않게 가을 색으로 전향하고 있었다.

깊은 실연의 상처와 상심으로 허구한 날 술독에 빠져 해롱거려 몰랐는데 사무실 앞 작은 동산은 여느 삼림욕 못지않게 풍요롭고 풍성했다.

"오늘 이태원 가는 거 아시죠?"

"이태원이야 맨날 천날 가는 거 뭐 대단하다고요. 이태리나 이스라엘이면 모를까. 아님 니가 가라, 하와이?"

"훗!"

입사 전부터 찬란한 미모로 정평이 난 유정의 이미지를 단번에 배신하는 저렴하고도 노골적인 멘트에 미스터 김은 역시나 재미있다는 듯 웃었다.

미스터 김은 입사 선배이긴 하지만 나이가 격하게 어린 관계로 말투나 느낌은 다른 직원들보다 대하기가 편했다. 또한 매일 진을 치다시피 하며 껄떡대는 무리들과 달리 유정에게 일말의 흑심이나 연심이 감지되지 않아 나름 특별한 연과 자잘한 친분을 유지하고 있었다.

"그게 아니라 오늘 옆 사무실 치프 데릭이 본국으로 가서 송별 파티하잖아요. 이태원 릴리에서요. 미미 씨가 말 안 했어요?"

"리…… 릴리요? 이름이 왜 그리 구려요?"

구리다는 표현에 미스터 김은 역시나 배꼽을 잡고 웃었다.

"왜요? 저는 좋은데."

"무성영화 시대도 아니고……."

아무리 생각해 봐도 들은 적이 없는 듯했다.

유정은 순간 하이에나처럼 눈을 번뜩이며 옆 사무실 창문을 노려봤다.

요사이 한미미가 반항 아닌 반항을 하고 있었다. 아무래도 이 또한 안이안의 부재에서 오는 포지션 이탈인 듯했다. 늘 챙김과 내려놓음을 미학으로 사는 미미가 빈 둥지 증후군에 걸린 아기 새처럼 제가 챙겨야 할 유정을 제때, 올바르게, 따뜻하게 챙기지 않고 있었다.

쳇, 이 우유정한테 유별나다고 하더니만 저는 뭐 괜찮고.

어쩌면 겉으로만 무탈한 척하는 미미가 실상은 더 힘든 건 아닐까 싶었다.

그렇게 피하고 회피해도 운명처럼 찾아들은 사랑. 그 사랑을 미처 다 누리고 나누지도 못하고 선택한 원거리. 대륙을 넘나드는 사랑의 행로라니.

캬아! 사실 유정은 그 같은 로맨스라도 눈물 나게, 죽도록 부러웠다.

힘들지만 그래도 어딘가에 사랑이, 자신만의 남자가 있기에. 분명 존재하니까.

"……선물은 기념 코인이랑 데릭 좋아하는 야구 배트에 감사 문구 새겨서 준비했으니까 우유정 씨도 다른 사람들처럼 28,000원만 내면 돼요. 어차피 송별 파티는 데릭이 내는 거라 신경 쓸 필요 없고요."

"근데 왜 맨날 이태원이에요?"

"글쎄…… 그건……."

"이 좋은 날 야외도 있고 더 좋은 곳도 많을 텐데……. 아니다. 어디 가지 말고 일전에 바비큐 구워 먹던 부대 내 골프장 옆 picnic areal에서 해도 되고."

유정은 그곳이 백배 천배 낫다는 표정을 하며 눈앞에 동산에 시선을 두었다.

처음 8군에 입사해 디테일하게 돌아본 후 꽤 많이 놀랐다.

8군 안에는 별의별 게 다 있었다. 정말이지 작은 미국이란 말이 딱 맞았다.

번거롭게 이동하느니 차라리 부대 안에 있는 picnic areal(바비큐를 구울 수 있는 화로와 각종 장비, 시설이 구비된 장소)에서 시작해 이동 없이 끝내는 것이 좋았다.

판교 대형 백화점 저리 가라 하는 PX랑 main house(각종 음식과 패스트푸드를 파는 식당)까지 근거리라 사실 그곳보다 더한 곳을 찾기는 어렵지 싶었다.

"오늘 가는 곳은 이태원에서 꽤 유명한 곳이에요."

유명해 봤자 그 나물에 그 밥인 이태원인 것을. 요 몇 달 이태원을 주막 삼아 또 근거지 삼아 지냈더니 이제 이태원 골목과 술집이라면 신물이 넘어올 것 같았다. 어쩌면 자신보다 그녀를 손님으로 맞아야 했던 술집 주인들이 더할지도 모르겠지만. 아니다, 한미미를 빼놓고 있었다.

이태원의 살아 숨쉬는 GPS이자 안내도우미를 해도 될 소중한 지기를 빼먹었다.

"점심엔 브런치로 유명하고 저녁엔 주로 미군 장교 위주의 펍인데 요리도 그렇고 분위기가 좋다고 하던데요. 참 거기 사장이 필립 정이랑 절친이라고 하더라고요."

그 말에, 그 말 때문에 대번에, 정말 가기가 싫어졌다. 진짜 격렬하다 싶을 정도로 가고 싶지가 않았다. 끼리끼리 친구고 또이또

이 친구인 것을 보지 않고도 짐작이 됐다.

"나는 돈만 주고 안 가면……."

"필립이 한 명도 빠지지 말고 가라고 했어요."

안 그래도 싫은 놈이 아주 대놓고 미운 짓만 하고 있었다.

"뭔데 가라 마라야? 지가 장동건 친구 유오성도 아니고."

"우리 사무실 총괄치프죠. 우유정 씨 진급에 평가는 물론 막강한 권한이 있는 직속상관이고."

"그래요, 그런 의미로다가……."

"……."

"난 안 갈래요."

유정은 어깨를 으쓱하며 초지일관 거부 모드를 표방했다.

직속상관이기에 퇴근해서까지 보고 싶지 않았다. 뭐 그리 좋은 비주얼이라고.

"우유정 씨 계속 지각하는 거 필립이 위에 보고라도 하면 여러 모로 불리한 거 알잖아요."

이런 염병! 그 소리에 할 말이 없었다. 너무나 치명적이고 위험한 일급비밀이기에.

"그러니까 좋은 게 좋은 거라고 가서 축하해 주자고요. 아내랑 딸 보고 싶어 죽을 것 같다는 남자 조심해서 잘 가라고 하는 건데 나쁠 거 없잖아요. 그 점만 생각하고 가시면 한결 마음도 가볍고 좋을 거예요."

미스터 김은 마치 사촌 누나를 달래듯 서글서글한 미소로 달랬다.

키는 유정보다 중지 손가락 길이만큼 작지만 미스터 김, 김양호는 상당히 어른스러웠다. 더불어 신혼이라 얼굴 전체에서 행복함과 편안함이 묻어나 놀려주고 싶은 마음이 들었다.

"아내 보고 싶은 마음이야 어디 김양호 씨만 하겠어요. 출근한 지 몇 시간 됐다고 얼굴이 그렇게 울상이에요? 왜요? 울고 싶어요, 와이프 보고파서?"

유정의 놀림에 김양호는 얼굴을 붉히며 헛기침을 했다.

"그게요, 저도 참 이상해요."

"……."

"아침에 보고 왔는데 점심에도 보고 싶고 지금 뭐 하나 알고 싶고. 또 점심에는 누구랑 뭘 먹을 건지 궁금하다니까요. 그런 일상적인 사소한 일들이 전부 궁금해요. 원래 신혼에는 다들 이런 건가 싶어요."

양처럼 순한 김양호는 얼굴을 붉혔다.

신혼이라 전부 그런 건 절대로, 맹세코 아니다.

누군가의 일상이 궁금하다는 건, 그 사람의 전부가 궁금하다는 말이다.

그 사람의 생각이나 정서, 인생관과 가치관 전부가 삶의 리트머스인 일상에 배어 있다는 걸 유정은 두 친구들을 통해 또 개또라이 전남편을 통해 배웠다.

생각과 행동은 결코 분리 독립이 되지 않는다는 걸.

사랑도 마찬가지였다. 김양호가 부인을 생각하는 마음이 바로 사랑이지 싶었다.

생각이 나고 궁금하다는 그 분명한 사랑의 신호.

그 쉽고 일반적인, 일상적인 걸 유정은 아직까지 한 번도 경험하지 못했다.

그 이야기는 한 번도 제대로 된 사랑을 주고받은 적이 없단 말이기도 했다. 그녀 자신은 사랑을 그렇게나 주었다고 생각했는데.

"신혼이라고 다 그러겠어요. 김양호 씨가 부인을 너무 사랑하니까 그런 거지. 이 세상에 다 그런 건 없어요."

"……."

"자기가 사랑하고 사랑받는 만큼 느끼고 느껴지는 거지."

"그런가요."

"그런 면에서 미스터 김은 행운아예요. 그게 얼마나 갈지는 모르겠지만."

"……!"

유정의 가혹한 엔딩에 충격받은 김양호는 눈을 동그랗게 하고 쳐다봤다.

"사담이지 악담은 아니니까 오해는 말고."

김양호는 놀란 토끼 눈을 하고 여전히 불안 불안한 표정이었다.

"다들 사랑의 속성이나 유효기간이 그리 오래지 않다고들 하니까. 아! 딸랑 3개월이라고 했었나!"

유정의 장난에 김양호의 얼굴은 점점 더 어두워져만 갔다.

"속성이 그렇다니까 하는 말이죠. 미스터 김이 그렇다는 게 아니고."

꽤나 상처받은 듯한 얼굴에 눈치가 보인 유정은 화려한 미소로 미안한 마음을 무마하며 대신했다.

"전 우리 순미만 영원히 사랑할 거예요. 물론 우리 순미도 그렇고."

유정은 자신보다는 상대에게 맹서를, 스스로에게는 다짐을 하는 김양호를 쳐다봤다.

적어도 남자라면, 이제 막 시작한 신혼이라면 이 정도는 해야 하지 않나 싶었다.

비록 그 감정이 퇴색하고 바래진다 해도 이제 막 두 사람의 일상을 공유하기 시작한 지금은 이렇게 같은 사무실 사람에게도 얘기하고 자랑할 만큼 유치하고 뜬금없어야 사랑하는 사람이 아닌가 싶었다.

전남편은 바로 이런 부분이 결여에 결핍이었다.

서로가 좋아서 한 결혼이고 모두들 앞에서 한 아름다운 증명이자 약속이었는데 두 사람이 함께하는 시간은 지극히 미비했고 웃음과 대화보다는 싸움이 더 많은 시간들이었다. 그로 인해 남남이자 타인이 되어버렸다. 그렇게나 각자도생, 독고다이를 외치던 1인분 인생 골드, 아니, 골빈 미스는 야한 변태 약장수랑 하와이로 날라 버렸고.

참, 하와이에 유정이 좋아하는 일본 그룹 튜브 멤버들이 산다는데…… 부. 럽. 다.

삶은 왜 이리 배신의 연속이다 못해 늘 뒤통수를 치는 건지.

모를 일이다, 정말.

인생이란 멜랑콜리한 놈은.

사무실 사람들과 함께 움직여 이태원 대로변에 도착하니 6시가 가까워지고 있었다. 5시 정각에 퇴근한 거치고는 상당히 지체되었다. 그놈의 기념 배트를 담을 특별 케이스를 기다리느라 시간을 다 잡아먹었다.

Lilly(릴리).

간판은 별다른 개성 없이 노란 네온사인으로 된 영어가 전부였다.

이태원에서 나름 잘나가고 유명하다는 릴리는 한 번도 와보지 않은 술집이 맞았다.

요사이 빠지지 않고 술을 마셔서 웬만한 이태원 술집은 투어를 한 듯 빠삭한데 인테리어가 이토록 생경한 거 보니 처음 온 술집이 맞긴 맞았다.

"기억나?"

"뭐가?"

"너 여기서 두 번이나 토한 거. 내가 그때만 생각하면……."

"……!"

미미는 생각도 하기 싫다는 듯 강하게 진절머리를 쳤다. 더불어 기억이 제로점인 유정은 억울함에 가슴을 칠 뻔했다. 때마침 비주얼이 제법 고급스런 안주를 가져온 직원, 한때 미미가 열광했던 나인이란 드라마 주인공 이진욱 필, 그러니까 묘하게 일본인 이미지를 가진 청년에게 미미는 미안함과 민망함을 내포한 화사한 눈인사를 했다. 직원도 아는 체를 했다. 그러다 옆에 앉은 유정을 보는 순간 이제까지와는 다른 얼굴빛을 하며 서둘러 자리를 피했다.

"뭐냐?"

"뭐가?"

"왜 날 전염병에 미저리 보듯 하냐고?"

"그날 네가 저 젊은이 잡고 행패 부린 거 생각 안 나지?"

미미는 당연히 그럴 거란 얼굴을 하고선 그날의 비극을 털어냈다.

사건은 이랬다. 그날도 길 부인의 공백으로 술과 함께 눈물 젖은 안주발을 세우던 유정이 안주에 철수세미가 있다고 직원을 불러 호통을 쳤다고 했다. 미미와 직원이 확인한 결과 철수세미가 아닌 유정의 염색한 머리칼로 결론이 났는데 그녀가 그 사실을 받아들이지 않았단다. 그리고는 다시 메뉴대로 전부 해오라고 난리를 치고, 미미가 진정시키려 하는 가운데 직원이 유정의 거센 육두문자와 악다구니에 놀라 미끄러진 건지 한순간 바닥에 넘어졌다고 했다.

이야기가 거기까지면 좋은데 결정적으로다가 까탈을 부리며 먹어치운 메뉴를 그 직원 머리에 게워냈다는 정말이지 믿을 수도 없고 믿고 싶지도 않은 황당하고 슬픈 스토리였다.

기억이 나지 않았다. 고로 상당히 억울했다.

뭐라도 하나 기억이 나야 미안한 마음이 생길 텐데 도무지 기억 회로에 없는 일인지라 미안함보다는 누명을 뒤집어쓴 것처럼 실감이 나지 않으면서 황당했다.

왠지 중상모략 같으면서 이김에 술을 끊으라는 한미미의 계략이나 공작 같기도 하고.

"근데도 화내지 않고 약값도 청구하지 않은 거 보면 저 사람 인성도 그렇지만 여기 릴리 주인이 직원 교육을 상당히 잘한 거지."

"팁 안 줬어?"

놀란 유정은 대번에 물었다.

"주려고 했지. 근데 안 받더라고. 규정이라고 하면서."

"규정은 무슨. 야! 미국인들 상대하면서 팁을 안 받는다는 게 말이 돼! 그야말로 미쿡 애들은 추천장과 팁의 나란데?"

"그래, 그래서 나도 주려고 했는데……."

순간 주위가 웅성거리더니 유정과 같은 사무실 직원들이 하나둘 자리에서 일어나 일제히 한 방향으로 고개를 하고 섰다. 그리고는 누군가와 악수를 하고 반갑게 인사를 하는 듯했다.

그 틈을 타 미미는 화장실을 다녀오겠다며 자리에서 일어났다. 미미가 빠져나간 자리까지 전진한 유정은 그대로 앉아 있길 택했다. 그러길 잠시. 이내 홍해가 갈리듯 길이 생기더니 두 남자가 그녀 앞에 섰다.

필립 정을 위시로 해 이곳의 모든 군무원들과 인사한 게 분명한 남자였다. 남자의 분위기는 한마디로 조선 중기 사대부 선비처럼 진중함과 차분함이 느껴졌다.

눈빛은 다부져서는 맑디맑았다. 더 보태자면 저 별은 너의 별. 저 별은 나의 별 하는 노래처럼 음영이 짙은 것이 반들거리는 한 정판 오닉스에 흑요석 같았다.

"우유정 씨, 여기는 내 친구이자 릴리의 주인 정다운."

자리에서 일어나던 유정은 피식 웃음이 났다. 정겨운은 그렇다 쳐도 정다운이라니.

"우유정 씨."

유정의 함박웃음에 필립이 자중을 바라듯 이름을 불렀고 유정은 그제야 삐져나오는 웃음을 단속하고 남자에게 손을 내밀었다.

"죄송해요. 이름이 너무 정다워서요. 전 치프와 같은 사무실에서 일하는 우유정입니다."

멘트와 함께 눈을 맞추니 남자의 눈은 차분함과 차가움 속에도 아름답게 반짝였고 흔들렸다.

매우 정적인 외모와 달리 타고난 분위기는…… 그러니까 일반적이거나 평이하지는 않았다.

남자는 마침내 대기 모드인 유정의 손을 잡았다.

"많이 듣는 소리입니다."

맞잡은 손은 차가운 듯하면서 차갑지만은 않았다. 정확하게 표현하면 차가운 손이 맞는데 그 서늘한 감이 나쁘지 않았다. 유정의 손이 상대적으로 뜨거운 편이기에 느낌은 나쁠 수 없었다. 동시에 손을 놓은 두 사람은 방점을 찍듯 짧은 미소로 통성명을 마무리했다.

잠시 후, 오늘의 주인공인 데릭이 등장해 바로 파티로 이어졌다.

반드시 미군만 출입이 가능한 건 아니라고 했는데 펍에는 오늘의 파티에 초대된 인물들이 전부였다. 아무래도 통으로 빌린 듯했다. 여군들도 상당히 눈에 띄었다.

데릭의 전 부서가 군내 기지 관리팀이라 여군들이 많았다고 하더니 맞는 듯했다. 생각해 보니 이번 기지사령관도 드물게 여성 대령이었다.

시간이 지나도 유정은 도무지 흥이 나지 않았다.

요사이 늘 미미와 단둘이 술을 마셔서 그런지 이런 단합회 같으면서 화합의 분위기는 어색하고 불편했다. 소란스럽기도 하고.

아무래도 술 마시는 취향이 변한 것 같았다.

"왜 그래? 술은 마시지도 않고."

그런 낌새를 감지한 미미가 곁으로 와 물었다.

"몰라. 몇 달을 너랑 단출하게 마시다 이렇게 많은 사람들 속에 있으니까 어지럽기도 하고 메슥거리기도 하네. 하튼 적응 안 돼."

"약이라도 사다 줄까?"

"아니, 그 정도는……."

"나 이 근방 빠삭하잖아, 너 때문에."

미미는 유정의 지난 시간들을, 또 어제까지의 기행과 행적을 기억해 보라는 듯 뜻 깊고도 심오한 표정을 지어 보였다. 그 모습에 한미미 많이 컸나? 싶었다.

언젠가 꼭 한번 대차게, 야무지게 때려주고 싶을 정도로.

"화장실 좀 다녀올게."

"같이……."

"있어."

유정은 미미의 어깨를 때리듯! 두드리고 화장실 쪽으로 향했다.

릴리의 화장실은 미국 영화에 나오듯 한쪽 귀퉁이 끝으로 좁은 공간을 지나야 했다. 그러다 생각 없이 발을 넣은 곳에는 펍의 주인이라 인사한 남자가 여군을 품에 안은 듯한 포즈로 키스를 하려는 듯 보였다. 남자와 눈이 마주친 유정은 전혀 예상 못한 일이라 반사적으로 꾸벅, 정중히 인사를 했다.

"에고, 실례했네요. 멈추지 마시고 하던 거 계속하셔요."

"……."

약간 당황도 하고 조금 놀라기도 해 유정은 입에서 나오는 대로 말을 뱉었다.

"초행인 관계로 여자 화장실을 착각했네요."

유정은 미소를 곁들어 인사를 하고 옆 칸으로 몸을 돌렸다. 돌려 올려다보니 방금 전 남녀가 부둥켜안고 있던 곳은 여자 화장실이 맞았다. 그대로 몸을 돌린 유정은 고개를 빼꼼히 내밀어 형식적이고도 가식적인 미소를 그렇다 해도 역시나 아름다울 수밖에 없는 여신 재림 미소를 지어 보였다.

"신사 숙녀 여러분, 제가 화장실을 써야겠어서요."

"……."

"그러니 나가서 일을 보시는 게 어떠신지……."

유정이 다시 고개를 내밀기 전부터 몸이 분리 독립된 두 사람은 유정의 멘트로 인해 차례대로 화장실을 빠져나왔다. 먼저 스치듯 펍의 사장과 몸이 부딪힌 유정은 순간적으로 묘한 기운을 느꼈다. 한마디로 설명할 수는 없지만 왠지 모르게 감사하고 고마워하는 것 같은 그런.

그 같은 착각에 긴가민가하는데 지나가던 여군이 퉁명스런 목소리로 한마디 했다.

『제길! 재수 없어.』

잘못 들은 건가 싶었다. 일단은 영어고 시끄러운 소리에 묻히고 변환돼 잘못 들었나 했는데 좁은 공간을 빠져나가는 여군의 살벌하니 날 선 표정을 보니 절대 착각이 아니란 걸 알았다.

"뭐야, 분위기 깼다고 지금 욕한 거야?"

순간 어처구니없는 상황에 멍했다가 금세 제 페이스를 찾은 유정은 그대로 좁은 길을 빠져나가는 여군의 팔을 잡아챘다. 스피디하고도 꽤나 강한 아귀힘에 제압당한 여군은 눈을 사납게 뜨고 유정을 쏘아봤다.

"너, 방금 뭐라고 했어?"

유정은 확인하는 차원에서 다시금 물었다.

『이년이 지금 뭐라는 거야! 시비를 걸고 싶으면 영어로 하든가! 이 병신아!』

여군은 잡힌 팔을 거칠게 밀쳐 빼냈다. 그리곤 살벌한 시선으로 유정을 노려봤다.

"뭐? 병신! 이년? 시비? 이게 미쳤나!"

어이 상실은 물론 기가 막힌 유정은 여군이 내뱉은 모든 단어를 반복해 뱉어냈다.

『도대체가 뭐라고 하는 건지, 병신.』

"너 죽을래? 말 똑바로 안 하지."

『니년 때문에 분위기 깨진 거 확인했으면 미안한 줄 알아야지. 아시안 년들은 왜 죄다 이렇게 매너가 개떡 같은 거야! 늘 빤히 쳐다보고 죽어라 힐끔거리기나 하고. 그러면서 니들이 동방예의지국이냐?』

살쾡이과 눈을 한 여군은 그만큼이나 천박한 입을 놀렸다.

"아니, 이런 미친 십장생 기집애를 봤나! 너 지금 그거 인종 차별적인 발언인 건 아냐?"

『뭐! 도대체 뭐라는 거야? 이년은.』

"이…… 이 3개국 짬뽕 같은 어설픈 백인 년아!"

『병신! 영어도 못하는 게…… 아악!』

병신 소리에 이성적 퓨즈가 나가 버렸다.

이 순간 유정의 머릿속은 그야말로 아마겟돈에 명백한 암전이었다.

유정은 한 줌도 안 되는 기집애의 머리카락을 잡아채 바닥에 내리눌렀다.

그러길 잠시, 유정은 힘을 풀어 미군 년이 어디든 먼저 때려주길 참고 기다렸다. 그러자 기대에 부응이라도 하듯 팔과 발을 이용한 여군의 매서운 구타, 난타가 이어졌다.

"아! 때렸냐?"

두 대를 정확하게, 제대로 맞아준 유정은 그대로 각개전투를 개시했다. 침대 위, 에로틱한 분위기에서 비명과 교성, 터치와 몸짓으로 이제껏 아껴두고 모아둔 에너지를 써야 하는데 엉뚱한 분위기에서 에너지를 소모하게 돼 더 열이 오른 유정은 인정사정 볼 것도 없이 스트레스를 풀었다.

하와이로 날아간 바퀴벌레 커플을 떠올리니 손끝은 점점 더 광폭해져만 갔다.

잠시 후, 화장실을 찾은 미군들에게 발각되고 발견된 두 여자는 말리려는 미군들을 발로 차 밀어버리고 반드시 승자를 가려내겠다는 불굴의 의지와 신념으로 치열하게 몸싸움을 벌였다.

언뜻 보이기에도 길고 검은 머리가 단발의 갈색 머리보다 상당히, 월등히, 비교 불가하게 우위였다.

릴리란 문구가 적힌 코스터에 정확히 탁! 다트에 꽂듯이 팍!

테이블에 술잔을 내려놓은 유정은 입술과 코에서 피가 흐르고 머리가 반쯤 뽑힌 채 가증스럽게 울고 있는 여군을 노려봤다.

싸울 때는 지구방위대 소속처럼 인정사정없이 굴더니 모두의 동정 어린 시선이 쏠리자 여군은 가녀린 눈물 바람에 애처로운 캔디 연기를 완성하고 있었다.

정확하게 소속이 어딘지는 모르나 혹 작전과가 아닌가 싶었다. 너무도 아무렇지 않게 연극을 하고 앉아서. 나쁜 년! 천하의 몹쓸 년!

"그러니까 캐롤 상병이 먼저 욕을 하고 인종 비하 발언을 했다는 겁니까?"

필립 정은 방금 전에 한 얘기를 되풀이했다.

그 같은 행동에 안 그래도 열이 뻗친 유정은 멍청한 소도둑놈을 사납게 노려보며 말했다.

"그렇게 계속 똑같은 질문을 할 거면 아예 녹음을 해요, 녹음을!"

유정의 사나운 기세에 놀란 건지 필립은 입을 다물었다.

"난 꿀릴 거 전혀 없으니까. 그리고 너!"

50미터 앞 테이블에 자리를 잡은 가증스런 캐롤은 같은 여군 동료에게 눈물로 거짓 호소를 하는지 영어를 시부렸다. 그러거나 말거나 유정은 눈을 부라리며 입을 뗐다.

"내 말 똑바로 들어. 미군, 더구나 장교한테 인종 비하 발언은 금지고 벌점이야. 내가 오늘 그거 분명히 해서 너 꼭 다른 캠프로 전출시킨다. 아니, 아주 우리나라 밖으로 전출시킬 줄 알아. 알아들어!"

바다 건너 오키나와 기지로 보내 버리리라 다짐했다.

유정이 하는 말을 캐롤의 곁에 선 정다운이 통역을 하는 듯했다. 정신 빠진 캐롤 년은 그 모습이 또 꽤나 멋져 보이는지 통역하는 정다운을 넋 놓고 올려다봤다.

병신! 남자한테 그렇게 목매봐야 다 헛것인 줄 모르고.

"유정아……."

"왜!"

"너도 피 나."

"……!"

"지…… 혈하자."

미미는 걱정을 한가득 한 얼굴로 손까지 덜덜 떨었다. 쓸데없이 애잔미가 철철 흐르는 눈에는 눈물이 그렁했다. 보이는 바대로 아는 체를 하면 바로 통곡을 하고도 남는다는 걸 알아 유정은 모른 체했다.

"뭐? 어디? 어디서 난다는 거야? 이씨, 이 완벽한 신의 작품에 스크래치를 냈단 말이야! 내 저년을 오늘 아주 죽여 버린다. 야! 너, 드루와. 드루와!"

미미에게 괜찮다는 걸 보여주기 위해 더 오버하며 분연히 일어나려는 유정을 필립의 짜증나는 목소리가 막았다.

"그러니까 정말 캐롤 상병이 먼저 욕을 하고 인종 비하를 했다는 겁니까?"

쾅! 유정은 테이블을 거칠게 내려쳤다.

"대체 그러니까를 몇 번이나 하는 거야!"

바로 해결 방안도 내지 못하면서 반복에 시간만 질질 끄는 꼴이 보기 싫어 유정은 필립의 시선을 무시하고 살벌한 눈빛을 이곳 릴리의 주인에게 옮겼다.

"여기 카메라 없어요?"

"……."

"미군들이 들고 나는 곳이니 사건 사고가 많을 거고 그럼 당연히 있을 거 아니에요. 이봐요! 미군한테만 정다우신 정다운 사장님! 화장실 쪽에 BB, 아니, CC 없냐고요?"

도대체가 사방이 답답한 인사들 천지여서 그런지 유정의 목소리엔 분노가 가득했다.

"없습니다."

자랑도 아니면서 정다운이란 남자는 마치 없는 게 당연하다는 듯이 말했다. 이상하게도 그 담담함에 기분은 한층 더 다운되며 급격히 나빠졌다.

"당신 뭐야? 없다고 하면 다야? 지금 이 사달이 왜 났는지 몰라? 그리고 저 여자가 어떤 여자인지 당신 정말 모르고 있었어?"

유정은 눈빛으로 말했다. 이 사달이 왜 났는지 당신은 알지 않느냐는 듯이.

"당신은 잘 알 거야. 쟤가 어떤 애인지."

"……"

예상치 못한 예리한 한 수에 남자의 얼굴은 더욱더 차분하니 호흡을 비롯해 모든 것이 음소거가 됐다. 그렇지만 그 같은 침묵이 결코 위축이나 사죄에서 기인한 건 아니었다.

유정은 자신이 본 작태를 떠벌이고도 싶었지만 꾹 눌러 참았다. 그 인내의 의미는 어쩌면 분위기를 깼다는 분명한 사실에 대한 얼마간의 보상이지 싶었다.

우리 나이에 키스할 상대를 찾아 열 받고 필 받기가 얼마나 어려운지 누구보다 잘 알기에 넓은 아량으로 이 순간 자신이 본 광경을 침묵하기로 했다. 또한 매너 없이 타인의 사생활을 떠벌리며 소란을 피우고 싶지도 않았다.

"머리는 먼저 잡아당긴 거 맞습니까?"

필립 정은 다시 또 반복 놀이를 하고 있었다.

"맞다고요, 맞아!"

유정은 짜증이 나 순간 버럭 하고 상사인 필립 정을 노려봤다.

"그래요. 내가 먼저 저년 머리를 잡아챘다고요! 그럼 시비를 하려면 영어로 하라고 비아냥거리고, 아시아 년은 매너가 없다고 싸잡아 매도하는데 그걸 그냥 받아넘겨요? 신사이신 치프는 그럴 수 있을지 모르지만 난, 절대, 전혀 아니에요."

무언가를 관망하며 기다리는 듯한 필립의 애매한 작태가 꼴 보기 싫고 짜증이 났다.

"그러니까 민중의 지팡이인 경찰이든 미군 헌병이든 부르라고요! 빨리."

결론을 낸 유정은 더는 필립과 마주하기 싫어 고개를 돌려 버렸다. 돌려 버린 시선 끝에 릴리의 주인이 잡혔다. 울고불고 유난떠는 캐롤의 변명과 거짓을 차분히 듣고 있는, 이름만 겁나 다정한데 멍청한 남자가.

"유…… 정아."

여전히 걱정 근심 가득한 미미가 그녀를 불렀다.

"왜?"

"이안이한테 전화 왔는데……."

"근데?"

"있지…… 나는 통화할 자신이 없어."

미미는 아직까지 흥분한 상태였다. 평소 소리 없이 대찬 미미의 모습은 아니었다.

많이 놀라긴 한 모양이었다. 사실 이런 몸싸움은 실로 오랜만이었다. 이안이랑 늘 아웅다웅은 했어도 이런 혈투는 전혀 없었으니까.

사실은 빈번하게, 삔질나게 있었지만 그 모든 사건, 사고는 항상 변호인 이안의 몫이었다. 경찰서든 지구대든 전부 다 상총사의

리더 밉상의 몫.

"이리 줘. 내가 받을 테니까. 그리고 넌……."

미미는 경직되고 긴장 가득한 표정을 하고 유정을 쳐다보았다. 나름 대찬 아이인데 이런 직접적인 목도는 처음이라 많이 놀란 듯했다.

"괜찮으니까 좀 진정하고."

유정은 미미의 어깨를 부드럽게 쓸어주다 그 김에 꼭 안아주었다. 그리고 작게, 둘만이 알아들을 수 있게 소곤거렸다.

"아무것도 아니야. 아무 일도 아니고."

"그래."

"우린 잘 지낼 수 있어. 또 그러고 있고."

"알아."

"한미미, 나 우유정이야."

안심 발언에 미미는 비로소 연하게 웃어 보였다. 그 모습을 확인한 유정은 핸드폰을 건네받아 사람들이 없는 장소를 찾았다. 비상구 바로 앞 작은 공간이 있는 듯해 그곳으로 걸어갔다.

심호흡과 동시에 목소리를 가다듬은 유정은 전화를 받았다.

"나야."

[왜 이렇게 늦게 받아? 그보다 미미한테 걸었는데 왜 네가…….]

"미미 화장실 갔어. 근데 하와이 댁이 이 시간에 무슨 일이야?

[몰라. 잠깐 잠들었었는데 꿈이 그래서 일어나졌어. 아무 일도 없지? 또 이상한 데 가거나 이상한 사람들 만나서 이상야릇한 짓거리 하는 거 아니냐고?]

말을 해도 꼭 이딴 식으로 하지. 정 떨어지라고.

[그러니까 나 없다는 방만한 생각에 더티한 지상 천국을 맛본다, 낯선 이와 홍콩을 가네, 마카오 어쩌고 하는 거 아니냐고?]

들을수록 안이안의 감과 촉은 우유정 한정 VVIP 수준이지 싶었다. 그 사실이 무서우면서도 한편으론 기분이 꽤 좋았다.

"일은 무슨 일. 맘 잡고 착실하게 회사 잘 다니고 있으니까 걱정 말고, 그보다 여행은 어때? 날씨는 죽이게 좋지? 내 변태 사촌, 길 오빠는 잘해주고? 뭐 어련히 잘하겠냐마는. 참, 컨디션은? 우리 조카는 엄마 수영장에서 잘 놀고?"

유정은 최대한 여유롭고 느긋하게. 그러면서도 일상성을 잃지 않으려 했다.

[우유정.]

"응.

[우유정이.]

"왜?"

[무슨 일이야?]

"……!"

[말해.]

전화 속 목소리가 이내 착 가라앉았다.

"뭐가 무슨 일이야? 너야말로 무슨 말이야?"

[너 지금 황당한 사고 치고 장소 옮겨서 아닌 척 전화하는 거지?]

……헐!

[분명 그런 상황에서 나오는 네 특유의 경박하고 정신 사나운 호흡. 버릇이 전부 나왔어.]

이안의 목소리는 평소처럼 담담하면서도 약간의 긴장감이 느껴졌다.

[말을 해, 사람 걱정하게 하지 말고. 그래야 급한 대로 정민 씨 회사 사람을 보내든 할 거 아니야. 참, 걱정하지 말라고 하는 말인데 나 임산부야. 제대로 화도 못 낸다고. 그러니까 얼지 말고 떨지도 말고 얼른…… 불어.]

순간 훅 하고 가슴을 얻어맞은 것 같았다. 조금 전 여군에게 휘둘러 맞은 것보다 백배는 뻐근하니 충격파였다.

색광 남편에게 끌려가 하와이에서 하와이안 생과일 주스를 마시고 있을 친구가 목소리만으로도 작금의 사태를 파악하고 당장에 길정민 수하를 풀 테니 말하라는 그 소리가 이다지도 든든하고 먹먹할 줄 몰랐다. 마치 천군만마를 거느린 천하장수처럼 힘이 났다.

[어여 말하라고. 네 사촌 깨워서 수습하면 돼.]

"……."

[그러라고 있는 게 동창생 길버트잖아. 그리고 미미 곁에 있으면 울지 말라고 하고. 그런데 미미는 어디 있어? 바꿔줘 봐. 목소리 좀 듣게.]

웃는데도 묘하게 우는 것 같은 청승 모드의 궁상, 미미까지 챙기는 게 늘 함께하던 상총사 그중에서도 합리적이다 못해 지극히 개인적인 1인분 이론을 설파하며 밉상 파트를 전담하던 안이안이 맞았다. 투덜이 스머프처럼 투덜거리면서도 항상 곁에서 문제 해결을 도맡아 해주던 의리의 행동파. 그 모든 시간과 시절들이 밀물처럼 밀려와 더는 수화기를 들고 있을 수가 없었다.

유정은 크게 숨을 들이마시고 간신히 평정심을 유지해 말했다.

"이 아줌마가 임신을 하시더니 호르몬 과다로 오버를 하시네."

[우유정이…….]

"그런 일 전혀 없으니까 휴가나 맘껏 즐기고 뱃속에 있는 우리 조카나 잘 챙겨. 정민이 그 자식한테는 너 못살게 하면 내가 가만 안 둔다고 전하고. 그리고 다시 누워 자. 내가 나중에 전화할 테니까. 참 밧데리 없어서 전화기는 잠시 잠깐 꺼놓는다."

[야! 우…… 유.]

전화를 끊음과 동시에 긴 한숨을 토했다. 그다음은 내내 울컥한 가슴을 진정시키고 쓸데없이 그윽해져서는 그렁한 눈가를 야무지게 훔쳤다. 최대한 담담하니 평소대로. 그래야만 아직 사고 처리가 남은 이 순간을 무사히 넘길 수 있을 것 같았다.

"우유정 씨."

먹먹한 가슴을 진정시키기 바쁜 도중에 고개를 들었다. 이름과 달리 전혀 정다운감이 없는 펍의 주인, 정다운이란 남자가 유정을 주시하고 있었다.

"네."

수습한다고 해도 이 순간 명백하게 촉촉한 눈가를 바라보며 정다운이 천천히 다가왔다. 남자는 처음 인상대로 흥분 비슷한 감정은 전혀 없이 여전히 차분하고 점잖았다.

야합과는 일절 상관없는 얼굴의 선비 같은 남자가 여기까지 따라와 할 말이 뭔가 싶었다.

"오늘 일."

유정은 계속하라는 듯 정다운을 빤히 쳐다봤다.

"없던 일로 해주시기 바랍니다."

뒤에서 행하는 야합은 아니지만 권고나 청원도 아니었다. 그러면서 왠지 모르게 실망감이 느껴졌다. 내내 투명한 아침 이슬이 연상되는가 싶었는데 그게 아니었던가 하는 실망감에 조금은 분하기도 하고 씁쓸하기도 했다.

"이 몸이 왜 그래야 하는데요?"

퉁명스러우면서도 반항적인 물음에 정다운은 유정을 빤히 쳐다보았다. 그러더니 한마디를 덧붙였다.

"부탁드립니다."

정다운의 목소리는 부드러우면서도 정중했고 눈빛은 별빛처럼 영롱하면서도 겨울밤의 짙은 어둠처럼 깊이가 있었다. 실로 묘하게 사람을 움직이게 하고 충동하게 만드는 남자였다.

그 캐롤인지 캐논인지 하는 기집애를 생각하면 절대 타협이란 걸 보고 싶지 않지만 남자의 정중한 부탁과 상대를 압도하기보다는 조용히, 자신만의 방식으로 달래는 듯한 기운에 살짝 마음이 동하며 흔들렸다.

"사과."

그 한마디에 남자의 눈빛이 반짝하며 빛을 냈다.

"인종 차별적인 발언에 대한 분명하고 명백한 사과."

"……."

"받는다면 그렇게 하도록 하죠. 넓은 아량과 성숙한 한국인의 인성으로다가."

유정의 분명한 태도에 정다운은 빤히 쳐다볼 뿐 바로 답을 하지 않았다. 그 같은 시선을 마주한 유정은 더는 요구와 설명 없이 기다렸다. 이런 제안을 하고 협상을 유도하는 것도 전부 다 이 남자의 머리에서 나온 것이 확실하기에. 무엇보다 두 사람이 연인으로 는 보이지 않았지만 생판 모르는 이들로도 보이지 않았기에 제안 할 수 있었다.

"그렇게……"

남자는 질질 끌기보다는 말끝을 살짝 뺐다.

"해보도록 하겠습니다."

비상구 앞 흐린 불빛 아래서 서로의 의지와 계산만큼 암묵적 타 협을 본 두 사람은 기다리고 있는 사람들에게 돌아가 협의한 그대 로 마무리를 지었다.

침대에서 일어나서부터 골치가 아프더니 두통은 출근해서까지 계속됐다.

오전 시간을 간신히 견디고 점심시간이 다가왔다. 아무래도 신 선한 공기가 약이다 싶어 인사를 하고 먼저 나와 버렸다.

늘 그렇듯 미미와 점심을 먹기로 해 기다리지 않고 걸었다.

지친 걸음 끝 운동장 펜스로 가 누웠다. 펜스에서 본 하늘은 감탄 사가 절로 나왔다. 팔레트 속 물감처럼 파래서는 티 하나가 없었다.

파래서 좋긴 한데…… 머리가 아파도 너무 아팠다. 어제 머리를 잡히고 헤드 뱅을 당한 건 미친 여군인데 머리가 깨지듯 아픈 이 유를 도무지 알 수 없었다. 생각에 생각을 해보니 술을 마셨다는 게 어렴풋이 생각났다.

장소. 그러니까 어디서 얼마나 마셨는지는 모르겠지만.

5분 늦게 도착한 미미는 처음 볼 때도 인사조차 않더니 내내 함구하고 운동장에서 달리기를 하는, 어리고 어린 만큼 어리바리한 신참 미군들을 지켜봤다.

"표정이 왜 그래? 어제 일 때문에 그래? 괜찮아. 난 다친 데 없어. 그 미쿡 년이 나한테 터진 거에 비하면."

달래듯 구슬리는 그녀를 보면서도 미미는 시선을 회피하며 평소 거들떠도 보지 않는 미군들만 죽어라 응시했다. 명백한 회피자무시였다.

"한미미! 대체 왜 그러냐고? 말을 해야 알지. 나 너 아니어도 지금 머리가 깨질 것 같은데 그렇게⋯⋯."

"천둥벌거숭이!"

갑자기 맥락 없는 말을 던진 미미는 어디서 무슨 괴력이 났는지 다부진 손으로 패기 시작했다. 처음엔 뭔가 싶어 한 대 맞아주었는데 그 강도가 점점 강하고 강력해졌다.

"너 뭐야! 왜 이래? 왜 때리는 건데!"

유정의 방어에도 미미는 빈 곳을 잘도 포착해 야무지게 손을 휘둘렀다. 안이안이 늘 말하는 것처럼 미미의 손은 엄청나게 매웠다. 그중에서도 오늘은 특히 더 매운 듯했다.

"내가 정말 너 때문에 못 살아! 아니, 그렇게 멋있게 엔딩했으면 그 길로 우아하게 나와야지, 왜 술을 마시자고 해서 그 난리를 치고!"

술을 마신 것 같더니만 결국 그 이유로 이렇게 머리가 아픈 건가 싶었다. 그래도 원인을 찾아 다행이었다. 이로써 해장할 명분이 생겼다.

"이제 어쩔 거야!"

"뭘?"

유정은 공중에서 부산하게 움직이는 두 손을 잡아채 진정하라고 타일렀다. 그러길 3분. 미미는 유정을 보며 한숨을 몰아쉬었다. 꽤나 진한 한숨이었다.

"생각 안 나? 네가 릴리 펍 사장 팔 물어뜯은 거?"

"뭐어! 내가?"

그 부분은 마치 누가 계획적으로 삭제라도 한 듯이 전혀 기억나지 않았다.

순간 어제 본 묘한 눈빛의 남자가 생각났다. 정중하고 매너가 좋은 듯하면서 전체적인 기운은 기골이 장대한 이처럼 살짝 압도적이기도 했던, 요상해서는 야리꾸리한 남자가.

"뭐어. 내가, 라는 소리가 나와! 내가 정말 창피하고 미안해서 죽는 줄 알았어."

"내가 미친개도 아니고 그 남자 팔을 왜 씹어 뜯었는데?"

"그러니까!"

"……."

"왜 멀쩡한 사람 팔을 물어뜯냐고 뜯길!"

"그래 그러니까 전후 사정을 읊어보라고. 내가 왜 그런 격 없고도 격렬한 행동, 그러니까 사랑하는 남자가 시속 45킬로미터 속도로 사정을 하면서 최고의 만족을 줘야지만 할 법한 행위를 했는지."

미미는 쓸데없는 말 하지 말라는 듯 노려봤다.

가시나. 나날이 째리고 야리는 기술이 느는구나 싶었다. 이래서 친구가 좋은 거다. 그 좋은 기술 늘라고 이렇게나 쏠쏠하게 문제를 킵해주는 솔선수범 친구도 있고.

"왜긴 뭐가 왜야!"

"깜짝이야."

"맨날 하는 18번 그 타령이지! 술 먹고 뜬금없이 이안이 찾다가 감정은 격해지고 마침 그 자리에 있다 신기한 듯 쳐다본 정 사장을 타깃으로 삼은 네가 화장실에서 있었던 일 죄다 말하면서 또 네 전남편 연계해 운운했지!"

"……!"

그런 거구나. 결국 화장실 키스 사건의 전말은 미미까지 알게 된 거구나.

"뭐 없던 일도 아니고 너만 들은 거잖아? 그리고 그리 대단한 사건도 아니고……."

"왜 사건이 아니야? 너 생각 안 나?"

"내가 또 뭘 생각해 내야 하는데? 그러지 말고 다 말하지? 어차피 난 하나도 기억 못하는 거 너는 전부 알고 있는 것 같은데."

슬슬 사태의 심각성을 인식한 유정은 미미를 달래려 애썼다.

"네가 일전에 민폐 끼쳤던 직원은 네가 갑자기 잡아당겨서 쟁반 들고 엎어졌어. 그 길로 한남동에 있는 대학병원에 간다고 했는데 난 너 챙겨 나오느라 확인 못했고."

들어도 기억이 나지 않는 건 마찬가지였다. 점점 기억회로가 퇴보하는 듯했다.

어제랑 오늘이 다르고 작년과 올해가 현저히 달랐다. 지금은 단지 그 생각뿐이었다.

"그러니까 오늘 가서 미안하다고 사과하고 그 직원 상태는 어떤지. 엑스레이는 찍었는지 전부 다 확인해. 알았어?"

"뭘 그렇게까지 해? 내가 술을 먹은 것도 따지고 보면 그 기집 애 때문에 속상하고 개운하지가 않아서 마신 거고 또 직원 다쳤으 면 진작에 전화 왔겠지."

"너 앞으로 거기 안 갈 거야? 안 갈 수 있을 거 같아? 거기 사장 너 네 치프랑 친구고 여기 미군 장교들 승진 파티도 그렇고 소소한 술자 리 전부 거기서 하는데 그럴 때마다 서로가 불편하게 지낼 거냐고?"

"불편할 거 전혀 없어."

"뭐…… 어?"

"안 가면 그만이야."

유정은 여전히 누운 채로 고개를 비스듬히 하고 말했다. 그러자 한미미는 요 근래 본 적 없는 표독스런 표정으로 무섭게도 노려봤 다. 애가 점점 표현이 커지고 리액션은 리얼해지고 있었다. 시아 준수랑 뮤지컬을 해도 될 정도였다.

"뭐야? 그 표정은."

"너 오늘 당장 가서 사과해. 안 그럼 이안이한테 다 얘기할 테니 까."

그 소리에 유정은 단박에 일어나 앉았다. 한미미가 날로 고단수 가 되면서 치사해지기까지 했다.

"갠 왜 끌어들여? 그리고 걔 지금 여러모로 조심하고 조신해야 하는 임산부야."

"그러니까!"

미미는 이 순간 제 고유의 단아한 이미지를 버리기로 했는지 흑 화버전으로 눈을 부라렸다.

"그런 이안이 걱정하라고 내가 다 말한다잖아. 네 생명의 은인한테!"

"……!"

쪼마나던 것이 많이 컸네. 하다 하다 이젠 이런 고도의 협박 전술을 다 쓰고.

미미는 상총사 중에서 중재하는 역할을 담당했다. 중학교 때부터 지금까지 줄곧.

우유부단하기보다는 관용과 포용의 범위가 넓고도 깊은 관계로 매사 달라도 너무 다른 두 친구의 치열하고 저열한, 원색적 싸움을 단숨에 제압, 중재하며 조곤조곤 다독여 주곤 했다. 그래서 그런지 여자 셋이 모이면 반드시 한 명은 겉돌기 마련이라는데 상총사에 겐 그런 일이 없었다. 다 균형과 중재의 달인 한미미 덕분이었다.

그랬던 한미미가 확 달라졌다. 실로 달갑지 않은 변화였다.

백화도 아니고 흑화, 한미미라니.

결국 오고야 말았다.

미미의 협박과 회유에 넘어가 다신 발걸음도 하기 싫은 역사적 사건 현장에 또 발을 들였다.

5시 20분이라는 시간 때문인지 아님 브레이크 타임인지 릴리엔 손님이 없었다.

한참을 돌아보는데 어제 그 헤드 뱅을 돌린 사건 현장에서 이 집 사장이 걸어오고 있었다. 정다운 사장은 눈이 마주치자 잠깐 정지 모드더니 이내 무시하고 가던 길을 갔다.

"저기요, 정 사장님."

유정은 일단 불러놓고 뒤를 쫓았다. 분명 보고 듣고도 정지하지 않는 정 사장이 부엌으로 들어가 그곳까지 따라 들어갔다.

"세…… 상에……."

실로 엄청난 양의 설거지가 남자를 기다리고 있었다. 아래위 블랙으로 의상을 통일한 남자는 셔츠 위로 역시나 검은 앞치마를 둘렀다. 그 모습이 꽤나 전투적이면서도 묘하게 섹시해 보였다. 어제 영어로 여군에게 설명할 때는 느끼지 못했던 와일드함과 긴 팔을 이용한 움직임이 마치 퓨마처럼 역동적이면서도 유연해 눈길을 잡아끌었다.

"얘기 좀 하시죠."

"하세요."

바로 받아치는 게 질질 끄는 성격은 아니었다. 일단은 그 점이 마음에 들었다.

사실 그 점은 어제 이미 파악한 사안이었다. 이안과 전화를 끊고 마주한 남자가 뱉은 간결하고 의지가 분명한 말 때문에.

"친구 말로는 술 취한 제가 정 사장님 팔을 물었다고 하던데 뜯긴 팔은 괜찮으신가 해서요. 또 병원 치료를 요하는 상태면 치료비를 드리고 싶어서요."

설거지를 하던 남자의 길 팔과 손이 멈췄다. 그러더니 어제처럼 빤히, 마치 작정하고 홀릴 것처럼 쳐다보았다. 어제처럼 깊이, 의중을 알 수 없는 오묘한 눈빛으로.

"왜입니까?"

"뭐가요?"

"왜 치료비를 주겠다고 하는지 묻는 겁니다."

"왜긴요?"

"……."

"불행하게도 제 기억회로에는 전혀 없지만서도 제가 믿고 신임하는 친구는 제가 미친 멍멍이처럼 물었다고 하고 사장님이 다쳤다고 하니까 당연히 치료비를 드려야 제 맘이 편하지 않겠어요?"

당연한 걸 묻는 남자가 이상해 유정은 남자만큼이나 빤히 쳐다보았다.

"미안한 마음이 먼저 아닙니까? 나나 우리 직원한테 말입니다."

"당연히……."

사실 기억이 없기에 절대 당연하지는 않았다. 허나 허튼소리와는 거리가 먼 한미미가 그렇다고 하니 믿을 수밖에 도리가 없었다.

"미안하죠. 그러니까 그에 따른 합.리.적 보상을 하려는 거고요."

유정은 어처구니없이 많은 진료비를 청구할 것을 미연에 방지하기 위해 합리적이란 말에 조금 더 힘을 주어 말했다. 참고해 청구란 의미로다가.

"직원분은 어디 계세요? 온 김에 보고 갔으면 하는데."

무슨 생각인지 남자는 대답 대신 설거지를 시작했다. 한 해 두 해 해 본 솜씨는 아닌 듯했다. 뭔가 체계가 잡히고 동선이 크지 않은 것이 절도까지 느껴졌다.

결론적으로 일상적인 행동마저 눈길을 끄는 무언가가 있었다. 저 매끄럽고 하얀 얼굴만큼이나 남자가 하는 모든 행동에는 타인의 시선을 끄는 힘이 있었다. 딱 안이안 같은 종자였다.

외모도 그렇지만 행동은 물론이고 살아 움직이는 것 같은 눈빛과 존재감마저도 타인의 시선을 끌면서 의도하지 않은 본인은 그점을 상당히 짜증내며 거추장스러워하는 것까지.

참으로 거만하고 거북스런 존재감을 가진 이들이었다. 그러면서 유정 자신이 좋아하고 혹하는 스타일……. 아니야! 정신 차려! 우유정!

"우리 직원은 두 달간 휴직하기로 했습니다."

유정은 마음속으로 스스로를 질타하고 다독였다. 절대 혹하지 말라고.

"아쉽네요. 온 김에 보고 가려고 했는데……."

"어젯밤 우유정 씨의 느닷없는 폭력으로 인한 결과입니다."

설거지하는 남자에게 속도가 붙었다. 남자는 온몸으로 말하고 있었다. 당신 덕분에 내가 지금 이 일을 이렇게 열심히 하고 있노라고.

"어딜 얼마나 다쳤기에 그런 말씀을 하시는 건데요? 정확히 알아야 그에 따른 사과를 하던 보상을 하던지 할 거 아니에요."

"어깨는 골절되고 손가락 두 개는 부러졌습니다."

"뭐…… 뭐라고요!"

"……."

"지금 그게 말이 된다고 생각하세요?"

사람이 기억을 못한다고 너무 뒤집어씌운다 싶었다.

"이리 곱디곱고, 여리디여린 제가 헐크 호건도, 천하장사 만만세도 아닌데 어딜 어떻게 잡아당겨서 그렇게 됐다는 건데요? 나 참, 억울해서."

그녀의 절절한 반박에 남자는 하던 일을 멈추고 유정을 빤히 쳐다봤다.

"근데 여기 정말 CC 카메라 없어요? 있으면 한번 보고 싶네요.

내가 그 직원분한테 어떻게 했는지…… 아악!"

바닥에 물기가 있었는지 한 발 앞으로 다가가려다 중심을 잃은 유정은 순식간에 남자의 품에 안겨 있었다. 남자는 자칼도 울고 갈 민첩성을 갖고 있었다.

탄탄한 품에 안기니 자극적이기보다 은은한 샤워 코롱 냄새가 맡아졌다. 그러면서 시야 전부에 뽀야니 하얀 남자가 거품처럼 가득 들어찼다.

한 뼘도 안 되는 거리에서 정확하게 느껴지는 남자의 과하지 않은 목젖과 체향이 유정의 잠재적 감각을 살포시 일깨우며 동시에 아득하게도 만들었다. 실로 마른하늘의 청천벽력 같은 기가 막히고 기찬 반응이었다.

내려다보는 남자의 차분한 시선을 유정도 지지 않고 올려다봤다. 하얀 피부인데도 자세히 보니 파릇한 수염이 빽빽하게 자리를 하고 있었다. 순간적으로 어떤 영상 하나가 스쳐 지나갔다. 이 같은 포즈로 여군과 함께였던 남자의 뻔뻔한 모습이.

순간 정체불명의 불쾌감이 치밀어 올라 남자의 품에서 벗어났다. 벗어난 것까지는 좋은데 안전망이 사라지면서 허허벌판에 혼자 서 있는 기분이 들었다.

아주 잠깐이었는데도 남자의 품은 든든하니 편했다. 믿을 수 없을 만큼, 솔직히는 다시 또 파고들고 싶을 만큼. 미쳤구나, 우유정! 정신 차려!

"뭐, 저 때문에 다쳤다니…… 그런 거겠죠."

"……."

"그러니까 말씀해 보세요. 정 사장님이랑 그 직원분께 얼마를 보상해야 하는지요. 되도록 정확하게. 그리고 다신 이 문제로 거론은 물론이고 얼굴 붉히지 않을 정도면 좋겠어요."

유정은 숨을 고르며 남자의 대답을 기다렸다.

"금전적인 건 둘째고 지금 현재 다친 직원을 대신할 사람이 필요합니다."

"그래서요?"

"말하라고 해서 말했을 뿐입니다."

"그러니까 지금 그 직원을 대신할 사람을 구해오든가 그에 상응한 인건비 뭐 그런 걸 지불하라는 거잖아요. 알았어요. 얼마면 되는데요? 말씀하세요."

이전의 성격으론 절대 이같이 손해 보고 밑지는 타협은 하지 않겠지만 이안과 미미의 얼굴이 순차적으로 지나가 어쩔 수 없었다.

새 마음으로 새 삶을 살겠다고 한 지가 고작 몇 개월 전인데 이런 소소한 일도 해결 못해 그 같은 맹약을 깨며 소중한 친구들을 실망시키고 싶지 않았다.

두 사람은 친구이기 전에 가족이었다. 이 외로운 여신 우유정에게는 둘도 없는 가족.

"필요한 건 돈이 아니라 잠시 동안 우리 직원을 대신할 사람이라고 말씀드렸습니다."

"그러니까요! 말씀을 하시라……!"

유정은 말을 하다 말고 팔짱을 낀 채로 자신을 아래위로 훑어보는 정 사장을 쳐다봤다. 이건 명백하게 신체 조건을 타진하는 불순하고 불충한 눈빛이었다.

"그…… 그러니까……"

"……."

"지금 나보고 그 역할을 하라는 말이에요?"

"그런 말 한 적 없습니다. 사람이 필요하다고 했을 뿐."

"장난해요! 그게 그 말 아니에요? 말끝마다 돈이 아닌 사람이 필요하다면서 평가하듯 나를 아래위로 보는 건, 내 이 아름다운 섬섬옥수 같은 두 손과 발레리나 못지않은 긴 다리와 발. 그러니까 내 고급 노동력으로 때우라는 거잖아요, 지금!"

"그렇게 이해했다면 굳이 싫다거나 안 된다고는 하지 않겠습니다. 피해를 입은 두 사람의 입장을 반영하고 고려해서요."

"얼라리요!"

"……."

이름의 반의반도 정다운 기운이 느껴지지 않는 남자는 말장난 같은 대답으로 이 상황에 대한 제 요구를 극명하게 드러냈다. 생각보다 훨씬 고단수의 인간이었다.

"이보세요, 이름만 정다운 정 사장님. 여긴 미군을 상대로 하는 술집이에요. 말이 좋아 펍이지 명백한 술집이라고요. 그런데 과년하고도 과할 정도로 가문과 미색이 뛰어난 저보고 술집에서 일을 해라!"

이 같은 제안에 기도 안 찬 유정이었다. 이 같은 펍을 차려 주인을 하면 했지 노동력을 대신할 수는 없었다.

"릴리는 미국 가정식을 비롯해 브런치로 입소문을 탄 가게고 일반적으로도 술집보다는 식당 개념이 강합니다."

"그거야……."

그래 봤자 술집은 술집. 그 말을 하려고 하는데 남자의 말이 조금 빨랐다.

"그리고 저녁엔 내국인보다 미군이 많은 건 기본이고 일반 사병보다 장교들 출입이 더 많은 곳이에요. 그러니 어제 우유정 씨가 저지른 그런 불미스런 일, 다시는 일어나지 않습니다. 장교들은 진급 때문에 품위 유지가 기본이고 규정을 위반하는 일은 절대 하지 않아요."

미군에 규정과 규칙을 준수하는 군인들만 있다는 소리는 여직 들어본 적이 없었다. 어떤 층위, 직위든 간에 술 처먹은 인간은 거의 다 비등비등했다.

발정 난 미친개가 되거나 미친 척을 하는 불순한 늑대가 되거나.

"그 점이 일반 사병이랑 장교가 다른 점입니다."

"정다운 사장님."

유정은 규약과 규율 같은 이론적이고 원론적인 이야기를 끊으려 일단 톤을 낮춰 릴리의 주인을 불렀다. 그러자 정다운이 별빛이 쏟아져 내리는 눈을 하고 그녀를 응시했다.

"품위는 장교들만 있답니까? 나도!"

"……."

"나도 그 정도의 품위 있고 나름 꼬박꼬박 챙기는 사람이에요. 내가 이 특출난 미모를 해서 무슨 명분과 조건, 미사여구를 붙인다 한들 결국은 술집인 이곳에서 서빙하게 생겼어요? 내가 그렇게 뜨문뜨문 보여요?"

"전혀."

지금까지와는 다른, 한 톤 낮은 명료한 음색이 불쾌하지는 않았다.

"만만하게 보지 않습니다."

"……."

"그리고 홀 서빙은 거의 없습니다. 어제는 특별한 경우고 일반적으론 맥주를 직접 가져다 먹거나 저나 남자 알바생들이 합니다."

"그럼 대체 나보고 무슨 일을 하라는 건데요?"

그 말에 남자는 앞치마를 풀어 유정의 눈앞에 들어 보이고는 주방 전체를 가리켰다. 그 행동인즉슨 이곳이 메인 포지션이자 치열한 전장이란 소리였다.

"주…… 방 일을 해라!"

어이 상실이 아닌 어이 실종 수준이었다.

"이 믿거나말거나 한 특급 미모를 하고 주방에 처박혀 그릇만 닦아라! 내가 계모한테 구박받는 신데렐라도 아니고……."

"상황 봐서 유연하게 하는 건 어떨까요?"

"……!"

"이 자리에서 포지션 정하지 말고."

이 말인즉 한시적 채용은 기정사실이고 돈 대신 몸으로 때우는 것 또한 당연하다는 말이었다. 유정은 절대 이름처럼 다정하지도 정겹지도 않은 남자를 노려봤다.

저 반드레한 외모에 매력 지수는 상당하지만 그 소도둑놈이랑 친구란 말에 호감 지수가 급락한 이 남자의 제안을 어떻게 대처해야 하나 생각이 많았다.

돈은 싫다고 하고 자신의 직원을 한시적으로 대신할 사람만 찾고 있으니…….

순간 많지도 않은 상총사 친구들의 얼굴이 다시금 별처럼 스쳐지나갔다.

임신과 함께 하와이로 간 변태 부인 안이안. 이 사태로 오전부터 징징거리며 깔끔하고도 현명한 처리를 당부하며 은근 압박한 한미미. 이들을 위해 한두 달 저녁에만 잠깐 알바하고 없는 듯이 행동하느냐, 아니면 이 일을 길이길이 기억하고 회자당하며 생각날 때마다 욕을 얻어 처먹느냐…….

"좋아요."

좋아요, 란 시원스런 답에도 정다운의 기색은 크게 변하지 않았다. 마치 그럴 줄 알았다는 듯.

왠지 그 자연스러움과 배포인지 뭔지 모를 자신감이 얄미웠다.

"헌데."

"……."

"조건이 있어요."

"무슨 조건입니까?"

"내가 여기 릴리에 출근하는 날부터 두 달, 어떤, 무슨 일이 있어도 날 자를 수 없어요."

유정의 단정적인 결론에 정다운은 무슨 뜻이냐는 듯 쳐다봤다.

"그러니까 여기, 릴리에 출근을 한다면 내가 일을 잘하든 못하든 어떠한 수준의 돌발 상황이 생기든 문제를 일으키든 간에 중간에 나가라, 그만둬라 할 수 없다고요. 절대."

정다운은 진하고 탐스런 눈썹을 살짝 찌푸리는 듯했다. 뭐 그러거나 말거나지만.

"난 한 번 결정한 건 절대 무르지 않아요. 물론 물러서지도 않고."

"……."

"그러니까 나중에 감당이 안 된다거나 후회한다는 식으로 사람 열 받게 하지 말라고요. 절대로."

아직 다 하지 못한 설명에 정다운은 살짝 올라갔던 눈썹 산을 비로소 내려놓았다.

허! 당신, 긴장할 거 없다 이거지! 과연 그럴까? 정다운 양반.

"나중에 후회가 물밀듯이 밀려와도 오늘 이 자리에서 겁도 없이 날! 이 초특급 미녀를 일개 주방 보조로 욕심낸 스스로를 탓하란 말이에요. 어때요? 약속 지킨다면 내일부터 출근하죠."

"약속합니다. 또 일하기로 했으니 알아두세요. 우유정 씨 근무 시간은 6시부터 11시까지고, 릴리 휴무일은 둘째 넷째 월요일입니다."

"오케이. 협상 타결."

유정은 정다운에게 손을 내밀었다. 말은 말이고 이 순간, 이 자리에서 악수로 마침표를 찍고 싶었다.

오늘 이후 모든 인재는 정다운 네놈 소관이자 당신 팔자라는 확실한 인장과 인증을.

살면서 매일 터득하는 것 중 하나, 고민이 길 필요는 없단 사실이었다. 길어봤자 아무 소용이 없었다. 고민하며 안절부절못한다고 누군가 짐을 대신해 줄 수 있는 건 아니었다. 그러니 사랑하는 두 여자에게 팽당하거나 능지처참당하기 전에 공짜 술도 마실 겸 딱 두 달만 근로봉사 하기로 했다. 그렇게 기승전 영원한 우정으로 답을 냈다.

그처럼 맘을 먹으니 마음이 그렇게 가벼울 수 없었다.

역시나 인간은 어떻게 생각하고 어찌 행동하기 나름이었다.

이럴 때 보면 길 부인이 맹신하는 인문학 구절이 영 백해무익한 건 아니었다.

2

8군 내 한국 군무원들은 전부 다 아는 기막힌 러브스토리가 있었다. 2014년인가 커미서리(식품 가게)랑 121(군내 군인 병원) 옆 하우징에서 워커로 일하던 신비스런 여인네의 이야기.

그 여신이 어느 날 싸구려 오렌지를 즐겨 먹던 혼혈 전투조종사의 뜨거운 구애로 불같이 화끈한 연애를 하다 마침내 초호화 웨딩카를 타고 미국으로 갔다는 아주 행복하고 아름다운 사랑 이야기가.

이 이야기에서 두 가지 포인트는 용모와 행동이 너무나도 단정해 일각에서는 게이라는 의심까지 받았던 남자가 그렇게 정력이 좋아 자주 하고 무척 잘했다는 점에 주목을 해야 하고, 또 한 가지는 그 여자의 믿거나 말거나 한, 서시 필의 동급 최강 미모였다.

일명 전설이라는 여자의 실물을 직접 봤다는 이들의 평가를 총정리한 결과 미모로는 유정이 결코 꿀리거나 기죽을 게 없었다.

그 모든 이유로 이 8군 안에서 누구처럼 운명의 상대를 만나 승부를 보자 싶었다. 그랬는데 이 소도둑놈이 그런 계획에 자꾸 태클을 걸고 급브레이크를 걸었다.

"내가 어제 말하지 않았어요?"

"글쎄요."

"오늘 퇴근 전까지 한국군 서류들 나한테 넘기고 디켈과에 연락해서 그 사람들 1년짜리가 아닌 한 달짜리 단발로 디켈(자동차 출입증) 내주라고 한 거."

"그러니까 저는 그게 전혀 기억이 안 나서요, 치프."

"도대체가 우유정 씨는 일을 할 마음이 있는 겁니까, 없는 겁니까?"

"있는데요."

"그런 사람이 오늘도 술 냄새가 진동을 하고 눈은 왜 또 충혈된 겁니까?"

귀신 같은 인간. 다른 사람들은 전혀 알지도 못하는 걸 이 진상은 어찌 그리 잘도 캐치하고 잡아내는지. 진짜 신기라도 있나 의심스러웠다.

"이 술 냄새는 엊그제 데릭 송별회에서 마신 술이 아직 해독되지 않아서 그런 거고, 눈이 충혈된 건 일에서 오는 스트레스가 눈으로 표출된 거라 생각합니다."

유정의 변명에 어이가 없어 말문이 막힌 건지 아님 혈압이 오른 건지 필립은 한동안 말을 아꼈다. 그러거나 말거나 유정은 느긋하게 또 다른 잔소리를 대비하며 기다렸다.

"일을 그렇게나 열심히 하는데 결과물들은 왜 그러지가 못한 겁니까?”

“그거야 알 수 없죠.”

유정은 이 소도둑놈에게는 절대 질 수도, 주눅이 들 수도 없단 생각에 말을 이었다.

“누군가 저를 모함하려 중간에서 공작을 꾸밀 수도 있고 또 일이라는 게 꼭, 반드시 결과나 지표로 보여지는 건 아니라고 생각합니다.”

그녀의 당돌하고 조금은 위험스런 발언에 필립은 숨을 고르더니 한마디 했다.

“우유정 씨.”

“네.”

또 무슨 말로 눈치를 주고 속을 뒤집을까 싶어 유정은 근래 그런 적이 없을 정도로 필립을 응시하며 노려봤다.

“121에 가서…….”

뜬금없이 원투원은 왜 들먹이는지.

“안약이라도 넣고 와요. 아니면 퇴근을 좀 빨리해서 전문적인 병원을 가보든가.”

“……!”

“일은 미스터 김한테 인계하고 오늘은 일찍 퇴근해요. 그리고 디켈과에는 전화만 넣어요. 아까 내가 말한 내용 그대로.”

필립은 그 말을 끝으로 사무실 안쪽 자신의 작은 방으로 들어갔다.

“……불안해, 불안해.”

맘속으로 한다는 게 내심 불안해서 그런지 입 밖으로 나와 버렸다.

유정은 필립이 말한 것들을 마무리하고 사무실을 나왔다.

아무리 생각해도 소도둑놈이 날로 독기가 빠지는 듯해 상당히, 엄청 불안했다.

6개월 전 입사 인터뷰를 하던 날부터 그렇게나 쌍심지를 켜고 안달복달에 닦달까지 하더니만 언제부턴가 이빨 빠진 호랑이마냥 느슨해지고 엄포를 놓는 일도 현저히 줄었다.

이 말인즉 점점 유정에게 빠지고 있다는 말이었다. 그녀 한정 배려해 주고 싶단 말이고 약간의 차별인지 알면서도 호의를 베풀며 편의를 봐주고 있단 말이었다.

두렵고 무서웠다.

원하지 않고 바라지 않는 이의 진행형인 마음과 집착이 어느 순간, 언제든지 위협과 위험으로 돌변할 수 있다는 걸 이미 몇 번이나 경험했기에 소도둑의 현저한 변화와 힘 빠진 눈빛이 전혀 달갑지 않았다.

사실 약간 위협적인 덩치, 살이 빠지면서 어느 날 갑자기 생겨난 진한 쌍꺼풀, 상당히 높고 커진 코에 진한 입술 윤곽이 취향이 아니란 것을 빼면 미미의 말대로 아주 나쁜 조건은 아니었다.

이미 한 번 같은 경험을 한 처지고 여직까지도 다수의 한국 여성이 열광하는 미국 시민권자이며 집안은 뉴욕에서 엄청 큰 한식당을 체인으로 운영하고 있다고 했다. 그런들 뭐 하나. 기본적인 호감도 없고 떨림은 물론이고 마약 빵처럼 끌리지가 않는데.

미미는 그 모든 것들보다 인간성을 보고 성실함을 보며 안정된 미래를 우선적으로 생각하라고 했지만, 연애와 사랑이 현물이나 주식투자도 아니고 사람 자체로는 별다른 메리트가 없었다.

유정은 여전히, 어쩌면 죽는 날까지 사랑이 모든 기준이자 전부였다. 누구에게나 로망이, 변하지 않는 그림이 있다면 유정에게는 그 퇴색되지 않는 그림 한 점이 바로 별사탕 같은 달콤한, 중독적인 사랑이었다.

그 같은 사랑에 대한 로망은 누구 못지않게 많았다. 같이 있다 시간의 무게와 역사로 인해 천천히 정이 드는 것보다 순간이자 첫 만남부터 아찔하고 절절한 감정. 이 우유정 없으면 안 되고 그 남자가 아니면 그녀 자신도 안 되는, 그런 대체 불가하고 집착적인 사랑을 주고받고 싶었다.

예시를 들자면 안이안과 길정민이 하는 그런 사랑을 지향하며 추구했다. 중학교 때부터 시작된 병적인 집착이자 감정이니 이제와 그 같은 시작은 불가능하겠지만 그 시점만 빼고, 그들과 같으면서도 그들과는 또 다른 스타일의 사랑을 원했다.

같이 웃고 함께 자는, 매일 봐도 좋고 내일 봐도 어김없이 좋은, 무언가를 먹으면 상대에게 꼭 먹여주고 챙겨주는 그런 둘이 같이 나누고 즐기는 보통의, 일상적인 사랑.

늘 서로가 생각이 나고 너무도 많은 말을 담았다는 그 그냥이란 말이 아무렇지 않게 나오는, 나올 수 있는 그런 그냥 편한 사랑.

꼭 의식처럼 거르지 않는 것도 있었다. 그것은 바로 육체적 사랑, 섹스.

평일엔 많으면 두 번. 주말에는 하루 세 번. 구정이나 휴가, 추석 같은 국가 공휴일은 빨간 날 전부 다 하루 서너 번. 그리고 생일날이나 결혼기념일 같은 경우 밥은 건너뛰고 하루 종일.

누군가는 섹스에 미친 여인네라고 욕하고 폄하하겠지만 상관없었다.

딱 일 년이라도, 아니, 세 달간만이라도 그런 황홀한 사랑과 미친 소유욕. 치열한 번 아웃 상태. 그림의 떡 같은 감정을 느껴보고 싶었다.

남자 모델을 찾자면, 되도록 겉과 속이 다른 변태가 좋았다.

겉으로는 절대 안 그런 것 같으면서 둘이만 있으면 보름달의 기운을 받은 미친 늑대로 변하며 탐욕을 부리는 그런, 낮과 밤이 심하게 이중적이고 편차가 큰, 더불어 그것까지 큰 남자.

순간 전혀 알 수 없는 근거와 이유로 정다운이 생각났다.

정다운 기색이라고는 하나도 없으면서 이름만 정다운 남자. 그 남자는 어떤 유의 남자인지 실로 궁금했다. 사촌 길정민 같은 혁신적이고도 엽기적인, 극도로 로맨틱한 인물인지 아니면 전남편처럼 제 세상이자 자기 자신이 전부인 돌아이에 돌부처, 고장난 고무공에 고자 자식인지⋯⋯.

톡. 톡. 톡.

창문을 두드리는 노크 소리에 정신을 차리니 미미가 시야에 한가득 잡혔다. 운전석 창문을 내려 미미를 올려다봤다.

"응."

"어디 가는 거야?"

"퇴근."

"벌써? 지금이 몇 신데⋯⋯."

손목시계로 시간을 확인한 미미는 놀라는 기색을 했다.

"지금 4신데?"

"알아. 근데 우리 치프가 일찍 가라고 하네. 그래서 그러려고.

알바도 가야 하고."

왠지 모르게 약간의 기대도 되고 흥분도 되는 유정은 어깨를 으쓱했다.

"정말 하려고?"

미미는 농담이 아닌 진짜라는 사실을 지금에서야 실감하는지 꽤나 황당한 표정을 지었다.

"뭐야? 나보고는 사과하고 깨끗이 마무리 지으라고 신신당부를 하더니 진짜로 한다니까 걱정되는 거야? 아님 고소해하는 거야?"

유정은 진위를 알 수 없어 새우젓 눈을 하고 미미를 봤다.

"무슨 소리야! 놀랍기도 하고 진짜로 두 달을 한다고 하니까…… 대견하기도 하고 걱정되기도 하니까 그러지."

"그중 8할은 걱정이고?"

"응."

미미의 장점 중 하나, 대단히 솔직했다.

"걱정할 게 뭐야? 꼴랑 몇 시간 내가 좋아하는 술도 마시고 공짜로 괜찮은 남자 있나 물색도 좀 하면서 이태원 핫 플레이스라는 데 이 김에 장사 수완도 배우는 거지. 일명 꿩 먹고 알 먹고."

생각해 보니 나쁠 게 하나도 없었다. 몸이 좀 고될 수 있다는 것 빼고는.

"유정아……."

긍정적인 유정과 달리 미미의 표정은 심상치가 않았다.

"그게 말이야……."

이유는 모르지만 미미는 말을 고르며 꽤 신중했다.

"그러니까 꼭 네 생각대로 된다는 보장도 없고 그 사장이란 남자 왠지 모르게……."

"……왠지 모르게?"

"이력이나 내공이 만만찮은 것 같던데 그러다 너……."

"만만치 않기는. 또 네 우려와 추측처럼 그 사람도 내공이야 있
겠지만 알다시피 나도 못지않잖아? 또 내가 그곳에 가는 이유는
심적인 채무를 완전히 털어내고자 하는 맘이 커. 그러니까 괜한
걱정 말고 응원이나 해. 한미미, 나도 한다면 하는 사람이야. 이안
이나 너한테 갱생하고 이전과 달라진 모습 보여주고 싶어."

"그거야 알지, 아는데……."

"그래 그러니까 걱정하지 않아도 된다고. 알았지?"

유정은 미미는 물론 스스로를 위해 다짐을 하고 맹서를 하듯 말
했다.

"오늘은 첫날이니까 간도 볼 겸 조금 일찍 가는 거고."

"나쁘지 않은 생각이긴 한데……."

"너도 한 삼사 일 있다가 한번 보러 와봐. 그다음부터는 나 없이
두 달이란 시간 자유롭게 보내고. 이 알바 끝나면 또 나랑 신나게
놀아야 하니까."

"……."

"이 우 주당님께서 한 내비 없이 어딜 가겠어?"

유정은 지난 몇 달 자신의 찬란한 밤 문화, 그 이력을 말하듯 찡
긋 눈짓을 했다.

"그럼 나 먼저 간다, 수고하숑."

유정은 여전히 근심을 한 포 머금은 듯한 미미에게 손을 흔들어
보이고 힘차게 액셀을 밟았다.

❖

아직까지 네온사인에 불이 켜지지 않은 릴리는 조용했다.

손님이나 단골들이 가게의 시스템을 익히 알고 있는지 아니면 너무 이른 시간이라 그런지 펍 안은 모든 의자가 테이블 위에 올려져 바닥은 물기 하나 없이 깨끗했다.

홀을 둘러본 유정은 주방 쪽으로 향했다. 아니나 다를까 정 사장은 주방에서 설거지를 하고 있었다. 그녀가 다가오는 걸 그제야 본 남자는 하던 일을 멈추고 부엌과 홀의 경계인 가벽 가까이로 다가왔다.

"안녕하세요."

"오셨네요."

"네. 저 오늘부로 출근 도장 찍은 겁니다. 자 그럼 무엇부터 시작할까요? 포지션은 상황 봐서 하는 걸로 했으니까…… 설거지를 할까요?"

"그보다 오늘은 가게 전반적인 것들을 익히고 시스템이 어떻게 돌아가는지 알려 드리겠습니다. 또 한 가지."

남자는 조금 일찍 온 것에 대해서는 언급이 없었다. 약간의 칭찬을 기대하고 바랐건만.

"한 시간 후에 오는 직원에 대해서 말씀드리자면……."

"헌데요, 우리 두 사람이요."

미약하지만 기대감이 무너지니 말이 곱게 나오지 않았다.

"그전에 호칭이랑 존칭 좀 정리하죠."

"호칭이라면……."

"서로에 대해 좀 더 디테일한 통성명을 해서 추후에 발생할 수 있는 실수를 미연에 방지하자는 거죠. 그러니까 일종의 민증까기라고나 할까요. 그럼 우선 저부터."

유정은 우선 숨을 가다듬고 얼굴을 얼짱 각도로 들고 틀어 좌우로 다방면으로 선보였다.

"액면가만 보면 전혀, 절대 믿어지지 않겠지만 전 올해 호적 나이로는 서른다섯이에요. 그 당시 겁나 바쁘신 부친께서 신고를 한 해 늦게 하셔서……. 그건 그렇고 여튼 전 말을 편하게 하는 스타일이고 상황에 쫓겨 말을 하면 자연스럽게 반말이나 막말, 심지어 은어도 나오니까 그때마다 일일이 기분 나빠하지 말라고 드리는 말씀인데, 실례지만 정 사장님은 올해 나이가……."

"서른셋입니다."

오호, 세 살 연하였구만. 뭐 그리 만만치 않은 서늘한 연하지만.

"그럼 이제 나이도 서로 알았으니까 저한테……."

"우유정 씨라고 하겠습니다."

인간이 역시나 만만치가 않아요. 송중기 애교, 앙증 버전으로 누님이라고 해도 그닥 예의 없고 매너 없다고 하지 않을 텐데 말이야. 우리 정 사장이 눈치까지 없고만.

"……그러시구나."

선배 대접 안 해준다 이거지? 하고 크고 아름다운 눈으로 살벌하게 만들었지만 남자는 일절 반응이 없었다.

"그럼 그러시든가요. 그런데 대화는 지금처럼 거의 존칭으로 하실 건가요? 난 그런 말투 상당히 어색하고 불편한데 그래도 계속 유지할 거죠?"

유정은 당신이 편하게 해야 그녀도 편하게 한다는 어필을 이번에도 눈과 호흡으로 강하게, 줄기차게 전했다. 눈치이자 센스가 전혀, 아주 없는 위인이 아니란 걸 이미 눈치챘기에 어찌 됐건 이번에는 알아듣겠거니 했다.

"상황에 맞게."

"……!"

"유연하게 하겠습니다."

역시나 보통은 아니었다, 이 남자.

차가운 남자라고 하기엔 약간의 어폐가 있고 내공이 단단하니 자기만의 색깔은 꽤나 분명한 것 같았다. 고로 피곤할 공산이 많은 부류였다. 역시나 이안과였다.

결론적으로 하나 마나였던 민증까기를 하고 바로 펍에 대한 디테일하고 일목요연한 브리핑이 이어졌다. 더불어 저녁시간에 파트타임으로 일을 하는 직원은 둘인데 한 명은 대학원을 다니는 아프리카인에 이름은 엄청나게 긴 관계로 편의상 진이라고 부른다고 했다. 또 다른 한 명은 대학생에 콜롬비아인이며 이름은 멘도자라고 했다. 8군만큼이나 실로 다국적인 펍이었다, 이 릴리라는 술집은.

두 사람 다 스물다섯이고 대화를 하는 데에는 크게 문제 될 게 없다고 설명했다.

"저녁 타임 직원은 저 빼고 다 외국인이네요."

"그렇습니다."

"혹시 특별한 이유가 있나요?"

"특별한 이유는 없습니다."

창고 바로 앞에 선 정다운은 문고리를 잡고 설명을 이었다.

"릴리에 직원이 필요한 시기, 진과 멘도자는 알바가 필요했을 뿐. 인터뷰를 해보니 의사소통이 불가능한 정도도 아니고, 무엇보다 저녁에는 손님 대부분이 외국인이기에 내국인보다 적당할 수 있다고 생각했습니다."

말끝마다 했습니다, 로 끝나는 게 상당히 어색했다. 또 상대적으로 그녀의 나이가 상당히 많은 것처럼도 느껴져 기분이 상쾌하지 않았다.

"정다우신 사장님, 그 '습니다, 입니다' 그 말들, 어떻게 안 될까요? 듣는 이로서 상당히 신경이 쓰여서 그러는데. 사실 제가 일하는 8군은 뭐든 유로 시작해 유로 끝나는 대화라……. 우리도 그냥 없어요, 했어요, 이 정도가 좋지 않겠어요? 한 끗 차이지만 정도 돋고 시간 절약하는 차원에서."

정다운 사장은 잠깐 동안 유정을 쳐다보더니 수긍을 하려는 듯이 옅은 미소를 보였다.

예상 못한 순간, 아주 짧게 보인 미소는 다시 보고 싶을 정도로 상당히 치명적이었다.

"천천히……."

천천히라는 말이 묘할 정도로 야하게 들렸다.

"하도록 합시다."

합시다. 합시다란 말이 사방에서 울려 퍼졌다.

밑도 끝도 없이. 정말 황당하다 싶을 정도로 정다운을 재료 창고에 밀어 넣고 키스하고 싶은 미친 충동을 느꼈다. 그 같은 어처구니없는 충동에 사로잡힌 순간 어두웠던 밀실에 환하게 불이 켜졌다. 곧이어 눈앞에 다양한 식자재와 세계 각국의 맥주가 산을 이룬 광경이 들어왔다. 그 순간 마음 깊은 곳에서 안도의 한숨이 새어 나왔다. 끝까지 미치지 않고 정신을 차리게 해준 스스로를, 또 가끔 출몰하는 굶주린 야성, 미약한 이성을 다독이며 칭찬했다.

아무래도 의지와 욕망에 반해 아주 오래도록 경건한 마음과 청신한 몸가짐을 하고 지내 분출되지 못한 호르몬이 순간적으로 득세하지 않았나 싶었다.

바로 이래서! 이런 이유로 제때 짝을 찾아 맘껏 하고. 힘껏 하며 죽도록 해 음기와 양기를 동일한 비중, 동급 함량으로 채우며 나누는 교합을 해야 하지 않나 싶었다.

실로 한순간 치밀어 오르는 욕망으로 절로 철학가가 되고 사상가가 되는 순간이었다.

이대로, 이 지경으로 가다가는 종국에 종교인이 되는 것도 머지않은 일 같았다.

"우유정 씨."

"……."

"우유정 씨."

몽롱한 상태에서 비로소 정신을 차린 유정이 정다운을 쳐다봤다.

"네."

"이곳은 되도록 진이나 멘도자가 드나들 거예요. 맥주 박스가 무겁기도 하지만 가끔 문이 말썽을 부리기도 하고 무엇보다 꼭 이곳에 들어올 일이 생기면 나나 두 사람을 불러서 부탁을 하거나 요청을 하세요. 펍 안이지만 혹시나 술을 마신 손님들이 실수를 하거나 실수인 척하는 수가 있으니까요."

설명을 마친 정다운은 무슨 의미인지 아느냐고 묻는 듯했다. 유정은 고개를 끄덕였다.

요지는 이랬다. 술에 취한 취객이, 아니면 취객인 척하는 손님이 혼자 이곳으로 들어가는 유정을 보고 따라 들어오거나 그런 의도를 갖고 실수인 척을 할 수도 있으니 미연에 조심을 하라는 그런 이야기. 여러모로 상당히 세심한 남자였다.

가게의 살림살이와 저녁 타임에 주방에서 가장 많이 필요로 하는 재료와 행동들. 또 저녁 타임에 주의하고 경계해야 하는 것들을 몇 가지 더 일러주고 경청하는데 드디어 진과 멘도자라는 두 인물이 릴리 안으로 들어왔다.

아프리카에서 온 진은 요즘 TV에 많이 나오는 샘 오취리보다 더한 장신의 미남이었고, 미인들이 많기로 유명한 나라에서 온 멘도자는 언뜻 보면 한국인이라고 우길 수도 있을 만큼 우리네와 비슷해 보는 순간 친근감이 드는, 짧고 오동통한 나름 귀여운 외모였다.

정 사장의 설명과 소개로 유정과 인사를 한 젊은이들은 일단 첫인상이 훈훈하니 좋았다.

유정을 보자마자 이제껏 한국에서 본 최고의 미인이라며 보고 또 봤다. 심지어 실사이냐며 얼떨떨해하기도 했다. 두 젊은이들이 보는 눈도 있고 또 본 대로 말하는 소신 있는 세계인이자 지구인이었다.

유정이 릴리의 모든 것을 숙지하고 눈에 익혔다 싶으니까 손님들이 하나둘 가게를 채우며 릴리에 넘쳐 나는 맥주를 주문하기 시작했다.

이후 시간이 어떻게 지났는지 모를 정도로 정신이 없었다.

미군 위주고 장교들이 대부분이라 해 썰렁할 줄 알았는데 별의별 군인들과 그의 부인들, 심지어 연인이나 커플들이 많았다. 제일 놀라운 건 저녁이라 한정 메뉴이긴 해도 그 모든 음식을 정다운이 만든다는 사실이었다.

첫날이니 일단은 눈으로만 익히라고 한 정다운은 설거지에만 심하게 특화된 인물인 줄 알았더니 달인 수준으로 미국 가정식 요리와 디저트를 만들어냈다. 그러면서도 행동과 몸짓이 어찌나 유연한지 요리가 아니라 칼춤을 추는 듯 보였다. 아무래도 정다운의 과거가 심상치 않은 것 같았다.

릴리의 영업시간은 새벽 2시까지였으나 유정의 알바는 11시까지였다.

정 사장은 11시 되기도 전에 유정에게 수고했다는 말과 함께 퇴근을 독려했지만 홀의 번잡함과 두 직원들의 분주한 놀림을 보며 퇴장할 수는 없었다.

"오늘은 첫날이니까 마무리까지 보고 싶어요. 봐야 융통성도 그렇고 요령도 부리죠."

그녀의 말에 정다운은 무슨 뜻이냐는 듯 그림처럼 진한 눈썹을 찡긋했다.

"내 의지와 다르게 상황으로 인해 6시에 못 오거나 많이 늦을 수도 있고, 그러면 11시 넘어서까지 알바를 해야 하는데 어떻게, 어떤 분위기로 마감을 하는지 알아야지 않겠어요?"

사실이었다. 며칠간은 칼처럼 지키겠지만 그 이후로는 잠재적 반항기와 게으름이 언제든 출몰할 수 있었다. 물론 절대 그러지 않길 바라지만.

"얼마를 늦든 간에 우유정 씨를 11시 이후까지 붙잡아둘 생각 없습니다."

"그건 정 사장님 생각이고요. 제가 또 하면 정확하고 제대로 하는 편이라서요. 그래야 나중에라도 미안하고 불편한 감정이 없을 거 아니에요."

더는 이 건에 대해서 말하지 말라는 의미를 담아 유정은 요리의 다음은 뭐가 들어가냐고 물었다. 그러자 눈치 빠른 정 사장은 머스터드소스가 들어간다며 노란색의 소스를 정확하게 한 수저 계량해 접시에 투하했다.

그 모습이 마치 폭탄을 투하하는 전문가의 모습처럼 절도 있고 정확했다. 또한 주방의 상황은 미드에서 본 어느 격전지만큼 정신이 하나도 없었다.

이름만 로맨틱한 릴리였지 전혀 릴렉스하지 않은 릴리였다.

분명 유정의 다리이면서도 전혀 그녀의 신체라고 할 수 없는 다리가 움직여지지 않는 순간, 이태원 대로에서 보이는 릴리 간판에 불이 꺼졌다.

새벽 1시 55분이었다.

이 시간까지 술을 마시고 즐긴 게 전남편과 섹스를 한 횟수보다 백배 천배는 많은 것 같은데 딱 실신 직전. 죽을 것 같았다.

술을 마실 때는 몰랐는데 주류업에 종사하니 몸이 받아들이고 반응하는 게 극명하게 달랐다. 유희와 노동이 결코 같을 수는 없겠지만 두 단어가 달라도 너무 달랐다.

"수고하셨어요."

한국인의 피가 흐르는 듯 보이는 멘도자였다. 그래서 그런지 친화력 또한 남달랐다.

"오늘 정말 끝까지 수고 많으셨어요."

이번에는 멘도자보다 발음과 표현력이 좋은 진이었다.

"그래, 두 사람도 수고 많았어. 그런데 두 사람 집은 어디야? 이 근처야?"

"저는 해방촌이고 멘도자는 용산 쪽이에요."

진은 한 치의 망설임도, 어눌함도 없이 설명했다.

"진 네 입에서 해방촌이랑 용산이란 지명을 들으니까 이상하다. 꼭 내가 너희들 나라 방문한 여행객 같아."

그녀의 엉뚱한 해석에 두 외국인이 재미있다는 듯 쿡쿡거리며 웃었다.

정말이지 이상하고도 색다른 경험을 하는 첫날이자 첫 새벽이었다.

웃는 것도 잠깐, 의자에서 일어나려는 유정의 다리가 깁스를 한 것처럼 묵직하고 무거운 게 전혀 말을 듣지 않았다.

이상한 낌새를 느낀, 눈치 뻔한 두 젊은이가 급하게 정다운을 불렀다.

두 젊은이의 합창에 주방에서 나온 정다운이 어정쩡하게 일어나려는 그녀를 쳐다봤다.

"……순간적으로 그랬나 봐요. 이젠 괜찮아요."

유정은 천천히 일어났다. 그러자 이번엔 어찔했다. 하지만 더 이상 어떤 티도 내기 싫어 애써 정신을 다잡고 세 남자에게 화사하게, 이 이상의 여신 미소는 없는 것처럼 웃어 보였다.

"자, 이제 다들 가죠. 쉬어야 내일 또 볼 수 있으니까."

우유정 인생에 알바 첫날, 그녀는 계단 밑에서 릴리의 출입문을 확인하는 정 사장을 기다렸다. 정다운을 필두로 두 젊은이들과도 인사를 하고 주차를 시킨 공영주차장으로 가는데 제법 익숙해진 목소리가 그녀를 불러 세웠다. 정다운은 기막히게 날렵한 움직임으로 바로 코앞까지 날아오듯 다가왔다.

"차 가져왔습니까?"

"네."

"어디 있습니까?"

"길 건너 공영주차장이요."

"같이 갑시다."

마치 당연한 일을 하는 듯한 지극히 자연스런 말투였다.

"괜찮아요. 아직 사람들도 많고 불도 밝은데요."

그 같은 말에도 정다운은 앞서 걸었다. 그런 뒷모습을 보다 결국 같은 방향으로 걸었다.

공영주차장으로 가는, 심하게 경사진 길에서 보는 이태원 모습은 제일로 요란한 시간대와는 결이 달랐다. 군데군데 묘한 정적과 두 톤쯤 죽은 듯한 소극적이고도 조심스런 소란은 전혀 모르는 거리인 것도 같고 어디서나 볼 수 있는 평범한 동네 거리 같기도 했다.

당연한 얘기지만 미군들은 보이지 않았다.

금요일 밤이나 토요일이 아니면 미군들은 다음 날 근무로 인해 늦은 새벽까지 술을 마시는 일은 금지 사항이었다. 지금까지 이 거리에서 흥청망청하고 있다면 그는 단지 외국인일 뿐 소속이나 병과가 분명한 미군은 아니었다.

생각해 보니 평일 새벽 이태원 거리를 이렇게 맨정신으로 걷기는 실로 오랜만이었다.

언제부턴가 비몽사몽한 정신으로 이 거리 속 어느 술집에서 미미를 괴롭히며 음주 가무로 평일 밤을 보내왔다. 바로 이안이 결혼을 하고 정식으로 색마이자 색신의 여자가 된 이후.

당연히 기뻐하고 진심으로 축하를 하면서도 마음 한편으론 섭섭하고 부러운, 그러면서도 배신감을 느끼며 그런 마음을 갖는 스스로에게 어이가 없었다.

마치 애지중지하며 키운 딸을 출가시킨 기분도 들고 제 길을 간다며 유학을 떠난 자식을 보는 듯도 해, 어찌 됐든 마음은 허허롭고 아쉬웠다.

마치 아끼고 아껴 먹던, 텅 빈 초콜릿 상자를 들여다보는 허망한 기분도 들면서.

"미쳤다, 우유정."

얼마나 이태원 거리를 보고 있었는지 고개를 돌려 앞을 보니 정다운이 10미터 앞쯤에 서 있었다. 정다운을 지표 삼아 걸었다. 그의 옆에 다다르니 정다운은 눈짓으로 방금 전까지 내려다본 거리를 가리켰다. 그 같은 안내를 따라 시선을 돌렸다.

나란히 서서 보는 동네는 조금 더 높아서 그런지 이태원 전체가 한눈에 들어왔다. 몇 개의 큰길과 모세혈관 같은 골목길까지 전부 다 눈에 찼다.

분명 샹젤리제 거리처럼 잡지나 엽서에 박힐 그 정도의 모습은 아니었다.

"특별히 아름답거나 뛰어난 야경은 아니지만……."

"좋아요, 그래도."

유정은 정다운이 맺지 못한 말을 이었다.

"……."

"……."

그녀가 느끼는 걸 그도 똑같이 느끼는 듯했다.

어느 관광지나 지명만으로도 유명, 훌륭할 정도로 좋은 건 아니지만 정직한 노동을 온몸으로 체험하고 경험한 이 시간, 이 자리에서 보는 야경은 이대로도 충분히 좋았다.

기력이 빠져 버린 몸의 무기력함과 딱 그만큼의 가볍고 상쾌한 기분이 나쁘지 않았다.

그런 이유로 두 사람은 경사가 심한 언덕길에 서서 두 톤쯤 수그러지고 잦아든 이태원의 야경을 조금 더 내려다봤다.

순간 잔잔한 새벽바람이 불었다. 바람결에 옆에 선 정다운의 체향이 코끝에 닿았다. 정확하게 집어낼 수는 없지만 청량하니 산뜻한 향이라 생각했다.

딱 정다운스런 향이었다.

넘치지도 모자라지도 않으면서 묘하게 시선을 잡아채는 그런 향.

다음 날 충분히 지각을 할 몸 상태인 것이 전날 알바로 명백한 상황이었지만 그런 이유로 악착같이 출근 시간을 지켰다. 시작은 의지와 의미만큼이나 호기로웠는데 사무실 의자에 앉자마자 절절한 신음 소리가 흘러나왔다.

어젯밤 그녀 혼자만 맥주 박스를 옮긴 것도 아니고 릴리 바닥이 패이도록 걸레질을 한 것도 아니었다. 더욱이 주방의 모든 재료와 부재료, 집기들을 광이 나게 닦은 것도 아닌데 온몸은 쑤시고 아팠다. 심지어는 서류를 보는 눈까지 마그네슘이 모자라는지 부르르, 부르르 요란하게도 떨려왔다.

"괜찮으세요?"

김양호였다. 양호하지 않은 유정을 불러 걱정 어린 표정으로 쳐다보는 선량한 어린양은.

아무래도 진한 그란데 사이즈의 커피가 응급이자 광속으로 필요한 거 같아 빈속이란 것도 잊고 김양호를 앞세워 옆 사무실에 있는 스낵바로 갔다.

8군 안에서 연합 사령관 건물과 바로 이곳 사무실에만 잔존하게 된 소중하고 귀중한 스낵바였다. 물론 스타벅스보다 신선하고 값싼 커피를 파는 착한 가게였고.

김양호는 금세 그란데 사이즈 두 개를 들고 나왔다. 영화 속 좀비 버금가게 달려들어 급하게 커피를 음복했다. 살짝 뜨거웠지만 그래도 삼키며 넘겼다.

"천천히 드세요. 딱 봐도 빈속이신 거 같은데."

그 말과 함께 김양호는 색이 노란 바나나 하나와 블루베리를 통으로 삼킨 듯한 보랏빛 머핀을 수줍게 내밀었다. 커피와 함께 산 모양이었다.

사무실 사람한테 이 정도인데 제 여자한테는 얼마나 잘할까 싶었다.

"고마워요."

어린것이 감도 있고 배려도 남달랐다. 이러니 이 우유정이 특별히 이뻐하지.

"얼굴이 많이 안 좋으세요."

아무리 미모를 타고났다 해도 나이는 못 속이는 건가 싶었다. 유정은 한 손으로 꽃받침을 하며 피곤아 사라져라, 를 맘속으로 외치며 제 얼굴을 꾹꾹 눌렀다.

"어제도 그렇고 정말 병가라도 내고 쉬셔야 하는 거 아니에요? 휴가는 얼마나 모으셨어요? 혹시 모르니까 제가 좀 나누어 드릴까요? 전 입사한 지도 꽤 돼서 여직까지 모은 휴가가 40일도 넘는데."

그래, 8군에 다니는 군무원들은 휴가를 주거나 양도할 수 있었다. 특히나 아파서 병가를 내는 이들에게 모두들 하루 이틀씩 기부하는 건 결코 드문 일이 아니었다.

"주긴 뭘 줘요. 신혼인데 있는 휴가 잘 배분해서 와이프랑 좋은 데 많이 놀러 가요. 맛있는 것도 많이 사주고."

유정의 진심 어린 충고에 김양호는 수줍은 듯 웃었다.

"자고로 부부는 같이 나누는 시간만큼 견고해지니까. 뭐 내 개인적인 견해이긴 하지만."

"우리 순미 직장이 어린이집이라 마음대로 휴가 낼 수 없어요."

"그래도 모아둬요. 다 필요한 순간이 있고 또 갖고 있으면 그만큼 생기니까."

"네."

"그거 알아요?"

"뭐요?"

"미래의 계획이든 여행이든 우리가 현재 생각하고 상상하는 그대로 일어나고 생기는 거."

"그거 책에 나오는 얘기죠?"

"아닌데."

유정은 고개를 저으며 커피를 마셨다.

제법 가을 티가 나서 그런지 손안에 든 커피 맛이 좋았다. 바람도 햇빛도 좋고. 무엇보다 몸에 주는 응급처치라 그런지 제법 커피발이 들었다. 뻐근하고 천근만근인 몸은 그대로지만 정신만큼은 미스터 김의 따뜻한 마음으로 인해 조금씩 풀리는 것 같았다.

"그럼요?"

"이 나이가 되면 경험치로 인해 가끔 무속인도 되고 예언자도 된단 얘기죠."

도사 버전 톤에 김양호는 소년처럼 웃었다. 그 모습에 커피가 더 맛 좋았다.

"혹시 들으셨어요?"

"뭘요?"

"8군 여군이 우리 치프한테 반해서 목매고 따라다닌다는 거요."

그 소리에 입에 있던 커피를 쏟을 뻔했지만 그러지는 않았다. 그러면서 취향은 역시 개인 취향이란 말에 열렬히 공감했다. 무엇보다 그 이해 불가한 취향이 다행이다 싶었다.

"남민가 아시아 혼혈인가…… 하튼 정통 미국인은 아닌데 우리 치프님 보고 첫눈에 반해서 퇴근 이후 매일 여기 이 길을 서성인다고 하던데."

"좋은 일이네요. 축하할 일이고."

진심이었다. 어느 취향 독특한 여군인지는 모르겠지만 좀 더 적극적으로 달려들어 그 소도둑놈을 어서 빨리 우리 밖으로, 본국으로 채갔으면 했다. 피차 심간 편하게 살게.

"근데요, 치프님이 여군한테 딱 잘라 말했대요."

"뭐라고요?"

"좋아하는 사람 있으니까 그러지 말라고."

김양호는 그 말을 끝으로 코를 커피 잔에 박고 있는 유정을 바라봤다. 마치 여군이 미워할 여자가 유정이 아니냐는 그런 정확하고 확고한 시선으로.

유정도 느끼는 소도둑놈의 현저하고도 소름 끼치는 변화를 사무실 사람들이라고 모를까 싶었다.

"그러거나 말거나……."

그녀의 말에 있는 대로 촉각을 곤두세운 김양호가 시선에 들어왔다.

"치프 사생활인데 우리랑 상관있나요. 잘되면 나중에 드래곤힐 호텔에서 밥만 먹어주면 되지. 물론 그전에 성의껏 축의금 내고 하객으로서 꽃단장도 해야겠지만."

더는 말을 하기가 싫어 커피로 입을 가리고 눈앞에 보이는 동산에 시선을 두었다.

필립 정이 누구에게 고백을 받든 누구를 마음에 두었든 관심두지 않았다. 관심이 가지도 않았고. 이제는 그녀 스스로가 누군가를 상대로 간을 보는 것도 싫고 맘도 없는 타인이 그녀를 상대로 간보는 것도, 찔러보거나 계산하는 것도 싫었다.

한동안은 전혀 아닌 듯, 그게 천성이고 즐기는 듯 행동하며 세상과 친구들까지 속이며 살았지만 유정은 과거와 마찬가지로 단한 사람의 뜨거운 사랑, 지대한 관심만을 원했다. 그러면서도 그감정이 죽는 날까지 지속 가능한 상태이길 간절히 바랐다. 그래서그런지 누군가가 그녀를 마음에 두었든 아니든 예전처럼 호들갑을 떨지도, 기분이 좋거나 승리감에 도취되거나 우월감을 느끼지않았다. 철이 들어선지 덤덤했고 담담하려 했다.

이 모든 변화는 개인의 노력과 커플에 따라서 그 요물스런 사랑이란 마술이 오랫동안 지속 가능하다는 걸 확인하고 보았기에 현재의 유정은 단 한 사람, 딱 한 남자만을 원했다.

그 한 사람이 결코 필립은 아니었다.

"……."

왠지 서늘한 기분이 들어 뒤를 보니 루머의 주인공, 필립 정이서 있었다. 순간 놀랐지만 차라리 잘됐다 생각했다. 어느 정도 진심을 보여줬다 싶어 시원하기까지 했다.

"치프도 커피 드시게요? 드시고 오세요."

유정의 인사에 필립은 아무런 대답이 없었다. 그저 빤히 쳐다보기만 할 뿐.

"미스터 김."

"네에."

"우린 그만 들어가죠."

눈치가 없는 이도 아니니 이 정도면 새겨듣고 알아듣길 바랐다.

어쩌면 개인적인 호감과 호기심, 또는 개인 취향으로 한 표를주어 입사에 도움을 주었는지 모르지만 그건 순전히 필립의 사정이며 판단이라 생각했다. 그렇다고 없는 마음까지 주며 노력하고 잘해볼 생각은 없었다.

좋은 사람인 듯하지만 단지 그뿐. 좋은 사람이라고 해서 좋아하고 사랑하는 감정이 생기지는 않는다. 또 나쁜 사람이라고 해서 사랑하는 감정이 안 생기는 것도 아니고.

사랑의 운동성과 감정의 방향성이 반드시 선악을 기준으로 움직이지는 않을 테니까.

그지, 안이안. 그런 거겠지. 그러니까 안이안도 세상에 다시없을 개 사이코이자 지구 최강 에로, 애무 변태한테 홀라당 넘어가 코가 꿴 것이리라.

운 좋은 년.

운수 대박인 기집애.

그 운발 좀 나눠 주고 가지.

출입구에 걸린 break time 푯말.

그 아래 좁은 계단에 유정과 진이 서로를 쳐다보고 있었다. 꽤나 염려하는 얼굴의 잘생김, 아니, 잘생긴 진이 물었다.

"괜찮으세요?"

"응."

"그러지 말고 쉬다 나오세요. 우리도 피곤하면 사장님께 허락받고 잠깐 눈 붙이기도 해요. 그리고 6시부터 바쁜 건 아니에요, 우리 릴리."

우리 릴리라니……. 꽃도. 연인도 아니고.

"진."

"네."

"넌 무슨 애가 한국말을 그렇게 잘하냐? 너 공부 잘하니?"

"네. 저 서강대 대학원 다녀요."

한국인이나 아프리카인이나 여튼 공부 좀 하는 것들은 이렇다. 겸손과 겸양이 부족하다. 대표적 실례로 안이안 그 기집애도.

"진."

"네."

"재수 없어."

"네?"

"그렇게 잘난 척하면 말이야."

"아, 네에."

"나 봐봐."

"어디를 봐요?"

순간 사오정으로 빙의한 진이 유정의 몸을 자연스레, 불쾌하지 않게 훑었다.

"아니…… 그래, 일단 내 얼굴을 봐. 참, 우리 나이 차 심하게 나니까 반하지는 말고. 난 개인적으로 비극 싫어하거든. 어쨌든 난 결국은 해피엔딩이니까."

정말 그랬다. 이 세상에 해피엔딩이 없다는 걸 알면서도 해피엔딩이 아닌 사랑은 용서할 수 없단 기가 막힌 말을 한 이처럼 유정도 해피엔딩만을 원했다.

"네."

진은 지금까지보다 격하게 고개를 끄덕였다. 그 자신도 비극은 싫은 게지, 암만.

"이렇게 탁월하게 이쁘고 네 눈으로 직접 보고도 못 믿을 만큼 슈퍼 울트라 베타급으로 아름다운데도 일절 나대거나 잘난 척도 안 하고 연예인 된다고, 맘만 먹으면 그깟 건 일도 아니란 그런 거 만하고 당연한 말……."

"……."

"이 누나는 먼저 하지 않잖아."

"네."

"진, 내 말 알아듣지?"

"그럼요."

그럼 됐어, 란 뉘앙스로 유정은 고개를 끄덕였다.

"또 내가 내 입으로 10살 때부터 길거리 캐스팅을 하루가 멀다 하고 받았다는 것도 클럽에 가면 A급 남자 연예인들이 서로 부킹하려고 쟁탈전을 하듯 난리 블루스를 쳤다고도 말하지 않잖아."

"……."

"진, 너 내가 지금 말하는 것들 다 이해하는 거지?"

"네."

"그래, 그리고 드라마 주인공이었던 천송이라고 있었는데 내가 개보다……."

"여기서 뭐 하는 겁니까?"

유정은 등 뒤에서 나는 소리에 놀라 자리에서 벌떡 일어나려 했지만 다리가 저려 그대로 비명과 신음 중간의 애매하니 오묘한 소리를 냈다. 좁은 출입구 계단에 앉았다가 통로 벽을 잡고 허수아비처럼 선 유정의 손목을 정다운이 재빨리 잡았다.

"괜찮습니까?"

내내 곁에 있던 진은 허수아비처럼 구경만 했다. 역시나 공부와 생활의 지혜, 순간적인 판단력과 센스는 아무런 연관, 상관관계가 없었다.

정확히 6분 후, 유정은 릴리의 가장 안쪽 정 사장 사무실에 있는 침대에 앉아 있었다.

그녀 앞에는 오늘도 역시나 의상에서 구두까지 블랙으로 깔맞춤을 한, 미스터 블랙 정다운이 서 있었다. 어제와는 다른 디자인의 완벽한 깔맞춤이었다. 손목에는 과하지도 그렇다고 무난하지도 않은 엔틱 버전 손목시계를 찬 것도 동일하고. 아무래도 지향하는 패션이자 캐릭터지 싶었다. 이름하야 정통 클래식.

"집에 안 갈 겁니까?"

"네. 죽어도 여기서 죽으려고요."

"……."

표현이 너무 과했는지 정다운 표정이 어리둥절하기보다 이해를 못하겠다는 듯 보였다.

"그러니까 꼭 이 현장에서 다이하겠다는 소리는 아니고 그런 마인드와 의지로 일을 한다는 거죠. 어쨌든 천하절색인 제가."

어느 근로 현장의 책임자가 저런 표정으로 바라볼까 싶었다. 저리도 무채색의 무감하고 무감동한 시선과 호흡을 하고.

"몸은 어때요?"

"어떨 것 같은데요?"

"적응하기까지 시간이 걸릴 겁니다."

유정이 물어본 것과는 조금 다른 방향의 대답을 했다. 정다운

블랙은.

"괜찮아요…… 그냥 좀 죽을 것 같아서 그러지."

최대한. 기력이 빠진 톤으로 설명했다.

"움직이는데 별 무리는 없어요, 그냥 죽어라 쑤셔서 그러지."

동정심과 배려를 하지 않으려야 하지 않을 수 없도록 아주 짠하게 메소드 연기를 했다.

"걸어 다니는 것도 뭐 할 만해요."

"……."

"자꾸 발목이 꺾이고 어기적 갈지자로 걸어지는 거 빼면."

도무지 읽히지 않는 새까만 눈동자의 정다운이 유정을 죽어라 쳐다봤다. 그렇게 봐도 결국엔 이쁘겠지. 그래서 그렇게 보는 것일 테고.

"그런 건 정말 아무것도 아니에요. 어제 장시간 서 있던 관계로 십자 무릎 관절이 360도로 시려서 그러지……."

무슨 말이라도 하면 좀 나을 수도 있겠구만.

정다운의 목소리는 시커먼 블랙에 파묻혔는지 삼켜졌는지 일언 반구가 없었다. 그 모습에 진득한 건지 타인에 대한 측은지심과 진정성 결여인지 당최 알 수가 없었다.

"……알았어요, 알아."

"……."

"10분만 쉬다 갈게요. 주방으로."

그때 노크 소리와 함께 멘도자가 빼꼼히 고개를 내밀더니 종이 뭉치를 건넸다.

"말씀하신 건 없고 비슷한 약이 있다고 해서 사왔습니다."

"고마워요, 곧 나갈 테니까 주방 좀 지켜줘요. 물을 올려놓았어요."

"네."

멘도자는 인사를 하고 문을 닫았다. 문이 닫히자 정다운은 종이봉투 안의 병과 알약을 건넸다.

"피로 회복제랑 몸살 감기약이에요. 이 밴딩은 나오기 전에 무릎에 하고 나와요, 압박 밴딩 같은 건데 나쁘지 않아요."

"……."

"처음엔 오래도록 서 있어서 무릎이나 다리, 우유정 씨 말대로 어디든 무리가 갈 수 있어요. 그러니까 꼭 붙이고 나와요."

조근조근 설명하는 음색이 퍽 부드러웠다. 반응이 거북이걸음처럼 조금 느려 그게 문제지 진심이 쬐금 배어 나오기는 했다.

"천천히 나와도 됩니다."

목소리에 묘한 자력이 있었다.

"한숨 자도 좋고요."

그 말을 끝으로 정다운은 깃털 같은 몸짓으로 룸을 나갔다.

"하아……."

천천히 나오랬다고 늘어지고 한숨 자라고 했다고 시간을 잡아먹는 진상은 물론 친구들이 지어준 근거 있는 별호지만 왠지 그러기가 싫었다.

유정은 손에 쥔 약을 한동안 쳐다보기만 했다. 감동이라고 하긴 뭐한 소소한 뭉치, 뭉클이 크지 않게 밀려오는 듯했다.

"여기에…… 바나나 맛 초코파이 하나 얹으면 제대로 CF인데. 하나 얹지, 임팩트 있게."

정다운이 말한 대로 약을 챙겨 먹고 무릎에 밴딩까지 장착하고 일어났다. 한결 나은지는 모르겠지만 티는 났다. 무릎의 타이트한 무언가가 그녀를 지지하고 응원하는 티가.

몸 상태는 모르겠지만 왠지 모르게 마음가짐이 달라진 유정은 가뿐한 마음으로 방을 나왔다.

불야성까지는 아닌데 릴리는 오늘도 바빴다.

바쁜 와중에도 보일 건 다 보였다.

유정이 릴리에서 이 같은 중노동을 하게 만든 원인 제공자, 싸가지 없는 캐롤이 오늘은 다른 미군과 다정한 분위기를 연출하며 술에 취해가고 있는 모습이.

지금도 상당히 많이 마신 것 같은데 술병은 캐롤의 손에서 떠나지 않고 있었다. 함께한 미군 남자는 겉으로 보기엔 멀쩡해 보였다.

"저거 저거 저러다 내일 출근 못하지……."

절대로 걱정은 아니고 약간의 우려는 됐다. 저러다 또 사고 치지, 하는 그런 근거 있는 추정이.

귀찮은 관계로 참다 참다 화장실을 찾은 유정은 거울 속 피곤에 쩔어도 어쩜 이렇게 이쁠까, 하고 감탄하게 되는 스스로를 보며 손을 씻었다.

"근데 딱 봐도…… 질투 유발 공작이네."

라는 평과 함께 핸드 타월을 뜯어 손을 닦는데 캐롤이 들어섰다.

약속한 것도 아닌데 거울 속 두 여자의 시선이 엉켰다. 유정은 핸드 타월을 휴지통에 던져 넣고 여전히 응시 중인 캐롤을 지나쳐 갔다. 그 순간이었다.

『정신 차려. 크리스가 아시안이긴 하지만 너 같은 여자가 상대할 남자가 아니야. 그리고 너 말이야, 크리스 때문에 알바하는 거 같은데…….』

진작에 정신 차릴 인간은 저인가 싶은데 캐롤은 말을 멈추지 않았다.

『헛물켜지 마. 크리스는 아주 오래전부터 내가 찍은 남자야. 알았어? 꺽다리?』

기도 안 막혀서 헛웃음이 나왔다.

"숏다리! 너야말로 하나만 해라. 너 음흉하게 쳐다보는 저 미군 침대로 올인하든가 크리슨지 크리스피인지 하는 정 다방, 아니, 정 사장만 노리든지."

『야! 너 영어 못해? 알아듣기는 하는 게 말하지는 못하나 보네. 쳇!』

유정이 영어를 알아듣는다는 사실을 알아서 그런지 캐롤은 험악한 표현은 쓰지 않았다. 비록 표정은 살벌하니 뭐 씹은 표정을 하지만.

『야, 내 나라에서 우리말로 하지 그럼 너 같은 돌아이에 헤픈 여자 좋으라고 영어로 하리? 너야말로 남의 나라에 일하러 왔으면 언어 공부 좀 해. 장교씩이나 돼서 미국인이 꼴랑 영어 하나 하는 게 자랑도 아니고.』

예상 못한 반박에 캐롤은 순간적으로 흠칫하는 표정을 지었다. 그러더니 결국 천박한 본색을 드러냈다.

『누가 더 헤픈 여잔지 모르겠네? 크리스는 지나랑 이혼 전부터 나랑 썸 타던 남자야. 그러다 이혼했고. 생각해 봐. 왜 이혼을 했겠어? 나랑 본격적으로 잘해보려는 거지. 그러니까 그 얼굴로 아무리 설쳐도 넌 안 돼. 이 무식한 깡패야.』

돌아이가 열이 받았는지 관심 없는 저희들 히스토리에 사생활까지 털고 있었다. 순간적으로 이 여자한테 꽤나 시달렸을 크리슨지 크리스핀지, 정 사장이 안됐다 싶었다.

『이 멍청한 돌대가리야. 네가 그렇게 둔하니까 여직 헛물만 켜고 있는 거야.』

답답함에 유정은 친절한 조언을 해주기로 했다.

『너희 둘 역사는 내 알 바 아니지만 너 모르겠어? 저 남자 너한테 관심 없는 거? 몸으로 잡을 수 있는 시대는 지나갔어. 넌 군에 말뚝을 박아서 그러냐? 그걸 여직 모르게. 이 둔탱아!』

유정은 이번에도 현란한 영어를 써가며 독설을 퍼부었다. 그렇지만 절대로 욕이나 인종 비하는 하지 않으려 무진장 애썼다.

그 순간이었다. 멋지게 일갈하고 돌아가려는 유정의 머리를 캐롤이 잡아챈 건.

『이런 미친…… 너 이게 안 놓지?』

『그래, 안 놓을 거다! 이 재수 없는 동양 년아! 네가 뭘 안다고 잘난 척이야! 그래 봤자 술집에서 웨이트리스나 하는 게! 크리스는 레인저 출신에 나랑 웨스트포인트 동문이고 저 남자는 너희 같은 일반인은 짐작도 할 수 없…… 아악!』

유정은 헛소리를 지껄이는 틈을 타 캐롤을 제압했다.

웨스트민스턴이든, 웨스트포인트를 나왔든 간에 그건 군인일 때 얘기고 이처럼 한 품은 여자 대 여자로는, 캐롤이 유정을 이길 공산은 없었다.

무엇보다 유정이 신체 조건으로 월등히 앞섰고 군대가 아닌 치열한 현실에서 산전수전 공중전까지 다 겪고 보냈기에 무서울 게 없었다. 그래서 그런지 두 여자의 싸움은 전보다 더 치열하니 원색적이었다. 더군다나 한동안 오가는 이도 없어 두 여자의 2차전은 격전, 피 튀기는 혈투이자 혈전 그 자체였다.

탁!

유정은 책상에 물 잔을 놓고 숨을 돌렸다.

이번에도 역시나 이긴 건 맞는데 삭신이 무지하게 쑤시고 아팠다.

"괜…… 찮으세요?"

누가 봐도 한국인으로 보이는 멘도자가 걱정이 가득한 얼굴을 하고 쳐다봤다. 사뭇 정이 뚝뚝 흐르는, 교양프로 이웃집 찰스의 정다운 눈빛 그것이었다.

"괜찮으니까 나가서 일 봐. 진 혼자 바쁘겠다. 난 이대로 사장 기다리다가 프리 토킹 좀 하고 나갈 테니까 걱정 말고."

홀에서 혼자 고군분투할 게 분명한 진에게 미안한 마음이 들었다. 그래서 더욱더 멘도자를 내보내려 했다.

"사장님이 오실 때까지 잘 지키고 있으라고 하셔서……."

"됐어? 내가 개니 애니? 왜 지키고 있어? 빨랑 나가 일해. 난 누워 있을 거니까."

부탁보단 명령인 게 분명한 말에 멘도자는 걱정 가득한 표정을 하다 결국 쫓겨 나가듯 방을 나갔다. 그러면서도 도움이 필요하면 전화하라는 말을 남겼다.

멘도자가 나가는 걸 확인한 유정은 온몸이 전방위적으로 결리고 쑤셔 침대에 누웠다.

"으…… 응."

신음이 온천수 터진 듯 절로 터졌다. 결코 많이 맞은 건 아닌데 어제의 피곤이 풀리기도 전에 새로운 근육통이 더해져 몸이 천근만근이었다.

크리슨지 정 사장인지는 여자들의 똑같은 파이트 버전에 이번에는 적잖이 언짢은 표정을 하더니 역시나 입이 터진 캐롤을 데리고 밖으로 나간 게 10분 전이었다.

이번 일보다 더 놀라운 사실은 정다운이란 남자의 남다른 이력이었다.

웨스트포인트를 나온 재원이라는 것도 그렇고 미군 출신에 이혼남이라니…….

개인사가 전혀 궁금하지 않은 건 아니었지만 생각지 못한 이력은 화려하고 스페셜하기만 했다. 저리도 무감한 표정에다 언제 어디서나 신선놀음하게 생긴 위인이 일반 미군도 아니고 특수부대인 레인저 출신이란 건, 썸 탄다는 헛소리보다 더 놀라웠다.

그 모든 이유로 행동이 그렇게나 민첩하고 물 같고 그림 같았나 싶다가도 그런 이유로 더 투박해야 하는 거 아닌가 싶었다.

결국 보이는 게 다가 아닌 남자인 건 분명했다.

"그건 그렇고, 이 남자는 제 소중한 직원은 골방에 팽개치고 대체 어디서 뭘 하는 거야? 지금 나 계약직이라고 신경 안 쓰지! 하! 이래서 정규직이 중요한 거라니까."

침대에 누우니 정말 병자라도 된 것처럼 점점 기운도 없고 피곤이 급격하게 몰려왔다.

방도 아담하고 천장에 달린 불빛도 평균 이하로 게슴츠레하니 완전 수면을 방조하고 조장하는 분위기였다.

"어쩌겠어, 사장이 까라면 까고 자라면 자야지."

수면 모드에 걸맞게 눈을 감았다. 그러자 금세 누군가가 끌어안고 끌어당기듯 어둠 속으로, 기억 속으로 빨려들고 빠져들었다.

유정은 벌써 한 시간 넘게 달래다 칭얼거리다, 를 반복하고 있었다.

"주말인데 우리 나가서……."

"야!"

늘 그렇듯 진원은 그녀의 말을 다 듣지도 않고 성을 내기 시작했다. 야! 라는 기선 제압으로.

"넌 왜 그렇게 매사 남한테 의지하려고만 들고 시간을 유용하게 쓰질 못해? 그렇게 심심하면 일을 해, 일을. 아님 생산적인 사회활동을 하는 것도 좋고. 아니면 작년까지 하다 만 봉사활동을 하든가. 그러니까 내 말은 넌 네 시간 갖고 나한테도 온전한 내 시간을 달라고. 그렇게 맨날 애처럼 칭얼거리지 말고."

"뭐? 맨날? 당신은 맨날의 뜻을 몰라! 맨날이란 건 매일매일이란 소리야! 나 지금 당신 열흘 만에 보는 거야. 출장 갔다 바로 사장님 이하 간부들이랑 골프 여행 갔다가 돌아와서는 집에 들르지도 않고 동호회 사람들이랑 낚시 갔다가 또!"

억울했다. 미치게. 열 받아 죽을 것처럼.

"한정판 피규어 사러 일본 갔었지. 난 당신네 식구들 챙기고 뭐다 해서 생활비 한 푼이 없는데……."

"그래, 그러니까 너희 집에 가 지내면서 아버님 비위 살살 맞추면서 용돈도 좀 듬뿍 달라고 하면 좀 좋아!"

또 똑같은, 그야말로 매일매일 하는 돌아버리겠는 돈타령.

"너도 편하고 아버님도 이쁜 딸내미 이쁜 짓 하는 거 보시면서 서로 좋은 일 아니냐고? 그 덕에 우리 살림도, 내 여가생활도 고 퀄리티화되고. 그러니까 매일 나만 닦달하지 말고 돌아다녀! 너도."

감정에 여러 갈래가 있고 그 감정이란 게 자연스레 결혼까지 갈 수도 있다.

허나 처음에 여지없이 뜨겁다 금세 책임감과 함께 흥미를 잃을 수도 있다는 걸 그때는 유정도 진원도 알지 못했다. 서로가 첫 정이고 풋풋한 서로의 아름다움에 반하고 자유로운 생각과 함께 천진하기만 했던 그 시절, 결혼은 수순처럼 당연한 듯했지만 결혼생활은 당연하지도, 각오만큼 책임감 있지도 않았다.

진원은 우리 함께, 가족, 공동체, 이런 여타의 단어와 감정은 모조리 배제하고 상실한 문제적 인물이었다.

연애를 할 때는 유정만 챙기고 원하는 모습에 너무 좋아하고 사랑해서 그런가 보다 했는데, 기본적으로 자신과 자신의 것이라고 생각한 것을 제외한 타인의 행복과 기쁨, 관계에 대한 책임과 성실함에 대해 개념 없는 진원은 자신만의 세계와 취미, 유희가 전부였다.

자유롭고 또 그만큼 이기적인 정신세계엔 유정이란 일상의 동지가, 소중한 친구가, 편안한 연인이, 믿고 의지하는 동반자이자 부인이란 자리는 없었다.

진원에게 맞추려 처음엔 많은 노력을 했다.

신혼여행을 다녀오자마자 급 흥미를 잃은 남자의 시선을 돌리고 매력지수를 보이기 위해 멋진 오피스 걸처럼 회사도 다니며 부지런한 일상을 살아보기도 했다. 하지만 그럴수록, 그런 이유로 진원은 더욱더 가정과 관계에 대해 소홀히 하며 등한시했다.

어느 순간부터 두 사람은 한 공간을 나눠 쓰는 남과 여에 불과했다.

처음엔 진원의 마음을 돌리려 치사하고 구차스러운, 낯 뜨거운 행동들도 하면서 예전과 다른 게 당연하지만 그렇다 해도 너무도 달라진 남자를 되돌리고 되찾으려 그녀 자신을 가꾸고 변하며 달라지려 했다.

그 모든 건 소용없었다.

제 세계와 저만의 유희가 전부인 진원의 영역에 그녀가 함께할 곳은 어디에도 없었다.

그땐 이안도 직장 생활로 바쁘고 미미는 할머니의 병간호로 바쁜 나날들이었다. 그렇게 각자 서로에게 주어진 일상에 골몰하고 열심히일 때 상황은 최악으로 치달았다.

소중한 친구들이었지만 그런 이유로 일상의 모든 문제들을 전부 오픈하며 상의하는 시기는 아니었다. 분명 스스로 더 많이 노력하고 더 좋은 방향으로 갱생하려는 치열한 시절이었다, 그때의 우리 모두는.

결국 미치게 외로운 유정이 미치도록 신나게 사는 진원에게 헤어짐을 언급했다.

친구들은 모르고 있지만 진원은 엄청난 위자료를 아버지에게 청구했다. 온갖 지저분한 진상 짓에 결국엔 그 엄청난 금액을 받아냈다. 그 후 진원은 청담동에 자신이 미치게 좋아하는 가게를, 커다란 네버랜드를 차렸다.

3년을 채우지 못한 결혼 생활은 그렇게 미완으로 끝이 났다.

그 시간들 속에서 배우고 깨친 건 있었다.

그렇다 해도, 그럼에도 불구하고 현재를 살고 있는 이에게 필요한 것은 사랑이며 누리고 받은 적이 없기에 주고받는 사랑이 그 무엇보다 소중하다는 사실. 우유정 자신은 단지 그걸, 그것만을 절실히, 절박하게 원한다는 걸.

그 같은 사실은 눈만 마주치면 구박을 하면서도 끝까지 외면 않는, 정은 많으면서도 그만큼 제멋대로 오빠들과 늘 사랑으로 감싸 안아주는 절대 지지자 이모들에게 배웠으며 뒤늦게 알게 돼 다독이며 상처를 아물게 도와준 두 친구들에게 배웠다. 또한 여전히 사랑을, 오직 사랑만을 바라는 그녀 스스로의 성향으로 인해 절감하며 터득했다.

상처와 오류의 범벅일지라도 이 세상에서 제일로 가치로 두는 건 사랑이었다.

같이 울고 웃고, 같은 방향을 보고 걸으며 함께 나누는 그런 동화 같고 미신 같은 사랑.

그녀 스스로는 아직도 그런 사랑을, 그런 사랑이 깃든 소박한 가정을 바랐다.

강조하는 의미로다가 한 가지가 더!

그것은 바로 정신적인 안정과 사랑만큼, 아니, 어쩌면 그보다 백배 천배 더 중요한 육체적, 하체 위주의 에로틱한 교접과 욕망의 교집합을 바랐다.

순진한 만큼 무식한 두 친구들에게는 구성애 여사 저리 가라 하는 성미학의 숙주, 성지식의 메카이자 브라질리언 왁싱과 고수의 인증과도 같은 시오후키의 전파자로 이름을 떨쳤지만, 실상은 풍월과 책으로만 얻어들은 먼지 같은 지식이었다.

너무도 창피한 일이라 언급조차도 하기 싫지만 아직까지 오르가슴이란 걸 경험하지 못했다.

그 같은 오르가슴이 많은 경험과 횟수에서 자연스레, 필수적으로 따라오는 거라면 유정은 출발선에서부터 기본 요건을 갖추지 못했다.

한진원 그 인간은 제 취미와 유희적 생활에 빠진 것도 부족해 부부 관계가 격하게! 미치게! 말도 안 되게! 터무니없이 부족했다. 간혹 해운대에서 해삼을 집듯 통하였다 해도 불협화음이 대부분이었다. 소설이나 영화에서는 고통이나 아픔은 1할일 뿐 입이 벌어질 만큼 좋다는데 뭐가, 어디가, 얼마나 좋다는 건지…….

결론은 부실하고도 부실한 자였다.

대학 때는 전혀 모르고 생소한 세계라 불만이 있을 수 없었고 결혼 후에는 다른 이들도 다 요만큼, 요맹큼만 하는구나 했으며 이 정도에도 만족하고 사나 부다 싶었다. 네발로 걷는 교합 중심의 동물도 아닌데 이 정도면 황송하지. 그렇게 잘못된 믿음에 기대 살았다.

헌데! 절대로. 전혀 아니었다.

고등학교, 대학교 동창들을 만나고 잠깐 다닌 회사 생활로 유정은 자신의 맹신이 대단한 착각이며 착오란 걸 알았다.

이 세상에는 딱 한 번이라 해도 절대 잊을 수 없는, 믿거나 말거나 한 섹스란 게 분명 존재했다. 또한 섹스는 비싼 화장품이나 멀티 비타민, 코코넛 오일과 단백질 보충제보다 효능과 효과가 뛰어나다는 것도 알게 됐다. 심지어 매일 해도 되고 하루 세 번하는 남자도 숱하게 많으며 그런 남자가 앞집에도 있고 윗집, 아랫집에도 존재할 수 있는 존재란 걸 알아버렸다.

그 부실한 십장생 한진원으로 인해 그렇게 이 세상을, 더불어 세상 남자들을 호도하고 왜곡하며 홀로 외로이 살았던 것이었다. 빌어먹게도.

나쁜 자식! 빌어먹을 자식! 생 양아치 같은 놈! 거짓과 무용한 이론으로 제일로 아름답고 혈기 왕성한 우유정의 눈과 입을 가린 놈! 섹스에 섹스도 모르는 놈! 모르면서 퍽이나 아는 척을 하고 어디서 익히고 배워오지도 않은 게으르고 나태한 놈!

"니가 그러고도 행복할 것 같아!"

억울한 유정은 이 세상 사람들 전부가 다 들으라는 듯 소리쳤다.

"이 우유정을 반병신으로 만든 나쁜…… 놈!"

"우유정 씨, 정신 차려봐요."

"……뭐야! 이거 놓으란 말이야! 무슨 자격으로 날 잡는 건데!"

"우유정 씨!"

그 모든 시간들을 가로질러 헤매다 어느새 황량한 사막 한가운데 혼자 남은 유정은 누군가를 향해 치열하게 대항하며 항변했다.

"내가 뭘 그렇게 잘못했는데! 나는 노력했어. 했다고!"

가슴 안에 꼭꼭 담아둔 말이 너무도 많았다. 늘 목까지 차 숨이 턱턱 막혔지만 참았다.

어떻게든 이 결혼을, 이 가정을 지켜내고 싶었다.

그런 노고도 모른 채 울부짖는 그녀를 누군가 사정없이 깨우려 했다.

어깨를 잡은 손이, 내리누르며 흔들어대는 힘이 더는 버텨내기 버거울 정도였다. 그 같은 강압적 압박과 채근이 무서워 일어나기 싫었지만 꼭 그만큼 슬프고 외로워 깨고도 싶었다.

복잡해 알 수 없는 미몽이었고 익숙하면서도 낯선 세계였다.

"우유정!"

힘 있는 부름에 결국 눈을 떴다. 눈이 떠졌다.

벌어진 틈. 까만 세상 안으로 누군가가 들어차며 서늘한 채로 비어 있던 습기 가득한 여백. 휑하니 비어 있는 자리를 햇빛 머금은 그림자가 채우고 있었다.

마지막엔 초점 없이 부유만 하던 텅 빈 시야를 가득 채웠다. 차올랐다.

그 사람은 미스터리한 남자, 정다운이었다.

평소보다 두 시간 먼저 문을 닫은 펍은 멘도자와 진까지 퇴근해 유정과 그녀를 빤히 보고 있는 정다운뿐이었다.

정다움과는 별다른 접점이 없는 남자가 언제 어디서 전복을 사와 끓였는지 어수선한 꿈자리에서 깬 그녀를 다독여 앉힌 곳이 초록의 전복죽 앞이었다.

"챔피언 매치로……."

"……."

"기력이 쇠한 것 같아 끓였습니다."

챔피언 매치란 소리에 내내 죽을 응시하던 유정이 정다운을 바라봤다.

통할 듯 말 듯한 유머를 장착하고 이렇게나 잔잔한 톤으로 세심한 배려를 하는 이가 소수정예 레인저 출신의 이혼남이라. 그러고 보니 캐롤은 다른 말도 했었다.

이 남자가 자신과 불륜 비슷한 관계였다고. 정말 그랬을까……. 뜬금없게도 그 일방적인 말의 사실 여부가, 진위가 무척이나 알고 싶어졌다.

"말할 기운도 없는 겁니까?"

왠지 모르게 불륜과는 전혀 매치가 안 되는 부류로 보이건만.

"아니요."

그래, 보이는 게 뭐 그리 대수라고. 그녀 자신도 외관상으론 천하절색에 여리여리한 꽃 중의 꽃이건만 일상은 이렇게 수시로 타이틀 매치와 함께 웨스트포인트 출신 미군과 맞짱을 뜨고 있거늘. 보이는 건 전부가 아닌 것이여, 사람이나 세상이나.

"이 죽으로는 도저히 감당이 안 될 정도로 에너지가 뻗쳐요, 난."

"다행입니다."

정다운은 부드럽게 웃어 보였다.

"들어요. 그리고 혹시나 해서 하는 말인데 캐롤은 다신 오지 않을 겁니다. 그러니까……."

이 남자의 미소가 이런 느낌이었던가. 왠지 모르게 친근하고 편안했다. 어색함 없이.

"기대했다면 접어요."

"뭘요?"

"국가 방어전, 릴리에서 더 이상은 없습니다."

엄숙하게 공표하는 듯하면서도 입가는 묘하게 웃는 듯 보였다. 사실 표정은 웃는 듯한데 정확하게 웃는 것 같지 않은, 숨은 미소 찾기 같은 얼굴을 했다, 정다운은.

"아쉽네요."

"아쉽습니까?"

"그럼요, 아쉽죠. 그렇게 당해놓고 또다시 덤비면 이번에는 아주 개박살, 아니, 아작을 내려고 했는데. 이 부드러운 죽처럼."

유정은 그 말을 끝으로 듣고 있던 수저로 죽을 한 입 떠먹었다. 내장까지 넣어 만든 죽은 고소하니 맛이 좋았다.

미쳤는지 맥락 없이 그런 생각이 들었다.

이 남자도 이 죽만큼이나 고소하니 맛이 좋을까 하고……. 그런 어처구니없는 대입과 의문, 궁금증이 뜬금없이 고개를 들었다. 아무래도 그 천박한 캐롤이 이 남자를 점찍었으니 생각도 말라는 소리를 해 그에 반하는 심리가 작용한 듯했다. 그게 아니면 양기를, 양기의 연원을 너무 굶어서 그럴 수도 있고. 계속 이리 부박하게 살다가는 길고양이들처럼 반강제 중성화가 될 것도 같고.

"……왜 그렇게 봅니까?"

"캐롤이란 인간은 대체 당신의 어디가 그렇게 좋은 건가 싶어서요."

"……."

"왜 그렇게 되는지는 모르겠지만 당신을 언급할 때마다 뒤지게 맞게 된다는 걸 알면서도 덤비는 거 보면 당신이 정말, 정말 좋다는 거잖아요? 아닌가? 그냥 습관성 멘트에 유희적인 말일까요?"

정다운의 표정은 조금씩 굳어지는 듯했다. 지금까지와는 살짝 다른 표정을 하는 이를 보면서도 유정은 말을 멈추지 않았다.

"사실 화장실에서 아주 잠깐 야릇한 포즈를 관람하긴 했지만 당신이 캐롤을 보는 시선은 일반적 수준이었어요. 그 여자가 당신들의 관계를 야릇하게 상상할 정도로 끈적거리거나 달콤하지도 않았고. 물론 이 전문가의 시각으론 그렇다는 거죠."

주관적이면서도 냉정한 평가에 정다운은 쳐다보기만 할 뿐 긍정이나 이렇다 할 반박, 반론을 제기하지 않았다.

"또 걔가 그랬거든요."

약간의 도발을 염두하고 둔 말인데도 반응이 없었다.

"당신이 웨스트포인트 출신의 육군 특수부대 레인저였고 이혼남인데 지 때문에, 저와의 지저분한 유희, 뜨거운 관계를 위해서 이혼을 했다고."

그 말을 끝으로 입을 다문 유정은 대답을 기다리고 기대했다.

그 사실을 뻔히 아는 정다운은 유정을 세밀하게 쳐다보기만 할 뿐 이렇다 할 답을 하지는 않았다. 그래서 조금 더 기다려 보기로 했다.

손으로 딱 두 뼘 앞에 앉은 남자는 어지간히 진중한 스타일이었다. 자신을 향한 곡해와 왜곡에 바로 반응하지 않을 정도로. 그런데 이 같은 신중함이 나쁘지 않았다.

예전 같으면 분명 답답하다고 성을 내고도 남았을 테지만.

"그런 전문적이고도 디테일한 분석은 경험에서 나온 경험치입니까?"

기대에 부흥하거나 기대했던 답은 아니었다. 그러면서 질문에서 약간의 질투인지 모를 감정이 읽혀졌다. 잡힐 만큼 분명하거나 뻐기고 자신할 수준은 아니지만 약간의 호기심과 같은 애매한 감정이, 유정 자신과 동일한 듯 보였다.

"이 같은 어마무시한 초능력을 말하는 거라면……."

"……."

"경험치가 아니라고는 못하지만 타고난 촉이라고 하는 게 맞을 것 같네요. 그런데 말 안 해줄 거예요?"

"어떤 부분을 확인하고 싶은 겁니까?"

이번엔 피하거나 침묵하지 않고 다이렉트로 물어왔다.

"두 사람에 대해서 캐롤이 한 말이 그녀의 희망이고 바람일 뿐인지 아니면 상당한 근거와 신빙성이 있는 소린지."

"궁금합니까?"

"궁금하죠."

"그게 왜 궁금합니까?"

그 같은 즉각적이고도 도발적인 질문을 하고 정다운은 유정을 빤히도 쳐다보았다. 마치 유정의 속을, 속마음을 꿰뚫고 직시할 것처럼.

글쎄, 왜 궁금하냐고 묻는다면 본능적인 호기심, 궁금함, 아니면 질투…… 아니지, 질투일 리는 없다. 이 뜬금없는 유감스런 감정이.

"어쩜 그런 이유겠죠."

"……."

"내가 생애 최초로 알바하는 곳이 굳이 윤리적이고 사회적 기업일 필요는 없지만 사장이란 사람이 상식적이고 윤리적인 게 좋지 않을까요? 한시적이지만 직원으로서 약간의 자부심도 느낄 수 있는 거고. 사실 지저분하게 바람피우다 이혼당한 남자라는 타이틀보다는 백배 천배 나은 거고요."

솔직하게 말했다. 백 프로 진심이나 진실은 아닐지라도 상당히 근거 있는 변명이다 싶었다.

유정의 그럴듯한 답변에 정다운은 알 것도 모를 것도 같은 표정을 하다 입을 뗐다.

"어느 쪽 같습니까?"

"그런 질문 않고 그냥 말해줄 순 없어요?"

"왜입니까?"

"난 내가 질문했는데 상대가 되묻는 거 엄청, 열라 싫거든요. 되묻으면서 빠져나가려고 개수작 부리는 거 같아서 재수도 없고."

역시나 이번에도 솔직하게 털어냈다. 그녀의 성향과 가식이 물들지 않은 청정한 심사를.

수저를 물고 쳐다보는 유정을 보며 정다운은 호흡을 골랐다.

"당사자인 내가 직접 언급하고 말하기 전에 날 며칠이라도 보고 겪은 우유정 씨 생각이 궁금합니다, 난."

뭔가를 테스트하는 것 같지는 않은데 묘하게 긴장감이 돌았다. 그러면서 정다운에게 기선을 빼앗긴 것 같은 느낌도 살짝 들었다.

"글쎄요……."

당신이란 남자의 눈은 절대 아니라는 말을 하고 있긴 한데, 그 자체를 온전히 믿기에는 유정도 만만찮은 인생을 살았기에 이 순간 보이는 게 다라고 단언할 순 없었다.

"교감만으로 파악되는 동물도 아니고 사람을 단 며칠로 판단한다는 건 그렇지만 이전에 말한 것처럼 캐롤을 보는 당신의 눈은 특별하지 않았어요. 그리고 두 사람의 이전 관계는 모르겠지만 지금의 당신한테는 아무것도, 그 어떤 것도 느껴지지가 않아요."

"……."

"갖고 싶은 사람에 대한 집착이나 열기, 소유욕, 뜨거운 열망이나 열정 같은 그 지독한 감정선이 느껴지질 않는다고 할까……."

유정은 우회 없이 보고 느낀 그대로를 말했다. 그 뒤에 살짝 숨긴 그녀의 진심이나 의심은 드러내지 않은 채.

"맞아요."

간결하면서도 단호한 투였다. 상당히 기분 좋은 느낌의 단언.

"난 캐롤한테 전혀 감정이 없어요. 과거에도 그렇고 지금 현재도."

역시나구나. 헌데 이상하게 안도가 되는 건 뭔지. 뭘까?

"그렇지만 오래전 가장 열정적이면서도 순수하던 시절을 함께했던 기억과 시간이 있기에 동지애와 전우애는 있어요. 그런 이유로 두 번이나 캐롤의 무례와 행패를 막아준 겁니다."

그렇지. 무례와 행패가 맞지, 맞다니까.

"우유정 씨를 그토록 불편하고 불쾌하게 만들면서까지요."

정다운의 표정엔 그 모든 상황에 대해 미안해하는 마음이 깃들어 있었다. 그 마음이 눈앞의 죽만큼이나 분명하게 느껴졌다.

"하지만 이젠 이런 일 다신 없습니다."

이 알맞은 온도의 죽처럼 편한 남자가 어느 순간 미치게 뜨겁고 매워서 못 먹을 짬뽕처럼 변하는 순간이 있을까……. 있다면 어떨까. 무서울까 아님 두려울까?

만약 그런 때가 온다면 직접 보고, 겪고 싶다는 생각이 들었다.

"우유정 씨."

타인을 부르는 음과 톤이 무척이나 듣기 좋은 목소리.

처음 인사를 하고 그 후 두 번의 방어전을 목격하고도 예외 없이 목소리가 이렇게 차분하고 은은한데 저 섹시한 목울대가 격렬하게 떨리고 리듬감을 타 미친 듯 울려대는 그 순간이 있다면 꼭 한 번 보고 싶었다. 바로 이만큼의 거리에서 그 강렬한 모습을.

유정은 잠깐이지만 꽤 진지한 눈빛으로 정다운을 응시했다.

"근데요."

"……."

"영어 이름이 크리스예요?"

진한 눈빛과는 영 상관 없는 목소리로 유정은 물었다.

"두 사람은 싸우면서 별소리를 다 했습니다."

"그러게요. 캐롤이 그런 면이 있더라고요."

친근한 친구를 평하듯 말하는 그녀를 정다운은 재밌다는 듯 쳐다봤다.

"말이 좀 많은 편 같았어요. 쪼그만 기집애가."

유정은 가볍게 받아치고 이내 죽에 집중했다.

8군 미군들이 많이 출입하는 펍에서 미 육군 레인저 출신의 주인, 크리스가 만들어준 전복죽은 첫 맛처럼 끝까지 식감이 좋았다.

약간 부은 입가에 별 무리도 없고 조금 얼얼한 이에 충격도 가지 않는 게 상당히 좋았다.

"근데 크리스라는 이름, 좋은 거 같아요."

"……."

"개인적으로."

굳이 좋은 이유를 묻는다면 그냥 좋았다.

정다운이 크리스라는 게.

3

오래전 아주아주 기분 좋은 상상을 한 적이 있었다.

죽어라 반려하며 부정하고 싶지만 그럼에도 어김없이 다가올 서른여섯 번의 가을. 그 가을 속 달라도 너무 다른 상총사가 있었다.

살림꾼이자 천생 여자인 척하는 내숭녀 한미미는 지보다 두 배는 덩치 큰 남자의 손아귀에서 한껏 이쁨받다가 가장 빨리 결혼해 애가 셋.

태생이 천하제일 미모인지라 무엇이든 미모로 승부를 내는 유정은 찬란한 미모에 버금가는 사상 최고의 연하 근육질에 마초 미남을 만나 허구한 날, 죽도록, 날이 세도록 죽어도 좋을 섹스를 하다가 양기와 단백질 과잉으로 실제 나이는 서른여섯인데도 스물여섯으로 보이며 아직까지 애는 없는 걸로.

상총사의 가장 문제적 인간 안이안은 쓸모도 없는 인문학적 지식과 곰삭은 지혜의 발현으로 이 세상 모든 남자들을 숨 막히게 만든 죄, 이로 인해 외롭고 심술 맞은 골드미스가 되어 두 여자의 주위를 끝없이 맴돌며 놀아달라고 칭얼대리라…… 그런 흐뭇한 상상을.

"그래서 뭐야!"

염병! 꿈은 이루어진다더니 상상은 한 가지도 이루어지지 않았다. 이루어지기는커녕 도리어 어마어마한 반전과 비극, 비참함만 있을 뿐.

"오늘도 못 만난다는 거잖아! 도대체 뭐야? 결혼하면 다 너처럼 친구란 거 몰라요. 난 친구 엄서요. 이런 찌질한 칠푼이가 되는 거야? 너 오늘 우리 모임 있는 날인 것도 모르고 있었지! 이 배반, 배신녀!"

[귀청 떨어지라고 아주 스피커에 대고 말해라.]

"그래! 그럴 거다! 이 에로 변태한테 홀라당 넘어간 애마 부인아!"

[우유정이 너 정말…….]

"이 세상 여자들 임신하면 다 너처럼 변하냐고? 내가 이럴까 봐 며칠 전에 전화했지? 오늘 약속 있는 거 잊지 말고 반드시, 무슨 일이 있어도 나오라고! 네가 이혼을 하는 한이 있어도!"

[알아. 기억하고. 근데 정민 씨가 출장 다녀와서 바로 쓰러졌다니까. 그래서…….]

"야! 말 같은 소리를 해!"

쓰러지기는, 염병! 그 인간이 제 여자 앞에서나 꼬꾸라지지 계산 없이, 멍석 없이 엎어질 위인이 아니었다. 맹세코! 혈족이기에 수년간 지배당하고 억압당한 이의 생생한 증언이기에 이건 절대 거짓이자 위증일 리가 없었다. 결론은 그 자식은 절대 아픈 게 아니다!

"상식적으로 생각을 해봐! 길정민 그 인간이 출장 다녀와서 쓰러질 인간이야? 그 자식이 그동안 이모부랑 연구원들한테 받아먹고 지가 만들어 처먹은 약이 얼만데! 그리고 그 치밀한 인사가 오자마자 왜 쓰러졌겠어! 너 정말 이유를 몰라?"

[모르긴. 피곤이 쌓이고 긴장이 풀려서 그러지. 네가 몰라서 그러는데 이번 수출 계약은 예상보다 힘들었다고…….]

"아이고. 아주 G랄랄라 랄라를 하고 있어요. 넌 네 남편 말을 믿어! 믿어지냐고! 그 약장수가 왜 그러는지 진짜 몰라! 그 자식 너 안정기에 들고 일주일간 못했다고 못 나가게 하는 거잖아! 또 죽어라 너 품고 빨고 핥으려고!"

"유정아, 좀 진정하고 조용히…….”

"지금 내가 조용하게 생겼어!"

유정의 극렬한 의견 표명에 기가 죽은 미미는 그래, 알았어 하는 표정으로 고개를 끄덕였다.

"이 기집애 약속해 놓고 또 못 나온다잖아. 그 자식이 출장 다녀와서 아프다고 꾀병 부리나 봐. 길정민 이 변태 약장수 자식."

"……."

지금 이 순간 열 받은 유정을 말릴 수 있는 건 이 세상에 없지 싶어 미미는 한숨과 함께 입안에서만 맴도는 말을 삭이고 삼켰다.

[남의 남편 그렇게 부를 거야?]

"남의 남편? 이 배신녀! 너야말로 그렇게밖에 말 못해?"

유정의 고수위 히스테리에 미미는 계속 손을 아래위로 흔들며 목소리를 낮추라는 시늉을 했다. 그러거나 말거나 배신감에 치를 떠는 유정은 이미 아무것도, 무엇 하나 보이지가 않는 듯했다.

"내가 괜히 이래? 모임 두 번이나 파투 나서 우리 장장 한 달 반 만에 만나는 건데, 넌 오늘도 못 나온다고 하잖아! 그런데도 열 안 받게 생겼냐고! 넌 우리가 아무것도 아니야? 네가 이제 우리랑 다른 처지란 건 알지만, 난 너 믿었어."

정말 믿었다.

이 세상 다른 년들은 다 변하고 변질되도 안이안만은 절대 그럴 리가 없으리라.

의리는 고전 영화 속 시실리아 갱들처럼 지키고 약속과 책임감은 밤을 걷는 선비처럼 지키리라 믿었던, 믿어 의심치 않았던 친구였다.

"안이안은 그런 인간이니까! 어떤 상황에도 이성적이고 의리, 책임 완수 무엇보다 중요하게 생각하는, 또 친구들과 한 약속은 반드시 지키던 그런……."

순간 울컥하면서 억울해서 더는 말을 이을 수가 없었다.

이런 행동이 명백한 오버에 웃음거리며 결국엔 느지막하게 시집 잘 간 친구 시샘하고 동시에 괴롭히는 행동인 걸 누구보다 잘 알면서도 마음이 허전하니 슬펐다.

그런 이유로 주춤하는 사이 귀신의 곡할 노릇이라고 할 정도의 스피드로 핸드폰을 빼앗은 미미가 어디론가 사라졌다. 그로 인해 어렵게 예약한 테이블에 혼자 남은 유정은 눈앞에 와인을 따라서 원샷했다.

술이 고약처럼 썼다. 다시 한 잔을 따라 단숨에 비워 버렸다. 고약 맛 와인을.

친구에 대한 과한 집착을 오늘 이 자리에서 전부 다 버린다는 심정으로 부어, 마셔 버렸다.

내내 배가 고픈 상태라 그런지 와인은 달디달았고 그만큼 쓰디썼다.

"그래, 내가 오늘 이 자리에서 너에 대한 집착을 완전히 버려주마, 인간아."

분명한 이유를 안고 마시는 술이라 더 맛이 죽였다.

"하튼 병이야, 병."

그 소리를 하며 핸드폰을 들고 날았던 미미가 자리로 돌아왔다.

"무슨 병?"

"상사병."

"뭐?"

"분리 불안증."

"얼씨구."

"아니다. 네 사촌 오빠 시샘병."

"절씨구."

"그러니까 그만하라고. 너 때문에 이안이 엄청 속상해해."

"속상해하라지. 바라는 바야."

"오늘 약속 못 지킨 것도 그렇고 너 실망시킨 것 때문에."

"그렇게 걱정되면 나오든가……."

"유정아."

나지막한 부름에 와인을 탄산수처럼 마시던 유정이 미미를 쳐다보았다.

"모든 건⋯⋯."

"⋯⋯."

"우리 모두는 다 변해."

우리 모두는, 모든 상황은 변한다.

의지와 바람 상관없이 모든 환경은 변질이 아니라 변화한다. 반박할 수 없는 현실이었다.

"변하는 게 당연한 거고."

바라지 않는데 변하는 게 당연하다라. 어쩐지 슬프고 무서운 말이었다.

"우리 셋 영원히, 죽을 때까지 친구인 건 맞는데 같이하는 순간이나 시간, 만나는 장소, 횟수까지 예전 같을 수는 없어. 그래서도 안 되고."

이미 지나가 버린 어제의, 일 분 전의 시간처럼 이전의 일상으로는 되돌아갈 수가 없다.

"우린 이미 경험했잖아."

경험을 언급함에 유정은 미미를 응시했다. 그 옛날의 순수와 기억을 고스란히 갖고 있던 미미의 표정은 담담하면서도 이전보다 성숙한 느낌이 물씬 배어났다.

"결혼이란 또 다른 세계이자 미스터리를."

"⋯⋯."

그래 경험했지, 그 결혼이란 4차원 서커스이자 풀지 못했던 미스터리를.

누구든 아는 척은 할 수 있어도 절대로 다 알지는 못하는, 늘 똑

같은 것 같으면서도 전혀 같지 않은 그 복잡 미묘한 소우주이자 어쩌면 관계의 전부인 듯한 결혼.

유정은 알고 있었다.

자신이 지금까지도 못난 투정과 억지를 부리고 있다는 걸.

비밀과 은폐란 단어에 비견되는 가족사를 시작으로 셋 중에 가장 복잡하고 난해한 세계관을 가진 친구가 누구보다 행복하고 평온하길 바랐다. 또한 이 시대 다시없을 미신이자 전설 종결자인 사촌, 길정민이 다른 누군가가 아닌 그의 간절한 소원과 희망대로 친구와 행복하고 종국엔 동화처럼 해피엔딩이길 빌었다. 그래서 응원군이 되어주고 비밀 지원군이 되어주었었다. 그런데 그런 바퀴벌레 같은 두 사람의 극적인 결합으로 인해 마음속에 덜컥 공백이 생겨 버렸다.

이 대책 없이 허전하고 쓸쓸한 가슴을 대체 무엇으로 막고 메울지 아직까지 알지 못했다. 대안을 찾지 못하고 있었다. 든든하니 안전한 지하 대피소를.

마치 손조차 댈 수 없는 난해한 수학 공식 같기만 하고 엄두가 나지 않아서 이 헤게모니한 마음을 누구에게, 어딘가에 기대고 채울지 알 수 없었다.

마음이란 게 절대 타인으로 인해 백 퍼센트 채워지지 않는다는 걸 누구보다 잘 알면서도 미련한 유정은 바라고 바랐다.

마음이 사랑이란 이름으로 데워지고 차오르기를.

이 몸이, 이 찬란한 미모가 퇴색되고 뒤지기 전에 제발!

제발요! 천지신명님!

인간적으로 이렇게 격렬하게 비나이다.

얼굴 보기가 하늘에 별 따기 마냥 어려운 안이안을 위해 한 달 전부터 휴가를 낸 두 여자는 끝내 애틋한 해후란 목적 달성을 하지 못하고 헤어졌다.

미미는 벌건 얼굴에 술 냄새가 상당한 유정에게 오늘 알바는 쉬라고 했지만 유정은 기어이 이태원에 도착했다. 오긴 했는데 릴리의 높고도 경사 심한 계단을 올려다보니 대번에 멀미가 날 것 같았다.

때마침 도착한 멘도자와 진이 유정을 끌고 밀어 고지를 눈앞에 둔 상태였다. 딱 일곱 계단을 앞에 두고 숨을 돌리는 유정을 보며 멘도자가 한마디 했다.

"제가 제일로 좋아하는 현아도 아닌데 얼굴이 빨개요."

"빨간 게 아니라 홍조라고 하는 거야."

유정은 선생님의 심정으로 리플에 답을 했다.

"술 냄새는요?"

냄새를 잊었구나. 우기기에는 너무도 확실한 이 매혹적인 향.

"이건 유통기간 지난 향수를 마구 뿌려서 그래. 계속 맡다 보면 금세 괜찮아질 거야."

"……."

"왜? 아닌 것 같아?"

"그럼 흐리멍청한 눈빛은요?"

뭐? 멍청한? 이제 막 나가는구나. 이 다민족 어린양들이.

"멘도자, 흐리멍텅한이야. 멍청한이 아니라."

"고마워, 진."

"아니에요."

겸손과 겸양까지. 자식 그새 배웠구나. 누가 국제적 학구파 아 니랄까 봐.

그 와중에도 멘도자는 여전히 흐리멍텅한 눈을 한 유정을 바라 봤다.

"왜 또?"

"근데 눈빛은 왜 그래요?"

진에 비해 무언가가 딸리는 듯한 멘도자는 질문을 쉬지 않았다.

"이건…… 몹시 슬퍼서 그래. 오늘 나 제대로 배신당했거든."

"누나 같은 킹왕짱 우주 대미녀도 배신을 당해요?"

"……!"

킹왕짱 우주 대미녀라. 실로 기가 막힌 은유이자 혁신적이고도 절묘한 비유였다.

역시나 한국인의 피가 흐른다고 해도 전혀 이상할 것 없는 멘도 자가 매우 기분 좋은, 우수한 리뷰이자 질문을 했다.

"응. 그렇더라고. 이 불공정하고 불합리한 세상이 나한테만 삿 대질을 하네."

삿대질 말고 그 아래 지방 하반신 인근 삽이라면 모를까.

"대체 어떤 사람인데 누나를 배신해요?"

멘도자는 상당히 어이없다는 표정을 하며 유정의 기분을 한껏 맞춰 주었다. 베리 메리 아주 많이 귀여운 자식 같으니라고.

"너희들은 모르는 사람인데…… 있어, 전무후무한 약장수한테 홀라당 넘어간 사람."

"약이요?"

"응. 약."

"무슨 약인데요? 혹시⋯⋯."

멘도자는 차마 마약이란 말은 못하고 혹시 하며 주위를 두리번 거렸다.

"네가 생각하는 그런 향정신성 의약품은 아니고 하튼 있어. 여자들이 한번 중독되면 절대로 헤어나거나 빠져나올 수 없는 치명적인 명약."

유정의 언어미학을 아직 다 익히고 학습하지 못한 두 어린양은 서로를 쳐다볼 뿐, 정답을 유추하지 못하고 있었다.

"그런 말이 있지."

"무슨 말이요?"

"하나님이 늘 우리들 곁에 있어줄 수가 없어서 엄마란 이름의 사람과 그 신묘한 명약을 주셨다는 그런 믿거나 말거나 한 말씀이."

"⋯⋯."

"⋯⋯."

그 소리에 두 청년은 더욱더 난감하니 어리둥절한 표정을 했다.

그 단백질 성분의 신묘한 명약이자 시속 45킬로미터의 기찬 속도감을 하반신으로 받은 지가 대체 몇 해 전인지.

태반주사보다 더 귀한 정액 주사를 한 방이라도 맞으면 이 같은 허무감과 극도의 피로감이 전부 다 날아가 버릴 것만 같은데 누군가 크고 아주 실한 주사 한 방 길게, 진하게, 죽도록 놓아줄 남자 없을까, 애들아.

그에 상응하는 기찬 대응과 어마어마하게 요란한 신음, 교성,

비명으로 열렬히 응답을 해줄 수도 있겠구만.

"세 사람……."

"……."

"작당 모의 중입니까 아님 회합 중입니까?"

정다운 감이 심히 부족한 크리스였다. 매장을 비웠던 다운의 기습적인 등장으로 알아서 꼬리를 내린 두 청년은 자동 기립해 릴리안으로 사라졌다. 유정도 일어나고 싶었으나 와인을 퍼마신 관계로 사지 육신이 제멋대로 퍼져 버렸다. 마치 터져 버린 타이어처럼.

"……일어날 수 있습니까?"

"아마 저 하늘을 날 수도 있을걸요."

유정은 슈퍼맨처럼 날아가는 포즈를 취했다. 우아보다는 우스꽝스럽게.

"여차하면 저 하늘에 별도 딸 수 있다고 봐요."

유정은 별을 찾아 잡는 시늉을, 굳이 하지 않아도 되는 시추에이션도 보였다.

이 모든 게 우물물처럼 퍼마신 와인 탓이요, 더 근원적으로는 지독한 배신감 때문이었다.

유정은 서너 계단 밑에서 이 모든 걸 보고 있는 정다운을 향해 자신 있게 말했다.

"제 마음은…… 그래요."

보충 설명에 정다운은 피식 웃었다. 저런 식의 웃음은 처음이었다.

늘 연하게 웃거나 서늘하고 건조하다 싶을 정도로만 웃던 남자가 지금은 연한 아메리카노처럼 친근하게 웃어 이전보다 편했다. 그래, 편해 보였다.

"그런 의미에서 오늘 우유정 씨 포지션은……."

포지션이라. 개인적 선택과 지정이 가능하다면 침대 위, 그러면서도 든든하고 탄탄한 가슴을 한 누군가의 가슴 아래라고 말하고 싶었다.

미미와 함께 퍼마신 와인이 현재 유정의 가슴에 용기와 상상력을 배가시켜 주었다.

"주방입니다."

기껏 꿈에 부풀게 만들더니 주방이라니. 주방 한 켠 어두운 구석에서 하는 숨 가쁜, 불편한 섹스도 나쁘지 않다 싶었다. 지금 이 꿀렁꿀렁한 기분에는.

"일이 가능하다면 말입니다."

"……가능은 해요. 누군가 조금 도와주기만 하면."

유정은 어느새 올라와 그녀와 거의 동일한 위치에 선 정다운에게 손을 내밀었다.

"당겨줘요. 탄력받아 일어날 수 있게."

지금의 음란한 기분 그대로 안아줘요, 이딴 식으로 말을 할 수는 없었다. 미치지 않는 한.

그녀의 내민 손을 빤히 바라보던 정다운이 기습적으로 잡아당겼다.

"으악!"

바람을 가를듯한 빛의 속도에 놀라 올려다보니 그녀는 한쪽 계단 벽에 기댄 정다운의 가슴팍 안에 안전하게 자리하고 있었다. 두 손은 남자의 가슴에 결박당한 채이고 정다운의 두 손은 그녀의 허리에 단단히 감겨 있는 채였다.

"……."

말없이 내려다보는 시선을 유정은 피하지 않고 올려다봤다.

역시나 남자치고, 아니, 군인 출신이라고 하기엔 어울리지 않게 곱상하고 반듯한 얼굴이었다.

몇 번 경험한 바로 제법 익숙해진 체향과 애프터 쉐이브 향은 이 정갈한 얼굴과 잘 어울렸다. 아주 크지 않은 홑꺼풀의 눈은 갓 잡은 고등어의 눈처럼 맑고 깨끗했다.

남자의 상징이자 무언가를 짐작하고 상상하게 만든다는 코는 날렵하니 높디높았다. 결코 작다 할 수 없는 적당하고 적절한 사이즈의…… 코. 그래, 코였다.

마지막이자 화룡정점이라 할 수 있는 입술은 라인이 선명해서는 한번 머금고 빨아봐야 정확하게 평을 할 수 있을 것 같았다. 이 타이밍에 저절로 침이 삼켜졌다.

그만큼 크리스의 입술은 유혹적이고 상대를 충동하게 만들 정도로 요기로웠다.

"면밀히."

"……."

"살폈습니까?"

딱 한 뼘으로 인한 숨길 수 없는 떨림과 동요.

그 같은 간극을 하고 마주한 정다운이 늘 그렇듯 차분한 목소리로 물었다.

공기 반 소리 반 특유의 울림은 술기운 때문인지 자극적이고 섹시하게 들렸다. 그런 이유로 떨림은 멈춰지지가 않았다. 이 떨림을 숨길 생각은 하지도 못한 채 물었다.

"당신은 어떤데요?"

도발적인 표정과 질문에 정다운의 눈썹이 살짝 산을 그렸다.

"정다운 씨도 나 못지않게 살폈잖아요."

술기운을 빌어 유정도 과감하게 말을 던졌다. 그러자 지금까지와는 조금 다른 듯한 표정과 기운을 한 정다운이 그녀를 안은 양손에 힘을 더하며 당겼다. 그 같은 당김과 밀착에 하반신에 이상기류가 흐르는 듯했다. 더없이 위험했다.

이 순간의 미묘한 분위기와 극명하고도 뜨거운 몸의 반응이.

"……살피지 않았습니다."

살피지 않았다라. 생각보다 솔직하지 못했다, 정답지 못한 크리스는.

"넋을 놓고 바라봤지."

"……!"

예상 못한 대답이었다.

바로 눈앞에서 동그랗게도 변하고 기다랗게도 변하면서 토해내는 정다운의 눈빛과 언어는 솔직했다. 솔직해서 더 위험하고 유혹적인 말이었다.

분명 술 때문일 공산이 크겠지만 가슴이 콩닥을 너머 쿵더쿵거렸다.

"내 생각엔……."

선명한 입술 선이 아주 느리게. 감질날 정도로 천천히 움직였다.

저 미지의 세계에서 사는 정다운의 붉은 혀는 대체 어떤 기교와 테크닉을 구사할지, 어떤 열대과일 맛일지 실로 궁금하지 않을 수 없었다. 궁금하지 않다면 살아 있는 생명체가 아니었다. 물론 여자도 아니고.

"주방도 어렵지 싶습니다."

"⋯⋯!"

"내 주방은 드라마 속 어느 전장만큼 위험한 곳이에요."

"무⋯⋯ 슨 말이에요?"

"바람."

유정의 말을 끊고 바람이란 단어를 언급한 정다운의 몸에서 떨림과 다르지 않은 미묘한 열기, 뜨거운 무언가가 느껴졌다. 이는 결코 술이 주는 만용, 유정의 착각은 아니었다.

"조금 더 쐬고 들어와요."

정다운은 단번에 풀어낼 수 없는, 수수께끼 같은 말을 한 후 내내 가두고 있던 유정을 풀어주었다. 그리고는 성큼성큼 계단을 올라갔다.

도망치는 이의 치사한 뒷모습은 아니지만 왠지 의문이 남는 뒤태였다.

혼자 남은 유정은 닫힌 릴리의 문을 올려다보다 그 자리에 앉아버렸다. 아무래도 이 모든 전개와 떨림은 몇 시간 전에 마신 술 탓이라 치부했다.

예전 밤 문화에 기대 즐겼던 흔한 감정에 비해 별다른 일도, 사건도 아닌데 묘하게 상상하고 기대한 자신의 마음도 그렇고 알쏭달쏭한 말을 내뱉은 정다운까지 전부 다 급하게 그러면서 조금은 우울하고 헛헛하게 마신 술 탓이라고.

그 정도로 이 순간의 언어와 감정, 떨림을 수습했다.

나머지 자꾸만 고개를 드는 의심과 의문은 주방에서 맥없이 전

멸했다.

정다운의 말처럼 조금 더 바람을 쐐 정신을 차린 유정이 마주한 주방은 다른 날보다 심하게, 거할 정도로 일감이 많았다.

브런치와 점심 손님들의 푸짐하고도 화려한 뒤처리가 주방에 산재했다. 다른 생각은 일체 할 수 없을 정도로.

일테면 오늘의 이 고단하고 신산한 하루의 시작이자 전부인 길 부인. 안이안 그 배신녀를 곱씹을 새도 없이.

❖

보통 구직 공고는 일주일의 시작인 월요일이나 일요일 저녁 8 군 전용 사이트에 나는데 이번엔 이례적으로 금요일 퇴근 전에 공지가 올라왔다. 옆 사무실, 미미가 근무하는 트라이케어에 구인공고가 떴다.

트라이케어는 121에서 할 수 없는 전문적인 치료를 위해 우리나라 메이저 종합병원으로 가는 예비역과 미군들의 보험 업무를 담당하는 부서였다. 무엇보다 미미가 근무하고 있어 일을 배우고 익히기 두렵지 않았다. 그런 이유로 도전을 해볼 만했다.

"근데 굳이 옆 사무실로 갈 필요가 있을까요?"

퇴근 시간을 코앞에 두고 억지로 끌려 나온 김양호는 트라이케어 공고에 대해 이것저것 묻는 유정을 보며 말했다.

"이젠 우리 사무실 일도 잘하시면서 다시 또 새로운 업무를 익혀야 하는 거 부담스럽지 않나 해서 그러죠."

"부담스럽긴요. 영어 시험 점수도 충분하고 인터뷰는 내 친구

도움받으면 되니까…….”

“치프 때문에 그러세요?”

은근 직구를 즐기는 김양호가 불쑥 물었다. 꼭 그런 건 아니지만 완전히 아닌 것도 아니었다.

어젯밤 릴리로 필립 정을 좋아한다는 여군이 동료들과 왔었다. 유정은 그녀에 대해서 알지 못했다. 얼굴은 물론이고 지위나 성격, 인간성까지.

멘도자가 숨도 돌릴 겸 잠깐 나와보라는 말에 땡큐를 연발하며 나간 홀엔 꽤나 어여쁜 여군이 기다리고 있었다. 본론은 필립 정에 대한 감정을 조심스레 묻는 것이었다.

그 자리에서 정확하게 대답했다. 오피스 치프란 직함 빼면 관심 자체가 없다고.

여군은 기뻐하면서도 자신의 무례와 결례에 대해 몇 번이나 사과했다. 캐롤과는 다른 부류의 여자다 싶었다.

“연합사 정도 멀리 떨어진 거리도 아니고 고작 옆 사무실로 옮겨서 마음이 변하겠어요?”

“그런 거 아니에요.”

단호하다 싶을 정도의 반박에 김양호는 준비한 다음 말을 삼키는 듯했다.

“친구랑 붙어 있고 싶어서 그래요. 또 우리 사무실엔 나 말고 여자가 없어서 불편하기도 하고 외롭기도 하니까.”

“저 있잖아요. 우유정 씨 열혈 팬.”

“나 유부남 안 좋아해요. 아니, 싫어해요.”

그 소리에 김양호의 순한 얼굴에 금세 그늘이 졌다.

"김양호 씨가 그렇다는 게 아니라 유부남이란 포지션은 안 키운다는 거예요."

"우리 순미한테 우유정 씨 사진 보여주니까 언니 동생 하고 싶다고 했는데……."

김양호는 연출이 아닌 실제 시무룩해했다. 그 모습에 여리디여린 마음이 동했다.

"언니 동생이 뭐 어렵겠어요. 애인이나 연인 사이가 어려운 거지. 그리고 갈까 한다는 거예요 확정은 아니고. 사실 옆 사무실에 새로 온 여자 중위 깐깐할 것 같던데……."

"필립 정 좋아하는 여자의 동료이자 친구라고 하더라고요."

"……헐."

합세를 넘어 연합을 하는구나 싶었다. 이해가 되지 않는 건 아니었다.

자신도 이안의 결혼 전, 변심한 길정민 잡겠다고 세 여자가 대동단결해 길정민을 함락시킨 전례가 있었다. 그러고 보니 그때가 그립기도 했다.

여태 본 적 없는 친구의 절치부심과 전방위 고군분투가 마냥 고소하고 흥미로워 신나서 계략을 짰던 그 시간들이…….

문득 그런 생각이 들었다. 자신도 필립 정을 좋아하는 여군처럼 온 마음으로 대시하고 덤벼들 인생의 남자가 다시금 나타날까 하는 그런 설렘과 불안한 의문이.

"전화 왔나 본데요."

주머니 속 핸드폰이 온몸으로 말하고 있었다. 얼른 응답하라고.

"전 먼저 들어갈게요."

매너까지 장착한 김양호가 사무실로 들어가고 핸드폰을 깨내든 유정은 전화를 받았다.

"응."

[알바한다며?]

기승전결 없이 본론부터 말하는 건 타고났지 싶었다.

"인사부터 좀 하지."

[인사는 무슨. 점심은 먹었어?]

안이안은 이런 부류였다. 오래된 연인처럼 무례하고 무심하다가도 금세 새로 사귄 애인처럼 설레기도 한 친구. 결국엔 벗어나지 못하게 붙들고 약 치는 치명적인 나쁜 년!

"먹었지. 너는 먹었어?"

[나야 늘 배부른 상태지. 먹어도 먹어도 배고픈 영혼의 빈자고.]

임산부가 이다지도 시니컬할 수 있다니. 이런 말을 서슴없이 하는 형이상학적인 여자와 변강쇠 약장수 사이에서 나오는 조카는 대체 어떤 인물일지 심히 궁금했다.

안이안의 로고스적인 사고와 길정민의 파토스적인 변태 성향을 닮은 아들이나 딸이 나온다고 생각하니…… 삶이 참으로 무겁고 무서워졌다. 동시에 앞으로 착하게 살아야 하나, 하는 자문과 반성을 하게 됐다.

[너 알바한다는 곳은 어디야? 소풍 삼아 가려니까 미미는 아직 아무 일도 없다면서 자중하고 기다리라고 하던데. 뭐야? 거기 괜찮은 남자라도 있는 거야?]

이 아이의 신기는 정말이지 우유정 한정인가 의문스러웠다. 아니면 자신이 맑고 투명해 전부 다 보이는 인물인가 싶기도 하고.

[무슨 생각하길래 말이 없어? 너 속으로 내 욕하고 있지?]

"욕 같은 소리 하고 있어요. 넌 내가 조카한테 욕이나 하는 형편 없는 이모로 낙인찍히길 바라냐?

[나한테 한다고 했지 길정민 주니어한테 한다고 했어?]

"……!"

[사내아이란다. 시력 좋고 감성 풍부한 난 전혀 모르겠는데 길 정민이랑 똑같이 생겼다고 의사 선생님이 그러시더라. 너한테 처음 말하는 거야. 그러니까 약속 못 지킨 걸로 아직까지 화난 거면 풀라고. 우유.]

"……."

[에이, 알았어. 내가 간만에 러브송 불러준다. 우유~ 좋아, 우유~ 좋아, 주세요.]

전화기 속 배 나온 임산부는 핸드폰을 붙잡고 삐친 친구를 위해 우유송을 부르고 있었다. 그 괴팍하고 이기적인 인성으로다가.

가끔 그런 생각을 했었다. 이안이는 그녀보다 미미를 더 좋아한다고. 중립 국가 버금가는 한미미의 공정한 안배로 크게 티가 나지는 않지만 아마 그럴 거라고. 아니, 확실하다고.

근데 지금 이 순간 그런 생각이 들었다. 그러면 또 어떠냐고. 이 우유정이가 더 많이, 조금 더 깊이 좋아할 수도 있다고. 매번 이런 경향이고 결론이지만 그렇다 해도 상관없었다.

자신이 감정으로 손 이익, 손배소 따질 그런 치사한 캐릭터도 아니고.

"그게 언젠데 아직까지 그 타령이야? 그리고 오길 어딜 와?

[어라? 정말 뭐가 있는 거야? 사장이야? 직원이야? 우유정이 접

수한 인물.]

　"접수 같은 소리 하고 앉았지. 내가 깍두기야? 이태원 접수하게. 근데 넌 그렇게 일도 않고 집에만 있는 거 괜찮아? 멘탈이 몸살 나지 않겠냐고? 그러다 어느 날 잠적하는 거 아니지? 내 삶을 돌려줘! 지금의 난 진정한 인문학도가 아니야 이러면서."

　유정의 걱정에 이안은 피실피실 웃었다. 그 같은 웃음소리에 걱정 근심은 느껴지지 않았다.

　[걱정 마. 길정민 주니어 나오기만 손꼽아 기다리면서 세상을 뒤집을 아이디어 꼬박꼬박 저축하고 있으니까. 내가 또 인문학의 딸인 동시에 생각의 단초, 아이디어 뱅크 아니겠어?]

　그럼 그렇지. 드림팩토리 공장장이 일을 놓을 리가 없었다.

　[우유정이.]

　"왜?"

　[이 남자다 싶으면…….]

　"싶으면?"

　[네 사정거리 안에 두고 사격해서, 아니, 폭격을 쏟아부어서라도 꼭 사수해.]

　"……."

　[너 서시도 울고 갈 우유정이잖아. 물론 네가 과격하고 무식한 면이 있지만 일단은 미모가 되잖아. 무엇보다 넌 그 단순 무식한 인성이 좋아. 그러니까 과거 나 닮은 놈은 깨끗이 잊고, 네 그 순정한 마음으로 단숨에 낚아챌 남자 있으면, 조금의 확률이나 낌새가 있으면 과감하게 잡으라고. 나 봐? 네 덕에 길버트 잡은 거.]

　"……."

[우유정이 넌 할 수가 있어요. 물론 네가 들개 저리 가라 할 만큼 거칠고 쇼미더머니에 나오는 랩퍼들처럼 입도 험하지만 물론 그 외에도 나열하기조차 버거운 여러 악조건을 구비하고 있지. 그렇다 해도 넌 미모가 되잖니……]

"이게 보자 보자 하니까. 뭐? 무식하고 과격해? 들개처럼 거칠고 험해! 뭐? 랩퍼?"

길정민 주니어! 순간 안이안 풀장에서 놀고 있을 길정민 주니어가 생각났다.

[명심해. 넌 할 수가 있어요.]

"끝까지 이럴 거지?"

[그러니까 불쑥 나타나거나 아른거리는 남자 꼭 잡으라고. 알겠지? 그럼 끊는다, 우유.]

전화기 넘어 호방하고 호탕한 웃음소리가 들리는 듯하더니 이내 끊어졌다.

"절대 가만히 안 둔다."

길정민 주니어로 인해 고유명사인 미친 앤이란 말은 못하겠지만 출산만 하면 당장에…….

"여기서 뭐 하는 겁니까?"

"……!"

"5시 되려면 아직 20분 정도 남았는데 벌써 퇴근한 겁니까?"

유정의 눈앞에 선 이는 분명 정다운이었다. 이태원 릴리 펍의 주인.

"여기는 무슨 일로……."

정다운은 말쑥한 정장을 하고 있었다. 짧게 말해 정장이지 길게 풀어 말하면 어느 유명 브랜드가 분명한 모델 핏 저리 가라 할 정도의 분위기를 풍기며 선, 정다운은 인정할 수밖에 없을 정도로 근사했다. 매일 희멀건한 군복 아니면 편한 스타일을 고수하는 군무원들만 보다 클래식한 정장 슈트를 입은 제대로 된 남자를 보니 눈과 맘이 동하지 않을 수 없었다.

"어떻게 온 거예요?"

"누구 좀 만나러 왔습니다."

"치프요? 필립은 주말 껴서 오키나와로 출장 갔는데."

"필립 때문에 온 거 아닙니다."

"그럼……."

"개인적인 치프요."

대관절 무슨 소린지. 뭐 예전 미군이었다니 인맥이 아주 없지는 않겠지 싶었다.

"퇴근 언제 합니까?"

"퇴근이요?"

그러고 보니 퇴근할 시간이 가까웠다. 못살게 구는 치프 없다고 너무 농땡이를 친 듯했다. 살살 사무실 눈치도 보이고.

"기다릴 테니까 마무리하고 나와요."

유정은 무슨 일인가 싶어 정다운을 빤히 쳐다봤다. 그녀의 의중을 알아챘는지 슈트발 날리는 정다운이 어울리지 않게 살짝 난감한 표정을 했다.

"마무리하고 나와요. 그때 얘기합시다."

영 일반적이지 않은 행동에 의문을 품으면서 유정은 서둘러 사무실로 향했다.

아슬아슬하게 비행기를 탈 수 있었다.

목적지는 제주도. 몇 년 전 두 친구들과 놀러 간 이후 기회만 엿보며 가지 못했는데 용산에서 퇴근하자마자 김포공항에서 비행기를 잡아탔다.

정다운이 꼭 들어달라는 난데없는, 정말이지 전혀 그답지 않은 부탁이자 구조 요청으로 인해 현재 두 사람은 서울 하늘 어디쯤을 날고 있었다.

그보다 한 시간 반 정도 걸리는 일본도 아니고 고작 4, 50분 걸리는 제주도를 일등석에 앉아 가게 될지는 상상도 못했다. 친구들에게 이 기똥찬 상황을 실시간으로 전송하고 싶으면서 한편으론 이 자리에 두 친구들이 있으면 얼마나 좋을까 싶었다.

친구들은 고사하고 주변엔 두 사람뿐 다른 승객은 보이지가 않았다. 시간대가 애매해서 그런가 싶으면서 정말로 승객이 없나 궁금해 두리번거리는데 정다운은 안전벨트를 가리키며 매라는 눈짓을 했다.

"일요일 저녁에 돌아오는 건가요?"

"그렇죠."

"예식은 내일 오전이고요?"

"네."

"신랑은 정다운 씨의……."

"친굽니다."

"이 모든 비용은 그 친구분이 부담하고요?"

"그렇죠."

"친구분이 엄청 부잔가 보네요. 제주도 가는데 일등석을 다 끊어주고. 그보다 진이랑 멘도자한테 연락은 한 거죠?"

정다운이 대답하려는데 탈 때부터 과잉 친절을 보이던 스튜어디스가 음료와 각종 열대과일이 든 접시를 건넸다. 정다운은 스튜어디스의 인사를 받으며 접시까지 받았다. 그리곤 접시를 음료와 함께 유정 앞에 놓아주었다.

"들어요. 정신없이 와서 목이 마를 겁니다. 그리고 연락은 물론이고 혹시 갈 수 있으면 같이 가자고도 했어요. 가을 단합회라고 생각하고 가자고."

"그랬더니 뭐래요?"

"잘 다녀오라고요. 멘도자는 올 때 기념품 사다 달라고 부탁했습니다."

역시나 한국인의 정서와 기운이 물씬 나는 멘도자였다.

유정은 다운이 건넨 접시의 과일들을 하나둘 전부 맛보았다. 시간적으로 끼니때라 그런지 배가 고팠다. 게이트를 향해 광속으로 내달린 탓도 없지 않았다.

"많이는 먹지 말아요."

"왜요?"

"도착해 호텔로 바로 갈 테고 호텔에 저녁 예약해 뒀어요. 친구가."

"참 누구 친구들 같지 않게 무지하게 탐나는 인물이네요. 친구분이."

"왜요? 그때 본 몸체 작은 분도 그렇고 전화로 인사하던 친구분도 좋은 사람 같았는데."

"좋기는 무슨, 좋은 척하면서 나 괴롭히려고 태어난 친구들이라면 몰라도."

"좋은 분들 맞을 겁니다."

정다운은 자신하듯 말했다.

"내 친구들이 좋은 사람인지 어떻게 알아요?"

딴지는 아닌데 물어는 보고 싶었다. 너무도 확신하는 듯 보이기에.

"우유정 씨 친구들이니까요."

"……."

의미심장한 멘트였다. 인정하긴 싫지만 우선적으로 드는 생각은 당신 같은 인물 옆에 상주하고 있는 친구들이니 좋지 않을 수 없단 소리 같기도 하고, 말 그대로 믿어 왜곡을 하지 않는다면 우유정과 유유상종이니 좋은 사람들이란 뜻이기도 했다.

"우유정 씨 좋은 사람입니다."

그녀를 보며 말하는 정다운의 표정은 진중했다.

"처음 본 그날부터 보고 겪은 내 감은 그렇습니다."

"……."

"참고로 말하면 오늘 이 일과는 아무 상관 없습니다."

그러고 보니 벌써 보름이 넘고 있었다.

이태원 핫 플레이스인 릴리에서 열혈 아르바이트를 한 게.

대학 때도 안 해본 알바였다. 아르바이트를 할라치면 손님보다 그녀의 혁명적이자 혁신적 미모에 홀라당 넘어간 팬들이 떼거리로 몰려들어 도저히 알바를 할 수가 없었다. 그런데 나이 서른여섯에 맥주 집 주방에서 설거지를 하고 앉았으니. 것도 이 나이까지 사그라지지 않은 우주대미모를 하고.

다 인복과 인덕 없는 탓이며 결론적으로는 친구를 잘못 둔 탓이었다.

좀 만만하니 고만고만한 애들을 곁에 뒀어야 했는데 기골이 장대한 장사만큼이나 캐릭터가 분명하고 센 친구와 순둥이처럼 성질이 없는 듯하면서 은근 사람 뒷목 잡게 하는 바른 생활녀를 둬 팔자에도 없는 주방 알바를 하고 있었다.

"그런데 친구분이 꼭 파트너를 동반하라고 한 이유는 뭐예요? 그러니까 굳이 여자 파트너를 동반하라고 한 이유요. 뭐 저처럼 격하게 아름다운 미인이 있으면야 분위기도 그렇고 파티의 격이 급상승한다는 이유 빼고."

결혼식의 흥행을 기대한 거라면 절반의 성공이다 싶었다.

내일 한껏 꾸민다면 아마 남자 하객들 절반이 이 극강 미모에 넘어가는 초유의…….

"신랑 쪽 하객이 우유정 씨랑 나, 우리 둘뿐이에요."

엥! 그렇다면 그 말인즉슨 내일 예식이 요사이 유행하는 스몰 웨딩이란 말이었다. 그렇다 해도 남자 측 하객이 너무 적은 듯했다.

"신부 측도 많지는 않을 겁니다."

"왜죠?"

"신부가…….."

정다운의 표정은 어둡기보다 담담했다.

"고아니까요. 언어장애가 있는."

"……."

놀랍기도 하고 궁금하기도 해 바로 반응을 하지는 못했다. 그러다 이쁜 척을 하던 스튜어디스가 주고 간 샴페인을 단숨에 마시고 기운을 차린 유정은 묻지 않을 수 없었다.

"단답형 말고 풀 스토리로 풀어봐요, 얼릉."

그녀의 제안에 잠시 고민하던 정다운은 이내 어른 동화 같은 이야기를 꺼내었다.

오래전 같은 웨스트포인트 출신의 친구는 다운과 함께 휴가를 보내기 위해 우리나라에 들어왔고 두 사람은 이틀의 텀을 두고 각자 제주도에 도착했다고 했다. 이틀 먼저 도착한 친구는 홀로 제주도를 여행하다 물속으로 뛰어드는 신비한 해녀를 보았고 이틀 내내 따라다닌 것도 모자라 정다운까지 남은 여행 전부 그 젊은 해녀 곁에서 보냈다고 했다.

해녀가 잡아온 전복, 멍게, 문어를 질리게 먹으며.

3년 동안 수백 통의 편지와 영상, 온갖 휴가를 써 제주도를 제 집처럼 드나들며 구애한 끝에 마침내 해녀 아가씨한테 결혼 승낙받았다고 했다.

내일이 그들의 아름다운 결혼식이란다.

절대, 절대로 울 생각은 아니었는데…… 언제부턴가 뺨을 타고 흐르던 눈물은 멈춰지지가 않았다. 그들의 가슴 아픈 사연은 굳이 더 들을 필요도 없었다.

제삼자를 통해 듣지 않고 보지 않아도 충분히 상상이 되고 짐작이 됐다.

웨스트포인트를 나온 가문 좋은 미국 남자를 영화 속 주인공으로 만든, 말은 하지 못하지만 분명 어여쁘고 아름다울 게 뻔한 해녀.

너무 아프고 그러면서도 마냥 부럽기만 해 흐르는 눈물을 멈출

재간이 없었다.

"계속……."

"흐…… 흑."

"울 겁니까?"

"으…… 앙!"

눈이 따갑고 목이 메어서 도저히 답을 할 수가 없었다.

그 사랑이 미치게, 죽도록, 겁나게 탐났다. 그들이 아닌 유정 자신의 사랑이었으면 했다.

응당 그들이 겪었을 아픔과 지독한 상처, 편견과 오해, 질투와 시기까지 전부 다 부러웠다.

그 같은 사랑을 죽기 전에 한번 꼭 해보고 싶었다. 원 없이 받아보고 싶었다. 아낌없이 주고도 싶었다. 분명 과거 언젠가 누군가를 좋아하고 누군가에게 사랑 비슷한 열정을 받은 것도 같은데 이젠 그 모든 것들이 미신이나 전래 동화처럼 하나도 기억나지 않았다.

너무도 짧은 열정이었고 너무나 무책임한 감정이었기에 지금 현재 기억하는 그때의 추억들은 전혀 힘이 없었다. 이생 끝까지 갖고 안고 갈 힘이.

"우유정 씨."

몽롱하게 들리는 음성에 이번에는 답을 해야지 하면서도 내일 보게 될 결혼식이 상상되고 동시에 오래전 그녀 자신이 한 웨딩이 떠올라 서글프고 아팠다.

그땐 알지 못했다. 전혀 몰랐었다.

채 3년도 가지 못하고 이내 부서질 난파선이자 좌초될 보물선인지.

"내 잘못이니까……."

정다운의 잘못은 아니었다. 그저 끝까지 지키지 못한 유정과 어떤 이의 잘못일 뿐.

"책임집니다."

"……."

"내가."

이명처럼 귓속이 웅웅거리는 것과 함께 유정의 고개가 돌려졌다. 그리곤 이내 누군가의 입속으로 포개지고 삼켜진 수양과 수절의 아이콘, 유정의 붉은 입술.

처음엔 정신도 없고 하도 오랜만이라 입막음인지 키스인지도 몰랐다. 인지하지 못했다.

너무나 부드럽고 너무도 조심스런 다독임이라 그저 차원 높은 위로며 격려인지 알았다. 그러다 아! 하고 키스를 인식하는 순간 입맞춤은 탄성이 나올 정도로 진하니 다이빙 선수의 입수처럼 깊어졌다.

어찌 보면 다급한 인공호흡 같은데 숨이 쉬어지지 않았다.

실로 오랜만에 느끼는 타인의 입술이었고 터질 듯한 감흥이자 흥분이었기에 순정한 감정은 쉬이 전이되지 않았다. 그러다 어느 순간 깊게 파고들어 삼키려 드는 저돌적인 혀와 전투적이다 싶은 거친 호흡으로 인해 농익은 키스란 걸 인식했다.

"으…… 응."

정다운의 혀는 그저 유희적이지도, 예리한 혀도 아닌 따뜻한 온기를 품은 볕 좋은 봄날의 따사롭고 훈기 가득한, 그러면서도 아찔할 정도로 탐욕적인 이중적인 키스였다.

이내 세밀하게 치열을 훑고 깊이 겹치고 감겨오는 끈질긴 혀는 유정의 타액을 전부 흡입하며 남김없이 빼앗아가는 게릴라식 전투 같았다.

"하아."

어리석은 여인은 그 같은 치밀한 침략을 계속 원하고 바라게 됐다.

충동하고 독려하며 끝까지, 한계까지 이끌어내는 다운의 혀와 입술은 키스에 적합하고 최적화된 것처럼 전부가, 그 모든 게 황홀했다. 마침내 그녀의 얼굴을 받쳐 들고 침투하듯 전부 파괴할 듯 파고들어 오는 저돌적인 키스엔 몸이, 심장이, 혈관 전부가 녹아내릴 것 같았다.

"으…… 훗!"

도무지 틈이 없는 결속에 숨을 쉴 수가 없었다.

정다운은 아무것도 허용하지 않으면서 오직 자신이 주는 호흡과 타액을 유정의 목 안 깊숙이 흘려보내며 끝없이, 끝도 없이 빼앗고 주입하길 반복했다.

정다운은 무언가를 말하고자 했다. 분명히.

그것까지는 알겠는데 미치도록 달콤한 키스에 생각은 그 선에서 더 확장되지 못했다.

키스의 시작을 알지 못하는 것처럼 언제 끝난 건지 기억나지 않았다.

기억하는 건, 그녀의 숨결을 조금도 놓지 않은 정다운으로 인해 숨이 목까지 찼고 그럼에도 불구하고 자꾸만 딸려가며 바라고 바랐다는 것밖에는……

정신을 차린 유정의 손은 내내 다운의 손깍지 안에 겹쳐 있었다.

떨림이 잦아지지 않았다.

가슴은 폭발할 것처럼 부풀어 올랐다.

마치 첫사랑을 시작한 풋내기 소녀처럼 그렇게.

호텔은 그렇다 쳐도 룸 또한 일등석 못지않게 화려했다.

유정이 혼자 독차지하기엔 상당한 규모였다. 사이즈나 인테리어 전부 다.

정다운은 바로 옆에 방을 잡았다. 당연한 일이면서도 그녀 때문에 거금을 써야 하는 다운이 쬐끔 걱정되기도 했다.

"릴리 한 달 수익이 얼마인지 알아야지 미안해하든지 맘 편히 누리든지 하지. 아, 몰라. 엄청 친한 친군가 본데 쓸데 쓰는 거지, 뭐."

침대 위에는 두 벌의 옷이 준비되어 있었다.

크림색의 미니멀한 시폰 원피스는 내일 예식을 위한 옷이 분명했고 바로 옆 또 한 벌의 옷은 화려함을 배제한 블랙의 모던한 스타일이었다. T.O.P를 염두한 옷이면서도 결코 과하지 않은 디자인들이었다.

유정은 딱 하나, 서울에서 들고 온 가방에서 화장품 파우치를 꺼냈다.

지금 자신이 할 수 있는 것. 제일로 잘하는 걸 할 시간이었다.

화장은 3일 내리 잠만 잔 여자처럼 쏙쏙 잘도 먹었다. 정성스런 꽃단장을 마치고 거울 속 여자와 마주했다. 정말이지 거울 속 여자는 나이가 무색할 정도로 활짝 피어 있었다.

"거울아, 넌 영광이겠다."

큰 거울은 너 뭐냐, 하는 듯 유정만 비추고 있었다.

"제주도 사는 네가 어디서 나 같은 절대 미모를 구경하겠니?"

거울은 말이 없지만 거울이 비추는 여인의 입술은 호선을 그리며 눈초리는 천장을 뚫은 듯 높이, 높이 치켜 당겨진 채였다.

왠지 모르지만 자신감이 유리 천장을 뚫을 정도로 드높았다. 이 순간의 유정은.

식당 안은 브레이크 타임의 릴리처럼 조용했다.

레스토랑은 고급스럽고 자유로운 분위기를 중점으로 톤 다운된 조명까지 어우러져 은은하니 우아했다. 큰 창으론 화려한 조명 옷을 받은 호텔의 전경과 검은 제주 바다가 그대로 보였다. 이대로 전부 보쌈해 서울로 가고 싶을 만큼 매혹적이고 유혹적이었다.

"미안해요. 통화가 길어졌어요."

유정과 달리 이제야 맞은편 의자에 앉는 정다운이었다.

다운의 등장으로 주문을 확인한 직원이 와인을 건네고 총총히 사라졌다.

"이 옷, 누가 추천한 거예요?"

"마음에 안 들어요?"

정다운은 살짝 굳은 표정으로 유정의 기색을 살폈다.

"마음에 들어요. 근데 궁금해서요. 호텔 샵 매니저의 추천인지 아님……."

"내가 직접 골랐습니다. 인터넷으로 보고 전화로 주문했어요."

"……."

"내일이 예식인 건 맞지만 짐작하는 것처럼 화려한 스타일은 아니에요. 그렇다고 경건하거나 무거운 분위기도 아니고. 그래서 모든 상황을 고려해 주문했어요."

"그래서……."

"……."

"참 잘했다고 칭찬해 주려고요."

유정의 대답에 다운은 묘한 표정을 했다. 꼭 알 듯 말 듯한 표정을.

"딱 내 스타일이에요."

유경은 환하게 웃어 보였다.

"너무 화려한 옷은 나보다 돋보여 패스고 칙칙한 옷은 기분 처지고 답답해서 싫은데 준비해 준 이 옷은 딱 중간 정도로 무리가 없어 좋아요. 고마워요. 디테일하게 신경 써준 거."

"마음에 든다니 좋네요."

"그런 의미해서 서울 가면……."

호탕한 유정의 목소리에 정다운이 빤히 쳐다봤다. 약간의 기대감을 품은 듯.

"내가 한턱 쏠게요."

"……."

"우리 릴리 술 창고에 있는 술 맘껏, 아니, 토할 때까지 마셔요. 계산은 내가 할 테니까요."

"왜 우리 가게입니까? 옆 건물 수제 맥주 가게도 있는데."

예상 못한 질문이었다. 마냥 좋아할 줄만 알았는데.

"번거롭게 다른 가게 찾아갈 게 뭐 있어요. 그리고 릴리 정도면 홀

룽하지. 아! 궁금한 게 있어요. 가게 이름 말이에요, 왜 릴리예요?"

언제부턴가 궁금했다. 왜 릴리인지. 누구 이름에서 따온 건지. 혹 추억 속 미끈한 첫사랑인지 아니면 미국 플레이보이지의 세끈한 모델의······.

"양어머니 이름이에요."

전혀 예상 못한 버전이었다. 엄마도 아니고 양어머니라니.

"고등학교 때 미국으로 간 날 돌봐주신 분인데 3년 전에 돌아가셨어요. 늘 한국을 그리워하셨는데 결국 투병 생활 때문에 오지 못하셨죠."

"······."

"그리워하신 곳에서 내내 즐거우시라고 그분 이름을 따서 지었습니다."

유정은 정다운의 개인 스토리를 알 수가 없어 더는 묻지 않았다. 그저 그랬군요, 라는 말로 마무리했다. 사실 맘 같아선 죄다 묻고 싶었지만 일반적인 아메리칸 드림이나 불굴의 석세스 스토리는 아닌 것 같아 자제했다.

그보다 이곳, 제주도에 온 이유는 분명했다.

내일 있을 동화 같은 러블리 결혼식의 스페셜한 단독 하객.

주객전도라고 했던가. 절대 신부보다 이쁘거나 아름다우면 안 되는데 그게 가능할까 걱정이 되면서 신부와 함께 단독 샷을 받을 생각에 오랜만에 흐뭇했다.

이내 테이블이 차려졌다. 요리는 의심할 것 없이 맛있었다.

최고 평점을 주고 싶은데 어쩜 그 이유가 맛보다는 분위기 때문일 수 있었다.

이같이 고급진 분위기에서 즐기는 여유로운 식사는 실로 오랜만이기에 그게 뭐든 딱히 흠을 찾고 싶지 않았다. 굳이, 꼭 찾으려면 이 자리에 두 친구가 없다는 것뿐.

"내가 싫다고 하면 어쩌려고 했어요?"

와인을 마저 마신 정다운은 대답을 하려는지 입을 찍듯이 닦아냈다. 그러자 라인이 분명한 남자의 입술이 더 붉게 도드라져 보였다.

순간 의미를 두지 않고 무시하며 잊으려 했던 감촉이 신기루처럼 되살아났다.

보지 말자, 우유정. 보지 마! 절대 의식도 하지 마! 의식하면 넌 그때부터, 그 순간부터 촌스러운 거야. 그야말로 서울 촌년!

"……!"

순간 샤라랄라 랄라라, 하는 익숙한 BGM이 흘러나왔다.

아니야, 잊어! 기억을 깡그리 잃어버리는 거야, 우유정.

저 남자는 정서나 문화가 완전 미쿡인이야. 키스를 인사처럼 하는 이들 속에서 살아온 언저리 이방인. 그러니 솜털 같으면서도 온 정신을 녹진녹진하게 만든 전염성 짙은 맹독성 키스에, 인간적 위로에 의미 두지 말자! 절대 안 돼! 넌 순진하고 어설픈 10대가 아니야! 아닌 것이야! 아니어야 해…….

"우유정 씨."

"네. 네?"

유정은 살짝 멍한 표정을 지우곤 자연스럽게 미소를 보였다.

"왜요?"

"방금 전에……."

"아! 그랬죠. 그래서 나 말고 다른 대안이 있었나요?"

유정은 그녀 주위 떠다니는 말 구름 표를 지우려 안간힘을 썼다. 그런데도 한번 되살아난 말 구름 표 속 키스 버전은 좀처럼 사그라지지도, 사라지지도 않았다.

"만약 우유정 씨가 거절을 했다면 할 수 없이 케……."

"캐! 캐라니요?"

이 남자가 정말. 그렇게 극구 아니라고 하고선 왜 또 캐롤이야!

"지금 캐롤이라고 하려고 한 거예요? 나랑 2차 방어전 한 그년! 아니, 그 롤케익?"

확인하여야만 했다. 이 남자의 배려 없는 멘트를.

"캐롤이 아니라……."

"……!"

"케빈이요."

살짝 흥분 상태인 유정을 향해 정다운은 케빈이란 이름을 조금 더 강하게 발음했다.

"케빈이요? 누군데요, 그 사람이."

"내일 결혼하는 신랑 이름이 케빈이에요. 케빈 쇼."

"아아…… 그 케…… 빈이요. 나 홀로 집에 나오는 그 말썽꾸러기 케빈?"

민망함을 대신한 뜬금없는 뜻풀이에 정다운은 언젠가 보여준 짧은 미소와 웃음을 보였다.

말쑥한 차림으로 유독 붉고 촉촉한 입술을 한 다운은 정말 정겹도록 정다웠다. 그래서 그런지 살짝 희미해지던 영상이 홀로그램처럼 되살아나 두둥실, 정처 없이 떠다녔다.

잊자, 잊어! 숫처녀도 아니고 그놈의 키스 한 번이 이혼녀한테 뭐 그리 충격파라고. 그건 그냥 인간적인 위로고 미쿡식 다독임일 뿐이란다, 우유정.

뭐! 절대 아니라고? 지랄, 절대적으로 맞다니까!

"맞아요."

맞다니? 뭐가 맞는다는 거야? 위로고 인사라는 게? 나쁜 자식! 왜 그따위 인사를 한 거야! 누구를 죽일라고! 이 우유정이 어떤 마음으로 수절하며 행동을 단속하면서 버티고 있는데!

"신랑은 나 홀로 집에 나오는 케빈처럼 종잡을 수 없는 말썽꾸러기였어요. 군인이란 직업군과도 상당히 거리가 있었죠. 집안도 대대로 군인만 배출했는데도 말이죠."

남자 입술이, 것도 거친 레인저 출신의 군인이었다던 남자의 미소가 저리도 영롱하니 찬연할 수 있는 건가!

보기 좋게 생글거리는 얼굴에서 시선을 뗄 수 없었다.

방심하는 사이 정다운과 눈이 마주쳤다. 바보처럼 넋을 놓고 봤으니 할 말은 없지만 뭐든 짜냈다.

"……그러셨구나."

얼른 제 페이스로 돌아온 유정은 고개를 끄덕이며 몸에 리듬을 실었다. 방금 전의 당황스러움을 약간의 리듬감으로 커버하려 했다.

"신랑 이름이 케빈이었군요. 헷갈리게."

유정은 바로 코앞에 대기 중인 와인 잔을 들어 단숨에 삼켰다. 아니, 꼭꼭 밀어 넣었다.

아무래도 정신을 놓거나 의식을 잃어야지 오늘 밤 무사히 잠자리에 들 수 있을 것 같았다.

이 기분에 누구도 유혹하지 않고 그 누구에게도 유혹당하지 않는 무탈하고도 무의미한 밤을 위해서 이 순간 와인은 필수 아이템이자 구호 물품이었다.

"따라줄게요."

정다운이 유정보다 빠르게 병을 낚아챘다.

이 남자는 정말이지 이렇게 뜬금없이 프로페셔널한 전직을 드러냈다.

"그러시든가요."

내민 잔 안으로 붉은 악마가 조금씩, 지루할 만큼 천천히 채워졌다.

"생각 없이 불 질렀는데…… 그거라도 해야죠."

"불이요?"

여튼 남달라요. 작게 웅얼거렸는데 그걸 또 들었어요, 인간이.

"캐롤이 떠올라서 가슴에 불이 났다고요. 새삼스레 그 두 번의 챔피언 매치가 생각나네요."

유정은 잔 안에서 찰랑이며 시야를 어지럽게 하는 붉은 물을 다시 또 비웠다.

"쭉쭉 따르세요."

자꾸 목이 마르면서 갈증이 일었다. 이 갈증은 분명 수분기는 아니지 싶었다.

"천천히 마셔요."

목소리까지 섹시한 정다운은 걱정하는 매너까지 챙기며 여유롭게 잔을 채웠다.

"아뇨. 빨리 마시고 취하고 싶어요."

유정의 혼란. 마음속 갈증과 갈등을 모르는 정다운이 왜 그러냐는 듯이 쳐다봤다.

"⋯⋯화장발."

"⋯⋯!"

"받으려면 숙면이 최고예요. 내가 아무리 여신 재림에 다국적으로 인정하고 인증받은 우주대미모라고 해도⋯⋯."

샤라랄라 랄라라. 샤라랄라 랄랄라라.

염병! 술을 마실수록 BGM은 연이어 흘렀고 영상은 선명하니 구름의 호위를 받으며 비행기 속에서 한 기막힌 키스가, 그 애잔하고도 에로틱한 느낌이 사방에서 사방치기를 해댔다.

"30대잖아요."

그 말을 끝으로 네 번째로 잔을 비웠다. 소주도 아닌데 캬야 소리가 절로 나와 유정은 손으로 입을 닦았다.

"노력, 해야죠."

"⋯⋯."

"크게 돈 드는 거 아니면 뭐든 해야 하고요."

"그렇군요."

"그렇죠, 그럼."

순간 머리가 핑 하고 돌았다. 아직 제대로 된 식사를 하지도 않고 마셔 그런지 평소보다 반응이 빨리 오고 강하게 왔다.

"사람들은 저 같은 우주대미모를 타고나면 아무것도 안 한다고 오해들 하는데⋯⋯."

"⋯⋯."

"전혀 그렇지 않아요. 타고나도 유지하려면 부지런히 노력해야 해요. 그러니까 따라줘요. 먹고 얼른 자게."

더는 그 누군가와 눈을 마주치지 않으려 했다.

테이블 건너편 쪽으로는 일절 숨도, 시선도 주지 않았다.

취하도록 마셔서 얼른 이 자리를 벗어나고픈 격렬하니 치열한 마음뿐이었다.

마음속 지하 창고 어딘가에서 노란색 같기도 하고 빨간색 같기도 한 주의 경보가 자꾸만 울렸다. 그런 이유로 마음은 점점 다급하고 초조해지기만 했다.

제발 이놈의 샤라랄라 랄라라는 이제 그만! 그만 좀 틀어대라고!

미궁 속 대화는, 질의 질문은 룸으로 돌아와서도 계속됐다.

"뭐지?"

뭐기는. 그거지, 그거.

"아, 뭐냐고?"

몰라서 묻는 거냐? 우유정이.

"그러니까 뭐냐고?"

아, 정말. 고수가 그러지 말지. 다 알면서.

"이 두근거림은 그러니까……."

아르비안 나이트에 나오는 공주의 침실도 아니면서 한껏 화려한 침대에 누운 유정은 대자로 누워 흡사 지붕처럼 높은 천장을 바라봤다. 그렇게 계속 바라만 봤다.

"……와인을 너무 마신 게야."

그래, 그런 거야. 우유정. 이건 절대로 설렘 주의보가 아니야.

이건 단지 너무 오랜만에 맛본 남자의 체취. 타인의 타액과 값비싼 와인의 화학작용. 더군다나 이곳은 바람 많은 섬나라 제주도. 거기다 높은 천장이 주는 엘레강스한 분위기. 이 모든 것들이 주는 환상이자 정신착란이었다. 아니, 이어야 했다.

"그래, 그런 거야."

이야기는 동화처럼 아름답고 키스는 격렬하면서 달콤했을 뿐이야.

"그래, 모든 요소들이 대동단결로 로맨틱해서 그래."

그렇다고 해도 키스가 어쩜 그렇게 입에 쪽쪽 붙고 혀에 착착 감길 수가 있을까.

본드도 아니고 아교에 붙은 립도 아닌데 정말 떨어지지가 않았어.

"왜긴? 오래 굶어서 그러지."

그런 거구나. 오래 굶어서. 의지에 반해 너무도 종교적인 삶을 산 게지.

가지처럼 널브러진 손을 들어 천천히, 아주 서서히 입술로 가져왔다. 그리곤 눈을 감고 기억을 떠올려 손가락 끝을 입술 안에 살짝 밀어 대보았다.

어느 순간, 손가락은 정다운의 치명적 혀가 돼 그녀의 입술을 핥고 훑었다.

조금 더 깊이, 가지런하니 투명한 이빨에 대보았다. 이내 빨려들 듯 파고들려는 손끝을 깨물었다. 아주 살짝, 그러다 조금 아플 정도로 강도를 높였다.

달랐다. 그 순간의 그 숨 막히는 교감과 자극이 턱없이, 비교 불가하게 부족했다. 초조한 맘에 혀로 침범하는 손끝을 핥았다. 그래, 조금 더…….

"아니야! 이게. 느낌이 안 나! 안 난다고!"

감각이 되살아나지 않았다. 레스토랑에선 정다운의 존재만으로도 비행기 속 영상이 생생하게 재생되더니 상상하며 따라 해도 그같은 기분은, 그 절대적 소름은 되살아나지 않았다.

"뭐야? 결국은…… 정다운 때문인 거야?"

정다운 때문이 아니라 정다운이란 남자의 키스 때문이지, 우유정이.

아까부터 계속 지적질을 하는 안이안의 노골적인 음성이 들려왔다.

"넌 좀 사라져. 여긴 내 구역이고 내 침실이야. 이 모든 상상의 주인공도 나고 사랑받고 애무받는 이도 나라고! 나!"

허무했다. 이 좋은 룸에서 혼자 자위 비슷한 짓도 해보고 상상의 나래를 펴봐도 그때의 완벽한 구도와 분위기, 감각과 감촉, 열기와 열감이 찾아오질 않았다.

"그 인간은 왜 그따위 키스를 해서 난리야! 아니, 여자가 울면 울지 말라고 말로 해야지. 왜 주둥이로 하고 혀로 하냐고! 왜!"

얼굴을 감싸 안은 손끝에 힘이 들어가 키스는 더욱더 알싸했었다.

"뭐야! 정말 프로 아니야! 이 세상에 그런 순간을 키스로 무마하는 남자가 얼마나 되겠냐고! 그래 당신은…… 레인저라 그랬지."

슬슬 그분이 오시는 것 같았다.

알코올만 들어가면 늘 찾아오시는, 그분. 일명 몽상. 환상. 진상.

"다시 해도 그런 느낌일까? 오늘처럼 놀라고 숨차다가 미치게,

154 샤라랄라 랄라라

미어지게 좋을까?"

다시 해보면 알겠지. 알려면 꼭 다시 해봐야 하고. 우유정.

"그야 그렇지. 근데 뭔 수로 다시 하냐고? 그런 자연스런 분위기를 뭔 수로 유도하는데!"

어려울 거 없어. 너도 네 친구 이야기를 하는 거야.

"친구? 친구 누구? 미미?"

아니지. 미미는 임팩트가 없잖아. 반전도 그렇고.

"그럼 누구?"

우유정 네가 미미 말고 친구가 누구 있어? 딱 한 사람이지.

"안이안?"

그래, 이안이의 길버트 사수 작전을 아주 슬프고 아린, 서정적인 서사로 풀어내면서 분위기를 한껏 업시키는 거지. 은유도 섞고 비유도 좀 하면서 한 여자의 사랑 찾기 버전을 그럴듯하게 각색해서 얘기하다 보면 눈물이 나오기도 하고 이내 키스 타임으로 이어지는 거지.

"정말 그럴까?"

당연하지. 감정이 점화되고 격앙된다는 게 뭐야? 그건 순간이고 기가 막힌 타이밍이야.

어느 시점에 훅 하고 감정을 파고드는 마술, 포인트, 완벽한 타이밍을 노려, 우유정!

"내가 그럴 수 있을까? 그러니까 내 말은 잘할 수 있을까? 이젠 연애의 감도 잘 안 오는데? 너 때문에 몸가짐, 마음가짐 단속하고 사느라……."

점점 술기운이 오르는 듯했다. 그러면서 술기운은 꽤나 기분이 좋은 게 공부하는 느낌도 났다. 이래서, 이런 맛과 피드백에 인문학 강의를 듣는가 싶고.

기분이 좋아지면서 슬슬 눈꺼풀도 무거워졌다.

슬슬 그분도 오시려는 듯했다.

하루의 모든 피로와 굴욕, 절절한 외로움과 짙은 고독감을 전부 다 덮어주는 그분, 잠.

유정은 반항 없이 그분을 맞이했다.

기꺼이. 그러면서도 조금은 아쉽고 안타까운 마음으로.

제주도 날씨는 변수가 많다더니 오늘의 날씨는 매우 쾌청이었다. 창밖으로 보이는 바다는 바다가 아니라 키 작은 하늘처럼 보였다. 파랗고 깨끗해서.

내내 창밖에 머문 시선을 돌려 주위를 살피니 뷔페 안은 텅 빈 상태였다. 태어나 아침 식사를 첫 번째로 하는 건 처음이었다. 1번 타자라는 건 그렇다 쳐도 홀 안이 너무 썰렁해 정다운에게 전화를 걸었다. 얼른 뷔페 식당으로 내려오라고.

"이 남자가 전화한 지가 언젠데 아직까지······."

간밤 제대로 씻지 않고 자서 그런지 새벽에 눈이 떠졌다.

룸이 따뜻하다고 해도 대자로 누워 공기를 한 움큼씩 씹어 먹으며 이불도 없이 자서 그런지 목이 칼칼했다. 뜨거운 물에 한참을 씻고 나오니 다섯 시가 조금 넘어가고 있었다.

오늘은 누군가의 행복한 결혼식.

축복해 주고 싶은 마음은 산처럼 높고 바다처럼 깊었다. 그 나머지 마음은 어제의 연속으로 몽롱하고 아련하며 복잡했다.

"일찍 일어났네요. 늦게 일어날 줄 알았는데."

통화 중에 바람 소리 비슷한 게 들리는 듯하더니 벌써 어딘가를 돌고 온 듯 보였다.

가벼운 웨어러블 스타일의 옷에 바람 냄새가 잔뜩 묻어났다. 얼굴도 살짝 상기된 채고.

"어제 바로 자서 그런지 일찍 깼어요. 그 덕에 화장품은 잘 먹던데요."

그 소리에 정다운은 유정을 빤히도 쳐다봤다. 마치 접사렌즈로 꽃잎을 추적하듯 그렇게.

"그 말……."

뜬금없이 그 말이라니. 어떤 말을 말하는 건지 감이 잡히지 않았다.

"맞는 거 같네요."

"무슨 말…… 아, 수면이 최고의 마스크 팩이란 거요?"

"아니요."

"그럼요?"

"우주대미모란 말."

정다운은 내내 유지하던 시선을 거두곤 유정 앞에 있는 사과 조각을 손으로 집었다. 그러면서도 바로 먹지 않고 다시금 유정을 바라봤다. 바라보는 시선이 꽤나 느리면서 집요했다.

유정은 그 시선을 피하지 않았다. 그러다 생각했다. 정다운이란 남자의 입술은 이 아침에도 여지없이 야시시하고 붉구나 하고.

"사과를 먹고 잠들었던 이가 백설공주였죠?"

그래, 관심은 없지만 그랬지. 알지도 못하는 할매가 주는 사과를 받아 처먹은 정신 빠진 10대 기집애 이름이.

"그 사람보다 더 아름다워요, 우유정 씨가."

"……!"

당황스러웠다. 칭찬인 건 충분히 알겠는데 동화의 주인공 거론하며 대놓고 하니 제대로 감흥을 느낄 수 없었다. 그저 당황스럽고 갑작스러울 뿐. 더불어 뜬금없기도 하고.

"솔직해서 놀랐습니까?"

표정에 이 모든 감정이 드러났는지 정다운이 미소를 한 채 물었다.

"조금요."

"내가 우유정 씨를 어디서 처음 본 줄 알아요?"

"릴리?"

"아니에요."

"그럼 어디? 8군?"

"아니요."

"그럼 어딘데요?"

"수제 맥주 집."

수제 맥주 집이라. 요사이 수제 하우스 맥주 집이 하나둘도 아니고.

그 집이 어딘지는 전혀 기억나지 않았다. 그때 그곳에서 무엇을 했는지도 당연히 생각나지 않았고.

"그때도 생각했습니다. 세상에 이렇게 아름다운 사람도 있구나 하고."

"……!"

정다운의 표정은 진실만을 말하는 동화 속 거울, 그 자체였다.

그 같은 이유로 살짝 흥분이 되면서 얼굴에 열꽃이 오르는 것 같기도 했지만, 늘 있는 일이라 자연스러운 척 유난스레 좋은 티는 절대 내지 않았다. 혹여라도 없어 보일까 봐.

아직까지 유정에게 꽂힌 강고하니 반짝이는 눈빛은 확실히 놀리거나 비꼬는 건 아니었다. 어쩌면 그날 온갖 진상 짓을 다 봤을 텐데도.

아닌가? 이쁘다고 하는 거 보면 그 모든 진상 짓을 보지 못하고 서로가 나가고 들어오면서 스치듯 본 것일 수도 있었다.

천지신명님. 그리고 하느님 아버지, 제발 그랬기를 바랍니다!

유정은 왠지 불안한 악몽을 머릿속에서 지워 버리기 위해 고백 아닌 고백을 했다.

"백설공주보다 이쁘면 뭐 하나요."

"……."

"그 명성과 이름값을 전혀 못하고 있는데."

유정은 생과일 주스를 한입 마시고 내려놓았다. 약간의 수프를 먹었는데도 속이 쓰린 듯했다. 목은 여전히 칼칼하고.

"전 이 얼굴 때문에 평생 호화롭고 시끄럽게 살 줄 알았다니까요."

"……."

"헌데 웬걸. 일평생이 고요에 정적이에요. 그러니까 내 성격과 심하게 불일치하는 이 얼굴은 축복이라 아니라 낙인이에요. 중세 시대 수행자의 낙인."

그랬다. 살다 살다 이렇게 얼굴값 못하고 사는 사람은 들어본

적이 없었다. 염병!

"오늘······."

유정은 손으로 약간 부은 듯한 목을 어루만지며 정다운의 말을 들었다.

"여기 제주도에서 하면 되죠. 제주도 사람들 다 볼 수 있게."

그 말을 끝으로 정다운은 사과를 한 입 베어 먹었다. 마치 백설공주에게 사과를 건네며 유혹한 마녀처럼 심하게 붉은 입술을 오물거리며.

언젠가 미미의 말처럼 평범한 인물은 아닌 게 분명했다.

묘한 이해타산과 설득으로 유정을 주방 처자로 만들 수 있는 남자. 내내 경어에 존칭을 하며 깍듯하게 대우하고 배려를 하다가도 불쑥 농밀하고도 농익은 키스를 하며 결계와 경계심을 파괴하는 남자. 그 같은 기막힌, 기절초풍할 키스를 하고도 아무런 내색 않고 쌩까는 천하의 나쁜 놈! 군인이었다고 하면서 총보다 요리, 에이프런이 더 잘 어울리는 위인.

간밤 그 어떤 유혹이나 립서비스도 하지 않더니 이렇게 불쑥, 이른 아침 사과를 먹으면서 한 여자의 가슴에 의문과 설렘, 떨림과 질문을 하게 만드는 미스터리 남.

정다운, 당신은 어떤 남자일까······.

앞으로 또 어떤 모습으로 놀래킬지 몹시 기대가 돼.

당신이 궁금해졌어.

이 우주대미모 우유정이가.

신부는 우주대미모에 살짝 못 미치는 동화 버전의 캐릭터. 사지

육신이 심하게 가느다란 인어공주였다.

제주도 해녀가 다 이런 극강의 미모면 안 되지 싶었다.

왠지 대한민국 수도가 바뀔 것 같았다. 남자들이 죄다 이곳으로 이사를 와서.

케빈은 금발에 제주도 바다처럼 짙은 파란 눈을 한 미남자였다.

정다운의 소개로 유정과 인사를 나눈 케빈은 오 마이 갓을 연발 하며 정다운을 안고 때리며 난리 블루스를 쳤다. 그 모습에 파란 눈을 한 미남자가 미숙아로 보였다.

소개받은 신부는 분위기처럼 조용하고 수줍음이 많은 이 시대 흔하지 않은 아가씨였다.

축하한다는 유정의 입을 읽은 신부는 그녀만큼이나 고운 부케 로 연신 자그마한 얼굴을 가렸다. 그 모습이 묘하게 설레었다. 보 는 유정까지.

신부는 남녀노소 불문하고 매력지수가 통하는 동화 속 아가씨 가 분명했다.

속전속결로 거행된 예식 내내 신랑은 웃다가 울다가 다시 울다 가를 반복하며 수줍은 신부의 입가에 미소와 웃음이 떠나지 않게 만들었다.

어느 대중가요처럼 신랑 케빈은 신부인 인어공주의 전속 연예 인이었다.

같이한 시간이 그리 길지 않은데도 신랑의 성향을 알 수 있었 다. 남자 버전 우유정!

미리 예고한 대로 신랑 측 하객은 유정과 정다운. 신부 측은 한 복을 곱게 차려입은 세 분의 해녀 할머니와 해녀 할머니들만큼이나 나이 드신 수녀님 한 분이 전부였다.

예식 장소는 제주 바다가 담장 너머로 보이는 해녀 할머니의 집 마당이었다.

꼭 그런 분위기였다.

그 노래가 뭐더라…… 피아노는 오징어, 주례는 문어 박사, 뭐 그런.

하여튼 예식의 하이라이트는 신랑의 길고 긴 사랑의 고백이자 눈물 나는 맹서였다.

너무도 뜨거운 눈과 호흡. 열정과 온기를 가득한 채 개구쟁이일 게 분명한 신랑은 끝도 없이 사랑 고백을 했다. 눈물 나게 아름다운 맹서와 함께. 그것도 어설픈 한국말과 아직 한참이나 모자란 수화 실력으로.

그런 생각을 했다.

역시나 사랑은 말로 하고 모든 수단과 방법을 동원해 표현해야 한다고. 그게 진리라고.

죽도록 사랑한다 해도 케빈처럼 표현하고 행동하지 않으면 품에 안을 수도 알 수도 없다.

짐작은 할 수 있어도 혼자만의 그림으로 왜곡하며 착각할 수도 있고.

개중엔 타고난 염력과 뛰어난 텔레파시로 인해 굳이 말하지 않아도 눈과 마음으로 전하고 받는 이들도 있다지만 유정의 스타일은 케빈의 스타일이었다.

내가 널, 당신이 날, 우리가 얼마나 사랑하고 원하는지 말하고 조심하라고 속삭여 주는 사랑. 부단히 노력하고 보여주는 사랑.

느낄 수 있도록 끝까지 손잡으며 행동하는 사랑.

유정이 원했던 건 그뿐이었다.

상대의 차가운 등을 보고 하는 사랑이 아닌 둘이 따뜻한 가슴을 대고 나누는 그런 사랑.

사랑이란 속성이 아무리 선천적 그리움이라 해도 할 수밖에 없는 절대적 운동이자 운명.

연신 흐르는 눈물로 난감해하는 그녀에게 정다운은 두 개의 손수건을 내밀었다.

"왜 두 개예요?"

"코도 풀라고요."

"네?"

"눈물용. 콧물용. 따로따로 써요. 용도에 따라."

정다운의 눈물 나는 배려와 탁월한 준비성에 웃음이 터져 버렸다.

"옛말에 울다 웃으면……."

"하지 말아요."

유정은 건네준 수건으로 코를 풀며 맹맹한 웃음소리로 웃었다.

"다운아."

누군가 정다운의 성을 떼고 이름만 불렀다. 수녀님이었다.

해녀 할머님들과도 격 없이 어울리고 케빈과 동일하게 울고 웃던 감수성 풍부한 수녀님.

정다운은 다가오는 수녀님의 손을 잡곤 이내 수녀님을 번쩍 안아 올려 뱅글뱅글 돌기 시작했다. 그 모습은 마치 어느 영화의 한 장면처럼 보기 좋았다.

"내려, 이놈아. 정신없어."

공중에서 빙빙 돌다 드디어 하강하신 수녀님은 정다운의 손을 꼭 잡으시며 아이고 어지러워, 를 수차례 연발하셨다. 그리곤 금세 또렷한 눈을 하시곤 유정을 쳐다보셨다.

"우리 인사는 했지요."

"네."

"난 여기 제주도에 외국 선녀님이 내려온 줄 알고 깜짝 놀랐어요. 우리는 이제까지 우리 연이가 가장 이쁜 줄 알고 살았는데…… 어쩜 이렇게 아름다운 사람이 있어요? 다운아, 너도 그렇게 생각하지?"

"네."

정다운의 망설임 없는 대답에 수녀님은 호호호, 하시며 귀엽게. 개구지게 웃으셨다.

"그런데 말이야, 두 사람 어떤 사인지 물어도 되나?"

수녀님의 말씀에 유정은 다운을, 다운은 유정을 쳐다봤다.

"사실 난 하나도, 전혀 궁금하지 않은데 자꾸 저 친구들이, 아니, 할매들이 물어보라고 해서 정말 어쩔 수 없이 내가 대표로 묻는 거예요. 난 정말 하나도 안 궁금한데 말이야."

수녀님은 호기심 가득한 눈빛을 하시곤 입으로는 당신은 전혀 아니란 말을 반복하셨다.

"우유정 씨는……."

"정다운 씨가 운영하는 가게 주방 보조예요, 수녀님."

다운의 말을 이어받은 유정은 이실직고했다. 한 치의 거짓도 없이.

"어머, 그래요?"

수녀님은 엄청난 사건을 들으신 듯 두 손을 모으며 흥분하셨다.

"네."

"그럼 두 사람 매일같이 함께하겠네."

수녀님은 모은 두 손으로 마침내 손뼉까지 치셨다. 어른 아이처럼 신나게, 또 열렬히.

"우리 다운이 좋겠다! 어릴 때 백설공주 찾으면서 그렇게 울더니 이렇게 진짜 공주님이랑 주방을 지키고."

정다운이 백설공주를 찾으며 울었다니 상상이 되지 않았다.

"다운이 너, 요리나 제대로 할 수 있겠어? 심장 떨려서."

그 말을 끝으로 유정의 손을 잡고 눈을 반짝이던 수녀님은 이내 세 분의 해녀 할머님들께로 돌아갔다. 가시더니 네 분이 한데 모여 소곤소곤하셨다. 그 모습이 꼭 동네 친구들의 작당 모의 같았다. 왠지 모르게 네 분들 모습에서 상총사의 모습이 보였다.

진상. 밉상. 궁상이 늘 그렇듯 함께하며 웃고 울던 그 익숙한 모습이.

"혹시 저 네 분들이요……."

"어릴 적 동무들이세요."

그러면서 정다운은 네 할머니들의 모습을 기분 좋게 바라보았다.

"근데, 종교가 천주교였어요?"

"무교입니다, 난."

"무…… 교요? 천주교 아니고?"

분명 수녀님은 어릴 때라고 하셨는데. 또 무척 친밀해 보이고.

"여기 제주도, 그러니까 천주교에서 운영하는 고아원에서 자라긴 했지만 종교는 무교입니다."

"……!"

완전 반전이었다. 아니, 개인 히스토리가 무척이나 어드벤처하고 언발런스한 정다운이었다.

"갑시다."

"어딜요?"

"신랑 저 상태로 두다가는 여기에 신방 차린다고 하겠어요."

"네에?"

"말립시다, 우리가."

정다운은 아직 충격에서 벗어나지 못한 유정의 손목을 잡아 여직까지도 신부와 열혈 키스 중인 케빈에게 다가갔다. 바로 코앞까지 다가간 정다운이 연신 헛기침을 하는데도 신부의 입술을 훔친 케빈의 불도저식 키스는 도무지 멈출 줄을 몰랐다. 그런 케빈의 행동에 진작부터 이골이 났는지 세 분의 해녀 할머니들과 수녀님은 상관 않고 싱싱한 자연산 회를 맛보기 바빴다.

다시 보고 또 봐도 케빈은 유정의 스타일이었다.

근래 보기 드문 미남이면서 그만큼 미련하고 미숙한 것도 그렇고, 주위 상관 않고 본능에 충실하니 무지 밝혀주시는 것까지.

그러고 보니 친구라면서 두 남자가 달라도 어찌 이리 다른지. 두 남자를 믹스해 딱 절반으로 나누면 좋겠다 싶었다.

그중에서 열성적인 열정유전자는 정다운이 더 많이, 아니, 전부 다 갖는 걸로 세팅하고.

4

아침부터 사무실 사람들 전부가 오키나와 특산물이라는 자색 고구마 타르트를 입에 물고 있었다. 딱 봐도 오키나와로 출장 다녀온 필립의 작품인 듯했다.

"선물을 해도 꼭 저 닮을 걸로 해요."

인간이 TV도 안 보는지, 요즘 드라마에 고구마 전개 어쩌고 하는데 목 메이게 무슨 고구마. 개인적으로도 고구마는 좋아하지 않았다. 비슷한 부류인 감자는 좋아하지만. 그래서 그런지 정다운이 금세 튀겨주는 웨지감자튀김은 정말 좋았다.

적당한 기름기가 주는 바삭한 식감. 그 뒤에 절묘하게 따라오는 포근포근한 입자들의 맛 좋은 향연. 마치 정다운처럼……

"우유정 씨."

"네, 치프."

유정은 대답과 함께 자리에서 벌떡 일어났다. 이젠 거의 자동이지 싶었다. 반응하는 속도가.

고개를 돌리니 치프가 종이 가방을 들고 다가오고 있었다. 눈길은 그녀에게 고정한 채.

이내 코앞까지 다가온 필립은 결코 작지 않은 종이 가방을 건넸다.

"단 거 좋아한다고 하던데⋯⋯."

"아닌데요."

"⋯⋯."

"저 단 거 완전, 정말 싫어하는데요."

유정의 강력한 항변에 필립은 의심스럽다는 표정을 하며 쳐다보았다.

"일전에 보니 스낵바에서 파는 머핀은 좋아하던데요."

"머핀은 좋아해도 이 고구마는 전혀 아닌데요."

약간의, 사실은 노골적이다 싶게 의지 표명을 했다. 제발 이 모든 게 그녀의 착각이자 오버이길 길길이 바라면서.

필립 정의 표정은 바라는 바대로 굳어졌지만 유정은 개의치 않았다.

"그럼 친구들이라도 나눠 줘요. 그리고 안⋯⋯."

뭔가 더 말하려는 필립 정은 무슨 생각인지 아니, 됐어요. 하곤 제 사무실 쪽으로 방향을 틀었다. 치프가 사무실로 들어가는 걸 확인한 후 종이 가방은 책상 밑 한 켠에 두었다.

아무래도 빨리 사무실을 옮기는 게 좋을 것 같았다.

옆 사무실 치프가 누구건 저 방에서 은거하는 필립 정만 아니면 상관없었다.

"이 김에 본격적으로 외식업에 뛰어들어?"

점점 더 릴리가 좋아지고 있었다.

그 안에서 파는 음식이나 분위기, 문화가 그녀 자신과 맞는다는 생각을 하던 참이었다.

기본적으로 술을 즐기기도 하지만 다른 이에게 술과 함께 누군가의 즐거운 한때를 제공하는 공간의 주인이란 것도 나쁘지 않았다. 그러면서 조금 더 배우면 다양한 음식도 시도하고 도전할 수 있을 것 같았다.

이혼 전까지 살림을 회피하는 스타일이거나 특별히 싫어하거나 하진 않았다. 이혼 이후 혼자 해먹는 모든 것들에 시큰둥하고 혼자 먹기보다는 미미와 먹는 시간이 많아 그간 소원하긴 했지만 누군가를 위해 만드는 요리와 정성을 즐겼다.

"한다고 하면 동업자로 미미가 딱이긴 한데……."

"부업하시게요?"

잠깐 옆 사무실에 갔다던 김양호였다. 그 역시 자색 타르트를 입에 물고 있었다.

아니, 저 고구마를 얼마나 사서 돌린 거야. 소문처럼 부자긴 하나 보네.

"부업은 무슨. 이미 알바하고 있는데."

"알바하세요?"

김양호는 전혀 몰랐다는 얼굴로 신기해했다.

"왜요? 안 돼요? 미군부대 그런 규정 없잖아요. 투 잡 뛰면 안 된다는 규정?"

"이중 취업 안 된다는 규정은 있어도 알바는 없죠. 근데 정말로 하세요? 알바."

"그렇게 됐어요."

"……"

"내 소중한 사람들을 지키고 실망시키지 않으려고 하는, 심적인 측면에서 극한 알바이면서 보복성 짙은 알바."

"네…… 에?"

엄살을 약간 첨부한 설명에 김양호는 어리둥절한 표정을 했다.

"그런 게 있답니다."

더 이상의 질문은 사절이란 눈빛을 발사하자 김양호는 들고 있던 타르트를 마저 입에 넣었다.

해도 해도 끝이 없는 서류 정리와 함께 오전 시간이 빠르게 지나갔다.

점심은 미미가 아닌 사무실 사람들과 함께했다. 남영동 참치 집에서. 필립이 없어 그런지 참치가 기가 막히게 맛났다.

"근데 이 기집애는 연락 없이 어딜 간 거야? 외근도 없는 게."

미미를 생각하니 오전에 하던 생각이 다시금 이어졌다. 맛장금 한미미와 함께하는 맛집.

"아이템만 확실하면 대박은 대박인데……"

기분 좋은 상상을 하는데 핸드폰이 울렸다. 진이었다.

"웬일이야. 전화를 다 하고. 온리 릴리에서만 아는 척하더니."

유정은 기분 좋게 전화를 받았다.

"응."

[저 진이에요.]

"알아. 근데 어쩐 일이야?"

[전화할 수 있으세요?]

"할 수 있어. 말해."

[사장님이요, 혹시 지금 어디 계신지 아세요? 통화가 안 돼서요.]

"나야 모르지. 근데 왜? 무슨 일 있어?"

[그게 교수님이 통역을 부탁하셔서 릴리에 못 갈 것 같아서요. 아니면 많이 늦거나. 그런데 멘도자도 오늘 학교에서 일이 있어서 늦는다고 저보고 한 시간 먼저 가달라고 하는데…….]

"그런데 사장님이 연락이 안 된다?"

[네.]

"알았어. 내가 조금 일찍 가서 설명할게. 그러니까 너희들도 상황이나 사정 톡이나 문자로 꼭 남겨. 나름 감정 상하지 않게 증거를 남기라고. 그래야 사장님도 당혹스럽지 않지. 참 내가 도와줄 건 없는 거지? 물론 통역 말고 다른 거."

[없어요. 사장님께 잘 말씀해 주세요. 저희 갈 때까지 수고해 주시고요.]

"알았어. 천천히 와. 그리고 오늘 월요일이라 펍에 손님도 별로 없을 거야."

통화를 끝내고 시간을 확인했다. 4시 30분.

지금 릴리는 브레이크 타임이었다.

"주방에서 설거지하느라 못 듣나?"

전화를 받지 못하는 이유를 상상하며 유정은 오전 내내 했는데도 전혀 티가 안 나는 서류 정리를 다시금 시작했다.

릴리의 문은 잠겨 있었다. 더불어 오늘은 휴무일이라는 팻말이 보였다.

"뭐야?"

릴리의 휴무일은 첫째, 셋째 월요일이었다. 오늘 같은 두 번째 월요일이 아니라.

정다운은 여전히 전화를 받지 않는 상태였다. 약간의 고민을 한 유정은 자동키를 열어 가게 안으로 들어갔다. 휴무일 팻말은 그대로 둔 채.

홀 안에 들어와서는 혹시나 해 실내등은 켜지 않고 두세 군데 테이블 램프에 붉을 밝혔다.

실내등을 전부 켰을 때와는 분위기가 사뭇 달랐다.

넓은 홀 안이 아득하게 느껴졌다. 이 기세를 몰아 음악을 틀었다. 늘상 릴리에서 흘러나오는 미쿡 락 발라드와 컨츄리 송이 믹스된 음악을.

릴리를 채우는 음악은 전부 정다운이 선곡했다. 일명 정다운의 취향을 반영한 그를 닮은 음악. 그의 음악들은 세련되면서도 듣기 좋고 편안했다.

요란한 불협화음 같은 노래 없이 어느 영화나 다큐멘터리에 삽입해도 충분히 좋은, 듣기 좋고 여운 가득한 그런 음악들.

유정은 몇 주 사이 미쿡 컨츄리 음악을 좋아하게 됐다, 다운의 절묘한 선곡 때문에.

"그건 그렇고 이 사람은 어디서 뭘 하길래 연락 두절에 깜깜무소식이야?"

사전 통고도 없이 이렇게 연락도 하지 않은 채 걱정을 끼치는 이가 아닌데 하는 생각을 했다.

그 같은 생각은 이제껏 보름을 함께 지낸 경험과 제주도를 다녀온 일로 한층 공고해졌다.

언뜻 보면 군과는 전혀 접점이 없는 듯한 남자인데, 이런 밑도 끝도 없는 확신을 심어놓은 것 보면 군인이었다는 게 자연스럽게 느껴졌다.

왠지 믿고 따라도 될 것 같은 든든함과 성실함이 다운에게는 있었다. 그러면서도 순간순간 느끼고 확인하게 되는 묘한 매력 지수가.

"그럼, 뭐해? 내 남자도 아닌데."

무엇보다 필립과 절친이라고 했으니 인연은 아닌 게 아닐까…….

"사람이 말이야, 가게 열지 않을 거면 미리미리 비상연락망을 돌리든가. 아니면 무슨 언질이라도 줄 것이지 가출 청소년이야? 연락도 않고 사람 걱정시키게?"

걱정할 건 하나도 없었다. 그 유명한 파워레인저 출신이었다니 어디서 맞고 다니는 것도 아니고 돈이 없어 굶고 다니는 것도 아닐 텐데.

"그래도 연락을 해야 할 거 아니야!"

걱정 근심되는 행간 사이…… 샤라랄라 랄라라, 하는 BGM이 들려왔다.

"염병! 또 시작이구만."

키스 사건 이후 귀에서 진물이 나도록 울려대는 BGM.

그날 스몰 웨딩이 끝나고 신랑 신부는 신혼여행을 떠났다. 그네들이 사는 그 섬, 제주도로.

지금도 살고 있고 앞으로도 제주도에서 살 거라면서 제주도 여행이라니.

절대 일반적인 인물들은 아니었다. 신랑 신부 둘 다.

나머지 사람들과는 아주 길게 인사에 인사를 거듭하고 유정과 다운은 비행기 시간 전까지 인근 해변 도로를 드라이브했다. 제주도 출신인지는 모르겠지만 그 섬 고아원 어딘가에서 자랐다는 정다운은 가이드를 해도 충분할 정도로 제주를 잘 알고 있었다. 그런 이유로 아름다운 드라이브 코스도 빠삭하게 꿰고 있었다.

선글라스를 끼고 운전하던 정다운의 옆모습이 지금도 생생했다.

날렵한 옆선과 턱선보다 우위고 상위인, 고고한 콧날은 선글라스를 쓴 남자를 제대로 완성시켜 주었다. 파란 하늘 아래 푸른 해안선을 따라 달리는 남자는 요란한 감 없이 그 자체로 아름다웠다. 그 순간 외모뿐 아니라 남자의 알쏭달쏭한 출생과 성장, 자란 환경, 이국의 친구와 소녀 같은 수녀님, 수다쟁이 해녀 할머니들 전부가 궁금했다.

그때도 역시나 음악이 깔렸었다. 별빛이 내린다 샤라랄라 랄라라, 하고.

"다른 놈 없을까? 그 음악 깡그리 지워 버리고 다른 BGM 울려 퍼지게 할 마성의 초능력자."

있으려야 있을 리가 없었다.

요사이 불순한 앱은 전부 삭제해 버리고 누군가를 만나지 않았을 뿐더러 그런 생각조차 않고 살아서 나타나고 대처할 임자가, 기운 찬 남자가 없었다.

"남자가…… 가물다, 가물어."

우유정 인생에 이렇게까지 남자가 흉년인 적이 없었는데 안이안의 투신이자 눈물 나는 희생 이후, 주변은 깡그리 과거 청산이 돼버렸다. 역사 속 잊혀진 페이지가 돼버렸고.

이렇게 혼자, 주방과 골방에서만 우주대미모면 뭐 하나 싶었다.

이렇게 매일매일이 고독에 고민이요, 이다지도 피눈물 나게 외로운 것을.

"진이랑 멘도자한테 연락하기도 그렇고. 각자 바쁘다고 했던 애들인데…… 그냥 갈까?"

가자니 발걸음이 떨어지지 않았다. 무엇보다 궁금하고 걱정이 됐다. 정다운이란 남자가.

다운을 생각하니 다시 또 음악이 울릴 것 같으면서 갈증이 나 유정은 냉장고 속 맥주를 두 손 가득 안아 꺼냈다.

"먹는 김에 안주도 한번 만들어봐?"

사부인 다운의 멋 떨어진 블랙 에이프런을 하고 유정은 주방으로 향했다. 발걸음에 그루브가 배인지도 모른 채 유정은 기분 좋게 주방으로 향했다.

막상 무언가를 하려니 걱정이 되더니만 메뉴를 정하니까 의외로 술술 시작됐다.

그사이 어깨너머 배운 것들이 상세하게 기억나면서 누군가 등 뒤에서 팁을 주고 응원을 하는 것처럼 착착 진행됐다.

주방까지 완벽하게 치운 후, 리코타 샐러드와 클럽 샌드위치 세트, 그리고 절대 빠질 수 없는 맥주까지 챙겨 주방 앞 테이블에 앉았다.

아직 서투르게, 반쯤만 허락하며 내려앉은 절반의 어둠. 뜨문뜨문 들려오는 이태원의 특유의 다국적 소음. 그리고 이 릴리란 공간이 주는 이국적인 아늑함과 낯선 익숙함. 이젠 18번이 되어도 전혀 이상할 게 없는 기분 좋은 음악까지…….

뭐 하나 부족한 게 없었다.

아주 오랜만에 갖는, 제대로 된 혼자의 시간이었다.

전혀 외롭지도. 누군가에게 기대거나 생각나지도 않는 완벽한 혼자만의 여유.

릴리의 전폭적인 응원을 받으며 차려진 조촐한 저녁이 풍족하니 기분 좋았다.

"……나중에 친구들도 불러서 한 상 차려줘야지."

특별히 한 것도 없으면서 스스로가 조금 어른이 된 듯한 기분이 들었다. 이혼 이후, 그리고 이안의 결혼 이후. 늘 허기롭고 헛헛한 시간과 마음이었는데 오늘, 지금은 아니었다. 평소와 달랐다.

사랑하고 그리운 친구들이 없는 건 아쉽지만 몸서리치게 외롭지 않았다. 왠지 친구들의 칭찬과 박수 소리, 응원의 향연이 들리는 것 같았다. 그런 상상과 생각에 흐뭇하니 어깨가 으쓱했다.

"아까운데 사진 한 장 찍어?"

별거 아니란 걸 알지만 이 순간의 감정을 기억하며 남기고 싶었다. 그래서 나중에 친구들에게 보여주고 싶었다. 어느 날 우유정이 혼자서도 이렇게, 이만큼 좋았다고. 너희들의 골칫거리이자 근심 걱정거리였던 그녀가 이렇게나 스스로를 컨트롤하며 즐겼다고.

핸드폰으로 사진을 찍고 느긋하게 혼자만의 저녁을 시작했다.

음식 한 번에 맥주 한 입. 맛도 그렇고 기분도 기가 막혔다. 들뜬 기분 탓인지 맥주는 술렁술렁 잘도 넘어갔다.

그런 생각이 들었다.

고작 보름이 넘는 시간으로 인해 이 공간이 이렇게나 편하고 익숙해졌는데 두 달이란 시간을 꽉 채우면 이곳 릴리가 어떤 곳이 될까, 하는 막연한 기대감과 달달한 의문이.

전혀 모르던 세 남자 정다운, 진, 멘도자와 함께 꽉 찬 두 달을 보내면 지금과는 무언가 크게 달라지는 건 아닌지. 왠지 모르게 기대감을 넘어 살짝 두려웠다.

그 이후의 시간들이.

유정이 지금까지도 사랑, 사랑 하는 건 이안과 사촌 정민의 탓이 컸다.

자신의 감정이 사랑과 염려, 관심인지도 모르면서 모두에게 공평한 사랑을 나눠 주던 이안. 얼굴을 가격당한 그날로부터 오늘까지 오직, 오로지, 죽어라, 죽도록 안이안밖에 모르는 천하의 상등신이자 색으로 천리를 가는 색리마 길정민.

이 두 사람을 가까이하면서 그들에게 전이되고 단단히 이입이 돼버렸다.

이 세상 믿을 건, 오직 신기루 같은 사랑뿐이라고.

사랑만이 마음을 다쳐 아픈 이를 바로 세우며 결국엔 재생되고 갱생한다는 걸 알게 됐다. 그러니 결국은 또 사랑.

문득 자신들의 성생활에 대해서 일절 언급을 않던 이안의 말이 생각난다.

"길정민 품에 안기면 난 아무것도 기억나지가 않아. 설명을 하고 비유를 하고 싶어도 처음부터 끝까지 길정민밖에는 모르겠어. 나한테 누군가의 체온, 체향, 섹스는 그냥 길정민이야. 그러니까 일테면 기승전 길정민이라고 해야 하나."

그 아무것도 아니고 맥락도 디테일도 없는 설명에 가슴이 쿵 하고 내려앉았다.

사랑이란 감정도 제대로 인식하지 못하는 까칠한 꺼벙이 안이 안이 섹스를 떠올리면 그저 길정민이라는 그 단순 무식한 정답이 미치도록, 죽도록 부러웠다.

두 사람 사이 그 무엇도 끼어들 수 없는 그 절대적 충동과 교감. 오직 상대뿐인 감정이 샘나고 탐났다. 그때도 그렇고 지금까지도.

그 어떤 티끌이나 감정도 떠오르지 않는 충만한 섹스. 그 같은 섹스를 경험하고 싶었다.

사랑이란 감정이 기반이 되어야만 느끼는 그 최적의 감정. 최고의 절정. 최선의 유희.

"……나도! 나두 느끼고 싶다고!"

"우유정 씨!"

"이 우유정도!"

"왜 여기서 자고 있어요?"

"너, 뭐야?"

유정은 난데없이 출현한 목소리에 칭얼거리며 몸부림을 쳤다. 사실 조금 더 자고 싶었다.

이대로 더 자서 이안에게 비기를, 남자를 안달 나게 만드는 그 무심한 색기를 전수받고 싶었다. 받고 받들어서 어여 이 외로운 독수공방 싱글 생활을 청산하고 싶었다.

"우유정!"

"이 씨!"

열 받아 잠투정을 하며 깨버린 유정의 두 팔을 잡아 붙든 건, 정다운이었다.

떠지지 않는 눈을 간신히 뜨고 보니 정다운이 맞았다. 연락도 없이 사라져 떼아닌 걱정을 하게 만든 인간. 문제적 BGM의 남자.

"연락도 안 하고⋯⋯."

만세 상태인 유정은 눈을 깜박이길 반복하다 완전히 정신을 차렸다.

정다운의 사무실 작은 간이침대에서 잠이 깬 유정은 역시나 같은 동작을 한 채 만세 중인 정다운을 쳐다봤다.

"언제 온 거예요?"

"방금."

"그렇군요. 알았으니까⋯⋯ 이 팔 좀 놔요."

그 소리에 정다운은 만세 중인 자신의 팔과 유정의 팔을 동시에 놓았다.

"급해서 휴무란 팻말만 걸고 갔는데 우유정 씨가 있어서 놀랐어요."

"왜요? 동화 속 잠자는 공주를 실제로 보니까 소름 끼쳐요?"

놀라긴 한 건 같았다. 아직까지도 살짝 멍해 보이는 정다운을 보니.

"자는 모습까지 아름다워서 많이 놀랐구나?"

술 오지게 마시고 남의 침대에서 잤다는 사실이 살짝 민망스러워 농을 했더니 정다운은 반응이 없었다.

"왜 그래요? 농담도 안 받아주고."

"우유정 씨 아름다운 사람인 거 모두가 아는 사실인데 그게 왜 농담입니까?"

그 말을 끝으로 정다운은 유정을 쳐다봤다.

뭐야? 이 남자. 갑자기 나타나서는 진지하기까지.

"우주 대미녀인 건 물론 농담이 아니죠."

또 한 번의 농에도 정다운은 일관되게 쳐다보기만 할 뿐 언어적 리액션이 없었다.

"나 좀 일어날게요. 불편하게 잤더니 온몸이 쑤셔요."

그 말에 정다운은 움직이기 시작했다. 그 틈에 유정도 움직였다.

세수를 하고 나오니 정다운은 유정의 흔적이 남아 있는 테이블에서 맥주를 마시고 있었다. 조금 가라앉은 눈빛을 하고.

시간은 10시에서 11시로 넘어가고 있었다. 딱 5분 남았다. 11시에 도달하기까지.

운명의 시간 12시가 아닌 11시.

30대 여인처럼 아름다운 시간이자 어른들의 시간이 시작되는 순간.

그 애매한 시간, 정다운은 그간 볼 수 없었던 표정과 그늘을 하고 있었다.

이대로 모른 척 인사를 하고 사라질까 하다 결국엔 맞은편에 앉

앉았다. 앉고야 말았다. 앉기는 했지만 말은 하지 않았다. 하고 싶어
도 죽어라 참았다.

그 같은 인내는 일종의 시위와도 같은 것이었다. 당신 때문에
걱정하고 술 마시다 무안하게 깨버린 사실에 대한, 쪽팔림에 대한
조용한 시위.

마치 대련을 하듯이 서로를, 서로의 상태를 개입 없이 지켜보며
바라보기만 했다.

잠시 후, 유정을 빤히 바라보던 남자가 드디어 입을 뗐다.

"맛……."

"……."

"있었어요?"

"뭐가요?"

질문은 엉뚱했다.

"릴리에서 처음으로 한 요리. 요리라고 하기엔 좀 약하지만."

"약하긴 뭐가 약해요. 요리 맞는데. 그리고 맛은……."

유정은 아까의 맛이, 그 풍요롭고 편한 분위기가 생각나 결의와
상관없이 미소 지었다.

"좋았어요. 더할 나위 없이."

"정말인가 보네요. 표정 좋은 거 보니까."

이상하게 정다운의 동조와 동요에 유정의 기분은 점점 더 좋아지
는 것 같았다. 그래서 그런지 계산에 없던 부연 설명을 하게 됐다.

"한 끼 때울까 하는 마음으로 시작했는데 상당히 만족스러웠어
요. 아무래도 이 릴리란 공간이 주는 특혜, 메리트가 있나 봐요."

그 같은 말을 하니 왠지 쑥스러운 기분이 들었다. 그래서 그랬

다. 조금 퉁명스런 목소리로.

"그보다 어딜 다녀오느라 휴무 팻말을 건 거예요? 참, 진이랑 멘도자 연락은 받았죠?"

"받았어요. 그 두 사람이 릴리 오기 전에 연락했고."

"다행이네요. 둘 다 헛걸음하지 않아서."

"세 사람한테 미리 연락했어야 했는데 그러질 못했어요. 문자 받고 뒤늦게 한 건 분명 내 불찰이에요. 미안해요. 기다리게 해서."

"……"

"우유정 씨도 그냥 가지 그랬어요? 모처럼 편하게 저녁 시간 보낼 수 있는 기회였는데."

정다운은 계속 기운 빠진 표정으로 말했다. 그 모습에 유정의 기운도 덩달아 빠져나갈 것 같았다. 그만큼이나 정다운의 침체된 모습은 낯설었다. 어딘가, 누군가에게 에너지를 전부 내주고 온 듯한 표정이 꼴 보기 싫었다.

차분하다 싶을 정도로 담담한, 특유의 정다운 같지 않은 모습이 유정으로 하여금 강제로 달콤한 사탕을 빼앗긴 기분도 들게 했다. 또한 직원은 몰라도 여자로서는 절대 다가갈 수 없다는 영역 제한, 출입금지 팻말과도 같아 마음이 사나워지면서 어수선하기도 했다.

하여간 감정이 복잡 미묘했다.

"근데요……"

"……"

"무슨 일 있어요?"

걱정돼서 끝까지 모른 척, 아닌 척할 수가 없었다.

"무슨 말입니까?"

"힘 빠져 보여요. 다른 날들과 달리 보이고. 근데 싫으면 말하지 마요. 강요는 아니고 걱정돼서 물은 거니까."

말해라! 말해라, 말해라. 우유 빛깔 정다운!

"제주도 다녀왔어요."

착한 남자, 정다운. 어, 근데…….

"제…… 주도요?"

"네."

"삼다도로 유명한 그 제주도?"

"네."

"그러니까 우리가 어제저녁까지 있었던 제주도에 다시 갔다 왔다고요? 아니, 왜요?"

정말로 이해가 안 되는 상황이었다. 갔다 온 곳을 다시 또 다녀왔다니. 그것도 제주도까지.

정다운의 표정은 심상치 않았다.

"……말하기 싫으면 말하지 마요. 이어달리기처럼 자연스럽게 딸려 나온 말이니까."

정말 얼떨결에 나온 말이고 극히 개인적인 사안이라 꼭 말할 이유는 없었다.

"케빈 아버지께서……."

"……."

"신부 보고 싶다고 하셔서요."

헐! 마음이라는 게 참 간사하다 싶었다. 뭐, 간사하니 사람이고 마음이겠지만.

"그분도 그렇지 갈 거면 그제 가든가 아님 어제 가서 축하해 주시지 왜 뒤늦게…… 혹시 피치 못할 스토리, 사정이 있는 거예요?"

그녀의 질문에 정다운은 한 템포 쉬며 바로 답을 하지 못했다.

순간적으로 어느 작가인지 소설 속 이야기인지 출처가 불분명한 말이, 정말 뜬금없이 생각났다. 행복한 가정은 모두 엇비슷하고 불행한 가정은 불행한 이유가 제각각 다르단 말이.

어쩜 그런 이유로 신랑의 아버지도 결혼식에 오지 못한 건 아닌가 싶었다. 왠지 모르게 그렇게 짐작했다.

"케빈 아버지, 8군 사령관님이세요."

"아, 네. 네…… 에!"

정다운은 유정의 생각이 맞다는 듯 고개를 끄덕였다.

"8군 사령관이면…… 그러니까 버…… 버나드 쇼 중장이요?"

"네."

"헐!"

캐롤과 케빈에 집중하느라 정작 성씨인 쇼를 간과했다.

세상에나 8군 사령관 아들과 제주도 섬 처녀 며느리라니. 그것도 청각 장애가 있는 고아라.

역시나 어느 집이나 제각각의 이유가 있었다.

"사령관님과 K-16에서 비행기 타고 다녀왔어요. 릴리 때문에 되도록 일찍 다녀오려고 했는데 오늘 고등학생들 듣기 평가가 있어서 오전에 비행 금지령 내렸다고 해서 출발이 늦었어요. 중간에는 사령관님 앞이라 핸드폰 꺼내기가 쉽지 않았고요."

"그럼 혹시…… 개인적인 치프라고 하신 분이 8군 사령관님이세요?"

"네. 상관이셨어요."

"레인저일 때? 아님 웨스트포인트?"

"레인저요."

레인저 출신이라니까 그런가 보다 했는데 본인이 그렇다고 하니 이제야 제대로 실감이 났다.

저 곱상한 얼굴과 청초한 분위기에 레인저라니. 영 매치가 되지 않았다.

"그래서 정다운 씨 분위기가 그렇게 침통한 거예요? 관계가 꽤 친밀한가 보네요. 사령관님이랑."

모든 레인저들이 사령관과 친밀하지는 않지 싶었다.

아무리 정예 군인이라도 특별한 인연이나 인맥, 아님 작전에서 받은 훈장이 아니라면.

"여러 가지 이유로 그렇게 됐어요."

정다운이 말하는 여러 가지 이유란 게 뭘까 궁금했다. 물어볼 수 없어 궁금함은 더해만 갔다.

"그보다 시간을 내서 수녀님 계신 곳에 가보니까……."

"가보니까?"

"수녀님께서 병원에 가셨다고 해서요."

"병원? 무슨 병원이요?"

정다운은 자신도 알지 못해 답답한 듯, 좀처럼 본 적 없는 한숨을 쉬어 보였다.

"모두들 말을 아껴서 자세히는 모르겠는데 일반적인 질환은 아닌 듯해요. 그러다 시간이 없어서 뵙지도 못했어요. 그 사실이 내내 맘에 걸려요. 무척 죄송스럽고."

큰일인 건지 모르나 다운의 표정으로만 판단한다면 걱정스런 상황인 건 분명했다.

"그래도 뵙고 오죠."

"……."

"릴리는 우리 다국적 삼총사한데 맡기고……."

그 소리에 정다운은 시선을 돌렸다. 그 시선엔 의외이자 왠지 기분이 나쁘지 않다는 감정이 선명하게 실려 있었다.

"그러니까 완벽하게는 아니지만 해볼 수는 있다는 거죠, 릴리를."

"……좋네요."

"뭐가요?"

"당신 입에서 나오는 릴리란 이름."

유정은 연하게 미소를 보이는 남자를, 한 손에 맥주병을 들고 짠하게, 짠내 나게 쳐다보는 정다운을 응시했다. 개운하다 싶을 정도로 과거, 신상을 털어보고 싶지만 그럴 수도 없고. 얻어들은 풍월로는 고아원에서 수녀님의 손에 자랐고 고등학교 때 후견인의 도움으로 미국으로 건너가 양부모님을 만나고 순차적으로 이어진 경력과 이혼. 그리고 지금 현재 이태원에서 릴리란 브런치 가게이자 펍을 운영하는 정다운. 미쿡 이름 크리스.

"이름이 크리스라고 했죠? 그럼 성은요? 미국 성."

궁금했다. 평범하지 않은 이 남자의 성이. 그것까지는 알아도 되는 거 아닌가 싶었다.

"할러. 크리스 할러."

자신을 크리스 할러라고 말하는 정다운의 어깨가 무거워 보였다. 여직 다운이란 이름과 크리스 할러라는 두 이름의 무게를, 분명 고단하고 고통스러웠을 시간과 히스토리를 잘도 버텨냈구나 싶어 뜬금없이 격려와 함께 칭찬해 주고 싶었다.

처진 어깨, 무거운 눈빛을 보고 있자니 마음이, 심장이 그러라고 기꺼이 그래 주라며 등을 떠밀었다. 이 순간 마음이 아려오는 유정에게.

"정다운 씨."

"……네."

"크리스 할러 씨."

"……네."

"그게 뭐든, 무엇이었든 간에 분명 힘들었을 테고……."

"……."

"오늘 사령관님이랑 제주도 다녀온 것도 그렇고 지금까지 당신이 한 모든 일들과 오늘 수녀님을 뵙고 싶었던 그 마음까지 전부 다."

정다운의 눈빛이 아주 조금 일렁이는 듯했다. 그 눈을 마주하며 유정은 말을 이었다.

"수고 많았어요."

"……!"

"보지 않아 자세히는 모르지만 당신의 하루하루, 지금까지의 삶에 사건, 사고가 많았을 것 같아요."

맥주를 든 남자의 손이 살짝 떨리는 것 같았다. 착각이, 오버가 아니라면.

정말 그랬다. 늘 차분한 분위기와 잔잔한 표정을 하지만 왠지 누구보다 격렬하고 치열하게 살았을 것 같은 상상과 짐작에 이 순간만큼은, 이 기묘한 감정을 믿고 앞뒤 계산 없이 칭찬해 주고 싶었다.

"잘했다고 도장이라도 찍어주고 싶어요."

어쩌면 그녀 자신이, 상처투성이에 변변치 않은 그녀의 시간들이 묘하게 겹쳐 보여서인지 모르겠다. 이 보고도 믿지 못하는 뛰어난, 엄청난 미모에도 불구하고 이상하게 엉키고 매번 꼬이기만 하며 결국 오늘까지도 도통 풀리지 않는 그녀의 인생이 클로즈업돼 뜬금없는 칭찬 레이스를 하고 싶은 건지도.

그런 말도 안 되는 이유와 핑계를 만들어서라도 이 순간은 그냥 그러고 싶었다.

"……찍어줘요."

"네에?"

"도장."

도장이라 말하며 짧게 호흡을 끊어내는 정다운에게서 평소 그의 모습이 보였다.

"지금요?"

"네."

"저도 그러고는 싶은데 아쉽게도 도장이 없어요."

"있어요."

유정이 갖고 있지 않다는데 정다운이 있다고 단언하는 게 이상했다.

"당신은……."

그 말을 끝으로 다운이 다가왔다. 그리곤 앉아 있는 유정을 일으켜 세워 단숨에 그의 품에 가뒀다. 모든 행동은 부지불식간이라 반항과 당황스러움은 끼어들거나 개입할 수 없었다.

다시 안긴 품은 역시나 든든하니 단단했다. 날씬하다 싶을 정도로 미끈한 몸인데 몸 전체가 완벽한 근육으로 완성되었는지 물렁한 부분이란 게 없었다. 그보다 이렇게 안겨 있다는 사실에 목이 메었다. 물론 두렵고 긴장도 되면서.

"……크리스 할러 씨."

"칭찬 도장, 찍어줘요."

"나도 마음은 열 번, 백 번이라도 찍어주고 싶은데 그게…… 흡!"

별빛이 내린다, 샤라랄라 랄라라. 다시 또 들리기 시작했다.

저돌적이고도 기습적인 키스에 어느 순간부터 맴돌던 BGM이 신기루처럼 재생됐다.

허리를 당기고 뒷목을 부드럽게 당기며 감싼 손의 악력. 파고들듯 긴밀히 맞닿은 입술의 밀착은 한 치의 오차나 간극을 허락하지 않았다.

그 어떤 간이나 염탐, 준비 태세 없이 깊게 파고드는 정직하고도 전략적인 키스에 몸은 멈춤과 함께 경직되었다. 공격적인 키스가 진해지고 깊어질수록 하반신 어딘가에서는 벌써부터 준비 중인 폭죽이, 아슬아슬한 시한폭탄이 터지는 듯했다.

거칠게 파고들어 집요하게 충동하며 빼앗아가는 호흡에 온몸의 기관이 기능을 상실했는지 저항도, 제대로 된 호응도 하지 못했다. 그저 다운의 품속에서 그의 기운찬 빨림과 내밀한 욕망 분출을 허겁지겁 받아내며 휩쓸려 갔다. 동시에 힘없이, 의지박약처럼 술술, 질질 딸려가기만 했다.

아! 라는 감탄이 절로 나올 것 같았다.

거친 키스가 이렇게나 황홀하니 좋을 수 있다는 게 도무지 이해

되지 않았다.

이 남자, 정다운이란 사람. 다른 누구도 아닌 이 남자 때문이지 싶었다.

특수부대 레인저 출신이라는데 전혀 그렇게 보이지도, 느껴지지도 않는 이 남자의 강인함과 틈 없는 든든함 때문에.

풀려 버린 유정의 두 손은 다운의 목을 견고하게 감싸며 방금 전과는 다르게 열렬한 응답을 하고 있었다. 좁은 목 안을 집요하게 파헤치는 전방위 공격에 저항하거나 결코 뒷걸음치며 피하지 않았다.

"으…… 훗!"

버텨내기 버거울 정도로 강력하지만 그녀의 온 감각과 모든 기관을 관통하며 파고드는 기이한 전율과 떨림은 절대 거칠기만 한 건 아니었다.

혀와 입술만큼이나 밀착해 비벼지는 하반신은 이미 침몰이자 난파 직전이었다.

도통 다리에 힘이 실리지 않았다. 힘이 빠진 다리는 다운의 의지에 따라 그의 허리에 견고하게 감겨졌다. 그렇게 한 몸이 되어 춤을 추듯 쓰러질 듯 사무실로 향했다.

몽롱한 정신 속에서도 갈등과 두려움, 주춤하는 마음이 분명 있었다. 그렇지만 이 같은 초자극에 그 같은 혼란스러움은 주도적이며 주체적인 이성을 발하지 못했다.

책상 위에 앉혀진 유정은 이제야 숨을 허락하는 남자로 인해 약간의 공기를 흡입할 수 있었다.

"……약속 지켜요."

호흡과 함께 간신히 침을 삼킨 유정은 기운이 빠져 버린 채로 다운을 응시했다. 춥지도 않은데 입술이 덜덜 떨렸다.

"무…… 슨 약속이…… 요?"

"열 번, 백 번이라도 찍어준다는 약속."

"그거야……."

"이제 한 번, 시작하는 겁니다."

"이…… 게 한 번, 아니, 시작하는 거라니요?"

유정의 질문에 다운은 그녀의 입술을 뚫어지게 바라봤다. 마치 푸짐한 별식을 앞에 둔 포식자처럼. 꼭 그 같은 모습으로 정다운은 혀를 날름거렸다. 야하게, 또 요기롭게.

"밤새워서 할 겁니다."

"……!"

"나랑 당신, 우리 둘이서."

묘하게 자극적이면서 충동과 반응을 불러일으키는 기백이요 다짐이었다.

왠지 모르게 기대와 부흥은 물론 의지와 협조를 하게 만드는 마력의 주문이자 무서운 주술이었다. 정다운의 저 기묘한 눈빛과 모든 말들은.

"그 말은 그러니까…… 으흡!"

유정은 더 이상 아무 말도, 아무것도 할 수가 없었다. 그 모든 이유로 전율이 일면서 흥분되며 미치게 기대됐다.

물론 마음 저 깊은 곳에서 아무도 모르게.

유정 혼자만 알게끔.

손가락 빠는 아기도.

호기심 가득한 사춘기 소녀도.

첫 섹스를 환상과 함께 동경하는 철부지 처녀도 아닌 관계로 도장이란 게 백 프로 키스인 줄 알았다고는 할 수 없지만 이렇게 넋을 놓게 만드는 기찬! 기 딸리고 기 빨리는 기막힌 섹스인 줄은 진정코 몰랐다.

"아…… 흑!"

땀과 교성으로 완전히 젖어들게 만든 전희에서부터 유정은 이미 코마, 탈진 상태였다.

얼마나 지독하게 파고들어 흡착하며 달게, 맛있게 빨아 삼켜 지독하게 퍼 드시는지 그 잔인한 여운과 소름 끼치는 음향이 지금도 귓가에 생생했다.

마치 하반신이 거대한 광풍기 안으로 빨려드는 듯했다. 그러면서도 그녀를 느끼게 하는, 충분히 느껴 자지러지게 만드는 정성과 헌신에 도저히 반항, 저항이란 걸 할 수 없었다.

다운의 손가락은 손이 아닌 결연한 남자의 정신 무장이자 의지 표명이었다.

유정이 허락하고 허용한 이 밤이 절대 호락호락하지 않을 거라는 그다운, 그이기에 가능한 살벌한 경고. 순간 전장에서의 이 남자 모습이 궁금하면서 자연스레 상상이 됐다.

절대 얼굴처럼, 얼굴만큼 곱상하거나 점잖은 군인은 아닐 거라 확신했다.

긴장으로 인해 더 좁아지는 어두운 내부와 내벽을 절묘하게 긁으면서 거칠게 드나드는 그만의 표식과 지름길을 만드는데, 딱 죽을 것 같았다.

"아…… 앙!"

1초라도 숨을 내쉬기 위한 도주로가 필요한데 일절 허락하지 않았다.

탐욕스런 탐닉과 끈질긴 공격 모드에 저절로 요가 자세가 나오며 허공에 매달리는 듯한 필라테스도 이어졌다. 허나 그 같은 반란과 공중제비는 전부 다 무용지물이었다.

정다운의 욕심과 의지로 무장한 혀와 입은 단단한 올가미이자 지뢰처럼 여지가, 틈이 없었다.

한순간도 벗어나지 못해 결국 어딘가를 잡고 매달리는 순간 다운은 폭격 같은 키스를 퍼부으며 그녀를 더는 가르고 가질 수 없을 만큼 가득 차게 가졌다.

"아…… 악!"

결코 작지 않은 고통과 얼얼한 충격을 안겨주며 빠듯하게 진입한 분신은 땅속 깊은 곳에 진행 중인 불덩어리처럼 뜨거웠다. 그 같은 강렬한 열기에 유정의 온몸은 절절 끓어올랐다.

눈을 맞추고 손을 맞잡으며 추적하듯 잔인하게 밀고 들어오는 요란한 반복. 깊숙한 매복에 사방으로 비명과 교성이 내려앉았다.

"……악!"

그 소리에 더 난폭해지고 광폭해진 허리 짓은 유정을 눈물 나게, 눈물짓게도 만들었다.

눈가에는 이유가 불분명한 눈물이 흘렀다.

근 3년 만에 남자를 품은 여성은 진한 비애를 토해내면서도 남성을 재촉하고 자꾸만 그녀 안으로 유인하며 교묘하게 끌어당겼다. 기막힌 감도는 물론이고 터무니없이 부족한 실전으로 인해 기막힌 찰기와 농도를 자랑하는 내벽은 두 사람의 뜨거운 몸짓으로 인해 눈물 닮은 무언가가 차고 넘쳤다. 또한 끝없이 생성되며 빠르게 재생되는 듯했다.

그 같은 정직함, 대범한 반응에 다운의 남성은 점점 더 포악과 함께 사악해지고 그 덕에 유정은 무력해지다 결국엔 표표히 무너져 내렸다.

퍽! 퍽! 퍽!

처음엔 간드러지는 듯 좁은 구멍 전체를 휘저어 유정의 애액을 휘핑크림처럼 만들어 삼키더니 지금은 무섭도록 강렬하게 치받는, 위에서부터 밑으로 긁어내리는 듯한 일방적인 허리 짓에 이빨이 덜덜 떨렸다.

그새 유정이 자지러지는 지점과 느끼는 포인트를 절묘하게 집중 공략하는 다운은 농밀하고도 거친 몸짓으로 우유정이란 점령지를 차례차례 남김없이 선점해 나갔다.

"하…… 아, 하아."

잔인할 정도로 치밀해서는 결과적으로는 전략적인 남자였다, 정다운은.

다운이 밀어붙일 때마다 좁은 간이침대는 금속성의 경기와 비명을 내지르며 천지 사방으로 요동쳤다. 어느 순간 침대의 다리 하나가 무너져 내려도 이상할 게 없었다.

이토록 강한 힘이 도대체 어디서 만들어지며 강성해지는지 궁금할 정도로 다운은 힘이 넘쳤다. 그런 이유로 유정은 점점 좌초되며 철저히 허물어져 내렸다.

"아…… 훗!"

여기서, 이제 그만하며, 그만두고 싶어도 그녀 안의 또 다른 여성은 전혀 말을 듣지 않았다.

다운의 손길과 입술에, 현란을 넘어 잔인하게 파고드는 허리 짓에 시작부터 중독된 몸은 정지선을 넘어 그저 일렁이며 무섭게 출렁거렸다.

더! 조금 더! 더 많이 탐하며 끝없이 욕심내 달라고…….

미치게 좋은 결박과 결합으로 인해 내벽을 조이는 완급 조절은 순기능을 잃고 빠듯하게 조여지기만 했다. 물고 있는 다운을 놓아주지 않은 채, 아니, 놓지 못한 채 그동안의 상실감과 공복감을 채우기 급급했다.

어느 순간부터 유정은 간수처럼 간교해져 갔다.

"……헉!"

다운이 파고드는 강도만큼 그녀도 동일하게 압박하며 촘촘히 옥죄었다.

한번쯤은 소설 속, 영화 속 그녀들처럼 그대로, 그만큼 해보고 싶었다.

19금 책에서 동영상으로 본대로 학습하며 예습, 복습, 야간 학습까지 전부 다 해보고 싶었다.

유정의 미친 학습력에 탄력받은 정다운은 더한 흥분과 강도로 유정을 높이 쳐올리며 죽도록 괴롭혔다. 미치게 좋은 이 행위를 이제 그만 멈춰야 한다는 이성은 내던져 버렸다.

유정도 다운도 지상 천국이란 말이 아깝지 않은 이 순간, 멈추고 그만두어야 할 지점을 이미 넘어섰다.

이 모든 행위는 단순한 유희, 섹스가 아니었다.

서로에게 하는 말이었고 미처 하지 못한 언어였다. 또한 상대를 향한 친절하고도 절실한 몸짓이었고 거친, 다급한 손짓이었다.

칭찬 스티커와 같은 도장은 이미 두 사람의 영혼에 뜨거운 인장을 찍었다. 그런 이유로 다운은 침투이자 공격을 멈추지 않았고, 유정은 명백한 도발과 응답을 멈출 수가 없었다.

매 순간, 지금 이 순간 전부가 오르가슴이었다.

정다운이란 남자로 인해 오늘에서야, 비로소 오르가슴을 알았다.

그게 무언지, 도대체 어떤 기분인지, 왜 자꾸 바라게 된다는 건지 이 자리에서, 이 남자 품에서 배우고 깨쳤다.

이 절대적 시간에 갇혀 버렸으면…… 하고 바랐다.

모든 생각과 사념을 버리고 이렇게 단순하고 솔직한 본능과 반복에 취해 이 시간에 꼭꼭 갇혀 버리고 싶었다. 정다운이란 높고 견고한 탑에 갇힌 유일한 여자가 돼버렸으면 했다.

생각. 계산. 미래. 이딴 거 다 하기 싫었다.

이 순간, 오직 그것만을 바랐다.

시간아 멈추어다오!

누가 뭐래도 그 하나의 생각이 전부였다.

정신을 차리니 8군이 훤히 보이는 정다운 집 창가에 실오라기 하나 걸치지 않은 채 누워 있었다.

등 뒤에선 따뜻한 숨과 함께 길고 강한 팔이 유정을 압박하며 포박하듯 품고 있었다. 그 같은 결박이 이상할 정도로 안정감을 주었다.

방 안은 습하고 더웠다.

간밤 지독하게 쌓이고 채워진 열기가 미처 환기되지 못한 탓인지 목도 말랐다.

조심스레 빠져나와 거실로 나갔다. 냉장고에서 생수를 집어 든 유정은 목을 축이고 다시 방으로 향했다. 나올 때는 몰랐는데 걸을 때마다 몸 안에서 다운의 흔적이 흘러내렸다.

대비하고 예비하지 못한 돌발적인 상황이기에 미처 콘돔도 끼지 못하고 정신없이 탐한 덕분에 샤워를 하긴 했지만 이내 다시 찾은 서로의 몸으로 인해 온몸이 풀 먹은 듯 갑갑했다.

그런 이유로 방향을 틀어 욕실로 향했다. 10분 후, 유정은 목욕 타월을 전신에 걸치고 방으로 갔다.

이젠 움직여야 한다는 걸 알면서도 조금 더 다운의 온기와 체온을 느끼고 싶었다. 마치 다음이란 말은 이 세상에 없는 것처럼 이 순간만 생각하고 싶었다.

우연히, 사고처럼 벌어진 일이지만 충분히 뜨겁고 만족스러운 시간.

완벽한 섹스란 걸 떠나 타인의, 아니, 다운의 체온이 딱 좋을 정도로 몸을 데우면 마음까지 데워주는 듯해 더할 수 없이 좋았다. 사실 기운도 없고 배도 고팠지만 그렇다고 해서 이제 막 익숙해져 더없이 좋기만 한 이 남자의 체온을 포기하고 싶지는 않았다.

아쉽게도 새벽에서 아침으로 시간이 흐르고 있었다.

아직은 고이 잠들어 있는 듯한 8군이지만 어디선가 누군가는 새로운 날을, 부지런히 준비하는 게 느껴졌다.

"그만 쳐다보고 이리 와요."

가라앉은 목소리에 뒤돌아보니 정다운이 이불을 들어 작은 동굴을 만들어 보였다.

건장하기보다는 미끈하다는 표현이 정확한 남자는 그녀가 파고들기만을 기다렸다. 기대에 부응해 유정은 다운이 만든 감옥. 그 품으로 날아오르며 파고들었다.

유정은 크리스털 안전망 같은 다운의 품에서 팔베개를 하고 새벽빛에 기대 정다운을 올려다봤다.

"안 추워요?"

정다운이 물었다.

"괜찮아요."

"추울 것 같은데."

"그렇게 묻는 당신이 추운 거 아니에요?"

유정의 말에 정다운은 잠시 무언가 생각하는 듯하더니 고개를 끄덕였다.

"무슨 뜻이에요?"

"춥다고 끄덕이는 거예요."

"그럼 이불 덮어요."

유정은 이불을 당겨 다운 주위를 감쌌다.

"이것보다 더 좋은 방법이 있어요."

"뭔데요?"

"당신."

다운은 뽀얀 살결을 자랑하는 유정의 목과 가슴께에 기습적으로 입맞춤을 했다. 그 행동 하나에도 유정의 몸은 요란하고 열정적으로 반응했다. 밤새 다운이 배합하고 절묘하게 희석해 투입시킨 감각으로 인해 몸은 자동으로 준비 태세를 했다.

"당신 몸, 당신 호흡, 당신 교성."

"⋯⋯!"

"당신 비명, 당신의 여성, 당신의 내벽, 그리고⋯⋯."

왠지 끝날 것 같지 않은 기분에 다운의 입을 막아버렸다. 그러자 입을 막은 유정의 한 손을 잡아챈 다운은 손가락 하나하나에 감미롭다는 말이 어울리는 키스를 퍼부었다. 마지막엔 새끼손가락을 깨물며 농밀하게 빨기 시작했다.

정다운은 온몸이, 모든 기관이 최첨단 무기인 남자였다.

우유정이란 여자를 색으로, 음으로 물들이기 딱 좋은 감도 좋고 성능 좋은 전천후 신무기.

"으⋯⋯ 응."

정성스런 교신과 접신에 신음이 저절로 새어 나왔다.

그 신음이 신호였는지 하반신에선 미처 다 씻어내지 못한 분비물이 연신 흘러내리고 있었다.

그녀의 손가락부터 피부, 표피 전부가 다운의 그늘 안에서 맥을 못 추었다.

"⋯⋯그만해요."

견디지 못하고 손가락을 뺀 유정은 이불로 온몸을 꽁꽁 숨겼다. 숨겨야만 이 상태로 숨을 계속, 편하게 쉴 수 있을 테니까⋯⋯.

유정으로 인해 미모사처럼 드러난 정다운의 몸은 섹시하고도 아름다웠다. 분명 남자이고 군인이었으며 거친 직업군에서도 최고였다면서 다운은 여자의 눈을 어지럽게 하는, 가는 듯하면서도 힘 좋고 성능 좋은 요물이었다.

"추워요."

"레인저 출신이라며요? 고작 그 정도로 추워요?"

유정은 이불을 더욱더 사수하려 꼬물거리며 몸부림쳤다.

"당연히 추울 수 있어요."

"그게 무슨 파워레인저야?"

"레인저는 사람 아닙니까? 추위도 느끼지 않게."

"밤새 할 때는 춥다고 하지 않았잖아요?"

밤새 술을 먹고 수다는 떨어봤지만 밤새며 섹스를 즐긴 건 난생처음이었다.

그 같은 사실이 신기해 잠은 오지도 않았다. 책에서 보면 거친 체위와 허리가 꺾이는 체공 시간으로 인해 기절을 했네, 몸이 남아나지 않네, 투정을 부리던데 그녀는 전혀 그러지 않았다.

"그건 우유정 씨가 너무 뜨거우니까 추위를 느낄 수 없었던 거죠."

그 소리는 그만큼 유정이 간절하게 느끼고 극렬하게 반응했다는 소리였다. 순간 창피하기도 했지만 그렇다고 부정할 수는 없었다. 간밤 너무도 뜨거웠던 자신의 반응을 감추고 수습하기엔 너무 늦은 감이 있었다.

"다시…… 따뜻하게 해줘요."

"안 돼요."

안 된다는 단도리에 다운의 눈은 순간 매의 눈처럼 차가워지고 매서워졌다. 정말이지 처음 보는 낯선 모습이었다.

"조금 있으면 가야 해요, 출근 준비하러."

5시 40분이 가까워지고 있었다. 딱 6시 10분까지만 이러고 싶었다.

더 일찍, 지금 바로 움직이는 게 좋을 테지만 이 친밀함과 따뜻함이 좋아서 조금 더 욕심부리고 싶었다. 이 남자와 함께, 이 남자 품에서, 두 사람의 체온과 흔적이 가득한 이 넓은 침대에서 아주 조금 더 행복하고 싶었다.

"아직……."

"……."

"열 번 못 채운 거 압니까?"

몰랐는데 정다운도 그녀처럼 수포자였나 보다. 그리해 놓고 열 번을 운운하다니.

"말도 안 돼!"

"뭐가 말입니까?"

"백 번 채우고도 남아요."

"언제, 누구랑 말입니까?"

어허! 이 남자 깜찍하기까지 했다. 누구랑 이라니.

"간밤 당신의 행동과 행위를 잘 생각해 봐요. 얼추 짐작해도 만 번은 넘으니까."

그 말을 끝으로 유정은 정다운을 노려봤다. 자책과 함께 자백을 하라는 듯.

"우린 셈을 하는 방식이 다르네요."

같은 수포자끼리 다르긴 뭐가 다르다고…….

"나한테 한 번은……."

아침 기운으로 인해 왠지 모르게 더 야하게 보이는 정다운은 잠시 말을 아끼더니…….

"하루예요."

"뭐…… 뭐라고요!"

"간밤 우리가 뭘, 얼마나 주고받았는지 모르지만 나에겐 하루가 한 번이라고 했습니다."

"기가 막혀서……."

"왜 기가 막힙니까?"

"그게 도대체 어느 나라 셈법이에요? 엄청 궁금하네요. 어느 나라에서 통용되는 황당 무지한 셈인지…… 뭐…… 뭐예요!"

다운은 기습적인 힘 조절로 유정이 돌돌 감싸고 있는 이불을 빼앗아 버렸다. 그리곤 침대 밖으로 던져 버렸다. 가차 없이, 또한 일말의 자비도 없이.

"정다운 씨!"

통유리로 들어오는 아침 기운에 그녀의 전부가 낯 뜨겁도록 드러나 유정은 당황스러움에 베개를 들어 몸을 가렸다. 허나 그 같은 표정과 포즈, 절묘한 그림이 다운의 본능을 한층 더 자극한다는 걸 경험이, 이 같은 아침이 생경하고 부족한 유정은 결코 알지 못했다.

순간 아침 빛을 고스란히 내비쳐 주던 창에 가면이, 커튼이 쳐졌다. 동시에 실내가 어두워졌다. 무언가를 하기 좋을 딱 그 정도로.

"8군 출근은 9시까지예요. 지금은 6시. 아직 세 시간 남았어요."

"그렇지만 집에 가는 시간도 있고……."

"잠실까지 왔다 갔다 하는 시간, 거리 계산하고 씻고, 먹는 시간 보태도 시간은 충분해요."

"충분은 무슨, 여자한테 충분한 시간은 없다고…… 악!"

베개와 함께 다운의 품으로 끌려가고 딸려간 유정의 몸은 어느 순간 그의 품 안, 가슴팍 아래였다. 이럴 땐 정말이지 레인저 출신이 맞았다. 기습적인 게릴라식 추진력은.

당황스러워하는 유정을 지그시 바라보며 정다운은 연하게 미소 지었다.

"남자의 아침이 결코 고요하지도, 신사적이지 않다는 거 모릅니까?"

"그…… 게 무슨 소리예요?"

"……."

다운은 당황스러움과 함께 알쏭달쏭해하는 그녀를 빤히 쳐다보았다. 마치 유정의 표정과 몸짓 그 너머로 무언가를 추정하고 캐려는 듯이.

"알아듣게 말해봐요."

전문가인 척을 하면서도 숨길 수 없는 그녀의 무지함이, 결코 익숙하고 능숙하지 않은 남녀의 은밀한 언어가 이 순간 여실히, 전부 드러난 듯해 왠지 부끄럽고 분하기도 했다.

그렇게나 공부를 하고 학습을 했는데도 이른 아침 정다운의 기습적인 멘트에 유정의 멘탈은 여지없이 오작동 상태였다.

"남자는 밤 못지않게 아침도 좋아합니다."

"그러니까 그 소리는……."

"두 번까지는 가지 않을 테니까 우선 모닝 키스부터."

"모닝 키스는 무슨! 출근 준…… 흡!"

이게 도대체 무슨 조홧속인지.

키스가 어젯밤과는 뭔가, 결이 많이 달랐다.

모닝 키스는 밀크티처럼 부드러워 달콤했다.

밤의 키스가 거친 폭풍우였다면 아침의 키스는 보슬보슬 가랑비고 푹 젖어도 마냥 좋은 이슬비였다. 그와 동시에 우유와 달걀로만 만든 폭신한 프렌치토스트 같았다.

조금씩, 천천히, 몸과 마음이 젖어들었다. 이대로라면 금세 가득 차버릴 듯했다.

정다운의 부드러운 침략은 거부할 수 없는, 없게 만드는 유혹이었고 무책임하다 싶을 정도로 문란해 자극적이었다.

릴리 주방에서도 그리 시선을 끌며 정신 사납게 하더니 밤과 아침 전혀 다른 모습으로 유정을 공략하며 결국엔 어젯밤처럼 함락시키려 들었다.

키스가 이렇게 쪽쪽 붙고 착착 감키는 행위예술이자 기막힌 마술인 줄 모르고 살았다.

결론적으로 그동안 헛살았다 싶었다.

여하튼 기막힌 섹스든 기똥찬 키스든 이 남자가 주도하고 주동하는 건 무조건 다 좋았다.

아, 정말 큰일이다. 연애는 시작도 안 한 것 같은데 이렇게 돼버렸으니……

유정의 입안을 파고들어 혀를 포획해 삼키는 다운의 혀는 농밀한 기백이 백 퍼센트 충전 모드였다. 그러면서도 하반신을 묵직하게 누르며 인사를 해대는 얼굴과는 전혀 다른 남성은 벌써 최강 무기로 전환된 상태였다.

아래 위, 전혀 다른 모드와 버전의 전개였다.

얼굴 위, 입가는 달콤한. 허리 아래 여성은 잔혹한.

"으…… 응."

그 기묘한 이중성과 달리 입가를 부유하는 키스는 베리 주스보다 열 배는 영양가 높고 달았다.

정다운의 말처럼 한 번이 하루라면 두 번째는 이렇게 키스만 한다 해도 좋았다.

이대로 마냥 즐길 것 같았다.

출근이고 뭐고 전부 다 잊어버릴 정도로.

"아…… 앗!"

기막힌 타이밍의 진입이었다.

방금 전의 발랄한 생각은 명백한 오판이라며 깡그리 지우려는 듯한 막강 화력의 한 너비 하는 전차. 밀어와 같은 키스와는 결이 다른 전투 무기이자 거대하신 분신이 내벽을 뚫고 곧고 깊게 난입했다.

"우유정, 당신 안은……."

마치 신기루같이 아름다웠던 밤의,

"너무 달콤해."

미치도록 뜨겁고 격렬한 침대 위에서 치른 전투가 다시 시작됐다.

"그래서 숨이…… 막혀."

유정은 다운의 달콤한 고백을 침묵으로 그러면서 내벽의 극렬한 조임으로 답했다.

"……흑!"

겁 없이 조이기만 하면서 빌었다.

아침이 되도록 천천히. 느리게 찾아오고 밝아오기를.

5

무사히 출근했다.

아슬아슬은 했지만 그래도 출근 시간을 넘기지는 않았다.

사무실에 들어와 눈이 마주친 몇몇과 인사를 하고 유정은 한껏 낮은 포복을 하며 자리에 앉았다. 그런 후 숨을 골랐다. 심호흡도 하고 살짝 눈을 감아보기도 했다.

그런 후, 마음속으로 외쳐…… 외치기 전에 살짝 뺨을 꼬집어보았다.

눈물 나게 아팠다. 정말 아팠다. 절대 꿈이 아니었다.

그렇다면…… 신. 봤. 다!

섹스 신을 봤다! 얼떨결에 만났다! 고귀하고도 정다운 섹스 신을.

우유정 인생에 이런 날이 올 줄이야 그 누가 알았을까?

안이안을 마냥 부러워했더니 시기하고 부러우면 닮는다고 유정에게도 안이안 남편 버금가는 색의 마술사가, 색광이자 색마가 생겼다.

"크…… 크…… 크."

키스는 애피타이저요, 현란한 섹스는 코스 요리 그 자체였다.

대낮 같은 아침에 격렬하고도 장렬한 섹스를 한 게 처음이었다. 다운과 하는 모든 행위는 시작부터 끝까지 전부가 처음이었다.

그 덕에 아직까지 얼얼했다.

밤새 고강도 수업을 받아 오랜만에 오아시스가 돼버린 여성은 찌릿하고도 후덜덜했다.

"이럴 줄 알았으면 천 번이라고 하는 건데…… 흐흐흐……."

괴이한 웃음소리가 꽤나 거슬렸는지 핸드폰이 묵직하게 울렸다. 이안이었다.

그렇게 부러워하며 반의반이라도 닮고 싶었던 인생 친구, 안이안.

유정은 사무실을 쓱 둘러보고는 미스터 김에게 후방을 부탁한다는 눈짓을 하고 밖으로 뛰어나갔다. 물론 핸드폰을 손에 꼭 쥔 채로.

유정은 전면에 보이는 차에 후다닥, 쥐도 새도 모르게 올라타 숨소리로 응답했다.

"하…… 아."

[뭐야? 무슨 일 있어? 호흡이 왜 그렇게 야시시해?]

답을 하기도 전에 웃음이 삐져나와 유정은 한 손으로 흘러넘치려 하는 미소를, 입을 가렸다.

[혹시 회사 가는 중이야?]

일단 무슨 말이라도 해야 하는데 꾹꾹 눌러 담고 있던 환희, 기쁨, 놀람, 짜릿. 그 모든 감정들이 앞서거니 뒤서거니 해서 도무지 어떤 말, 무슨 감정부터 끄집어내야 하는지 머릿속이 뒤죽박죽이었다.

[그럼 일단 끊고 나중에 다시……]

"안 돼! 끊지 마!"

[뭐야? 정말 무슨 일 있어?]

있어! 있다고, 친구야. 그러니까 그게 말이지 아직까지 사지가 떨리고 감정이 복받쳐서 그러니까 조금만 참아줘. 제발! 플리즈!

[너 혹시…… 사고 났어? 아니, 낸 거야?]

사고! 그래 사고야 났지. 엄청 대형사고. 이 우유정 인생을 통째로 뒤집어지게 만든 쓰나미 저리 가라 하는, 바디 수몰. 자궁 침몰이자 내진으로 인한 함몰 참사.

[우유정.]

"이…… 안아."

[응, 말해. 괜찮은 거야? 다친 데는 없고?]

다친 곳이야 있지. 아니, 많지. 언젠가 미미가 말한 것처럼 곳곳이 폐허다.

근데 그게 더 다치고! 더 많이 패이고! 상처와 함께 잔혹하게 피폐당하고 싶어 그러지. 어쩐다니, 친구야. 네 남편 길정민보다 정나미 떨어질 정도로 반전 인간 정다운보다 이 우유정이 더 변태인가 봐!

"이안아, 나 있지. 어젯밤에 말이야……."

[어젯밤에 뭐? 무슨 일인데? 너 또 누구 때렸어?]

아, 정말. 때리기는. 천 번 만 번 얼마나 아찔하게, 아프게, 아리도록 맞았는데! 침대 위에서.

그 강한 압력과 엄청난 밀림. 핵 펀치를 받아내느라 얼마나 미치게 좋았게, 친구야.

"이안아, 나 있지……."

[그래, 말해.]

"신. 봤. 다."

[뭐? 신밧드?]

"아니, 신! 봤다고."

[……]

"신 봤어, 나."

신밧드가 아니라 신을 봤다는 말에 이안은 잠시 말이 없었다.

"왜 말이 없어?"

[너 무교잖아? 뭐야? 어젯밤에 교회 갔었어? 근데 숨소리는 왜 그런 거야? 걱정했잖아. 무슨 사고라도 냈는지 알고.]

"신은 의외로 우리 가까이 있더라고. 난 어제야 그 사실을 알았다, 친구야."

[축하해. 가까이 계시다는 걸 알았다니. 근데 어쩔 거야?]

"뭘?"

[다음 주말이 너 생일이잖아. 늘 하던 대로 우리끼리 오붓하게…….]

"아니, 아니. 파트너 동반으로 화려하게 할래."

[파트너 동반?]

"응, 그럴 거야. 꼭 그러고 싶어.

[우유정이⋯⋯.]

"응, 친구야."

[불어.]

"뭘?

[네 혼란스런 감정 상태 말고 팩트를 전부 불라고. 어젯밤부터 오늘 아침까지의 일을 일목요연하게 브리핑해 봐.

그래도 되는 걸까? 아무리 불알 버금가는 친구라지만 일급, 특급 비밀을?

"전부 다? 디테일하게? 횟수까지 다?"

[⋯⋯말했지. 사족 떼고 요점, 주요 팩트만이라고.]

유정은 아주 잠깐 망설이며 갈등했다. 그러나 역시나 말을 하지 않을 수 없었다.

현재 이 기분, 이 기쁨, 이 기념비적인 사건을 누군가에게, 그것도 일생의 라이벌 안이안에게 말을 하지 않을 수 없었다. 하고 싶었다. 되도록 낱낱이, 가능한 상세하게.

"있잖아, 친구야⋯⋯."

유정은 난생처음으로 간밤 이웃나라 홍콩을 수 천, 수만 번 다녀온 사건을 가능한 길게, 어떻게든 미화하고 극화해 드라마틱하게, 무지 긴 서사로 이야기했다.

얼굴 전반에는 미소와 홍조. 꼭 열 감기에 걸린 사춘기 소녀의 얼굴을 하고.

❖

가을이라 그런지 주위가 전부 4월의 봄처럼 화사했다.

떨어지는 잎들은 봄날의 대표적 인물, 벚꽃 잎처럼 눈과 가슴을 흥분하게 만들었다.

주위에서는 연신 익숙한 BGM이 들려오고 그야말로 만물이 소생하는 가을! 가을이었다.

샤라랄라 랄라라라. 샤라랄라 랄라라아.

들어도, 들어도 질리지가 않았다. 이번 가을은 생애 처음 맞은 가을처럼 감흥이 남달랐다.

세상 모든 게 이유 있고 아름답게만 보였다.

운동장의 메마른 잡초가 일반적인 잡초로 보이지 않았다. 다 이유가 있어서, 누군가에게 사랑받기 위해서, 흠뻑 젖기 위해서 저 건조한 지면을 뚫고 올라온 귀중한 생명이었다.

"유정아."

유정은 흐뭇한 미소를 지으며 마주 앉은 미미를 쳐다봤다.

"왜 불러, 친구야."

유정은 미미를 더없이 소중하고 사랑스런 시선으로 응시했다.

"나 이안이랑 통화했어."

"어머! 그랬어? 니들은 뭐 그렇게 빨라가지고서는. 내가 이제 너한테도 이야기하려고 했는데."

유정은 왠지 부끄럽기도 하면서 미미가 부러워하면 어쩌나 하는 걱정과 염려를 아주 살짝 했다. 그렇지만 미미가 연인이 없는 것도 아니고 잠시 각자의 시간을 갖고자 했으니 친구에게 상처를 주는 게 아니라고 스스로를 위무했다.

"근데 유정아⋯⋯."

"말해."

왜인지 모르겠는데 자꾸만 주제할 수 없는 웃음이 새어 나왔다. 그러면서 살짝 피곤하기도 했다. 간밤 그리도 긴 여행을 했으니 그럴 수도 있지 하면서 부끄러웠다.

영화나 책에서 보면 너무도 힘 좋은 연인의 사랑으로 다음 날 피곤해하는 재수 없고, 꼴값에 꼴 보기 싫은 여주들을 왕왕 보고 들었는데 자신이 그런 행복한 피로감에 빠졌다는 게 미치게, 눈물 나게, 믿어지지 않게 행복했다.

샤라랄라 랄라라. 샤라랄라 랄라라.

계속적으로 들려왔다. 정다운을 생각하면 자동 반복되는 BGM.

"그 사람, 어때?"

"뭐가?"

"정다운 그 남자, 좋아하냐고?"

좋아한다라⋯⋯. 물론 좋아한다.

이혼하고 처음으로 누군가와 밤을 보내고 싶을 만큼.

그간 수많은 남자들이 그저 유희와 일탈, 뜨겁고도 가벼운 잠자리를 목적으로 덤벼들었지만 단 한 번도 누구와도 밤을 지낸 적이 없었다.

그저 분위기를, 혼자이지 않은 시간을 어떻게든 벌고 늘리려 적당히 어울렸을 뿐.

늘. 언제나. 목표는 하나였다.

오직 서로만을 원하고 사랑하는 관계. 끝까지 이어가기 어렵고 대체적으로 그럴 수 없다는 걸 알면서도 바라게 되는 절대적 인연.

내 사람. 내 편. 그녀만의 울타리이자 친구들과는 또 다른 아군이자 절대적 안전망.

그 모든 범부에 들어가는 사람을 기대하고 기다렸기에 생각 없이 누군가를 마음에, 몸에 들이지 않았었다. 설령 친구들에게 오해 살 행동들은 했을지언정.

"그런 거 같아."

언젠가부터 이안이 택배로 보내오는 것이 있었다. 그것은 바로 보약도 아닌데 사시사철 때 되면 분기별로, 또 장르별로 보내주는 책.

그때 분명 어느 책에서 본 것 같다.

어떤 이와 이야기하고 눈을 맞추고 문득 그 사람을 걱정하며 그 사람과 동일하게 웃는다면 그게 인연이, 사랑이 아니면 대체 무엇이냐고.

아직 확실하고 정확하게 이거다, 할 수는 없지만 유정은 분명 정다운과 기꺼이, 기쁘게 잠자리를 했다. 그 덕에 생애 처음으로 지상천국이자 열락의 도가니, 파라다이스를 맛보았고.

"그 사람은?"

미미는 약간의 걱정과 근심을 한 얼굴로 물었다.

"……그 사람은."

아직은 알 수가 없었다. 물론 추정, 유추, 확신도 할 수 없고.

두 사람은 충분히 어른이고 자기 결정권, 선택권을 골고루 가진 어른들이다.

유정 자신이 정다운과 밤을 보낸 이유는 분명하지만 그 남자의 이유도 그녀만큼 분명한지.

"모르겠어."

"왜 몰라? 느낌이라는 게 있는데."

"느낌이야 있지. 있긴 한데……."

"……."

"근데 정다운은 왠지 그런 감이나 추측으로 추정하기 어려운 인물이거든."

"이안이 과구나."

그 소리에 유정은 미미를 다시금 쳐다봤다.

한미미는 항상 이랬다. 이렇게 소리 없이 강했다. 마치 일본 영화 속 닌자처럼.

"노. 노. 그런 비주류 사이코는 아니고. 그냥 좀 파악, 성향 분석이 쉽지 않은 인물?"

"딱 앤이네."

"아, 글쎄 그 정도는 아니라니까!"

"네 손바닥 아니고 네 머릿속, 머리 위에 있다며?"

"그렇게 말을 할 수도 있겠지만……."

"그러니까 앤이지."

"아니라고! 그런 몹쓸 인물은 아니야! 아니어야만 하고!"

"이안이가 그러더라."

"뭐…… 라고?"

미미는 대답 대신 유정을 빤히 쳐다보았다. 그 시선은 꽤나 심각하고 신중했다. 살짝 긴장되고 무서울 만큼.

"피임 교육 단단히, 철저히 시키라고."

"뭐…… 어!"

"이혼하고 처음 맞은 단비에 쫄딱 젖어 몸살 감기에 폐렴까지 걸리기 전에 순진한 우유정이 단단히 공부시키래."

전생의 원수이자 앙숙 같으니라고! 지 혼자만 사랑받고 싶은 거야 뭐야?

이 우유정은 메마른 수풀처럼 바싹 말라가라고! 어, 잠깐만……

"지…… 금 이혼하고 처음 맞은 단비라고 했어?"

유정은 멍한 기분으로 미미를 응시했다.

"알고 있었어."

"뭘?"

"네가 유창한 말과 해박한 이론처럼 그렇게 실천주의자가 아닌 거. 물론 이안이가 캐치해서 알려준 거지만."

단 한 번도 친구들에게 티를 낸 적이 없었다.

그녀 자신의 수많은 지식이 그저 책으로, 비디오, 오디오로 배운 이 또한 인문학적 지식이란 걸. 자존심보다 자괴감. 창피함보다 두려움. 의기소침해서 말하지 않았다. 또한 말하지 못했다. 헌데 두 친구들은 이미 다 알고 있었다니.

"유정아."

알고 있었다니. 뭐, 이제 와 어쩌겠는가? 조금 창피하고 쪽팔리지만 하는 수 없지.

"응."

"그 사람, 잘 만나봐. 만나봐야 알 수 있잖아."

그렇기는 한데 만나고 겪어봐도 절대 알 수 없는 것도 있다. 그 중에서도 인간이란 변칙 동물은 벌써 충분히 겪었기에 약간은 불안도 했다.

"근데……."

"근데?"

"앞으로 잠자리는 피하고."

"뭐…… 어!"

유정은 청천벽력 같은 소리에 미미를 살벌하게 노려봤다.

"그 미치게 좋은 걸 왜!"

"그 미치도록 좋은 거 때문에 네 사고가 둔화되고 매몰될까 봐 그러지."

"안 그래. 절대!"

"단정하지 말고. 일단 몸의 대화는 피하고 언어적, 이성적 대화를 많이 하는 걸로 하면 어떨까?"

미미는 일단 자신의 말처럼 해보자는 듯 달래듯 이야기했다.

이럴 수는 없다. 없는 거다, 정말로. 성인식 버금가는 축하 파티는 못해줄망정 이 타이밍에 자중하라니! 피하라니! 다 큰 여자한테 사춘기 소녀의 감질나는 연애만 하라는 거야!

"이거 다 안이안이 시킨 거지? 살벌하게 말하는 위인이 직접 내 얼굴보고 말하면 싸움 날 것 같으니까 너한테 시킨 거지?"

"아니야, 그런 거."

"아니긴! 이안이 기집애 이제야 오아시스를 찾은 날 엿 먹이려고 벌써부터 약 치고 밑그림 그리는 거 아니냐고!"

미미는 순간적으로 욱하는 유정을 침묵으로, 시선으로 진정시키려 했다.

"……그러니까 그게 아니면 왜 몸에도 좋고 정신에도 좋은 만

병통치약, 섹스를 하지 말라는 건데! 이제야 미치게, 뒤지게 좋은 기분, 그 느낌을 알았는데! 난 병신처럼 그런 기분이 존재하는 줄도 여태 모르고 살았단 말이야!"

"……."

"3년 가까운 시간 정말 피나는 수련과 수절 끝에 비로소 느꼈는데! 찾았는데! 왜! 무엇 땜시! 누구를 위해서!"

"누구긴 널 위해서지."

"그게 왜 날 위해서야? 날 위한다면 더 많이 자보고, 항상 만지고, 충분히 짜릿짜릿하고 찌릿찌릿한 거, 그거 전부 느껴보라고 부추겨야 하는 거잖아! 이렇게 시작부터 초 치는 게 아니라!"

"유정아."

"왜!"

화가 났다. 이유 불문하고 미치도록 분하고 죽도록 억울했다.

친구들이 무얼 걱정하는지는 알겠는데 그렇다 해도 축하와 폭죽보다 염려하고 경계를 우선시하는 태도에 화가, 울화가 치밀었다.

이게 어떻게 잡은 한줄기 빛인데! 얼마 만에 온 떨림이고 설렘인데!

어쩌면 인생의 마지막 남자인지도 모르는데!

상출사라고 하면서 왜 축하하기보다 걱정부터 하는 건데!

유정은 상처받은 마음에 눈앞에 있는 미미를 안이안 보듯 노려봤다. 마치 레이저 포와 바주카포를 동시에 쏘듯이 그렇게.

그녀가 좋아하는 만화 원피스 속, 해적들의 전쟁처럼.

공영주차장에 차를 세운 유정은 내리지 않고 등받이에 몸을 기댔다.

"하아……."

오늘 생각지도 않게 두 시간 일찍 퇴근하는 바람에 룰루랄라 했더니 그 두 시간 동안 미미와 치열한 공방전만 나눴다.

그러나 저러나 미국이란 나라도 참 뜬금없다.

본토에서 온 유명 치어리더팀 위문공연 본다고 전체 다 두 시간 일찍 끝내라니.

정말이지 군인들을 진심으로 배려하는 참 훌륭한 전략에 참다운 지휘력이었다.

"……지금 내가 이럴 때가 아니지."

유정은 방금 전까지 열변을 토한 미미의 모습을 떠올렸다.

"오해하지 마. 당연히 축하해. 이안이도 나도. 근데 네 말처럼 그 사람의 감정, 생각, 의중 그런 거 하나도 모르잖아. 그러니까 잠자리보다 그 사람을 천천히 알아가고 알아보라는 거야. 그 사람 이혼남이라며? 그럼 왜 이혼을 한 건지, 어떤 성격의 소유자인지, 좀 더 서로를 알아가면서 연애부터 해보라고. 그 후덜덜한 섹스는 당분간 잊고."

잊으라니…….

지금 이 순간도 불쑥불쑥 그 생각밖에 안 나는 걸.

365일 풀만 먹던 놈이 어느 날 맛난 양념 고기, 향신료에 간이 죽이는 별식을 맛봤는데 이전의 밍밍하고 무미건조한 식생활로 돌아갈 수 있겠냐고! 인간적으로.

"정다운이라는 사람 네 말대로 히스토리가 일반적인 인물도 아닌데 처음 잠자리에서 본색을 드러냈겠어? 그러다 그 남자 가학성이나 SM. 피폐물 좋아하는 그레이 같은 남자면 어쩔 거야? 진지하게 재혼을 생각해 봐야 하는 네가 감당할 수 있겠어?"

어쩌긴. 그렇다면 그거야말로 땡큐 베리 메리 감사지.
그레이의 50가지 그림자 주인공을 얼마나 만나보고 싶었는데.
아마 우리나라 여자들 반 이상은 만나고 경험하고 싶을 텐데.
"아닌가? 돌 맞을 말인가? 아, 모르겠다. 내 걱정이나 하자."
누군가가 등받이 사이로 찌르고 쑤시는 것 같은 기분에 핸들에 고개를 숙였다.
아침까지만 해도 기분이 날아갈 것 같았는데 지금은 몸과 마음이 난타당하는 기분이었다.

"만나. 만나지 말라는 게 아니잖아. 만나는데 마음도 몸도 좀 진정하란 말이야. 그 남자와의 섹스에 의미를 두지 말고 그 남자 자체에 의미를 두고 만나라는 거야."

이 지경이 되니 친구들한테 괜히 말했다 싶었다.
아 씨, 백만 번 산 고양이처럼 백만 번 잔 후에 말할걸.
"아! 이놈에 입방정이 문제야, 난."
사실 백만 번 잔 후에 말했을 리가 없다, 자신이.

"오늘 정다운 씨 만나면 헤벌쭉하지도 말고. 교태, 유혹, 간 보는 거,

이런 거 절대 하지 말란 말이야. 어젯밤 일은 지난 일이니까 오늘부터는 건전한 연애를 시작해 보는 거야. 제발 나 그대에게 모두 드리리. 그런 노래 같은 리액션, 시추에이션은 절대 금물이야. 만약 그러면……이안이가 그러는데 우리 상총사에서 강퇴래. 우리 나이에 자존심 팔아 버린 중죄로."

아주 가지가지들 하고 있어요. 진상이랑 궁상이.

사실은 알고 있다.

친구들이 진심으로 걱정을 하고 있다는 걸.

오래전 결혼을 할 때도 친구들은 천천히, 좀 더 연애를 하다 해도 늦지 않다고 의견을 냈었다. 그런데도 눈에 낀 콩깍지로 인해 친구들의 진심 어린 조언을 한 귀로 흘려보냈다.

지금은 그때와는 또 다른 시절이며 나이였다.

20대가 아닌 30대. 그것도 중반.

위험과 일탈. 재미와 유희. 그 모든 말초적이고 감각적인 것들보다 앞으로의 미래와 시간을 생각해 좀 더 진지하고 깊어질 필요가 있다는 걸 충분히 아는 나이.

아, 그렇지만 이렇게 눈만 감으면…….

침대 위에서 섹시하고도 완벽한 남자가 그녀를 유혹하며 정신을 혼란스럽게 만든다.

침대 밖이 위험한 게 아니라 침대 안이 위험천만이었다.

"아무리 다짐을 해도 릴리에 가면 헤벌쭉할 거 같은데! 나보고 어쩌라고! 고기 맛이 그렇게 좋은 걸 어떡하란 거야! 도대체가!"

유정은 10분 넘게 자신 안의 사악하고 경거망동한 악마와 싸우다 지쳐 차에서 내렸다.

밖에서 보니 브레이크 타임인 릴리는 조용했다.

본능적으로 손님이 많을 때 올까도 싶었다. 정신없는 그때, 그때야말로 정다운에게 냉철해지고 냉정해지지 않을까 싶었다.

"우유정, 네가 행여나……."

"안 들어가고 뭐 하세요?"

계단을 내려다보니 진이었다. 유정은 손을 들어 인사를 했다.

"제주도는 잘 다녀오셨어요?"

진은 계단을 올라와서는 그녀를 내려다보며 물었다.

"잘 다녀왔지. 근데 같이 가자니까."

"나중에요. 근데 안 들어가세요?"

"들어가야지."

유정은 더는 뜸 들이지 못하고 릴리의 문을 열었다.

아주 뜬금없다고는 할 수 없지만 의외의 인물이 정다운과 서 있었다.

정다운과 필립 정. 두 남자는 유정과 진이 들어오는 소리도 듣지 못했는지 시선이 서로를 향한 채였다. 그러다 먼저 유정을 쳐다본 이는 어디선가 본 듯한 종이 가방을 든 필립 정이었다. 필립은 여직 한 번도 본 적 없는 그런 이상야릇한 눈빛이었다.

책망이나 원망은 아니지만 마치 상처받은, 놀람과 의문은 아니면서도 스스로에 대한 자괴감. 치프의 표정은 그야말로 묘했다. 정의하기 모호할 정도로.

"치프."

그 한 단어에 두 남자의 시선이 유정에게 쏠렸다.

무언가 긴장된 기류를 감지하며 온몸으로 느껴졌지만 유정은 모른 척 두 남자에게 다가갔다. 그리고는 두 사람 사이, 중간에 서 정다운과 필립을 번갈아 쳐다보았다.

"이 시간에 여긴 어쩐 일이세요?"

"우유정 씨, 보러 왔습니다."

"저요? 무슨 일로."

그녀를 보러 왔다는 말에 유정은 정다운을 쳐다봤다. 다운의 표정은 그야말로 포커페이스였다. 무슨 생각을 하는지, 어떤 상태인지 전혀 짐작을 할 수 없었다.

"이거."

필립은 종이 가방을 유정에게 건넨다. 기억이 났다.

오키나와에 출장을 다녀와서 치프가 사무실 사람들 전부에게 돌렸던 고구마 타르트 가방.

벌써 꽤 시간이 지난 일이었다.

"죄송해요. 잊었네요."

유정은 필립이 건네는 종이 가방을 건네받았다. 그땐 전혀 몰랐는데 타르트가 전부라고 하기엔 다소 무게감이 느껴졌다. 가방 안을 슬쩍 본 유정은 고개를 들어 두 남자를 살폈다. 순간 계속 서 있을 필요는 없을 것 같았다. 아니, 서 있으면 안 될 것 같았다.

"그럼 말씀 나누세요. 전 이만."

유정은 필립에게 가벼운 목례를 하고 주방으로 향했다. 그때였다.

"우유정 씨."

묵직한 호명에 유정은 고개를 돌렸다.

"네, 치프."

"내일 저녁에 약속 있습니까?"

"약속이요? 약속은 없지만 보시다시피 알바가······."

"약속 없는 거면 내일 저녁은 나랑 합시다. 알바에 관해선 이 친구한테 벌써 말했어요. 그럼 그렇게 알고 갑니다."

"네에?"

다소 당황스런 유정은 반사적으로 정다운을 쳐다봤다. 정다운의 시선은 그녀가 아닌 필립 정에게 꽂히듯 채널 고정된 채였다.

"간다, 크리스."

필립 정의 인사와 약속에 대해 정다운의 반응은 거의 없다시피 했다. 그저 끝까지 쫓는 듯 조금은 날 선 시선 처리뿐.

필립이 펍을 나가고 유정은 다운에게 시선을 돌렸다. 정다운의 시선도 유정에게 향했다.

"두 사람, 무슨 일 있어요?"

왠지 아무 말도 하지 않을 것 같았지만 그렇다고 묻지 않을 수도 없었다.

"없습니다."

"······."

"주방으로 가죠."

다운은 담백한 톤으로 그리 말하곤 곧장 주방으로 향했다. 그리곤 일절 말할 틈을 주지 않았다. 담담한 시선 또한 그렇고.

왠지 모르게 불러 세우기가 망설여지는 유정은 께름직한 기분으로 다운의 뒤를 따랐다.

가는 내내 무언가 설명되지 않은 기분에 함몰되고 짓눌리듯 답답했다. 그런데도 그게 뭔지, 왜 그런지 도통 알 수가 없었다.

❖

평소 기상 시간보다 일찍 일어난 유정은 커피 잔을 들고 창가에
섰다.

발밑으로 잠실 호수공원이 보였다. 건조한 가을 속에 파묻힌 요
상하니 요란한 놀이공원을.

어제 정오까지만 해도 이 가을 속 봄의 향기를 느끼며 행복감에
취하고 젖었었는데 지금은 혼자 겨울의 경계선에 발이 걸려 빠진
것처럼 기분이 스산하니 다운됐다.

어제 릴리를 방문한 필립이 가고 다운과 제대로 된 대화를 하지
못했다.

어제는 제법 사건 사고가 많았다. 누군가의 설명처럼 명예와 규
율로 인해 신사적이라는 미군 장교는 술에 취해 저들끼리 주먹다
짐을 했고 옆에서 말리던 장교들까지 끼어들어 별거 없는 싸움은
판이 커졌다. 그로 인해 청소는 산더미고 다운은 그 장교들 처리
와 8군으로의 안전 귀가를 담당했다. 끝까지 다운을 기다리며 얼
굴을 보고 싶었던 유정은 다운의 전화를 받았다는 진의 말대로 한
시간 일찍 릴리의 문을 닫았다.

어제 깨진 맥주병을 줍다 베인 새끼손가락이 아직까지 아렸다.

큰 상처가 아닌데도 손가락은 저려왔다. 고작 아주 작은 상처일
뿐이것만.

"저녁은 무슨 저녁이야. 점심으로 때우든가 하지."

이번과 같은 일이 여직 단 한 번도 없었기에 저녁을 언급하며 약속을 정한 필립의 의중이 궁금했다.

"출근해서 물어봐? 아니, 취소해? 일방적인 약속과 진배없는데 내가 꼭 가야 할 이유는 뭐야?"

아침부터 머리가 복잡했다.

사실은 어제 정다운의 표정이 내내 걸렸다. 이상하거나 특별하지는 않지만 왠지 그냥 넘기기에는 껄끄럽던 그 남자의 표정.

대체 두 남자는 무슨 대화를 하고 있던 걸까…….

"아! 몰라! 그 사람들 일은 그들의 문제고, 넌 정다운과의 다각적, 심층적 관계만 신경 쓰면 되는 거야. 그럼 돼. 사설 끝!"

서둘러 마무리를 한 유정은 출근 준비를 시작했다.

잠시 후, 욕실에서 나와 거울 앞에 앉은 유정은 한참을 앉아만 있었다. 왠지 화장을 하기도 그렇고 전혀 하지 않기도 애매해 전문적인 터치 대신 한숨만 내쉬었다.

이상하게 맥이 빠졌다. 전혀 그럴 일이 없는 것 같은데.

출근하고 오전 시간이 빠르게 지나갔다.

오늘 저녁 약속에 대해 의논을 하고자 찾은 필립은 퇴근 전까지 코빼기도 볼 수 없었다.

아무래도 의도적이고도 계산적인 액션인 듯해 열이 받았다.

퇴근 한 시간 전, 핸드폰 문자가 왔다. 하루 종일 얼굴을 볼 수 없었던 필립 정으로부터

「오후 6시. 하얏트 호텔 레스토랑.」

문자로 보아 사무실에 들렀다 퇴근할 생각은 없는 듯했다.

이래저래 어제부터 하루 종일 맘이 어수선했던 유정은 이 김에

딱 잘라 말을 하기로 했다. 그래야만 다운과의 연애를 제대로, 산뜻하게 시작할 수 있을 것 같았다.

"우리 이미 결혼이란 제도 경험해 본 사람들이야. 그러니까 이번 연애의 목표는 결혼이란 타이틀에 두지 말고 행복한 연애를 해봐."

미미는 그날 마지막으로 진심을 털어놓았다.

당연히 성실하고 진지해야겠지만 과정이 즐거운 연애를 하라고.

행복의 기준이, 연애의 최종 목표가 꼭 결혼은 아니라고. 동의한다, 미미의 의견에.

그런 의미에서 유정도 정다운과의 연애에 최선을 다해 즐겁고 행복할 예정이었다.

낮과 밤. 전혀 다른 모습으로 전부 다 행복하니 뜨거운 연애를!

뭔가를 꾸민 것도 아니면서 그렇다고 한 것도 아닌 애매한 모습으로 필립 정과의 약속을 위해 레스토랑에 도착하니 5분 전 여섯 시였다.

직원은 유정을 보자 안내를 도와주겠다며 앞서 걸었다. 넓은 홀 안이 아닌 어딘가로 가는 유정의 마음은 결코 가벼울 수 없었다.

낯선 룸 앞에 서니 직원이 노크를 했다. 문을 연 직원이 한 켠으로 물러서고 유정은 숨을 고름과 동시에 안으로 들어갔다.

텅 빈 룸은 아니었지만 그렇다고 대단히 특별한 이벤트 홀도 아닌 장소에서 필립이 기다리고 있었다. 필립이 직접 빼준 의자에 앉은 유정은 치프가 앉길 기다렸다.

마주한 필립은 와인과 식사를 언급했지만 유정은 분명하고 단호하게 거절했다. 그리곤 이 자리에 대한 필립의 설명을, 오직 그 말만을 기다렸다.

마주한 필립은 정장 차림이었다.

하루하루 슬림해지는 듯하더니 오늘 모습에서는 그간은 보지 못한 슈트발이 빛을 발했다.

다운보다 훨씬 크고 압도적인 체격. 개인적으로 너무 큰 사람도 싫었다. 그저 그녀 자신과 적당하게 비슷하고 어울리는 비슷한 사람이 좋지. 정다운처럼.

"오늘 보자고 한 이유는 우유정 씨를 많이 좋아하는 내 마음과 정식으로 만나고 싶은 심정을 솔직히 전하고 싶어서입니다."

역시나 그랬구나. 그토록 아니길 빌었건만 기어이.

"치프."

"내 말부터 들어줘요."

어서 빨리 이 장소를 벗어나야 한다는 생각뿐인 유정은 필립의 톤 낮은 저지에 더는 말을 잇지 못했다. 무시하고 말을 잇기에는 필립의 목소리가 낮고 낯설었다.

디스를 기본으로 면박 주고 호통치던 이제까지와는 다르게 그야말로 긴장과 떨림, 진심이 고스란히 배인 목소리. 그런 톤이었다. 남자의 음색과 깊이 가라앉은 눈빛은.

꽤나 긴장한 듯 보이는 필립은 테이블 위에 놓은 자신의 손을 맞잡더니 또 금세 풀며 깊은 호흡을 반복했다.

"내가 사랑하는 당신의 모습은 그냥 당신 자체예요."

"……"

"무언가 빼고 보탤 게 전혀, 하나도 없어요. 그러니까 당신은 내게 행복한 동화고 아름다운 영화예요. 꿈과 다르지 않아요."

필립의 입가는 살짝 떨리고 있었다. 그녀에게 고정된 눈빛과는 다르게.

"당신이 내게 행복한 동화고 아름다운 영화인 것처럼 그렇게, 그런 모습으로 평생 살게 해줄게요. 그러기 위해서 난 최선을 다할 거예요. 항상 당신을 먼저 생각하고 당신을 내 자신보다 아끼고 소중히 여길 겁니다. 이 마음 그대로."

"……."

"죽을 때까지."

필립의 진심이 그의 음색으로, 흔들리는 입가의 떨림으로 자꾸만 마주 잡았다 떨어지길 반복하는 손동작에 전부 배어났다.

"당신이 아름다운 건 사실이지만 그 아름다움 때문에 사랑하는 건 아니에요. 내가 당신을 사랑하는 이유는…… 무엇 때문이 아닌 당신이기에. 바로 당신이니까. 그래서 그래요."

순간 가슴을 치는 울림과 짠한 감동이 없다고 하면 그건 명백한 거짓말이었다. 필립 정의 솔직한 고백과 진심에 명치끝이 아렸다. 분명히 그랬다.

한 남자로부터 진심을 기반으로 진실로 사랑받고 있다는 감정이 절실하게 전해졌다. 여직까지 이런 진심 어린 토로는 단 한 번도 들어본 적이 없었다.

모두들 그녀의 아름다움에 매혹된 듯해도 마음에 진심이란 옷을 입고 다가와 이토록 절절하게 고백한 이는 아쉽게도, 불행하게도 한 명도 떠오르지 않았다.

그저 모두 다 호기심과 호승심, 정복감과 성취감, 자신의 남다름과 우월감, 뛰어남을 자랑하고픈 이들의 작당 모의이자 대부분은 진심보단 게임일 경우가 많았다. 또한 본인들의 만족과 기쁨을 위한 순간적인 언어와 사념일 뿐, 지금 앞에 앉은 남자가 보이는 진심은 없었다.

필립 정의 고백은 위험했고 강력했다. 이 순간 충분히 흔들렸다.

어쩌면 이 사람과 그녀의 크고 작은 소망을 천천히 이룰 수도 있을 것 같았다.

그들만의 집에서 마음이 한결같은 사람과 죽도록 행복하게 살고픈 달콤한 꿈.

"당신이 내게 아무런 감정이 없다는 건 알지만 그렇다 해도 지금 이 순간부터 나에게 관심과 기회를 주길 바라요."

"……."

"우리 두 사람의 행복과 미래를 위해 열심히, 진심으로 노력할게요. 그러니 내가 노력할 수 있는 권리와 자격을 우유정 씨가 주었으면 해요."

오늘 이 자리는 거절하려는 자리였다.

당신과 이 우유정이 그동안 얼굴 붉히며 살벌한 공방전을 벌인게 대체 얼마며, 무슨 떨림이 있다고 이런 자리, 이런 고백이냐며 어이없어 할 자리. 그 같은 의도가 백퍼 전부인 만남.

그 사실은 지금도 분명했다. 그런데 한 남자의 진심이 그 쉬운걸 주저하게 하고 망설이게 했다. 이런 와중에 거짓말처럼 정다운의 얼굴이 스쳐 지나갔다.

아직 어떠한 관계로도 정의하지 못하는 여전히 미스터리한 남자.

그 어떤 고백도, 섣부른 약속도 하지 않은 연하의 사장과 세 살

연상이자 비정규직인데도 할 말은 하는 골치 아픈 알바생.

분명 그 같은 타이틀이 고작이고 전부인데 감동인 듯한 동요가 밀려오는 순간, 그 남자가 스며 있듯, 당연한 듯, 마땅하다는 듯이 그렇게 떠올랐다.

단 한 번의 잊을 수 없는 잠자리 때문인 걸까…….

정말 간밤의 일 때문에. 단지 그 이유 하나로 마음이, 머릿속이 혼란스러운 건 아닐까.

유정은 너무도 많은 의문과 질문을 스스로에게 하고 있었다.

당신의 눈빛. 당신의 진심. 당신의 생각은 뭘까? 정다운 씨.

앞에 앉아 간절하게 쳐다보는 저 남자의 진심 어린 고백을 능가하고 충분히 이길 만큼 정다운 당신의 마음도 뜨거운 거야? 아니, 뜨거울까? 그럴 수 있을까? 그랬으면 좋겠어, 진심으로.

궁금해, 당신의 진심이. 당신의 표정과 당신의 소망 전부가.

"……우유정 씨."

미세한 떨림을 품은 필립의 부름으로 인해 상념과 의문에서 벗어날 수 있었다.

"네."

이제 유정이 진심으로 답할 때였다.

소주가 다섯 가지 맛을 품었다는 오미자 같았다.

첫 느낌은 지독하게 썼고 그다음으론 왠지 모를 답답함. 뜬금없는 피로감. 어쩔 수 없기에 드는 미안함. 마지막엔 누군가를 향한 절대적 기대감까지.

소주 한잔에 전부 다 녹아 있었다. 그래서 오늘의 소주는 오미

자주였다.

누군가의 눈물값이라 이렇게 떫고 시며 아린 맛인가…….

유정은 쳐다보던 술잔을, 누군가의 눈물을 단숨에 비워 버렸다.

"그 남자는 내가 오늘 누군가의 가슴에 전동 드릴로 엄청난 대 못을 박았다는 걸 알아야 하는데. 정말 이 같은 정절녀가 요즘 시대……."

"늦지 않게 갈 거야. 가기 전에 전화할게. 그때 출발해도 돼. 쉬고 있어."

유정은 지금 현재 용암처럼 뜨겁고 시린 제 마음에 길정민이란 사이코패스 이름으로 재를 뿌린 이안을 한껏 노려봤다.

"뭐야? 울고 싶은 거 참으려고 그렇게 살벌하게 보는 거야?"

"울다니? 내가 왜?"

유정은 뜬금없는 말을 한 이안을 응시했다.

"이 기쁜 날 은닉, 은거에 대표 주자이자 몸 무거운 친구가 이토록 늦은 시간에 기꺼이 나와서 축하해 주고 있는데 당연히 눈물을 쏟아야지. 것도 한 바가지."

오랜만에 만나 반가운 유정과 달리 늘 보았던 것처럼 담담하니 덤덤한 이안은 오이 하나를 상큼하게 깨물어 먹으면서 말 같지도 않은 말을 하고 있었다.

"뭐? 이 기쁜 날!"

"그래, 오! 해피 데이. 딱 이날이네, 오늘이."

세상에. 해피 데이라니…….

늘 드는 생각이지만 안이안은 일반적인 범주의 인간이 아니었다. 뭐 그러니까 길정민의 반려겠지만. 사이코끼리는 통하겠지.

"넌 인간이 대체 왜 그렇게 생긴 건데? 기쁜 날이라니? 오늘 어떤 남자 가슴은 산산이 무너져 내렸고 난 천하의 둘도 없는 나쁜 년이 됐는데? 근데도 오! 해피 데이냐? 왜? 쓰는 김에 오! 마이 길버트. 이러지? 네 낭군 닉네임 넣어서."

생오이를 아작아작 씹고 있는 이안을 보고 있자니 그 모습이 하도 얄미워 앞에 앉은 여인네를 아그작 아그작 깨물어 버리고 싶었다. 절대 입 밖으로는 낼 수 없는 일급 비밀이지만.

"우유정이."

"왜?"

"너 오늘 한 남자한테 진심으로 고백받았다며?"

"그런데?"

"그. 러. 니. 까 오! 해피 데이지."

"……."

"이 시대 누군가의 진심이 담긴 고백을 받는 게 쉬운 일 같아? 369에서 9만 뺀 그 나이에 그토록 아름다운 심성의 남자가 흔남처럼 흔할 것 같으냐고? 진심보다 술수와 페이크가 판을 치는 이 무정하고 간약한 시대에?"

이안은 두 번째 오이 조각을 들어서는 지적질을 하고 지휘를 하듯 허공에서 마구 흔들어댔다.

절대 하면 안 되는 상상이지만 오랜 세월 하도 쌓인 게 많아서 그런지 순간적으로 저 오이가 안이안이길 바랐다.

"그래서 오! 해피 데이란 거야."

"야, 너는……."

"다른 사람도 아니고 천지 분간 못하는 너. 그저 거죽만 멀쩡한 네가 그런 황송한 고백을 받았다고 하니까 그렇지. 생각해 봐. 너이때까지 오늘 같은 고백다운 고백, 받은 적 있어?"

"……"

없. 었. 다. 무지 열 받고 열 뻗치게.

이전의 고백은 그저 형식적이고 향락적인 고백일 뿐. 알맹이, 마음이 텅 빈 반쪽짜리였다.

그런 이유로 가슴이 오늘처럼 아픈 적이 한 번도 없었다.

"그래서!"

"……"

"이 언니가 역사적인 오늘을 기념하고 축하해 주기 위해서 나왔다는 거 아니겠어. 나가지 말라고 바짓가랑이 붙잡는 신랑을 분연히 떨치고 말이야. 나 정말 독립투사 저리 가라 하는 심정으로 나온 거다, 우유정이."

G랄라라 랄라를 하지, 안이안이.

이 또한 절대 입 밖으로 낼 수 없었다. 길정민 주니어가 충분히 들을 수 있는 관계로.

"미안해. 통화가 길어져서."

이안의 동네 실내포차에 도착하자마자 전화를 받은 미미는 뺨을 붉히며 밖으로 나갔었다. 그리고 지금 그 모습 그대로 이안의 옆에 앉았다. 왠지 촉이 왔다.

저 한미미 수중에 무시 못할 무언가가 있다는 그런.

"이안이 장하네, 진짜 나오고. 우리는 여기 오면서도 네가 나올 수 있을까 긴가민가했거든. 정민 씨가 온몸으로 막는 거 아닌가 하면서."

"무슨 소리야? 유정이가 길버트를 천하에 다시없을 사이코로 만들어서 그렇지, 그 사람 얘가 말하는 것처럼 나 옭아매고 숨도 못 쉬게 하는 거 아니야. 그게 다 저 우유정의 착각이자 각색, 연출이란다, 한미미."

G랄라라 랄라를 해요. 지가 제 남편의 일부만 알고 전부를 보지 않아서 저런 세월 좋은 소리를 하지 싶었다. 길버트는 오페라의 유령 버금가는 가면을 쓰고 사는 다면적 인물인 것을.

"근데, 유정아. 넌 필립한테 뭐라고 한 거야? 정중하게 거절한 거지? 너 또 네 본성대로 막 그냥, 확 그냥 버전으로 하지는 않았지?"

유정은 차분한 모양새로 조근조근 디스를 펼치는 미미를 노려봤다.

"그러니까 우아하고 아름답게, 매너 장착하고 거절한 거는 맞는 거지? 그렇잖아. 같은 사무실에서 매일 볼 사인데 거절을 해도 격 있고 품위 있게 해야지."

"……."

"어지간하면 어른스럽게."

미미는 그렇게 하지 않았다면 이 자리에서 다이야, 하는 제법 살벌한 미소를 지어 보였다.

"했어, 했다고!"

그 같은 확답에 미미는 비로소 고개를 끄떡였다.

"근데 말이야……."

유정의 톤 낮은 서두에 두 친구의 시선이 모아졌다.

"조금 흔들리더라."

"당연히 흔들리지. 그렇게 멋진 남자가 정식이자 정석으로 클래식한 고백을 했는데."

미미는 네 복을 네 발로 찼다는 듯 째려봤다. 노려보는 것보다 한 차원 높고 강하게.

가시내, 언제 한번 제대로 손을 보긴 해야지 싶었다. 온몸이 무기인 안이안 없는 자리에서.

"미미 네 말을 빌리자면 누구더라? 아! 조진웅 닮았다는 치프가 진심으로 고백하는데 순간 내가 무지 사랑하고 너희들도 엄청 사랑했던 조쉬 하트넷으로 보이면서 머리가 지진이 날 것처럼 갈팡질팡하는데!"

"했는데?"

미미가 물었다.

"했었어?"

이안도 물었다.

"빌어먹게도 그 상황에서 그 죽일 놈의 노래가 들리더라고."

"노…… 래?"

"무슨 노래?"

두 친구는 뜬금포라는 표정으로 차례로 물었다.

어느 순간부터 정다운을 생각하면 그의 시그널 노래처럼 울려 퍼지던 신호음.

샤라랄라 랄라라. 샤라랄라 랄라라아.

이젠 은혜로운 성가이자 찬가처럼 천지 사방에서 서라운드로 들려왔다.

"그러니까 그게…… 샤라랄라 랄라라, 하면서."

유정은 미친 척하고 귓가에서 울려대는 멜로디를 흥얼거렸다.

"……."

"……!"

이안은 너 뭐냐? 하는 엄청 짜증나는 표정이었고 미미는 그게 뭔데? 하는 다소 어리둥절한 표정이었다.

안다. 부연 설명 없이는 이 환상적인 멜로디에 아무런 힘도 영향력도 없다는 걸.

"우유, 각주를 달아야 알아들을 거 아니야."

유정은 일단 소주 한 잔을 원샷했다. 이 부분은 상당한 디테일을 요하는 부분이라 맨정신으로는 할 수 없었다. 이 민감하고 간질간질한 분위기는.

"이게 말이지……."

유정의 운 띄우기에 두 친구들의 머리통이 한곳으로 모아졌다. 유정은 조금 더 가까이 모이라는 듯 손짓을 했다.

"처음부터 그렇지는 않았는데 정다운 그 남자랑 제주도 가는 비행기 안에서 그러니까 구름의 호위를 받으면서……."

유정은 졸업 논문과 자소서를 쓰는 마음으로 심혈을 기울여 단번에 알아들게끔 미화와 은유를 적절히 뒤섞어 설명했다. 설명을 하면서도 너무도 아름다운 신 설명에 몸이 후근하고 후덜덜 하게 달아올랐다. 그 상태로 어느 영화 못지않은 키스신을 설명했다.

"그래서. 그런 이유로 그 남자의 시그널 음악은 샤라랄라 랄라라가 된 거란 거지, 우유정 가라사대."

유정의 정성 어린 구연동화 필 설명에 미미는 살짝 감흥받은 표정을, 이안은 세 번째 오이를 들고 말했다.

"지금 상황은 오직 네 귀에 캔디 같은 이명이 아니라 그 남자도 너처럼 콩깍지가 씌어야 하는 거잖아."

"그렇긴 하지."

"자신 있어?"

"뭐가?

"네가 맛이 간 것처럼 그 남자도 그런 기미가 있었냐고?"

정다운? 그 남자는 어떤 기분, 어떤 유의 감정일까? 그저 그날의 오묘한 감성과 야릇한 분위기가 만들어준 어른들의 성숙한 유희? 아님 영혼까지 사로잡힌 잠자리? 그것도 아니면 진지한 만남이자 연애의 시작!

모르겠다. 혼자 상상하는 이 모든 말들이 무슨 소용인지.

"그게 말이야 어제는 릴리에 일이 많아서 제대로 된 대화를 못 했고 오늘은 필립 정 만나느라 펍에 가지 않아서."

"전화는 왔었고?"

미미가 진지한 표정을 하고 물었다. 물론 전화는 없었다. 그렇지만 평소 전화를 하는 사이는 아니었다.

"아니."

왠지 자신감 결여가 분명한 톤이 유정도 모르게 나와 버렸다.

"됐어."

"되긴 뭐가 되는데?"

"오늘은 우유정 네 인생 최선이자 최고일 수 있었던 남자의 고백을 배포 좋게 찬 걸로 일단락하고 내일 일은 내일 생각해."

사뭇 우울한 기분에 빠지려는 유정을 이안이 잡아 세웠다.

"자! 그런 이유로 건배하자."

"타이틀은?"

"그래, 이안아. 버전이 뭐야?"

"뭐긴?"

이안은 어울리지 않게 생글거리며 위험한 미소를 보였다. 어째 기분이 나빠지려고 했다. 경험상 이런 상황에서 항상 초를 치는 이는 안이안이었기에. 늘 안이안뿐이기에.

"우유정이가 제 복을 제 발로 찬 기념일!"

"……!"

"이안아, 그건 좀…….'"

"뭐 해? 잔 들어. 사이다 김빠진다."

임산부인 안이안의 강압에 못 이겨 두 여자는 각자의 잔을 들었다.

"우유정, 이 잔으로 오늘 일은 추억으로만 기억해. 너도 그렇게 결정한 거잖아."

아니라고 부정을 할 수가 없었다. 너무도 정확한 지적에.

"그리고 내일부터는 네 마음과 몸이 원하는 남자랑 최선을 다해 연애해. 네 연애는 내일부터 시작, 1일이니까. 자, 건배!"

"건배!"

이안의 선창에 미미가 잔을 기울였다. 두 여자의 강압과 등쌀에 유정도 합세했다.

"그래, 나도 건배다."

세 여자는 각자의 잔을 단숨에 비웠다.

30대 중반 적지 않은 나이는 감히 빨간색 캡을 쓴 소주를 원샷하는 신묘한 기예와 호탕한 기백도 선물해 주었다.

이 한 잔은 20대, 30대 초반 그녀들의 한 잔과는 결이 달랐다.

그녀들보다 깊고 진한, 한 톤 더 묵어 알싸하고 아린 맛. 그러면서 살짝 아프기까지 한 맛.

지금까지의 지내고 보낸 인생의 맛, 딱 그것이었다.

"어찌 됐던 축하한다."

이안의 응원에 유정은 호기롭게 어깨를 으쓱했다.

"미친 연애의 시작을!"

"이안아……."

"야!"

두 여자의 자잘한 원성에도 굴하지 않는 이안이 말을 이었다. 한 손에는 초록의 오이를 들고.

"어떤 작가가 그러더라, 구체적 현장이자 유일한 리얼리티는 삶이라고. 근데!"

이안은 또렷한 눈빛을 하고 유정을 응시했다. 마치 새겨들어 가슴으로 기억하라는 듯.

"그거 내 생각에 삶보다는 그 안에서 살아 움직이는 뜨거운 감정, 사랑 같아."

이안은 마치 제가 온몸으로 부딪친 경험의 성과이자 결과인 듯 단언했다.

"빡세어라, 우유정의 연애여."

앤은 주문을 걸 듯 마지막 멘트를 쳤다.

축하라 하기도 뭐 하고 저주라고 하기에도 애매한 문장을 읊고 이안은 사이다 잔을 내려놓았다. 그 대신으로 이번에는 당근을 집어 들었다. 그와 동시에 이안의 핸드폰이 경박하게 울려댔다. 분명 기다리다 열 받은 사이코 길정민 자식이리라.

오늘이 기념비적이고 역사적인 날이긴 했다.

별 호감도, 관심도 없던 남자의 진심에 뭉클한 날이며 그 남자 때문에 울컥한 날.

그래, 어쩌면 생애 최고인 남자를 차버린 날일 수 있었다. 그렇다 해도 그녀의 맘과 몸이 자석처럼 끌리며 부싯돌처럼 불꽃이 일어 초정광천수처럼 짜릿한 남자로 방향키를 잡았다.

확실한 만큼 불안한 방향키로 인해 또다시 풍비박산에 자초될 수 있다 해도 정다운이 가득가득 밀려왔으면 싶었다.

잠겨 죽어도 좋을 그만큼. 어느 시인의 가혹한 소망이자 비명처럼 그렇게.

내일이 기다려지고 기대됐다.

어찌 됐건 내일은 그토록 오랫동안 염원한 연애의 첫날일 테니까.

상대편 남자의 의중은 오리무중이지만 자신이 아주 없지는 않았다.

무엇보다 그 밤의 격렬한 감정과 여운을 의심 없이 믿었다.

그녀만큼이나 정다운도 거침없이 격렬했기에. 그지없이 뜨겁고 끝없이 타올랐기에. 또 쉼 없이 원하고 욕심냈기에 이 불완전한 감정을 믿었다.

내일은 어제와 오늘과는 다른 날의 시작이길.

믿어본다.

샤라랄라 랄라라를.

외워본다.

수리수리 마수리 전부 이루어져라. 얍!

6

착각과 망상이 아니라면 정다운은 티 안 나게, 나름 주도면밀하고 용의주도하게 피하는 느낌이 들었다. 딱 집어 이 순간, 이 행동이 그렇다고 확신하기는 무리가 있지만 여자인 관계로 확실한 물증보단 오묘한 심증과 촉을 믿었다.

무엇 때문인지 모르나 자꾸만 피어나는 불길한 기분에 숨이 막혔다.

그 같은 기분은 오랜만에 제대로 한, 풀 메이크업 때문에 더했다.

8군에 다니기 시작하고부터 희멀건한 맨얼굴로 다녔다. 일명 자다 일어나 부스스한 귀신 몰골을 하고. 미미가 빽 하면 미모가, 거죽이 유죄라며 가능한 한 얼굴에 회반죽을 하고 다니라고 해서 그때부터 BB, CC만 바르고 다녔더니 풀 메이크업을 한 오늘은 비닐을 쓰고 다니는 느낌이 들었다.

뭐, 눈이 제대로 달린 인간이라면 저런 반응을 하지만…….

유정이 지나다니기만 하면 릴리의 모든 남자들 시선이 따라붙었다. 정작 따라붙고 봐주길 오매불망하며 새벽부터 일어나 꽃단장을 하게 만든 남자는 코빼기도 보이지 않았다.

아무래도 분위기가 하수상한지 멘도자가 맥주 창고 앞을 지나가는 유정 옆에 따라붙었다.

"오늘 무슨 일 있으세요?"

"왜?"

유정은 주위를 둘러보며 물었다.

"그게 다른 날과 다르게 오늘 너무, 숨차게, 엄청나게 아름다우셔서."

"멘도자."

"네."

"사장님 어디 계셔? 그 사람이 투명인간도 아닌데 왜 내 눈에는 안 보이는 거야? 네 눈에는 사장님이 보이니? 어디 있니?"

"저기 계시잖아요."

멘도자의 손끝을 따라가니 정다운이 이쁜 흑인 여군과 얼굴을 가까이하고 이야기를 하고 있었다. 늘 그렇듯 여군의 얼굴엔 미소가 한가득했다.

"진짜 우리 사장님은 8군에 아는 군인이 많으세요. 그죠? 아니면 인맥이 넓으신 건가? 어, 진이 저 부르네요."

멘도자가 주방으로 가고 유정은 그 자리에서 정다운을 지켜봤다.

유정은 오늘 꼭두새벽같이 일어나 한동안 질리도록 나오던 오늘부터 우리는, 이란 노래를 무한 반복하며 정성스레 한 듯 안 한 듯한 화장에 심혈을 기울였다.

오직 저 남자의 눈에 이뻐 보이고 아름다워 보이고 싶어서…….

"근데 전화도 한 통 하지 않은 당신은 고따위로 시시덕거린단 말이지."

아침에 사무실에 도착하고 필립 정과 마주하면 어색하고 미안 해서 어쩌나 하면서도 온통 주도적으로 드는 생각은 정다운이 어 제 일에 기분 나빠하면 어쩌나, 오해하고 신경 쓰면 어쩌나 하는 그 생각뿐이었다.

한 남자의 절절한 진심을 단칼에 거절하고도 유정은 오로지 그 날 마주한 남자의 묘한 시선, 정다운의 기분, 그 생각이 머리와 가 슴 속 전부였다.

그랬는데! 정다운은 지금 눈앞에서 어려 보이고, 또 유정보다 어린 게 너무도 분명한 여군과 희희낙락하고 있었다.

어제의 일에 대해서는 전혀 묻지도 따지지도 안부 인사도 하지 않고.

슬슬 열이 오르고 뻗치는 유정은 당장 정다운에게 가 그게 무엇 이든 간에 이 찜찜한 기분을 풀어버리고 싶었지만 예전처럼 하고 싶지도, 할 수도 없어 일단 온몸의 기를 끌어모아 참았다.

정다운에게 더는 추잡하고 꼴사나운, 아름답지 않은 모습을 환 기시키며 보여주고 싶지 않았다. 가식이라 해도 가능한 좋은 모 습, 어여쁜 모습, 때로는 우아하고 고상한 모습까지 골고루 다양 하게 심어주고 각인시키며 이미지 업을 하고 싶었다. 그렇게 하다 가 사랑받고 사랑하는 사이가 되고 싶었는데 당신이란 남자는…… 나쁜 자식!

제법 귀여운 인상의 여군이 정다운에게 유혹이 분명한 눈빛을 보이며 입술을 지그시 깨무는 모습이 포착됐다. 그 열 뻗치는 모습에 정다운의 피드백은 보이지가 않았다. 빌어먹을!

"그래, 계속 그년이랑 붙어서 그따위 모습을 보여준단 말이지."

오늘 지극 정성으로 한 화장은 타깃이 분명했다.

오로지 정다운. 근데 이 순간 그 타깃이 바뀌었다.

여기 릴리에 있는 모든 오대양 육대주 거죽이 천차만별인 남자들로.

반응은 후끈했다.

지옥 불을 맛본, 기꺼이 맛보고 싶은 악마들의 처절한 외침처럼 뜨겁게 타올랐다.

이태원 지하상가 옷 가게에서 블랙의 미니 시스루 원피스를 급조해 사다 입고 입술과 뺨을 엷은 핑크로 포인트를 주며 과하지 않게 웨이브를 준 머리에 단백질 에센스를 발라 윤기까지 흐르는 유정은 오늘 그게 누구든 쫄게 하고 꼴리게 할 자신이 있었다.

쌍코피 나고 무릎이 후덜덜 하며 바지 속 365일 은둔 중인 남성도 거뜬히 서게 할 자신감이.

달아오른 홀을 다시 한 번 돌기 전, 상체를 90도로 숙여 머릿결을 털며 머리에 볼륨을 준 유정은 기압과 화룡점정을 가하는 차원에서 입술을 깨물며 침을 발랐다.

복숭아 빛깔로 부풀어 오른 입술이 보지 않고도 느껴졌다.

"잘 보라고, 정다운 사장님아. 몸 바쳐 충성하는 이 열혈 직원의 끝내주는 앞태와 더불어 작렬하는 뒤태를. 더불어 쿨하지 못한 뒤 끝까지."

9센티 구두로 인해 발목이 까졌는지 화끈거렸지만 확인하지 않았다. 간만에 전투력 상승한 유정은 주문받은 맥주병을 두 손에 들고 홀로 걸어나갔다.

그녀의 시기적절한 등장에 마치 슈퍼 볼 게임에 열광하는 사람들처럼 미군들은 동시다발적으로 맥주를 주문했다.

유정은 아까부터 따라붙는, 이제야 비로소 따라오며 따라붙은 다운의 시선을 무시하고 가능한 최대로 몸의 곡선을 살려 홀 안을 걸었다.

이 순간 슈퍼모델과 함께 워킹한다 해도 지지 않을 오기와 분기가 있었다.

맥주를 건네는 그 순간, 건네받는 미군에게 애매한 미소와 농염한 눈빛을 하는 것도 잊지 않았다. 정확한 계산하에, 그러면서도 어느 누구도 의심하지 못하게 무심함을 연기하며 모두의 눈과 마음을 사로잡으려 메소드 연기를 했다.

잘생긴 미군 장교와는 살짝 손끝이 닿는 연출도 무리 없이 연출했다.

그 순간을 정다운의 눈에 각인하며 아로새겨 주고 싶었다. 정다운이 의도했든 그렇지 않았든 젊은 여군과 생각 없이 그랬던 것처럼. 꼭 그만큼 열 받으라고.

들고 있던 맥주를 전부 건네고 새로 받은 주문을 일일이, 눈을 맞추며 친절히 확인하고 되도록 모델처럼 걷는데 누군가 빠르게 다가와 유정의 팔을 낚아챘다. 그리곤 곧바로 맥주 창고로 이끌려

들어갔다. 문을 닫은 정다운은 머리를 정리하는 유정을 방금 전 질질 끌던 행동과는 전혀 다르게, 한없이 무심하게 쳐다보았다.

"우유정 씨."

"네."

"지금 뭐 하는 겁니까?"

"뭐가요?"

유정도 정다운 버금가게 차분히 대응했다.

"여기는, 릴리입니다."

"그런데요?"

"릴리 본연의 분위기 이상하게 조장하지 마십시오."

"이상한 분위기라……. 그게 뭔지 모르겠으니까 정다운 사장님이 그 이. 상. 한의 의미를 정확하게 설명해 보세요. 저한테."

화가 났다. 저 남자의 무심함과 무정함에.

생각해 보면 그날 필립의 일방적인 약속에 한마디 않고 그저 그렇게 당하듯 가만히 서 있던 것부터 시작해 지금 이 순간까지 전부 다 화가 났다. 못마땅했다. 마치 아무런 일도, 아무것도 아니었던 것처럼 굴어서.

"릴리는 가볍게 맥주를 마시는 일테면 사심 없이 오고 가는 동네 방앗간 같은 곳입니다. 눈요기, 흥분, 열광하기 위해서 오는 곳이 아니라."

유정은 정다운의 시선을 피하지 않고 정확하게 마주하며 한 자 한 자 읊기 시작했다.

"눈요기, 흥분, 열광이 다 저 때문이다! 누가 그러던가요? 그게 저 하나 때문이라고? 홀에 여자가 저만 있는 것도 아니고 보니까 정다운 사장님과 엄청 사이 좋아 보이는 여군도 제법 미녀고 여기 릴리에 있는 사람 반이 여잔데 저 열광, 열정적인 반응이 꼭 저 때문이라는 보장은 없는 거잖아요? 안 그런가요?"

"우유정 씨……."

"그보다."

유정은 더는 불필요한 말도 듣기 싫고 오해도 싫어 마음속에 꼭꼭 싸매고 있던 말을 꺼냈다.

"궁금한 게 있어요."

"……."

"정다운 사장님과 제가 함께한 그 요란했던 밤은 당신한테 어떤 의미가 있나요?"

유정은 그 어느 것도 놓치고 오해하기 싫어 정다운의 전부를 알 파고처럼 따라붙어 관찰했다.

혹시나 이 모든 기분과 감정이 혼자서 먼저 앞서가는 그녀만의 초조함이고 조급함인가 해서 어느 하나도 놓칠 수가 없었다.

"말해보세요, 그날 밤에 대해서."

조급하게 닦달하고 싶지만 않았지만 어서 확인해 이 미치겠는 마음을 다독이고 싶었다.

"그 밤은……."

정다운의 표정은 담담했다. 평소와 다르지 않게 사군자를 닮은 그대로.

"어른이면 충분히 있을 수 있는 밤이었습니다."

"……."

잠시. 아주 잠깐 어찔하며 충격이 분명했지만 유정은 담담하려

했다. 정확하고 싶었다. 한 점 오해와 오점 없이.

"그러니까 그 말은 별다른 뜻 없다. 그다음에 대한 어떤 계산이나 생각 없이 단순히 그 순간의 기분을 즐겼다는 건가요?"

제대로 질문을 했나 싶을 정도로 제정신이 아니었다. 그러면서도 흐트러진 모습을 보이지 않으려 했다. 보이지 않고 싶었다.

"그 밤, 난 내 자신과 우유정 씨한테 솔직했습니다."

그래, 솔직했다. 정다운은 그 밤도 그렇고 지금 이 순간도 재수 없을 정로 솔직했다.

아주 잔인하다 싶을 정도로 솔직하고 지랄이다, 릴리 주인 정다운은.

"그랬군요. 그럼 묻는 김에 하나만 더 물어요."

"……"

"정다운 사장님의 미래에 우유정이란 여자가, 내가 함께하길 원하나요?"

죽도록 화가 나고 미치게 자존심 상하지만 그 밤은 성인들의 본능적인 밤이었다고 치고, 그 이후의 시간이, 이 남자의 의중과 계획이 궁금했다.

바투 선 거대한 남성의 전투적이고 집요한 발광으로 죽도록 아팠으면서 동시에 몸서리치게, 미치도록 좋았던 그 밤. 이게 바로 욕심내고 욕심부리는 남자가 주는 신성한 오르가슴이구나 하면서 감탄하며 교성과 신음에 목이 가고 쉰 그 역사적인 날!

그게 뭐든 모든 게 처음이었던 격정적인 밤이 그저 육체적이고 지독히 동물적인 밤이었다면, 저 남자의 미래에 저 남자가 걷고 꿈꾸는 앞으로의 미래에 유정의 자리가 있는지, 그 점이 몹시도 중요하고 궁금했다.

"난……."

"……."

"이 순간, 현재만 생각합니다."

"……."

"미래는 알 수 없어요. 내가 누군가와 함께인지 혼자인지."

애매하게 말을 하고 있지만 정다운은 결코 유정의 이름을 거론하지 않았다.

유정은 조금의 낯빛도, 톤도 변하지 않은 정다운을 남겨두고 맥주 창고를 나왔다.

멋지게! 폼 나게! 대차게!

그러면서 피눈물을 토하며!

빌어먹을 릴리에서 정각 11시에 퇴근해 날아온 곳은 미미의 집이었다. 난자당한 마음에 생각나는 곳은 이곳밖에 없었다. 여기밖에는.

유정은 이 세상에 현존하고 존재하는 욕이란 욕은 전부 다 뱉어내고 싶었지만 이상하게 그렇게는 하지 못했다. 그 대신.

"나쁜 쉐끼!"

지극히 인간적인 배려가 담긴 울분을 토했다.

"내가 그 말 같지도 않은 대답을 듣고도 장장 1분을 더 미적거리면서 기다렸다고! 1분을!"

"……."

"거절당하고 1분을 지체하기가 어디 쉬운 줄 알아! 다른 년들 같으면 쪽팔려서 못했을 거야. 근데도 그 인간이 내 이름을, 이 우유정 이름을 부르지 않았어! 날 붙잡지 않았다고! 천하의 나쁜 자식이!"

이 순간 유정에게 IS보다 더 악질적인 인간은 정다운이었다.

"이럴 거면 그렇게 미치게, 죽도록 좋은 그거, 속궁합 같은 거는 알려주지도 밤새 가르쳐 주지도 말든가! 죽어도 좋아! 딱 영화 제목처럼 사람 미치고 환장하게 만들어놓고 이제 나보고 그 긴 밤들을 무슨 수로 견디라고!"

생각만으로도 끔직했다. 어쩌면 살아생전에 다시는 그 같은 밤을 맞이할 수 없단 절망감과 상실감에 한탄이 절로 나왔다.

"육즙이 흐르는 진짜 한우 꽃등심을 맛본 인간이 가짜 콩고기에 배가, 허기가 채워지냐고! 이제 어떡해! 이제 밤만 되면 늑대개처럼 옷 찢고 뛰쳐나가게 생겼어! 그것도 하반신에서는 진하디진한 애…… 흡!"

유정은 작은 두 손으로 자신의 입을 막는 미미에게 밀려 몸이 점점 바닥으로 기울었다. 그러더니 결국엔 바닥에 머리를 박았다.

"야! 너……."

"동네 사람들 다 듣겠어. 제발 좀 낮춰."

"듣긴 누구 들어! 여기가 화장실 물 내리는 소리까지 다 들리는 아파트도 아니고 사방이 돌담인 단독주택인데! 그리고 쫌 들으면 어때서! 누구든지 듣고 내 기막히고 코 막히는 이 억울한 상황을 세상에 이런 일이란 프로에 제보해 주면 좋겠다, 정말! 이거야말로 혼인 빙자! 그건 아니고, 여튼 명백한 우롱이자 분명한 농락 아니냐고? 비록 한 번이라도 그렇지, 그렇게 다 줬다 몽땅 뺏는 게 어디 있어!"

"……."

"가뭄디가뭄다 딱 굶어 죽기 직전에 똥개 훈련시키는 것도 아니고!"

유정은 진정이 되지 않은 가슴 때문에 들고 있던 맥주를 벌컥벌컥 마셨다.

"유정아…… 우리 이안……."

"됐어!"

유정은 더 이상의 말은 필요 없다는 듯 미미의 말을 잘랐다.

"절대 안 돼."

"아니……."

"이 상황에 안이안을 왜 불러! 싫어! 절대로 안 돼! 이 기집애가 얼마나 비웃을 거야! 내가 니들한테 도울 저리 가라 식으로 명강의를 했는데! 이렇게 버림받은 판국에 그거 다 공염불이었다고 날 얼마나 디스하고 기죽이겠냐고! 싫어! 안이안도 싫고 정다운도 싫어! 싫다고!"

유정은 혹시나 일어날 수 있는 일을 방지하기 위해 미미를 한껏 노려보며 말했다.

"한미미, 너 이 작금의 사태가 안이안 귀에 들어가는 날 이 우유정을 세상 어디에서도 볼 수 없을 거야. 그런 줄 알아."

"넌 무슨 그런 흉한 말을 해! 그리고 친구끼리 고민이 있으면 나누고 함께 도모하고 그러는 거지 꼭 그렇게 자존심 세우고……."

"그래. 난 세울 거야! 다른 사람은 몰라도 안이안한테는 챙길 거라고!"

"너도 이안이 도와주고 정민 씨 잡으라고 응원도 하고 방법도 제시하고 그랬잖아? 그런데 이 상황에서 도움받는 건 왜 싫은데?"

미미는 도무지 모르겠다는 표정을 하고 쳐다봤다.

그래, 알 수 없겠지. 그 누구도 아닌 이안에게만은 보이고 싶지 않은 이 처절한 뭉개짐을.

"몰라! 하여튼 절대 말하지 마! 그게 뭐든 내 속이 전부 깨끗이, 더 이상은 아니구나, 끝이구나 그렇게 결정 나면 그때 말할 거야. 재미난 추억 이야기하듯이."

"……."

"그러니까 그전에는 절대 티 내지 마."

무언가 할 말이 있는 것 같은 미미는 더 이상 아무런 말도 하지 않았다. 유정도 그 이상의 설명, 그녀의 마음속 어지러운 상태를 설명하지 않았다.

두 사람은 그렇게 입을 다물었다.

아무리 이 꼴 저 꼴에 별의별 꼴값을 다 보인 불알 친구 미미라 해도 지금의 이 기분을 설명할 수는 없었다. 그저 여기서 멈추는 것밖에는.

그 복잡 미묘한 감정을 무슨 수로 다 보일까?

다 가지고 단 하나가 부족한 친구와 달리 하나도 없는데 그나마 하나도 아니었단 그 비참함을 무슨 수로 설명할까.

걱정스런 마음에 자고 가라고 잡는 미미를 뿌리치고 집으로 돌아온 유정은 창가에 서서 안개 낀 놀이공원을 내려다봤다.

놀이공원의 모든 기계는 멈추었지만 불빛은 늘 그렇듯 아름답게 반짝였다. 마치 사랑하고 사랑 받는 이의 뽀샤시한 얼굴처럼 아련하니 은은한 불빛은 딱 보기 좋을 수준이었다.

그날 정다운과의 시간도, 유정의 마음과 모습도 딱 저랬다.

아련한 듯 환했고 더없이 밝았으며 미치게 행복했다.

마침내 인생의 한줄기 빛을, 든든한 한 사람의 손을 찾은 것처럼 또 잡은 것처럼 따뜻해서 안도하며 마냥 좋았다.

기다림에 지쳐 딱 포기하고 싶은 그때 마침 차례가 돌아와 먹게 된 맛집의 한 끼 식사처럼 연신 웃음이 나며 흐뭇하기도 했다.

절대 원나잇이라고는 생각지 못한 밤. 그런 단어는 감히 상상도 못할 만큼 완전하고 완벽했던 밤.

밥벌이를 위해 집에 가고 회사를 가야 한다는 사실조차 까맣게 잊어버렸던 그 시간들이 전부 거짓말 같았다.

"어른이면 충분히 있을 수 있는 밤이었습니다."

당신한테는 그런 밤이었구나…….

고작 그렇고 그런, 서로가 쾌락용 노리갯감이자 유희용 고깃감이 되어준 밤.

그저 그게 다였던 거구나, 당신은.

미미와 함께일 때는 그렇게도 분노가 일고 혀를 깨물고 죽고 싶더니 비로소, 진정으로 혼자의 시간이 되니 힘이 빠지고 기가 빠져 모든 게 허무하고 허탈했다.

"나란 사람은 현재만 생각합니다. 미래는 알 수 없어요. 내가 누군가와 함께인지 혼자인지."

단호하기보다 담담하고 덤덤한, 그 어떤 사건이나 자극도 아니었단 듯한 일상적인 톤에, 그 모습에 더는 그곳에 서 있을 수가 없었다. 다리가 후들거리고 심장이 터질 것 같아서.

함께한 밤이, 그 밤의 의미와 해석이 서로가 달라도 너무 달랐다.

정다운에게 그 같은, 담백하고도 당혹스런 말을 듣고도 퇴근 시간까지 맡은바 일을 해내고 결국은 해치웠다. 일일 드라마 속 여주처럼 무책임하게 뛰쳐나가기는 싫었다.

인정하기 싫었다. 인정할 수도 없었다.

정다운이란 남자가 담담하다면 그녀 또한 그 못지않게, 아니, 그보다 더 별다른 사건이 아닌 듯 행동하고 싶었다. 반드시 그래야 했다. 나머지 시간들을 위해서.

그 남자 앞에서 무너지고 허물어지는 꼴을 보이느니 혀를 깨물지 싶었다.

기대했다 거부당한 여자도 분명 자존심이 있었다.

더욱이 예전에 한번 기만당하고 상처받은 여자도 누구 못지않은 자존심 챙기며 챙길 수 있다는 거 보여주고 싶었다. 그쪽은 전혀 관심 없고 개의치 않겠지만.

별 의미 없고 싫다는 남자 잡아봐야 아무 소용 없다는 걸 이미 한 번의 경험으로 잘 알면서도 너무나, 너무도 아팠다.

"하아……."

탄식이 절로 나왔다.

젠장, 이럴 거면 그렇게 환장하게 뜨겁지나 말지.

결국 이렇게 뒷북 칠 거면 극강이자 극단으로 따뜻하지도 말아야지.

꼭 오래전 하늘로 간 엄마가 살아 돌아온 것처럼 그렇게, 그만큼이나 좋았는데. 행복했는데.

나머지 인생에 더는 찾아 헤맬 것도, 바랄 게 없다 싶었는데 사람을 이렇게 쉽게, 아무렇지 않게 망가트리다니……

"정말 나쁜 놈이다, 정다운."

그사이 호수에 연무가 꼈는지 화려한 놀이공원이 희뿌옇게, 흐리멍텅하게, 아까와 다르게 엄청 후지게 보였다.

꼭 보고 있는 유정까지 후져질 정도로.

천하의 나쁜 놈한테 우롱당하고 사기당했다고 해가 안 뜨는 건 아니었다.

컨디션 난조로 하루쯤 회사를 빠지거나 나가지 않아도 되는 그런 정다운 사회는 더더욱 아니고. 따뜻한 밥을 먹여주고 등 대고 누울 안식처를 마련해 줄 남편이, 결국은 전부 다 뒷감당해 줄 누군가가 없는 한, 오늘을 사는 여성은 무조건 회사에 나가야 한다.

다 죽어가는 얼굴이라도 얼굴 도장은 반드시 찍어야만 하니까.

제 기분에 취해, 가슴이 희번덕거린다고 해서 뜬금없이 차 타고 배 타며 비행기 타고 무작정 어딘가를 가는 건 결국 퇴사와 퇴직을 염두해야만 가능한 거고, 밥 벌어먹으려면 기분이 어찌 됐건 제 의자, 제자리는 사수해야 한다.

그런 빌어먹을 이유로 간신히 자리를 지키고 있는 유정 앞에 따뜻한 커피가 놓였다.

"……."

누군가 책임감 하나는 기똥차다고, 과거에 비해 눈물 나게 진화하고 개과천선했다며 주는 상이자 위로인 것만 같았다. 고개 들어 보니 필립이었다.

조세호에서 조진웅으로, 또 어느 순간엔 조쉬 하트넷으로도 빙의했던 남자.

어제 거절당한 유정이 엊그제 그만큼 아프게, 단호하게 거절하고 잘라낸 남자이기도 한.

"왜 그렇게 피곤해 보입니까? 또 술 먹었습니까? 우유정 씨."

엊그제 거절당한 남자가 아닌 것 같았다.

마치 기분 좋게 데이트 신청하듯. 그만큼 필립의 얼굴은 밝았다.

"치프."

"또 술 마셨다는 겁니까?"

"마시긴 했는데……."

"저녁엔 알바 갈 테고 오늘 점심, 약속 있습니까?"

유정은 이게 뭐지? 하는 생각을 잠시 잠깐 했다. 그런 그녀의 생각을 읽기라도 한 것처럼 필립이 말을 이었다.

"궁금하면 점심 합시다, 나랑."

이걸 어째야 하나 싶었다. 정말이지 입사하고 처음으로 필립에게 말문이 막혔다. 하지만 그것도 잠깐. 유정은 금세 답을 했다.

"약속은 없지만 점심은 하지 않는 게 좋을 것 같습니다, 치프."

"왜요?"

"네에?"

"왜 그러는 게 좋으냐고요?"

"그건……."

"우유정 씨."

필립이 유정의 이름을 무지 단아하게 불렀다.

"네."

"우유정 씨가 거절했다고 바로 접을 마음 아닙니다, 내 마음."

우회와 은유 없이 사무실에서 할 말은 아니다 싶었는데 천우신조로 사무실은 빈 상태였다.

인간이 뭘 해도 사태 파악은 하고 지르는 거구나 싶었다.

"사람들 있어도 난 지금처럼 말합니다."

역시나 귀신 같은 남자다. 촉이나 감이.

"우유정 씨한테 고백한 내 마음, 숨기고 피할 그런 마음 아닙니다."

그날 다 끝난 일을 가지고 이 남자가 왜 이러나 싶었다.

"저, 치프."

"점심 같이합시다."

단호한 약속이자 약간은 형벌 같은 말이었다.

오늘의 필립은 이전의 필립 정이 아니었다. 그러기에 유정은 거절도 못하고 자신의 사무실로 들어가는 필립을 멍하니 쳐다만 봤다.

"이게 지금 보복성 히스테리인 거야 단발성 카리스마인 거야?"

안 하던 행동을 하기에 뭐 대단한 점심일 줄 알았더니 운동장 한 켠에서 먹는 샌드위치가 전부였다. 아무래도 전시성, 과시성 행동 같았지만 따로 어디 가지 않아 나쁘지는 않았다.

유정과 필립은 샌드위치를 입에 물고 달리기를 하는 미군들을 쳐다봤다.

요사이 엄청나게 인기를 끈 군인 드라마에서는 웃통 벗은 파견 군인들을 보며 황홀해하더만 8군 안에는 그런 일이 없었다.

한국인보다 머리 작은 인간들은 전부 군인이고 죄다 웃통 벗고 운동을 하기에 이젠 하는가 보다, 쟤네들은 춥지도 않나, 이런 수준일 뿐 눈 동그랗게 뜨고 침 질질 흘리며 황홀해 보는 여군도, 여자 군무원도 없었다. 그렇다고 드라마 속 귀여운 남주 같은 군인이 아주 없는 것도 아닌데.

"나……."

뜬금없이 나를 찾아대 유정은 고개를 돌렸다.

"우유정 씨 포기 안 했습니다."

놀라서 그런지 목이 메면서 기침이 났다. 그 모습에 필립이 들고 있던 물병을 건넸다. 유정은 물을 마시며 숨을 골랐다.

"지금 복수하시는 거예요?"

"복수는 무슨……."

유정이 노려보는데도 치프는 마냥 좋은 표정이었다.

"데이트하는 겁니다."

"헐!"

이 같은 모습은 처음이었다. 입사하고 처음.

그 모습이 보기 싫기보다 어이없었다.

"내가 우유정 씨를 얼마나 좋아하는데 거절 한 번에 포기하겠습니까?"

이 남자 진짜 뭐야, 하는 심정으로 치프를 쳐다봤다.

"두 달은 매달릴 겁니다."

왜 꼭 두 달인가 싶으면서 이게 사형선고인가 싶었다.

"나 봐달라고 사정도 할 겁니다."

이 정도면 인간미 자극과 함께 동정표를 노리는 건가도 싶었다.

"물론 그전에 열심히 대시하면서 최선과 사력을 다해 노력할 겁니다. 당신 마음 얻고, 내 사람 만들기 위해서."

"저기요, 치프님."

정황상, 상황상 사정을 해야 하나 싶어 님 자가 절로 붙어 나왔다.

"누군가를 이 정도로 좋아하는데 마음 아프다고 포기한다면 그 마음이 진실된 마음이라 할 수 있겠어요?"

질문인지 자조인지 분간이 되질 않았다.

"난 그렇게 생각 안 합니다."

아니, 그렇게 생각하셔도 된다고 진심으로 말해주고 싶었다.

"내 마음 절대 가벼운 마음 아닙니다."

분위기가 뜬금없지만 그렇다고 무겁거나 절망적이지 않아 이게 고백인 건지 자백인 건지 아니면 모노드라마인지 도통 알 수가 없었다.

"그러니까 두 달 동안 열심히 거절해요. 난 더 열심히, 최선을 다해 당신 마음 얻으려고 노력할 테니까."

미친 소리 같지만 미저리나 스토커처럼 무섭지 않으면서 묘하게 응원하게 됐다.

어쩌면 이런 마음이 동병상련의 마음인가 싶었다.

유정에게 차인 치프. 정다운에게 까인 유정. 두 사람 사이에 동일한 등식이 성립됐다.

니들은 같은 종. 동급의 레벨이라고.

문득. 정말이지 놀라울 정도로 순식간에 그런 생각이 들었다.

앞으로 이 남자가 보여주고 보이겠다는 노력을 유정 자신은 왜 할 생각을, 시도조차 하지 못하고, 하지 않았나 싶었다.

찰칵 하며 뚜껑이, 답답했던 마개가 열리는 기분이 들었다.

분명 원나잇으로 치부하며 무시할 수 없는 감정이었거늘 도대체 왜?

유정은 필립 정이 샌드위치를 다 먹을 때까지도 스스로가 이해 가능한 답을 내지 못했다.

그 상태는 퇴근을 할 때까지도 마찬가지였다.

전엔 알바 천국이었던 릴리에 도착해서도 의문은 명료해지지 않았다.

유정은 팔다리가 부산하게 움직이는 그만큼 부지런히 생각하고 생각했다.

왜? 대체 왜 이 우주대미모이자 극강의 미모, 아직은 남부러울 것 없는 몸매와 자신감, 타고난 배짱과 배포를 하고도 자신감 결여에 우울해하기만 했을까?

왜긴, 침대 위 폭격성 맹타로 마음이 동한 남자한테 지대로 자존심 상하고 창피해서 그런 거지. 그러면서 똑같이 까이고 상처받았을 치프는 하는데 유정은 왜 더 노력해 보겠다고 하지 않는 건가 싶었다.

그녀의 마음이 치프만큼 간절하지 않아서? 그런 걸까?

"어…… 어, 부딪힐 뻔했어요."

정신을 차리고 보니 멘도자가 당혹스런 표정을 하고 유정을 쳐다보고 있었다.

"무슨 일 있으세요?"

"아니, 없어. 근데 왜?"

"그럼, 주방에 가보세요. 사장님께서 아까부터 찾으세요."

"나를?"

"네."

멘도자의 손끝을 따라가니 정다운이 유정을 쳐다보고 있었다. 해석 불가한 하이 퀄리티의 표정을 하고.

유정은 손에 들고 있던 맥주를 홀에 배달 완료하고 주방으로 향했다. 걸으면서 생각했다.

정다운을 보고 이 문제에 분명한, 이해 가능한, 타당한 답을 내자고.

필립처럼 피하지 않고 마주하고도 그 같은 말을 할 수 있는지, 하게 되는지. 무엇보다 그녀 자신이 무언가를 하고 싶어하는지.

주방은 늘 그렇듯 설거지가 켜켜이 쌓여 있었고 항상 그렇듯 익숙한 탑 앞에 서서 준비 중인 남자는 환장하게, 재수 없을 정도로 멋있었다.

얄미운 인간! 나쁜 연하 쉐끼!

"찾으셨어요?"

마음과 다르게 유정의 목소리는 나쁘지 않았다.

"홀에서 소개팅 있는 거 아니면 그만 돌아다니고 설거지합시다, 나랑."

권유나 회유는 아닌 것이 문책이자 지적질 같았다.

궁금함과 의문으로 내내 학구적이던 마음이 정작 정다운의 답담한 목소리를 들으니 불퉁해지면서 사나워지는 듯했다. 아무래도 확실한 거절을 내포한 정다운의 말이, 그 엄청난 상처는 결코 가볍지 않았다. 아니, 가벼울 수가 없었다.

나랑 같은 소리 하고 앉았어요. 유정은 노골적으로 노려보기보다 살짝 흘겨봤다.

"그때."

"……."

"상황에 따라 포지션 맡는 걸로 하지 않았나요? 제 판단으론 현재의 제 포지션은 주방이 아니라 저 넓디넓은, 또 약간은 기회와 선택의 여지가 있는 홀 같은데요."

유정은 정다운 당신 아니어도 기회, 선택은 할 수 있단 어필을 한껏 했다.

"그 같은 상황 판단은 우유정 씨가 아니라 내가 한다는 말이었습니다. 그러니 우유정 씨 오늘 포지션은 역시나 주방 보조, 여기 내 옆입니다."

정다운은 탭댄스를 하듯 발로 자신의 옆자리를 찍었다. 정확하게.

유정은 없던 정도 떨어지게 말하는 정다운을 빤히 쳐다봤다. 그러면서 이 남자한테 필립 정이 자신에게 보인 그 같은 액션을, 강력한 어필을 과연 해야 하나, 하고 싶은 건가. 심히 고민스러웠다.

"우유정 씨."

그녀 자신이 그만큼 이 남자를 좋아하는지, 꼭 먹고 갖고 싶은지, 무슨 일이 있어도 마주 보고 마주하는, 기필코 가져야만 하는 남자인지 혼자만의 추정. 상상이 아닌 정다운을 보면서 확인 중이었다.

지가 이슬도 아니면서 맑고 투명은 기본에 어딘가 예스러우면서 기품 있는 눈빛. 보기 좋을 정도로 적당한 얼굴 비율. 쓸데없이 헤프게 벌어지지 않은 꼭 다문 입매. 입매를 좇다 맞닥뜨리는, 숨 죽이고 있는 게 너무도 분명한 날렵하고 날카로운 혀.

저 용암처럼 뜨겁고 예리한 혀! 농염한 혓바닥! 염병!

그 순간이었다.

한동안 잠잠하던, 자중하며 사라졌던 종적이 묘했던 BGM이 들려왔다.

샤라랄라 랄라라. 샤라랄라 랄라라아.

구름 위에서의 황홀한 키스. 온갖 만행과 기교를 보여주던 혀와 손의 변주이자 이중주. 그러다 마침내 침대 위에서의 거친 카리스마와 빈틈없던 맨 파워 전부.

그동안 몸속 깊숙이 삽입돼 동면하던 마이크로 칩이 제멋대로 리플레이됐다.

정다운의 전매특허. 자체 제작도 아니고 의도치 않은 BGM 방송.

그날 극악미와 함께 잔인함을 보인 남자에게서 다시 또 들려왔다. 울려 퍼졌다.

"우유정 씨."

결단코 완전히 사라진 건 아니었다. 다시 또 발화되고 점화되었다.

"우유……."

"알았으니까 있어봐요, 좀."

분명한 거절이었고 부인할 수 없이 거절당했는데 다시 또 샤라랄라 랄라라가 들려왔다.

정다운 한정 주제곡이 공기 속에서 제멋대로 부유하며 미세먼지처럼 떠다녔다.

으앗! 짜증나! 정다운, 당신 증말 짜증나! 짜증난다고!

복받치는 짜증은 짜증이고 유정은 눈앞의 다운에게는 그 어떤 말이나 행동도 하지 못했다.

―모든 결과는 준비운동의 질과 양의 따라 완전히 달라진다.

맞는 말이다. 아니, 틀리기만 해봐!

도통 믿어지지 않는 말장난 같은 말을 가슴에 새기고 시작해 보련다!

유정은 주워들은 말을 입력한 모니터 속 문구를 뚫어지게, 뚫어져라 노려봤다.

"뭐 하세요?"

김양호는 고개를 쑥 빼며 모니터를 모니터링했다. 그 모습에 유정은 김양호의 어깨를 감싸며 단숨에 보쌈했다. 김양호를 보쌈해 마주한 곳은 유정의 차 안이었다.

"……무서우니까 그만 쳐다보고 말씀하세요."

"솔직하게 대답하는 거예요? 알겠죠?"

유정은 혹시나 해서 인상을 쓰고 김양호를 노려봤다.

"알겠다니까요."

"좋아요, 그럼 첫 번째 질문 들어갑니다."

"네."

"김태희가 미스터 김한테 죽어라 매달리면 넘어가요? 안 가요?"

"안 가죠. 전 순미가 있는데."

아무래도 나이 차이가 너무 나나 싶었다. 조금 나이를 낮춰보기로 했다.

"그럼, 전지현이 매달리면?"

"전 우리 순미가 제일 이쁘다니까요."

어, 안 먹히네. 둘 다 연령대가 너무 고령으로 비슷한가?

"좋아, 치즈 인 더 트랩! 은교! 천의 얼굴, 김고은?"

유정은 김고운처럼 반달눈을 만들며 씨익 하고 입꼬리를 올려 웃어 보였다.

"……."

취향은 제각각이라더니만. 별 반응이 없었다. 그런 버전을 바꿔서.

"성숙미. 섹시미. AOA 설현이 대시해도?"

"아, 참 전 오로지 우리 순미라니까요."

여전히 강단 있고 강고한 발언이었다. 허나 이번에는,

"청순미 작렬하는 트와이스 쯔위인데? 눈웃음 막 치는?"

유정은 상상해 보라는 듯 트와이스의 노래를 팔을 뻗으며 신나게 불렀다. 그러자 김양호는 마치 비웃기라도 하는 것처럼 여유 있는 미소를 지어 보였다.

"에이, 그 사람들 전부 연예인이잖아요? 저랑은 아무 인연도 상관도 없! 그런 브라운관 안에서 사는 사람들한테 제가 흔들리고 유혹당할 리가 없잖아요? 현실적으로."

김양호는 너무 먼 별에 사는 사람들이라는 듯 웃어넘겼다.

"그래? 그런 거야?"

"네."

"그럼 나, 나는?"

"......!"

유정은 얼굴을 들이밀고 자체 꽃받침까지 하며 김양호를 유혹했다. 그러면서 눈을 게슴츠레 뜨고 붉은 노을 같은 입술을 살짝쿵 벌리는 것도 잊지 않았다. 연출 아닌 연출을 가미해 한껏 긴장한 김양호를 아련하게 쳐다보았다.

"이렇게 아름다운 나는 이렇게나 가까이 있고 연예인도 아닌데?"

화룡점정으로 혀로 입술을 축이는 무리수도 두었다. 그러자 안 그래도 긴장한 김양호가 머리가 쭈뼛 서는 듯한 당황스런 표정을 지었다.

"이래도 오로지 순미가 최고야? 정말 안 넘어온다고? 응? 말해 보라니까?"

유정은 전진을 계속하며 김양호 바로 코앞에 도달했다. 그러자 김양호는 질색 팔색을 하더니 한 마리 파리처럼 창문에 바짝 붙어 아예 눈을 감아버렸다. 매우 곤란하고 괴로운 표정을 하고선.

"저...... 저는 절대. 죽어도 아니지만 다...... 른 사람들은 넘어가겠죠. 홀라당!"

"정말! 정말로!"

백기와 함께 기꺼이 자백하며 듣고 싶었던 말을 들은 유정은 기쁜 마음에 계속해서 김양호에게 다가갔다.

"네! 그러니까 그만 좀 하세요. 더 다가오시지도 말고요!"

울상이 된 미스터 김은 어울리지 않게 괴성을 지르며 몸을 피했다.

"알았어요, 알았어. 나도 실험 완료했으니까 너무 그러지 말아요. 무안하게."

유정은 그녀의 미모에 혹한다고 말을 하면서도 어쩐지 질색하는 미스터 김을 보며 혀를 찼다.

이 세상에 김양호 같은 올바른 유부남만 있다면 그 많은 가정이 얼마나 평화롭고 든든할까 싶었다. 귀여운 녀석!

"참으로 대단한 사랑이네요, 순미 씨를 생각하는 그 마음."

분위기를 환기하고자 유정은 순미를 거론하며 미스터 김을 안정시켰다.

이 같은 시추에이션은 일종의 테스트였다.

우주대미모인 유정이 맘먹고 달려드는데 눈앞에서 거절한 위인이 과연 있는가 하는 아주 무식하고 무지막지한 마루타 실험.

순미 씨를 저리도 사랑하는 김양호가 당황하며 인정할 정도면 어느 정도, 몇 할의 가능성이 있었다. 오리무중으로 뻗대는 정다운을 함락시키기 위한 유혹 대작전을 실천해도 된다는 일종의 모의 시험.

"근데요……."

왠지 모를 자신감에 업이 된 유정을 김양호가 조심스레 불렀다.

"네."

"유혹하시려고 맘먹은 분이…… 치프님은 아니신 거죠?"

"당연히 아니죠!"

목표가 치프였다면 이런 웃기는 쇼를, 기막힌 테스트를 할 것도 없었다.

그냥 네, 하고 고개만 끄덕이면 되는 거니까, 속이 뻔히 보이는 그 남자는.

"근데요, 우리 치프님 정말 남자답고 멋진 분이시라는 건 아시죠?"

그 사실을 이제야 알게 되어서 마음 쓰이는 게 사실이었다.

지난 시간들처럼 소도둑놈으로 남아 있어야 할 남자가 진심으로 무장한 채 두 달을 언급해 미칠 지경이었다. 미안하고 미안해서. 결국 끝까지 미안함으로 끝날 것이기에.

미안함으로 인해 사랑인 척, 설레고 떨리는 척은 할 수 없었다.

TV나 현실에서 유독 나쁜 남자를 선망하며 좋아라 하는 여자들을 한심해하고 싸잡아 디스하며 욕했는데 유정 자신이 나쁜 남자의 전형적인 유형을 보이는 정다운에게 전투력 향상시키며 목을 매게 될 줄은 몰랐다.

그 밤이 문제였다! 빌어먹을 그 밤! 오지게 좋았던 새벽!

온몸 혈이란 혈에 정다운이란 거대하고 강력한 약침을 꽂아 꼼짝달싹도 못하게 한 그 죽일 놈의 그 샤라랄라 랄라라 한 밤 때문에!

경험하고도 못 믿고, 못 잊을 그 열락의 밤 때문에 이 사달이 난 것이다.

아! 생각만으로도 또 어디선가 멜로디가 들려오는 듯했다.

"염병!"

"……!"

염병이란 말에 제대로 놀라며 긴장으로 굳어진 김양호를 어르고 달래 사무실로 들어선 유정은 모니터를 응시했다.

앞에 문구는 각설하고 완전히 달라진다는 문구를 죽어라 노려보고 째려봤다.

소극적인 이제까지와는 다른, 언젠가 진상 안이안이 동티 난 길 정민을 잡기 위해 강경하게 행동해 결국 제 손에 떨어진 그 방법을 유정 자신도 강행하기로 했다.

"도대체 상총사 연애 방식은 왜 이 모양인지……."

애매한 거절에 단번에 나가떨어지는 그런 유리 멘탈이 아니라 당분간 자존심은 어딘가에 고이 모셔두고 전략적, 전투적으로 달려들어 보기로 했다.

"완전히 을의 연애라니까."

도대체 언제까지 정다운 시그널 음악이 들려오는지, 올 건지 확인하고 싶었다.

이 두 근 반 세 근 반 하는 마음이 정말 육체와 본능이 주는 매혹의 착각이 아닌 진지한 감정인 건지 확인할 필요는 있는 거니까.

"그러니까 일단은 다각도로 유혹하는 걸로!"

유정은 그렇게 모니터를 노려보며 반드시, 기필코 정다운을 사수하리라 다짐했다. 그리하여 그 밤의 치명적인 대침이자 약침을 다시 한 번 맞아 천국을, 지상낙원을 경험하겠노라 스스로에게 강력한 최면을, 흑주술을 걸었다.

"사랑은 쟁취하는 거야!"

비로소 시작됐다.

"나중에 홀라당 깨고 와장창 깨지는 한이 있어도."

정다운 생포, 포획, 획책 3단계 작전이.

설거지가 산처럼 쌓인 브레이크 타임, 주류 창고로 가는 정다운을 따라 들어온 유정은 문을 닫고 다운을 응시했다. 조용한 곳에서 차분히 이야기하는 게 나쁘지 않을 것 같았다. 또 이야기하다 두 알바생들이 올 수도 있기에.

"당신한테는 현재만 있다고 했었죠. 좋아요. 나도 오늘부터 미래 지향이 아닌 현재 진행형이에요."

뜬금없는 말에 정다운은 놀래거나 당황하는 기색 없이 얄밉도록 담담했다.

"만남 운운하면서 미래를 기약하거나 기대하지 않을 테니까……."

"……."

"나랑 연애해요."

정면 승부! 라기보다는 어르고 달래서 간신히 시작하는 을의 연애.

비록 시작은 이렇게, 이 굴욕 버전으로라도 하기로 했다. 그래 단지 시작은.

"난 정다운 씨가 좋아요."

좋다는 그 말에 정다운의 눈빛이 살짝 빛나는 것도 같았다. 아니, 그랬으면 했다. 그녀만의 착시고 착각이라도.

"부담은 갖지 말아요. 죽도록 좋다거나 죽어도 좋아, 뭐 이런 수준은 아니니까."

부담감을 넘어 공포감을 줄 수는 없으니까. 전략적으로.

"하여튼 그날, 우리가 함께한 밤을 성인들의 밤이라고 표현한 당신한테 화가 나기도 했지만…… 생각해 보니 어른들한테 일어날 수 있는 밤이 맞긴 맞더라고요."

이 속을 알 수 없는 남자야! 제발 피드백을 하라고. 리액션을!

"그러니까 내가 싫은 게 아니면 연애해요."

그래, 절대. 절대로 싫을 리가 없다. 이 우주대미모 우유정이가.

"얼마간 시범적으로 해보는 거 나쁘지 않다고 봐요, 난."

정다운을 진심으로 싫어할 수만 있다면! 그 염병할 밤에서 한 발자국이라도 벗어날 수만 있다면! 그게 가능했다면 이따위 비굴하고 비참한 전략은 세우지 않았을 거다. 허나.

"어때요?"

불가능했다.

눈 감으면 생각나고, 눈 뜨면 아른거리고. 졸다가도 깜짝 놀라 깰 정도로 도저히 벗어나지지가 않는데 어쩌겠는가. 아, 우라질! 브라질!

"그 얼마라는 게 어느 정도의 기한을 말하는 겁니까?"

나쁜 놈! 이제야 반응하고 꿈틀하는구만.

결혼과 가정, 형식이 가미된 미래를 담보하지 않는다면 당신도 싫지 않다는 거지.

그래, 이 우유정이 싫을 수가 없지. 사지육신 멀쩡한 남자라면! 욕망을 품은 수컷이라면! 그 밤 침대 위에서 지독했던 당신이라면!

"글쎄요……."

이미 미끼를 물었으니 유정도 조급할 게 없다 싶었다. 본능적으로.

"일단 연애를 해봐야 알지 않겠어요? 남녀가 몸과 맘으로 하는 연애가 50미터 100미터 정하고 달리는 전력 질주도 아니고, 하프라인도 아니고 결승점이 어딘지 미리 알 수는 없잖아요? 그러니까 부담 없이, 편하게, 오늘은 꼭 만나서 뭘 하나, 이런 강박 없이 만나보다가 둘 다 이게 아니다 싶으면, 그런 마음이 강력해지면 그만두자고요."

"……."

"어른스럽게."

정말로 그랬다.

이 마음이 다하고 갈증이 멈추는 날이 오면 깨끗이 끝내리라 싶었다. 그러기 위해서는 우선, 정다운과 열과 성을 다해 연애를 해보고 싶었다.

지금 정다운이 탐나는 건, 갖고 싶은 건, 미치도록 안고 싶은 건 사실이니까.

"……필립."

이 타이밍에서 왜 필립을 찾고 있는 건지.

"그날 필립이랑 저녁은 먹었습니까?"

예상 못한 질문이었다.

유정은 정다운을 빤히 쳐다보았다. 도대체 무슨 의도로 이런 질문을 하는 건가 싶어서.

역시나 포커페이스라 그런지 얼굴에 드러나는 건 없었다. 그렇다면 할 수 없지.

"궁금해요?"

유정은 정다운의 얼굴에서 눈을 떼지 않았다. 다운의 감정을 일절 놓지 않기 위해서.

"궁금했냐고요?"

"아니요."

"아닌데 그걸 왜 물어요?"

"생각이 나서 물었습니다."

"이 중차대한 타이밍에 뜬금없이 그 생각이 왜 나는데요?"

"……."

순간 뭔가 있나 싶었다. 필립과 정다운 두 남자 사이에 그 무언가가. 유정에게 영향을 주고 줄 수 있는 어떤 미세한 감정이.

"두 분 여기 계세요?"

노크 소리와 멘도자의 익숙한 톤이 들리면서 문이 열리지 않고 달각거리기만 했다.

"어, 안 열리네. 혹시 두 분 거기 갇히신 거예요?"

"네, 여기 있어요."

정다운은 멘도자의 질문에 답을 하며 유정의 질문을 회피했다.

"잠깐만 계세요. 열쇠 있나 찾아볼게요."

그 소리와 함께 멘도자의 발소리가 멀어졌다.

"하던 말 계속하죠."

"무슨 말 말입니까?"

이 남자가 정말 치매가 온 것도 아닐 텐데 웬 시치미.

"어른들의 연애. 치프에 대해 언급한 거."

유정은 온몸의 촉을 세우고 홍채에 있는 대로 힘을 줬다. 어느 것도 놓치지 않으려고.

"오전엔 8군, 오후에는 알바하면서 연애가 가능합니까?"

"뭘 물어요? 당연히, 충분히 가능하죠!"

"언제 합니까?"

"오전엔 각자 일하는 도중 사이사이. 오후에는 주문받고 서빙하면서 오다가다. 설거지 하는 틈틈이. 눈 마주치면 그때그때. 릴리 문 닫고 주차장 가면서도 하고! 하려고만 하면 왜 못하겠어요?

또 한 달에 두 번 휴무일도 있는데! 그보다 내가 이런 매뉴얼, 적당한 타이밍을 콕 집어줘야 해요? 정다운 씨는 몰라요? 공략 지점에 대한 감이 안 오냐고요?"

질문 같지 않은 질문을 하는 정다운의 의도가 상당히 의심스러웠다.

"연애를 한 지가 꽤 돼서……."

"얼마나 됐는데요?"

"4년……."

"……!"

"……은 넘은 거 같네요."

"4…… 4년! 그러니까 그 말은 4년 동안 연애는 않고 줄곧 섹스만 했던 거예요? 파트너 바꿔가면서?"

세상에나. 이 남자 정말 위험하고 무서운 남자 아니야?

"그런 황당한 해석은 뭘 근거로 하는 겁니까?"

정다운은 사납다기보다 실로 의문스럽다는 표정을 하고 유정을 쳐다보았다.

"생각해 봐요."

"뭘 말입니까?"

"파워레인저 출신의 신체 건강한 싱글 남자가! 그것도 침대 위에서 상대가 꼴까닥 넘어갈 정도로 숨도 못 쉬게 물고 빨고 핥으면서 또 출근 시간까지 디테일하게 계산하면서 앞뒤는 물론이고 옆으로, 또 앉아서까지 네다섯 번이나 하는 남자가 연애는 그렇다 쳐도 섹스도 않고 지냈다는 게 상식적으로 이해가 가는지?"

길을 막고 물어보라고! 신체 건강한 30대 초반 수컷이 연애하지 않았다고 섹스도 굶었다고 하면 믿는지.

"그 얘기는 우유정 씨가 그랬다는 겁니까?"

이 삼식이 같은 남자 또 무슨 이상한 소리를 하는 거야!

"그게 무슨 소리예요?"

"당신도 연애는 쉬어도 섹스는 했다는 소리 아닙니까?"

"내가 언제! 도대체 언제 그랬어요?"

"싱글 남자가 하는 걸 싱글 여자가 못할 리가 없잖아요?"

헐! 이 남자가 정말! 보자 보자 하니까 못하는 말이 없네!

"이보세요! 정답지도 않으면서 이름만 겁나 정다운 사장님! 저
는요, 이날 이때까지 살면서 오르가슴에 오 자도 모르고 살아온
억울하디억울하고, 순진하디순진한 여자라고요! 그런 내가 누구
랑 어디서 섹스를 했겠어요? 얼굴 이쁘고 성격 좋으니까 내가 몸
도 맘도 헤픈지 알아요!"

유정은 어이없고 분한 마음에 정다운을 죽어라 노려봤다.

"우유정 씨만큼은 아니겠지만 나도 같아요."

"뭐가요?"

"싱글 남자라고 해서 성생활이 무조건 화려하고 문란한 것도,
섹스가 쉬운 것도 아니라는 소립니다. 남자에게도 연애와 섹스는
상당히 어려운 일이에요."

"행여나!"

유정은 도무지 믿기 어려운 말을 하는 정다운을 비웃듯 쳐다봤다.

"말이 되는 소리를 해요. 그날 그 밤, 당신이 날 얼마나 못살게
굴었는데! 그래 놓고 연애가! 섹스가 어렵다고요? 믿어지는 말을
해요."

"……."

"그건 그렇고 답을 줘야죠."

유정은 더는 믿어지지 않는 말보다 정다운의 답을 기대했다.

"내가 제의한 연애는……."

"지금 하고 있는 거 아닙니까?"

엥! 어이없는 답변으로 이 남자의 정신세계가 궁금해졌다.

"이…… 이게 무슨 연애예요? 오해와 반목, 각축전에 디스전이지!"

열이 받고 오른 유정은 여전히 표정과 체온 변화 없이 목석 모드인 정다운을 째려봤다. 그러자 정다운이 바로 코앞까지 다가왔다.

"왜요…… 으악!"

정다운은 순식간에 유정의 두 손을 결박해 벽으로 몰아세웠다. 유정의 머리카락이 닿을 정도로 밀착된 다운이 거칠어진 호흡을 삭이는 게 보였다. 하반신은 한 치의 오차도 없이 정다운의 몸과 겹쳐진 상태였다.

"대화만큼 육체도 가깝고 뜨거워야 연애 아닙니까?"

"……!"

두 손이 결박당해 꼼짝도 못하는 그녀를 정다운은 깊고 진한 눈빛으로 좇았다. 그 집요한 시선은 이마로 시작해 눈과 코, 입으로 천천히, 정확하게 옮겨갔다.

그 느린 듯한 추적으로 인해 유정의 몸에 신호가, 불이 켜졌다.

순식간에 켜져 이내 달궈진 불로 인해 유정의 호흡이, 시선이, 체향이 점점 거세졌다.

그 같은 변화는 다운이 충분히 느끼고 반응할 만큼이었다. 그 사실이 부끄러워 유정은 입을 뗐다.

"곧 멘…… 도자가……."

"온다 해도 빈손일 테고 문은 밖에서 열리지 않아요, 절대."

그 순간 노크 소리가 들렸다. 이제야 돌아온 멘도자였다.

"사장님! 아무리 찾아도 열쇠가 없어요. 사람을 부를까요?"

멘도자가 다급하게 물었다.

"어떡할까요?"

다운이 유정에게 물었다. 여전히 짙은 눈빛을 하고.

"뭐…… 뭘요?"

물음과 동시에 다운의 남성이 유정의 하반신을 더욱더 옥죄며 압박했다. 그 단순하고 적나라한 행동에 유정의 하반신은, 혈은, 모든 세포는 다시금 그날 밤을 기억하고 소환하려 했다.

"사람을 부를까요? 아님 내가 열 때까지 내 품에 갇혀 있을래요?"

성경 속 뱀이 하와를 유혹했다던 꼭 그 모습, 그 톤으로 정다운은 유정을 혼란스럽게 만들었다. 이렇게 능수능란한 남자가 연애를 쉬고 섹스를 쉬다니 믿을 수가 없었다.

"사장님!"

"어떡할래요?"

그와 동시에 유정의 둔덕을 부드럽게 압박하는 다운의 남성이 점점 더 강하고 분명하게 느껴졌다. 그 순간 알았다. 알 수가 있었다.

오르가슴이 반드시 침대 위, 완벽한 노출과 격렬한 섹스로만 가능한 게 아니란 사실을.

"우유정 씨……."

"열어요, 당신이."

정다운은 유독 반응이 약한 유정의 귓불을 혀로 부드럽게 핥으며 깨물었다.

"아…… 훗!"

참아야 한다는 걸 알면서도 도저히 그럴 수가 없는 유정에게서 탄식과도 같은 신음이 새어 나왔다. 귓불을 시작으로 가감 없이 전해지는 감각과 자극에 벌써부터 미칠 것 같았다.

"사장님……."

"사람 부를 필요 없습니다. 시간이 걸려서 그렇지 내가 할 수 있어요. 그러니까 멘도자는 설거지 좀 해줘요. 곧 나갈 테니까."

"네."

한국인이라 해도 믿겠는 멘도자는 대답과 함께 발걸음이 멀어졌다. 멀어져 가는 발소리를 들으며 유정은 다운을, 다운은 유정을 똑같이, 동일하게 탐하고 염탐했다.

두 사람은 그 상태로 조금 더 서로의 시선 안에 갇혀 있었다. 벗어나려면 그럴 수도 있었는데 그러지 않았다. 잠시 후, 팽팽한 공기를, 챙챙한 호흡을 가른 건 정다운이었다.

"다시 한 번 말하지만 남자도 여자랑 같아요."

유정은 질문과 대답 대신 배덕도 충분히 가능할 것 같은 정다운의 야시럽고 야릇한 입매를 응시했다.

"뭐가요?"

"연애와 섹스, 결코 쉬운 일이 아니에요."

"……."

"가볍게, 생각 없이 아무와 즐길 수 있는 행위가 아니란 말입니다."

"그럼, 나랑은……."

"물론 이런 키스도."

"으흡!"

유정의 입술과 혀. 둘이자 결코 둘이 아닌 세트는 그대로 다운의 입속으로 빨려가 삼켜졌다.

오늘은 배려 없이 처음부터 거칠었다. 경고 없이 시작부터 뜨거웠다. 예고 없이 닿자마자 휩쓸렸다.

숨도 호흡도 어느 것 하나 유정의 의지로 컨트롤할 수 없었다.

마구 씹어지고 삼켜지는 입술이 거친 탐욕에 비명을 지르면서도 점점 차오르고 가빠지는 숨이 더할 수 없이 만족스러웠다. 정다운의 절절한 애욕에 미친 듯 반응하는 유정의 입과 혀는 더 많이 요구하고 더 깊이 파고들었다.

마치 화가 나고 성이 난 듯한 다운의 키스는 싸움처럼 격렬했지만 유정은 그 또한 즐겼다.

언젠가부터 자유로워진 유정의 두 손은 그저 거들 뿐, 정다운이 주도하는 전략적, 전투적 키스에 조금도 영향을 미치지 못했다.

그만큼.

그 정도로.

키스는 격정적이고 열정적이었다.

이런 남자가, 이 정도의 남자가 연애를, 섹스를 쉬다니. 도무지 신용할 수 없는 말이자 신뢰할 수 없는 정다운이었다.

아, 하나 또 배웠다.

오르가슴은 키스만으로도 충분히 가능했다. 어쩌면 시오후키도!

7

서른여섯 생일은 징하게 다채로웠다.

늘 그렇듯 꼭두새벽부터 전화해 나이 먹음을 잔인하게 알려주던 이안은 되지도 않는 노래를 불러주다 길정민한테 핸드폰을 빼앗겼다. 길정민 심장의 주인이자 평생 노예인 이안은 도대체 무슨 짓을 했기에 당분간 외출 금지라는 일방적 통지와 함께 핸드폰이 끊겼다.

생일 때마다 거하게 생일상을 차려주던 미미는 살아생전 미미 할머니께서 후원하신 보육원에 큰 화재가 나 수습하러 어제 내려갔다.

그 모든 이유로 이번 생일은 정다운과 보내야 하는 명분이 생겼다.

친구들 저마다의 사정과 배신이 이렇게 감사한 반전이자 기특한 선물이 될 줄이야.

"오늘 점심은 우유정 씨 생일 기념으로 치프가 사신다고……."

"그러니까요. 내 생일을 왜 치프가 신경 쓰냐고요? 쓰길."

유정은 이 불편한 상황과 애매한 단초. 뻔한 빌미가 신경 쓰였다. 번거롭기도 하고.

"그야, 치프가 우유정 씨를 진심으로……."

"자체 마우스피스 물어요."

"……!"

유정은 이제 대놓고 아는 척을 하는 김양호를 무섭게 노려봤다.

스스로 두 달은 공을 들인다고 선언한 필립은 세심하고도 디테일하게 유정의 일상에 개입하고 있었다. 그 같은 배려와 정성이 심히 부담스러웠다.

그 모든 건 정다운에게 받고 싶었다. 오늘 밤에, 릴리에서. 그녀의 생일을 축하하면서.

어제 이미 공포를 했기에 몇 시간 후 릴리에서의 시간들이 기대됐다.

"그래도 치프님이 아침에 촛불까지 꽂아서 생일 케이크도 해주시고 점심도 고급 한정식으로 예약해 통 크게 쏘시는데 감동……."

"감동은 무슨. 감 떨어지는 소리 말고 셧다마우스, 미스터 김."

아침에 8군이 떠나가라 축하해 준 것만으로도 충분히 골치가 아팠다. 그런데 이렇게 사무실 사람들 전부의 지지와 노골적인 충성심을 이용해 둘만의 점심 약속까지 챙겼다.

"저기 오시네요. 점심 맛있게 드세요."

요사이 기합이 빠진 듯한 김양호는 필립이 차에서 내리는 걸 확인하곤 잽싸게 사라졌다. 이로써 점심은 빼도 박도 못하고 필립과 둘이 먹어야 했다.

불만 가득한 얼굴을 하고 선 유정 앞에 필립이 다가왔다. 그리곤 유정과는 정반대로 생글거리는 표정으로 말했다.

"갈까요?"

"꼭 가야 할까요?"

"갑시다, 예약도 했는데."

"예약은 취소하면 되는 거고 제가 속이 안 좋아서요."

"잘됐네요."

"뭐가요?"

"그 식당 전복죽도 나와요."

"……!"

좋은 게 좋은 거라고 인성, 성장 배경, 가정환경 다 좋은 줄 알겠고 이 남자의 진심 또한 충분히 들어 뾰쪽하게 굴기 싫었다. 하지만 이대로 따라가다가는 다음 행동들이 봇물 터지듯 이어질 것 같아 이 순간부터 매정하게 굴어야겠구나 싶었다.

"치프……."

"일단 갑시다. 밥은 먹어야 오후 알바도 할 거 아닙니까?"

필립은 무슨 말이든 기꺼이 들을 테니까 우선 식당으로 가자며 재촉했다.

"가요, 갑시다."

호소까지는 아니지만 절박한 기운이 아주 없다고 할 수도 없는 구애였다. 자신의 감정과 이 상황 전부에 대한 절박하고 절절한 구애.

다시 한 번 드는 생각이지만 이전처럼 얄짤없이 대해야 할 것 같았다.

제멋대로. 매너, 배려 없이. 무식하게. 우유정답게.

그 같은 다짐을 가슴에 비수처럼 품고 유정은 필립을 따라 걸었다. 필립의 차를 타고 도착한 식당은 남산 안에 자리하고 있었다. 나름 비밀스럽고 은밀한 장소인 듯했다. 분위기와 직원들의 자부심 가득한 표정을 보아하니 더 그랬다.

결코 소박하지 않은 상차림이 차려진 후, 필립은 내내 편한 얼굴로 유정을 쳐다봤다.

"혹시 그 이야기 압니까? 8군 하우징에서 만나 사랑하고 결혼한 커플 이야기. 그 남녀가 처음 식사한 곳이 여기라고 하더군요. 여기서 식사하고 두 사람 감정이 급격히 깊어졌다고……."

"그 전설 같은 러브스토리 저도 들었는데 근데 그게요, 밥 한번 먹었다고 없던 감정이 생겼을까요? 그 사람들 그 이전부터, 아님 무의식 속에서 서로를 깊이 담았다고 봐요, 저는."

오늘이 처음이자 마지막이었다.

답답했던 심사에 결코 포기하지 않는다는 사이다 처방을 해준 것에 대한 고마움. 또한 소도둑에서 고백남으로 업그레이드된 치프와 마주하는 이 자리는.

"치프, 고백 잘 들었고 감사하지만 저 좋아하는 사람이 있어요. 그러니 일전에 말씀하신 두 달의 공들이기 하지 마세요. 불편합니다."

얼핏 송아지 눈을 한 듯한 치프의 눈이 움직임을 멈췄지만 유정은 멈추지 않았다.

"치프."

지금 정확하게 말하지 않으면 이 사람은 그 두 달에 온갖 의미를 부여하며 정성을 들일 테다. 분명히.

"저 상 또라이에 제멋대로라 다른 사람 진심, 안중에 없어요. 저는 세상 어느 연애보다 제가 하는 연애가 중하고 애틋해요."

그러니, 치프 당신 정신 차려.

이 진상 우유정, 실상은 절벽녀이기도 하지만 철벽녀이기도 하니까.

"그 말, 크리스를 염두하고 하는 말입니까?"

아니라고 할 수 있었지만 그러지 않았다.

오늘로서 빼도 박도 못하는 진짜 서른여섯.

충분히 어른이며 성장호르몬은 불필요하고 여성호르몬은 소진될 만큼 다 커버렸다.

이쯤에서 괜찮은, 솔직 담백한 척도 능히 가능한 어른이 되는 것도 나쁘지 않았다.

누군가가 진심으로 묻는다면 유정도 진심으로 응답하고 싶어진 나이, 그런 나이의 주인공이 됐다, 오늘부로.

"네."

그녀의 대답에 필립 정의 표정이 한 톤 그늘졌다. 다운된 톤으로 인해 유정은 필립의 다음 말을 어렵지 않게 유추할 수 있었다.

"우유정 씨는 크리스에 대해 얼마나 압니까?"

예상 외 질문이었다.

우리는 절친에 오래된 친구라는 둥, 서로 불편해지는 건 싫지만 그래도 우정 때문에 사랑을 포기하지는 않을 거네, 뭐 이런 말들을 예상했었다.

"거야 치프보다 덜 알겠죠."

"나만큼 알아도 크리스를 좋아할까요?"

절대 그럴 수 없다는 뉘앙스를 노골적으로 내포한 말이었다.

"그거야 모르죠."

치프의 의도는 단순치 않아 보였다.

이 자리에서 친구란 인물의 과거, 과오를 오픈해 자신에게 득이 되게 하고 싶은 건지 아님 단지 친절 알리미를 자처하고 싶은 건지 가늠이 되지 않았다.

"크리스는 평범한 남자가 아닙니다."

"저도 평범하지는 않아요."

그건 치프가 제일 잘 알지 않나요? 하고 물을 뻔했다.

"당신이 알고 상상하는 이상으로 크리스는……."

"저 그 사람에 대해 아는 거, 상상하는 거 별로 없어요."

없기는! 깡그리 다 알고 싶었다.

핏덩이 정다운의 출생부터 에이프런이 미치게 잘 어울리는 오늘까지 살아온 이력 전부 다!

다 사유화하고 개인화하고 싶어 미칠 것 같지만 전혀 아닌 척을 했다. 서른여섯 먹은 어른 여자답게.

"전 연애를 하고 싶은 거지, 그 사람의 과거와 이력을 낱낱이 추적하는 것도 모자라 신분 세탁을 원하는 게 아니에요. 또 치프가 말하고 싶어 안달하는 그 사람 과거도 분명 그 사람의 일부고요."

"……."

"그러니까 이 자리와 상관없는 사람 이야기 말고 이 자리에서 꼭 해야 할 말을 이제 할게요."

유정은 불쾌감보다 또 미안함보다 고마움 감정을 우위에 두고 말했다.

"오늘 이 자리가 처음이자 마지막이에요. 다음부터는 치프가 뭘 하든 간에 개입, 동참, 동조하지 않을 거예요. 그리고 두 달 공 들이고 싶으시면 하고 싶은 만큼 하세요. 근데요 전, 공든 탑에 감 동하고 감사하는 그런 상식적이고 상투적인 부류가 아니거든요."

"……."

"아시잖아요? 저 나이 헛먹고 나잇값 못하는 똘끼 충만한 돌아 이라는 거."

진짜, 어른인 척하기 힘들다. 맘은 그렇지 않은데 상하관계 염 두하고 적당한 교양, 적절한 매너 고루 갖추고 말하려니까 곤혹스 러웠다. 살짝 피곤하기도하고.

"그래도 전, 합니다. 당신한테 내 진심 내보이는 거."

"네, 하세요."

"……."

"하고 싶은 만큼 해야 후회도 미련도 없으니까. 전 이미 경험했 거든요, 그거. 그래서 알아요. 한번 촉발된 마음 천지신명님도 막 을 수 없다는 거."

누군가를 향한 마음은 그 마음을 받은 사람조차 막지 못한다. 본인이 포기하고 마침내 주저앉기 전에는, 절대. 절대로.

"저도 치프랑 같아요."

"무슨 소립니까?"

"정다운이 과거 어떤 인물이었고 현재 어떤 인물이든 간에 전 력 질주하면서 전력투구한다고요. 또 하고 싶으니까 이대로 할 수 밖에 없단 말이 맞는 거죠."

말을 하고 보니 생각보다 중증이다 싶었다.

"우유정 씨."

"지금 제가 이런 상태예요."

사람 마음이 그렇다. 하지 말라면 때려죽여도 하고 싶은 경우가 허다하다. 그게 무엇이든 끝까지 가서 결국엔 막장 드라마를 찍든 간에 끝장을 봐야, 곤란하고 왕창 깨져 봐야 다음 행동에 대한 계산이 나온다.

애초 그렇게, 이기적으로 생겨먹은 게 인간이란 동물이니까.

일전에 필립의 진심 어린 고백에 혹하고 명치를 얻어맞은 건 분명하지만 그렇다고 이제까지 없던 감정, 설렘, 색욕이 새살처럼 돋지는 않는다.

정다운이 어떤 인간군이었든 간에 지금은 어찌 됐건 직진이다. 그 남자에게.

그 남자의 오묘한 눈빛이 좋다. 무지막지하게.

그 남자가 하는 키스가 좋다. 허벌나게.

그 남자가 검은 에이프런을 두른 모습이 좋다. 환장하게.

그 남자와의 섹스가 좋다. 침대에서 죽어도 좋을 만큼.

이 꼬라지에 이 지경인데 알 수 없는 과거에 발목 잡혀 그 남자를 놓칠 수는 없다.

이 짧디짧은 인생 살아야 얼마나 산다고…….

자고로 인간은 끝까지 가야 한다.

가다가 골로 가는 한이 있어도.

언젠가부터 알바하는 세 사람의 아지트가 된, 릴리 출입구로 이어지는 차원 높은 계단 상층부.

국적만큼이나 생김이 다른 두 청년을 마주한 유정은 하다 하다 자신이 이런 짓까지 하는구나 싶었다. 계략이야 미친 앤이랑 길버트 커플 때문에 이골이 난 지 오래지만 매수라니.

"둘 다 내 말 다 알아들었지?"

"네."

진과 멘도자가 동시에 답을 하며 고개를 끄덕였다.

"마지막으로 확인하는 차원에서 한 명씩 읊어봐. 우선 계속 마음에 차지 않는 진부터."

처음부터 이 프로젝트를 반대하던 진이 마지못해 동조하는 듯한 표정으로 입을 뗐다.

"사장님, 제가 오늘 대학원 친구들이랑 중요한 스터디가 있어서 두 시간 일찍 가봐야 할 것 같아요. 이번 프로젝트 잘되면 교수님께서 미국 대학에 추천서도 써주신다고 해서요."

"나름 잘했어! 다음 멘도자!"

흥분한 유정만큼 업이 된 멘도자가 얼굴을 구기며 입을 뗐다.

"사장님, 제가 어제부터 고뿔이 났는지 자꾸 오한이 오고, 숙제도 엄청 많은데 눈이 빠질 것 같아서요. 그래서 그런데 오늘만 좀 일찍 퇴근할게요. 오늘 푹 쉬면 내일은 거뜬할 거예요. 그러니 걱정은 마시고요."

"아주 잘했어. 크리어다, 크리어!"

유정은 기쁜 마음에 두 어린양들의 어깨를 힘 있게 두드리며 예뻐라 했다.

"정 사장이 오케이하면 주저 말고 어떻게 하라고 했지?"

유정은 눈을 반짝이며 두 남자를 쳐다봤다. 그러자 늘 그렇듯 멘도자가 치고 나왔다.

"뒤도 돌아보지 말고 릴리를 나가라!"

"그렇지, 그렇지! 역시 눈치와 생활의 달인, 멘도자!"

유정의 칭찬에 멘도자는 으슥해하고 진은 여전히 애매모호한 표정을 했다.

"진, 너 자꾸 그런 표정할 거야?"

"……."

유정은 험악한 눈빛을 발사하며 아직까지도 고뇌하는 진을 압박했다.

"아까 누나가 뭐라고 했어?"

유정의 계획에 적극적으로 가담한 멘도자와 달리 진은 여직 양심과 의리 사이에 고뇌하고 있었다. 아, 저 교과서에 충실한 화상!

"한국에서 성공하려면 잽싸게 빠져 주는 센스와 눈치는 기본이라고 했지?"

"……."

"너, 너희 나라에 학교 많이 짓고 싶다며? 이게 다 그 원대한 목표를 위한 첫걸음이고 첫 삽이야. 말했지? 누나 네 꿈에 주춧돌 정도는 기꺼이 기증할 정도로 경제력 있다고? 누나 유산 받을 여자다."

"……."

"그리고 이건 엑스트라비, 아니, 일당."

유정은 두 사람에게 흰 봉투를 내밀었다. 각자의 대학, 학생 식당 식권으로 두둑한 뇌물.

멘도자는 넙죽 받았고 역시나 진은 꾸물거렸다. 그 모습에 유정은 진의 등을 팍 치며 어서 행동 개시를 알렸다. 자고로 작전에 있어서 생각할 틈을 주면 안 된다.

생각은 생각을 낳고 그러다 종국엔 딴생각을 하게 되기에.

브레이크 타임이 끝나고 릴리는 다시 활기를 띠었다.

손님들은 늘 그렇듯 적지 않았고 오늘이 유정의 생일인 걸 아는지 매너 있게 대시하며 찰지게 유혹하는 미군 장교도 제법 눈에 띄었다.

유정은 그 모습을 정다운이 봐주었으면, 포착해 열이라도 받았으면 했다.

허나 바람은 바람일 뿐, 정다운은 주방에서 미국 남부식 저녁과 사이드 메뉴 만들기 바빴다.

"이럴 때 사장한테 가서 이 명백한 유혹을 일러주는 서비스를 해줘야 진정한 한국인인데, 애들이 그게 안 되네. 아, 아까비."

홀서빙에 바쁜 진. 그런 진을 대신해 후방에서 홀과 주방을 넘나드는 멘도자는 이런 작금의 상황을 정다운에게 옮길 여유가 없어 보였다.

그 사실을 내내 아쉬워하며 시계 보느라 바쁜 가운데 11시가 넘어 자정, 신데렐라가 본격적으로 애욕의 마녀가 되는 시간이 가까워오고 있었다.

신의 계시인지 은총인지 홀 안은 다른 날과 다르게 한갓졌다.

공모자들한테 신호를 보내고 미모와 맵시를 챙기기 위해 화장실로 향했다.

적당히 풀어진 머리는 찰랑거렸고 립스틱이 반쯤 지워진 입술은 보기 좋게. 적당히 핑크빛이 돌았다.

"좋아! 가는 거야, 우유정."

혹시나 해 눈곱을 확인하고 뒤돌아 화장실을 나왔다. 홀은 텅 비어 있었다.

"아이고, 이쁜 녀석들."

유정은 테이블을 지나 주방으로 향했다. 주방지기를 찾아서.

주방 또한 비어 있었다. 주방이 안방인 남자 정다운도 보이지 않은 채.

"어딜 간 거야? 금세 자정인데?"

두리번거리던 유정은 대충 홀을 정리하고 릴리 간판을 껐다. 그리곤 홀 중앙의 램프를 밝혔다. 램프는 조촐하게 차려진 테이블을 비췄다.

며칠 전 특급 항공기를 타고 도착한 어마무시한 음악 대장!

미국 영화에서나 볼 수 있었던 거대한 주크박스 앞에 선 유정은 자축하는 기념으로 비지스의 음반을 선택했다. 그녀 세대보다 한참 전 음악이지만, 상총사는 올드 뮤직 중에서도 비지스와 필 콜린스를 유독 좋아했다. 비지스의 믿거나 말거나 한, 분위기 있고 고음인 노래를 선곡하고 테이블로 돌아왔다.

"설마 퇴근은 아니겠지, 사장인데."

10분이 흐르니 설마가 사람 잡는 건 아닌가 싶었다.

딱 5분 남았다. 서른여섯 우유정의 찬란한…… 비참해지기 일보 직전 생일이.

초조함과 긴장감에 요사이 맛들인 쿠어스 맥주를 단숨에 비웠다. 4분. 3분. 2분. 1분. 결국 자정이 지나 버렸다.

"……나쁜 새끼."

나잇값 못하는 어른이 우스워진다는 걸 알면서도 알바생을 매수하고 기가 막힌 상황을 세팅했건만 결국 식권만 날아갔다.

허탈감에 마신 맥주가 빠른 속도로 열을 만들었다.

"알고 보면 이 인간이 길정민보다 더한 사이코고 나쁜 놈이야. 길이는 앤한테 목이라도 맸지! 이 어린놈의 쉐끼는 환청도 그렇고 환장하게 만들고선…… 생일인데 코빼기도 안 보이고!"

이래서 여자는 지가 좋아하는 사람보다 절 좋아하는 인사랑 연애를 해야 하나 싶었다.

그리도 고상한 척하며 매사 각자도생이니 뭐니 하면서 1인분 인생 지향하던 인간도 저 좋다는 남자한테 꿀꺽 먹혀 삼켜지고, 미군은 죽어라 피하던 미미도 목매는 미군 품에 또다시 안착했다. 뭐 지금은 잠시 떨어져 원거리 연애 중이지만.

유정 자신만 이 모양, 이 지경이었다.

상총사 중에 유일하게 더 많이 좋아한 죄인, 상등신 중에 일등 공신 유정만.

"대체 이 쓸모도 쓸데도 없는 미모는 뭐냐고! 경국지색 버금가는 미모로 얼굴값 한다더니, 이딴 식으로 하나! 왜 나만 일생이 수절이고 수행이냐고!"

정다운의 거대하고 거룩한 약침이 미치게 좋았던 건 느낌 때문이었다.

사랑받고 있다는 분명한 느낌.

섹스가, 남자가 고팠다기보다는 누군가의 든든한 품 안이, 그 품 안에서의 평온이 좋았다.

이 세상에 유정만 우주 미아로 떠도는 기분이었는데 정다운의 품 안은 그렇지 않았다.

중력처럼 잡아당겨 그의 품에서, 그에게 기대라는 신호를 받았다. 그래서 좋았다.

로맨틱 드라마 속 주인공들처럼 주파수가 서로에게만 맞춰진 느낌. 그 엄청난 기분을 정다운의 품에서 만끽했었다. 난생처음으로.

일찍 돌아가신 엄마. 그로 인해 괴팍해지고 팍팍해진 수전노 아버지. 엄마의 부재를 그녀만큼이나 느끼며 거칠고 무질서해진 오빠들에게서 한 번도 느껴보지 못한 울타리.

정다운의 품은 마치 완벽한 둥지 같았다.

"……염병! 둥지는 무슨!

도가니다. 술 도가니. 그러니 퍼마셔야지!

유정은 냉장고의 맥주를 한 아름 안고와 급하게, 누군가와 경쟁하듯 마셔댔다.

맥주로 이 아프고 쓰린 마음을, 비참한 자존심을 소독하자 싶었다. 필시 그전에 배부르고 배 터져 쓰러지겠지만…….

듣기 좋은 멜로디와 심금을 울리는 가사. 고음의 음색이 상처 입은 유정의 마음을 어르며 달래주었다.

오빠들 때문에 알게 된 비지스 음악은 항상 옳았다.

침대 위, 간고등어처럼 미끈한 근육질의 남자가 항상 진리인 것처럼.

맥주가 배를 비롯해 심장까지 가득 차오름과 동시에 그 밤의 기억들도 가득 차 재생됐다.

격정과 미친 듯한 탐닉으로 야릇한 윤기가 나던 각각의 눈빛을 비롯해 격하게 무한 반복되는 허리 짓에 무참히 박살이 나면서도 갈급했던 갈증.

마치 파괴할 듯 깊이 박히고 얽힌 두 개의 혀로 인해 증폭되는 열기.

다운의 탄탄한 가슴으로 압박하면 물방울 가슴이 터질 것이 염려되면서도 열렬히 환호하게 되던 미친 갈망. 강 약, 중간 약. 그리고 강! 강! 강인 치도곤을 맞아 뭉개지면서도 애액을 흩뿌리며 조이길 반복하던 내벽의 공고함과 치열함.

그 모든 이유로 섹스는 유정 그 자체였다.

그날의 섹스는 유정의 존재의 이유였는데…….

"그랬는데! 이 나쁜 쉐끼는 이 시간까지 연락이 엄서요! 나쁜 놈! 치사한 자식! 도마뱀도 아니면서 제 꼬리 자르고 감쪽같이 사라진 놈!"

시원하게 욕을 하니 목이 타는 듯해 유정은 맥주를 또 마셨다. 아니, 지금까지처럼 부었다.

"누가 사라졌다는 겁니까?"

"……!"

가물가물한 의식을 하면서도 맥주를 입안 가득 머금고 있던 유정이 맥주를 삼켰다.

언제 왔는지 모를 정다운을, 어디서 샤워라도 하고 왔는지 물기 촉촉한 듯 보이는 나쁜 쉐끼를 멍하니 쳐다봤다. 헌데 정다운이 흔들의자처럼 흔들거리며 서 있었다.

"이 나쁜 놈아, 가만히 서 있지 않고 왜 움직여! 정신 사납게!"

유정은 대답이 없는 정다운을 빤히, 고개를 앞으로 빼고 죽어라 노려봤다. 그런데도 절대 정답지 않은 정다운은 자꾸만 흐느적거리며 바람 빠진 공기 인형처럼 흔들거렸다.

"날 얼마나 우습게 봤으면 가…… 만히 있지 않고 흐느적……
흐느적!"

그 같은 비신사적 매너에 더 속이 상한 유정은 들고 있던 맥주
병을 테이블에 놓고 그 위에 얼굴을 기댔다. 옆으로 보아도 정다
운은 여지없이 흐느적거리고 있었다.

"당신 정말 최악이야……."

"……."

"내가 당신 때문에 마음이 얼마나 아픈지 모르지……. 그래 모
르겠지. 안다면 이럴 수는 없는 거야. 오늘은 내 생일인데."

방금까지 유정 앞에 서 있던 정다운이 이젠 보이지 않았다.

방금 전 본 듯한 기분은 착시이자 환각이었나 보다. 이 미친 듯
한 열망과 애증으로 인해.

"생일…… 같이 보내고 싶었는데…… 단 10분이라도."

몸이 맥주병 안으로 폭 빠진 듯 멍했다. 그러면서도 맥주 풀장
은 더없이 편했다.

보고 싶은…… 나쁜 쉐끼 정다운이 없으니까. 느긋하게 부유하
는 기분이 나쁘지 않았다.

진상인 유정을 포함해 밉상, 궁상의 상총사 친구들도, 반전과
배신의 아이콘 정다운도 없는 생일이지만 맥주 풀장에서 갖는 혼
자만의 생일은 최악은 아니지 싶었다.

3년을 채우지 못한 결혼 생활 중 가장 상처를 받은 날은 바로
생일날이었다.

생일날 유정은 늘 혼자였다.

늘 바쁜 진원은 유정의 생일날 특히나 정신없이 바빴다.

한 달 전부터 홍보를 하고 보름 전에 알람처럼 카운터를 세어도 당일엔 지방 필드나 외국에 있었다. 핑계는 늘 한결같았다. 다음 생일엔 함께할게.

평생 함께할 건데 이번 생일은 봐줘. 뭐 이런 궁색하고 황당한 변명.

익숙한 관계와 소소한 일상 속에서 결혼기념일과 함께 축제 같은 생일날, 사소한 말 한마디라도 해주었다면 결코 결혼이란 결계를 스스로 파괴하지는 않았을 거다.

엄마의 부재 이후 늘 결핍과 함께 외로웠던 하루, 생일.

결혼을 하고도 그 같은 감정은 변하지 않았다. 한 치도 다르지 않고 똑같았다.

여지없이 외롭고 서러운 날.

이혼을 한 많은 이유 중, 분명 생일날에 대한 트라우마도 있었다. 누군가 이해하든 못하든 유정은 참 많이 외롭고 아팠던 날의 이름, 생일.

이혼을 하고 처음 맞았던 생일. 모두에게 변명을 하고 혼자이기를 택한 유정을 찾아온 건, 미치도록 바쁜 이안과 금세 결혼을 하기로 한 미미였다.

며칠 전부터 가족과 함께 보낸다며 설악산 콘도에서 혼자 술을 푸고 있던 날, 진상과 궁상은 자신들의 일상을 어딘가에 두고 그녀에게 왔다. 그리고는 가기 전까지 유정을 행복하게, 감사하게, 눈물 나게 만들었다.

그때 느꼈다. 소중한 관계란 바로 이런 것이구나 하고.

각자의 사정과 포지션이 있어도 잠깐이라도, 단 5분, 10분이라도 소중한 상대를 위해 기꺼이 할애하고 포기할 줄 아는 마음.

전남편에게는 그 같은 마음이 없었다. 단 1분, 2분이라도 기쁘게 나누고 함께하는 정성과 노력, 그 기본적인 배려가.

그때부터 생일을 유난스레 챙기는 버릇이, 징크스가 생겼다.

생일이 다가올 때면 유정은 늘 친구들과의 특별한 이벤트를 준비하거나 셋이서 오붓하게 여행을 하며 의미 있는 시간들을 만들어 나갔다.

어느 해는 수영장이 있는 강원도 펜션을 빌려 밤하늘을 가득 수놓은 별을 보며 대형 튜브에 누워 하늘을 본 적이 있었다.

셋이면서 동일한 감탄사를 연발하던 그 환상적인 밤.

유정만큼 아름다운 별들이 우수수 떨어질 것 같은 고흐의 그림 같은 어느 밤.

도무지 믿기지가 않아 눈을 감았다 떠도…… 여전히 반짝이던 검은 별천지.

"그때 그 별처럼…… 반짝이지 않지만 천장이 이쁘기는 하네."

바라보고 있는 천장엔 화려하기보다 섬세한 디자인의 조명이 반짝였다.

"……."

놀라기보다 이게 뭐지, 여기가 어디더라, 하며 서서히 정신을 차린 유정은 시체처럼 일어나 주위를 둘러봤다. 분명 낯선 방 안이었다.

"……꿈인가……."

"일어났어요?"

유정은 소리 나는 쪽으로 고개를 돌렸다. 전혀 정답지 않은 정다운이 창가에 서 있었다.

"뭐 이쁘다고 꿈에도 나오냐, 저 인간은……."

이상할 정도로 기운이 없는 유정은 도로 침대에 누웠다. 대자로.

"……이 탓이야…… 나이. 얼마나 마셨다고 헛것이 보이고……."

"깼으면 일어나 봐요."

걱정하는 듯하면서도 은근하고 달달한 목소리는 절대 현실일 리가 없었다. 그러면서도 꿈이 묘하게 리얼리틱했다.

"뭐야? 사라져 버려, 당신. 힘이 없어서 그런지 욕도 안 나오네. 아까는 무진장했는데."

"내가 그렇게 밉습니까?"

이상했다. 꿈이라고 하기엔 너무 현실 같았다. 도로 침대에서 일어난 유정은 방금 전 정다운이 서 있던 창가 쪽을 봤다. 주머니에 손을 넣은 정다운이 유정을 보고 있었다.

"꿈 아니니까 일어나서 이것 좀 마셔요."

"정말 꿈 아니에요?"

"아니에요."

"꿈도 아닌데 당신이 여기 왜 있어? 아까 내가 죽어라 기다릴 때는 오지도 않고 연락도 없더니……."

정다운 같으면서 도통 정다운 같지 않은 인물과 대화 같지 않은 대화를 하며 유정은 조금씩 정신을 차리며 챙겼다.

꽤 오래 욕실에서 샤워를 하고 나온 유정은 물기를 털면서 주위를 둘러봤다. 호텔에 도착해서부터 가라고 한 것 같은데 정다운은 여직 가지 않고 기다리고 있었다.

"가라니까 왜 가지 않고 있어요?"

"아직 안 간다고 했잖아요."

"그랬죠. 근데 나도 말했죠. 가라고, 가버리라고."

여전히 기운은 없지만 가차 없이 말한 유정은 정다운의 시선을 피했다. 그러자 정다운이 유정 쪽으로 다가와 숙취 음료를 건넸다.

"마셔요."

"마실 테니까 당신은 가요."

"마시는 거 보고 갈게요."

정다운의 집요한 시선에 피곤함을 느낀 유정은 마지못해 정다운이 건네는 작은 병을 받았다.

그 즉시 병을 따 반쯤 마신 유정은 정다운을 봤다.

"됐죠?"

"……."

"이제 가요. 호텔비는 내일 아침 일찍 쏴줄게요. 지금은 한 것도 없이 너무 피곤해."

유정은 침대 쪽으로 향해 걸었다.

"……생일 축하해요."

"내 생일은 어제였어요. 오늘이 아니라."

유정은 돌아보지 않고 침대로 가 머리를 마저 털었다. 머릿결을 정리하면서 어서 정다운이 가길 빌었다. 아니, 사라지기를.

"케빈이 사령관님이랑 싸웠다면서 릴리로 온다고 했어요. 그래서 오지 말고 집에 가 있으라고 했는데 이미 술이 취한 상태라 우리 집에 데려다주고 왔어요. 그래서 늦었어요."

"……."

"당신 생일……."

"알았어요. 그러니까 이제 가요."

"나 좀 봐요."

"보긴 뭘 봐요. 알았으니까 가라고요. 정다운 사장님."

유정은 설명할 수 없는, 아니, 되짚고 골몰하기도 싫은 기억과 감정에 휘둘리기 싫었다.

적어도 지금은 그랬다. 지금은 아쉽게 지나가 버린 생일에 대한 것들을 전부 잊고 나머지 시간들은 자고만 싶었다. 또 다른 내일을 기대하면서.

유정은 더 이상의 대화 없이, 상황 종료를 위해 머리에 수건을 두르고 침대에 누웠다. 눈을 감았다. 정다운이 가든 말든 간에.

금세 발소리, 움직이는 소리가 들렸다. 가는가 보다 했다. 유정은 조금 더 참자, 하며 감은 눈을 더 꼭 감았다.

"일어나요. 할 얘기 있어요."

정다운은 가지 않고 유정이 있는 쪽으로 이동한 모양이었다.

"피곤하다고요. 그러니까 가요, 좀."

유정은 여전이 눈을 감은 채 이불을 뒤집어썼다. 매몰차게, 또 야멸차게.

"일어나요."

톤 다운된 정다운은 똑같은 말을 했다. 점점 화기가 치솟는 유정은 그 어떤 반응도 하지 않았다. 고집스레 침묵과 고자세를 유지했다.

"일어나지 않으면 내가 직접 당신 몸에 손대는 수밖에 없어요."

행여나. 점잖으신 정 사장님께서 그러실까.

"뭐…… 뭐예요?"

한순간 벗겨져 바닥으로 내동댕이쳐진 이불로 인해 유정은 침대에서 일어나 앉았다.

"왜요? 왜! 이 새벽에 할 말이 대체 뭔데요?"

"일어나서 소파에 앉아요. 할 말 있으니까."

"싫어! 절대 안 일어나."

유정은 정신이 또렷한 눈을 하고 내려다보는 정다운을 지지 않고 노려봤다.

"이번에도 내가 움직여요? 그래요?"

당신 맘대로 해. 그러든가 말든가.

유정은 대답 않고 다운에게 등을 보이며 몸을 모로 했다. 분명한 거절의 표시였다.

이 순간 정다운 당신과는 그 어떤 행동도, 대화도 하지 않겠다는 확고한 의지 표명.

"마지막 기회예요."

"……."

"그러니까 일어나요."

"……."

"할 말이 있어요."

응! 내 알 바 아니야. 유정은 그 어떤 것도 정다운에게 허용하고 싶지 않았다.

생일이라며 그렇게나 공표를 하고 광고를 했는데 고작 5분도,

10분도 함께하지 못하는 남자라면 소용없었다. 다시 생각하기로 했다.

정다운에 대한 그녀의 감정을, 이 불완전하고 불안정한 마음을 처음부터 다시 되짚고 살펴보기로 했다. 그럴 필요성이 있었다.

"아악!"

순식간에 몸이 정면으로 돌려진 유정은 그녀의 양손을 옭아매며 올라탄 정다운을 고스란히 마주해야 했다.

"이거 놓고 당장 내려가요. 지…… 금 뭐 하는 거예요?"

잡힌 손을 털어내려 했지만 소용이 없었다. 마치 수갑에 차인 것처럼 결박당한 유정은 다운의 손아귀에서 조금도 벗어나질 못했다.

"이대로 내 말 들어요."

결코 명령조는 아니지만 정다운은 단호하게 말했다. 그 단호함이 도려 유정의 심사를, 미묘한 감정 선을, 상처 난무한 자존심을 건드렸다.

"싫어! 안 들어. 당신 말은 그게 뭐든 안 들을 거야! 이제."

유정은 다운의 품 안에서, 결박에서 벗어나기 위해 온몸으로 반항했다. 발을 차고 상체를 흔들며 고개를 좌우로 피하면서 정다운이 만든 이 같은 모습과 상황을 받아들이지 않았다. 받아들이기 싫었다.

"생일날 단 5분, 아니, 1분도 함께 있어주지 않는 그런 남자의 말을 내가 왜 들어? 싫어, 절대 안 들어! 이거 놔! 놓고 가란 말이야, 좀."

반항을, 난리를 친다고 치는데도 도무지 자세에 변화가 없었다. 그리 거대한 덩치도 아니면서 유정을 침대에 못 박듯 고정시킨 정다운의 전문적인 대응은 참으로 견고하니 공고했다. 기분 나쁠 정도로.

"말했잖아!"

유정의 끈질긴 반항. 모르쇠로 일관하는 무식한 행동에 정다운이 소리쳤다. 그에 반응해 유정은 정다운을 노려봤다.

"케빈 때문에 못했다고."

"그래! 그러니까!"

유정은 갑자기 복받치는 감정의 격노. 비참함. 알 수 없는 슬픔. 헛헛함에 눈가 눈물이 어렸다. 전혀 예상 못했던, 솔직하고 어처구니없는 반응이었다.

"당신 그 소중한 친구 케빈한데 가라고! 안 말릴 테니까! 가서 그 대단한 친구 챙기시라고요, 정 사장님!"

그 지독한 열락의 시간을 함께하고도 아무것도 아니라고, 실수는 아니지만 그저 본능이며 단지 어른들의 시간이었다고 피력한 남자였다. 그런 남자에게 연애를 제안하고 생일날을 광고하면서까지, 또 신실한 남자의 진실한 고백을 듣고도 단칼에 거절하며 목을 매기로, 달려보기로 한 남자였다. 그렇다 해도 결정적인 순간, 친구가 더 중하다는데 더 이상 무슨 말이, 헛짓거리가 필요할까 싶었다.

더 가보는 것보다 차라리 여기까지다 싶었다. 그 기막혔던 밤에 깜박 넘어간 유정의 노력은 바로 여기까지라고.

누군가는 고작 여기가 노력의 한계고 최종 종착지냐고 비아냥거릴 수 있겠지만 상관없었다. 타인의 평가나 빌어먹을 시선, 기준 따위는.

유정 자신만 용납하며 아쉽다고 후회하지 않으면 그만이었다.

이 모든 사고와 결정, 판단과 행동의 주인은 유정이기에 유정 자신만 수긍하면 됐다.

"당신 정말……."

"이제 당신과는…… 으흡!"

기대 않고 예상 못한 타이밍에 빼앗긴 입술은 격렬한 키스가 맞았다.

정다운은 지독하게 뜨거운 혀로 유정의 입안 깊숙이 파고들어 당혹감에 요리조리 피하는 그녀의 혀를 단숨에 가로챘다. 그런 후 여지없이 빨아댔다. 마치 그의 혀로 유정의 혀를 자르고 갈라 자신에게 묶어 꼼짝달싹도 못하게 할 것처럼.

"으…… 읏!"

두 손으로 유정의 얼굴과 목을 받치고서 마치 그게 뭐든 전부 뺏고 앗아가겠다는 잔혹한 흡입은 무섭도록 격렬해 그녀의 기운이 전부 다운에게 옮겨가는 것 같았다.

타액으로 범벅인 입술은 다운으로 인해 핥아지며 깨끗해지길 반복했다. 정말이지 온몸으로 하는 키스에 정신이 하나도 없었다. 키스도 결국엔 뇌가 관장하는 일이기에 몸의 반응은 빨리 왔다. 결코 기쁜 마음이 아니기에 반응하고 싶지 않았는데 왠지 모르게 안타까운 키스는 어딘가에서 찰랑거리는 본능을 빠르게. 무섭게 일깨웠다.

"하!"

섹스의 한 조각 같은 키스는 아찔하면서 아릿했다. 마침내 호흡을 허락한 정다운이 그만큼이나 거칠게 숨을 쉬는 유정을 보며 말했다.

"……미안해요."

"……"

"생일 함께하지 못한 거."

거친 호흡을 내뱉는 유정의 눈을 빤히 보면서 정다운은 고해하듯 아프게 고백해 왔다.

"미안해요, 진심으로."

애틋하고 애처로운 고변이라기보다 투박한 듯 정직한 소회였다.

그리 길지 않은 말. 그닥 특별하지 않은 단어의 조합인데도 무언가 답답했던 유정의 내면을, 감정을 건드리며 조용히 다독였다.

"나도 당신과 함께하고 싶었어. 그런데……."

"키스……."

"……"

"해줘요."

키스를 종용하고 재촉하는 유정을 정다운은 놀란 듯 의외라는 듯 쳐다봤다.

뭘 또 그렇게 쳐다보는지. 그럼 이 타이밍에 또다시 격렬하게 반응하고 대치할까?

한 톤, 아니, 열 톤은 사그라진 목소리로 유정은 다음 말을 이었다.

"이번에는…… 처음부터 끝까지 달콤한 키스만."

유정의 투정은 솔직했고 요구는 분명했다. 누구도 아닌 정다운을 상대로.

"주문하는 거예요."

입술이 주는 달달한 묘약이자 미치겠는 마약. 중독성 강한 신약.

그건 바로 정다운만이 주도하고 줄 수 있는,

SEX를 닮은 KISS.

SEX인 듯 착각하게 만드는 KISS.

SEX 버금가고 능가하는 KISS였다.

요구한 건 분명 섹스 같은 키스였다. 그저 키스뿐.

이 같이 신화 속 문란한 신들처럼 노골적이고 파격적인 전희가

아니라.

"하아. 하아."

온몸의 세포가 절절. 팔팔 끓어올랐다. 정다운의 지독하게 진하

고 질퍽한 최강 열혈 애무에.

온몸의 혈 또한 미친 듯이 뜨거워졌다. 다운의 거칠 듯 격렬한

탐닉에.

손가락만큼이나 길어 기묘한 능력을 발휘하는 혀는 유정의 서

투르고 여린, 그렇기에 타이트함을 기본으로 길고 좁은 내벽을 완

전히 초토화시킬 듯 야금야금 야무지게 빨았다. 또한 빠르게 가르

며 야하게, 거침없이 섭식하며 음복했다.

유정의 열 손가락은 다운의 머릿속에 단단히 뿌리내리려는 듯

깊게 파묻혔다.

하반신의 요염한 요동은 다운의 머릿속에서도 동일하게 파동

쳤다.

너무도 깊이 파헤치며 유정이 느끼고 무너지는 지점을 치밀하

게 농락하는 다운으로 인해 차라리 정다운이란 남자가 좁고 작은

몸 안을 꿰뚫어 통과했으면 했다. 이 자극적이고 원초적인 괴로움

에서 벗어나기 위해서.

"아…… 아…… 훗!"

온갖 교성과 비명이 제멋대로 새어 나왔다.

붙잡혀 날개를 펼치듯, 꽃잎이 만개하듯 활짝 벌어진 하반신은 정도를 벗어난 듯한 집요한 공격과 공략을 가하는 전략가 다운으로 인해 낱낱이 파헤쳐지며 형벌과도 같은 엄청난 쾌락에 길들여져 몸서리가 쳐졌다.

지독하게 야한,

빨리고 삼켜지는 진득한 애액이 내는 요란한 합창과 스스로가 흩뿌리는 비명에 제정신이 아니었다. 두 손가락과 세 손가락이 절묘하게 자아내는 미묘한 합작은 내벽에 간드러지는 그림을 그리며 유정을 몸부림치고 몸살 나게 만들었다.

"아…… 아…… 앗!"

혀와 손.

과감하고도 격렬한 터치를 하는 도구는 아직까지 이 둘뿐이었다. 그런데도 이미 모든 기운이 소진되며 빠져나간 듯, 빠진 듯했다.

지독한 농간을 견디어내고 있지만 실상은 정다운만의 진득한 탐욕에 질려 버렸다.

본 경기는 한참이나 남은 듯하고 아직까지 몸풀기이자 전희에 지나지 않는 듯한 변주와 핑거 이중주에 그야말로 실신 직전이었다.

"제…… 발…… 그…… 으만……."

시작과 함께 조금의 여유도 없이 파고들어 강렬한 낙인을 찍듯 헤집고 뒤집는 다운은 전사이자 괴물이 맞았다.

이번엔 다시 혀.

유정을 가혹하게 벌하는 극한의 무기이자 절정을 향한 미세한 도발범은 강한 만큼 부드러운, 이중적인 이미지로 무장한 혀였다.

끝을 짐작할 수 없어 이 모든 시간을 그저 견디며 버틸 수밖에 없는 유정은 포식자인 다운만큼은 아닐지라도 열과 성을 다해 다운의 혀든 그의 손가락이든 죄이며 꼬고 달궜다.

쫀득하게 맞이하고 끝까지 쫓고 딸려 나가는 찰진 학습 능력으로 다운에게 대항하며 기를 쓰고 반항했다.

그 같은 노력의 결과, 내내 모습을 보이지 않던 궁극의 남성이, 거대한 페니스가 일순간 애액과 타액으로 엉망진창인 둔덕을 할퀴듯 뚫으며 깊숙이 저공으로 침략해 들어왔다.

"······헉!"

"아······ 악!"

단숨에, 단번에 뚫린 바지선은 누군가의 처음과 다르지 않았다.

엄청난 아픔이었다. 그 무엇과도 비할 수 없는 통렬한 쾌감이었고.

완벽한 진입과 함께 유정을 일으켜 세운 다운은 그녀를 그의 허벅지에 앉혔다. 고통과 비례한 거대한 이물감에 자궁은 이미 최대이자 최고치에 다다른 상태였다.

유정은 숨을 골랐다. 이 극도의 아픔과 미칠 것 같은 쾌감을 온전히, 제대로, 이기적으로 즐기기 위해.

서두르며 쫓기듯 즐기고 싶지 않은 유정은 다운을. 기꺼이 시작했으나 끝을 지정하지 않은 다운은 유정을. 숨 고르며 바라보고 바라만 봤다.

마치 롤로코스트 가장 위, 낙하 직전의 지점에서처럼.

"……."

"……."

여성과 남성. 하반신은 서로가 서로에게 사로잡힌 채 두 눈은 집요할 정도로 상대의 감정을. 쾌감을 추적했다.

다운을 꼭 물고 있는 유정은 온몸으로 물었다.

내가 미치게 좋은 만큼 당신도 그래? 나만큼 당신도 동일하게 느끼고 있는 거야?

두 사람은 그렇게 서로에게 질의하고 질문했다.

유정의 허리를 잡아 자신의 남성에 못 박듯 단단히, 팍팍하게 고정한 다운이 붉은 입을 벌리며 키스를. 또 다른 결박이자 결합을 요구했다. 야한 남자의 야시시한 주문.

그게 무엇이든 피할 수 없는 유정은 최대한 천천히, 감질나고 애가 타길 바라며 다가갔다. 다가가서도 바로 머금기보다 다운의 입술을 딱 한 번 핥아 코끝까지 혀를 올렸다.

"……!"

그 한 번에 다운의 남성이 움찔하더니 더 크게 부피와 너비를 키우며 응답했다. 죽을 만큼 아찔하다고.

"아…… 응."

자신도 모르게 신음을 흘린 유정은 다시 또 다가가 붉은 혀로 다운의 입술에 타액으로 그림을 그렸다. 그러자 자궁을 뚫을 듯이 비대해진 페니스는 점점 더 외피를, 몸피를 키워댔다. 이러다 둘 다 시작도 전에 서로의 안에서 녹아내릴 것 같아, 벌어진 입안으로 스미듯 얽혀든 작은 혀와 입술은 맞물린 하반신만큼이나 강한 밀착을 시작으로 입안에서 음탕하고도 현란한 그림을 그렸다. 다운이 그녀 내벽에 그리며 즐겼던 것처럼.

혀를 남성과 동일하게 인식한 유정은 기대감 가득한 다운의 혀와 비비듯 얽혀들어 아낌없이 핥으며 남김없이 쪽쪽 빨아 먹었다. 마치 아이스크림같이 계속 혀를 날름거리며.

하반신은 미풍과 함께 파도를 타는 듯한 리듬감을 느끼며 유정은 서투른 듯하면서도 그녀만의 색다른 혀 놀림으로 다운을 감질나게 또 감칠맛 나게 농락했다.

그녀의 전략 아닌 전략에 애가 타고 애가 달았는지 다운은 한순간 눈빛을 반짝이며 유정의 민첩한 혀를 가로채듯 강하게 깨물었다.

"……아!"

그 순간이었다.

충분히 고문이었던 시간에 농락당한 다운이 자신의 허리를 강하게 쳐올리며 벌주듯 괴롭히기 시작한 건.

팍, 팍, 팍! 퍽, 퍽, 퍽!

키스하는 동안에도 결코 멈추지 않던 미동은 격렬한 폭주를 하며 질주를 시작했다.

폭정적 반복에 따라붙는 자지러지는 비명과 교성은 고스란히 다운의 입과 목 안으로 묻히며 사라졌다. 사로잡힌 허리, 허리를 부여잡은 양손은 어떤 무기보다 단조롭지만 두 사람의 쾌락과 쾌감을 위해서는 반드시 필요한 공고한 결박이었다.

남성이 높이 무섭게 치솟을 때면 유정도 그만큼, 아니, 더한 높이감으로 솟구쳤다. 다운의 분신이 뒷걸음칠 때면 유정은 그녀를 농락하면서 기쁨을 안겨주는 거뭇한 물건에서 눈을 떼지 못했다.

정신없는 폭주와 치고받는 공방전 속에서도 야망은 있었다.

머지않아 저 거대한 괴물을 그녀의 입으로 뜨겁게 녹여 삼키리라 하는 수줍고 순정한 야욕이.

퍽! 팍! 퍽!

다른 생각을 하는 유정이 마음에 들지 않는지 반복이, 치받음이 더 격렬해졌다. 어깨를 잡아 내리누르는 악력 또한 소름이 돋도록 강했다.

아픔이 백이면 절정에 가닿는 쾌감은 천이요 만이었다. 아니, 경.

"아…… 악!"

그런 이유로 비명도 드높아졌다.

도대체 언제 끝날지 짐작도 못하는 섹스는 유정을 조금씩 미치게, 한계로 내몰았다.

아직까지도 자신을 풀어내지 않으며 두 번째 사정을 하지 않는 다운은 분명 지독한 남자였다.

정다운의 한계가, 극점이 궁금했지만 아픔만큼 증폭되는 쾌락과 쾌감에 괴멸되며 유정은 온몸의 감각이 분쇄되는 듯했다.

너무도 집요한 섹스에, 엽기적인 생일 파티에 하반신은 진작에 만신창이요, 폐허였다.

"……!"

갑자기 더 거세지고 격렬해졌다. 한순간 몸속 제일 안쪽 깊은 곳을 찌름과 동시에 차오르며 번지는, 시속 45킬로미터의 아찔한 사정감.

충격에 덜덜 떨리는 유정만큼 다운도 자신의 정액을 모조리, 전부 토해냈다.

하나로 이어진 유정에게, 어쩌면 또 다른 자신에게 다운은 스스로를 허락했다.

땀에 젖은 상반신을 서로에게 기대며 마주한 두 사람은 키스로 서로의 눈과 목, 코와 입, 귀와 가슴께를 동물처럼 핥아먹으며 완벽하고도 아찔한 후희를 즐겼다.

서로를 위해, 또 각자의 욕심과 욕망까지 맘껏 챙긴 질펀한 섹스는 길고 길었던 전희만큼 후희도 짧지 않았다. 그러다 다시 또 발기하고 발현된 남성으로 인해 섹스를 치르고 즐길 만큼.

생일 파티는 계속됐다.

정다운은 마치 총과 한 몸인 군인처럼 유정을 그의 품에서 놓아주지 않았다. 유정 또한 집요하고 지독할 정도로 정다운을 놓지 못했다.

두 사람은 완전한 타인이면서도 섹스를 즐기는 이 순간만큼은 철저히 서로의 페르소나이자 그림자였다.

섹스란 행위에 있어 쳅터와 층위, 범위가 다양하고 넓지 않은 유정은 다운이 요구하고 리드하는 체위에 기절초풍하고 겁을 먹으면서도 종국엔 격렬하게, 맛있게, 그녀답게 즐겼다.

그 중간중간 체력적으로 지쳐 하는 유정을 위해 고양이처럼 엎드린 자세를 유도한 다운은 거듭되는 섹스로 예민할 대로 예민해진 내벽을 흥분과 함께 교란시키며 진한 애액을 토하게 유도했다. 훌륭한 가이드의 선전으로 풍부한 애액을 흘리는 유정은 탐스러운 엉덩이를 흔들며 재촉했다.

그 같은 노골적인 유혹에 굴복해 다급해진 다운의 침입은 이름만큼 정답지도 정겹지도 못했다.

시작부터 격했다.

탱탱한 엉덩이 살을 쥐고 잡은 채 치받길 반복하는 정다운은 유정의 비명 소리가 높아질수록 더 격렬해지며 거세졌다.

반전의 남자다, 정다운은.

분위기나 얼굴은 새초롬하니 연지곤지처럼 고운 남자가 침대 위, 섹스의 선봉에서는 그저 직진에 무자비한 대포차 같았다.

유희 속에서 새벽빛은 아침 햇살로 변해갔다.

그 짧은 시간 속, 아쉬울 거 없이 생식하고 포식을 했을 텐데도 다운은 점점 더 민첩하고 기민하게 움직였다. 오직 절정과 환희를 위해 내벽에 표창처럼 꽂혀 또 자른 자신을, 분신을, 성난 남성을, 기막힌 만용을 부리는 페니스를 끝까지 집요할 정도로 움직였다.

"으앙! 하…… 아, 앗."

그 모든 이유로 신음과 교성, 비명이 랜덤으로 쏟아져 나왔다.

내벽 안에서만큼은 지극히 다층적이고 충분히 다혈질인 남자로 인해 유정은 몇 시간에 걸쳐 초와 분 단위로 천국과 지옥을 불규칙적으로 오갔다.

다양한 이유와 감정.

분노와 이해까지 곁들어져 하루가 늦어버린 생일 파티는 아무 상관 없는 날의 아침을 질펀한 신음과 낮 뜨거운 교성으로 물들였다.

밥을 먹지 않아도 배가 고픈지 꼬르륵 소리가 나는지 몰랐다.

20분 늦은 출근으로 눈총과 살벌한 눈빛을 받아도 뒤통수가 아픈지 몰랐다.

그제까지 끝내라는 미션을 주었지만 어제까지도 마무리 못했단 이유로 타 사무실 파견 직원에게 영어로 온갖 욕을 얻어먹어도 전혀 기분 나쁘지 않았다.

어떤 미친놈의 자식이 간밤 주유구를 좌우로 전부 긁어놨지만 넓은 아량으로 블랙박스를 확인하지 않았다. 또한 필립이 느글거리는 눈빛으로 뭐 마려운 강아지마냥 애달파 해도 미안해하거나 관심 두지 않았다.

지금 이렇게 이안이 전화를 받지 않고 피해도 유정은 절대 끊지 않고 넉넉한 인정과 타고난 인성으로 끈덕지게 기다렸다.

[정말 지겹게도 건다, 걸어.]

결국 이렇게, 이딴 식으로라도 받긴 받을 테니까.

"굿모닝이다, 안이안."

[굿모닝은. 그리고 너 말이야 기다리다 안 받으면 아! 얘가 신변에 무슨 일이 있구나. 혼자 있고 싶거나 오늘은 말을 하고 싶지가 않구나. 뭐 이런 필이나 감이 안 와? 아니면 알면서도 언제까지 안 받나, 뭐 그런 심사인 거야?]

역시나 고유 캐릭터를 배신하지 않으면서 상총사 중에 밉상을 담당한 안이안이었다.

"친구야!"

"……."

"우리 친구 아이가! 그쟈?"

[…….]

아무래도 그만해야 할 거 같았다. 이대로 조금만 더 가면 전화는 소리 소문 없이 끊어질 게 자명했다.

"네가 이딴 식으로 전화 안 받는 게 하루 이틀도 아니고 보자, 한 20년 됐구나. 다 아는 사실을 이제 와 이 언니가 어쩌겠어? 이해해야지."

[왜 이래? 아침 댓바람부터 정신 사납게.]

꼭 이렇게 부끄러워한다니까, 부끄럼쟁이 안이안.

"그래, 내 생일은 네 서방이랑 잘 보냈고?"

[결국 들어야겠어? 왜 감금당했는지? 내가 그렇게까지…….]

"무슨 소리야, 친구야. 내가 변태 부부의 지극히 사적인 부부 생활을 왜 궁금해하겠니. 나는 그냥 밤새 안부, 문안 인사도 할 겸 또 어제 이 언니가 말이야……."

유정은 행복감으로 인해 자꾸만 웃음이 터지는 입을 한 손으로 냉큼 잡아당겼다.

이 환희와 격앙되는 감정을 누군가에게, 최소한 한 명에게라도 발설하고 싶은데 화재 사건으로 고아원에 내려간 미미에게 할 수는 없었다. 그렇다면 뉴규?

딱 한 명. 심히 안타깝고 한심스럽지만 미친 앤, 안이안밖에는 없었다.

이 우유정 일생의 정적! 라이벌! 웬수! 멘토! 굳이 족보를 따지자면 사촌 새언니!

[왜 그래 또? 너 혹시 간밤에…….]

그래, 친구야. 이 언니 간밤에 갔었단다. 어디를? 홍콩부터 시작해서 5대양 6대주를 돌아가면서 찍고, 밟히고, 헐벗고, 눈물 나게 아프다가도 죽이게 행복한 세계 여행을 했단다.

　[길버트랑 통화했어? 그래서 이래?]

　뭐래? 얘는. 이 우유정이 사이코 색광이랑 무슨 할 말이 있다고.

　"내가 내 생일날 네 남편이랑 왜, 뭣 땜시 전화를 하겠어? 미치지 않고서야. 그게 아니라 친구야, 어제 새벽부터 말이야……."

　아무래도 기막힌, 기 빨리는 서사가 길어질 것 같았다.

　그러니까 자궁, 성능 좋은 지뢰이자 파괴적 남성을 분기탱천하게 만들며 처음부터 끝까지 수렁 같은 쫀쫀함을 기본으로 하는 내벽의 여린 구슬들이 와장창 깨지고 뭉개지는 환상 특급, 지독한 치도곤을 경험했단다.

　[그 남자랑 같이 있었어? 그 왜 있잖아, 너희 사무실 필립…….]

　"너 미쳤어? 내가 그 인간이랑 왜 밤을 불 싸질러! 난 어제 네 남편 길버트랑 레벨이나 버전이 비까비까 하고 호형호제도 충분히 하고도 남을 우리 크리스랑 크리미한 시간들을 보냈단 말이야! 그런데 이 타이밍에 소도둑놈 얘기가 왜 나와! 왜?"

　[…….]

　"초를 쳐도 분수가 있지!"

　이렇게 멍청함은 기본에 감 없고 감 떨어지는 안이안을 길정민은 왜 그토록! 죽도록! 좋다고 하는지, 이 타이밍에서는 전혀 이해가 가지 않았다.

　장담하건대 사랑이란 건 이해 불가한 초자연현상과 같은 것이 분명했다.

　안이안한테 목숨을 건, 여직도 여전히 걸고 있는 길버트를 보면.

　[필립이란 인물 친구이자 네 알바 사장이라고 하려고 했지. 끝

까지 들어, 쫌.]

"그래! 그러니까! 내 생일과는 아무런 상관도 없는 필립이란 인물은 왜 거론하냐고! 그냥 릴리 사장이라고 하거나 알바 사장, 아니면 여리여리 한 것 같으면서도 핵폭탄처럼 거대하고 잔인한 남자! 것도 아니면 요즘 핫한 송중기보다 열 배는 큐티하고 백배는 섹시한 파워레인저 예비역! 그것도 아니면…… 새벽부터 아침까지도 상대를 앗! 하고 윽! 하게 하면서 기절초풍하게 만드는 괴력의 천하장사 아이콘이라고 하든가……."

[……]

"여보세요? 끊은 거야?"

[안 끊었어. 끊고 싶은 마음은 굴뚝이었는데 참았어. 생일을 함께하지 못한 죄로다가.]

죄라니 상 줄 일을 했는데. 허나 그 같은 말을 할 수는 없었다. 혹여 버릇 나빠질까 봐서.

"너 진짜로 끊었으면 우리 우정도 끝이란 걸 알아야지."

[……근데 하나만 묻자, 우유정.]

"뭘 물어? 그냥 내 1인 방송 듣기만 하지."

[너, 말이야…….]

"마~ 리아~~ 아베마리아~~"

[……]

"마리아~~ 아~ 야! 끊었어?"

[제발 그 주둥이 닫아라.]

"알았어, 알았어. 난 너 즐겁게 해주려고 그랬지."

[미미가 얘기 안 했어?]

"뭐? 무슨 얘기? 혹시…… 정다운 호구조사를 비롯해서 전수조사 등등해서 탐색전만 하고 기절초풍 섹스는 절대 하지 말란 그 되지도 않는 얘기?"

[그래, 그 얘기.]

"너 대체 왜 그래? 어디 이유나 들어보자! 왜 날 처녀 귀신으로 만들려고 하는지!"

[니가 무슨 처녀야?]

안이안은 터무니없는 소리라는 듯 정색하고 말했다.

"그래! 알았다. 짧게 한 번 다녀온 여자!"

[3년이 왜 짧게야?]

야이! 이씨! 이 우라질 브라질 태생의 밉상 같으니라고!

유정은 절대, 절대로 입 밖으로 내지 못할 금지어들을 마음속 깊이 새기며 일단 터질 것 같은 호흡을 고르고 골랐다.

"알았어, 알았다고! 그리 짧지 않게 발 담그고 온, 충분히 처녀 같고 현재 처녀라고 해도 별 무리 없는 돌싱, 됐냐?"

이년아! 라고 하고 싶었지만 뱃속에 있는 길버트 주니어로 인해 절대 입 밖으로 내지는 않았다. 아니, 못했다.

이 말 한 번으로 감당 못하는 슈퍼 울트라 메가톤급 베이비가 나올까 무서워서……….

[넌 중간이 없잖아.]

"……"

[좋으면 막 그냥, 확 그냥이고 상대가 홀러덩이면 너도 홀라당 벗고 전력을 다해 덤빌 테니까. 그런 인물이 너니까. 그런 친구가 너라서 그래.]

완전히 아니라기엔 영 틀린 말이 아니어서 반박을 할 수가 없었다.

[현재 재산을 비롯해서 계산 없고 정 많은 년, 전부 다 걸 수 있는 애가 맞는데 세상 남자들은 너처럼, 너같이 순수하고 투명한 사람 많지 않아. 또 없다고 해도 틀린 말 아니고. 그래서 난 네가, 내 친구가 상처받고 아픈 거 싫어. 너 또 송장처럼 넋 나가서 아픈 꼬라지 보느니 내가 욕먹는 게 낫지.]

"……."

[유정아, 넌 내 아픈 손가락이다.]

엉? 아픈 손가락! 뭐야? 그러니까 그 말은 이 우유정이 곧 태어날 자식처럼 소중하다는 소린가? 늘 생각하고 항상 함께한다는 그런 말!

잠시 잠깐 아니었지만 역시나 안이안이었다. 이렇게 뜬금없이 제 속, 제 깊은 심중의 진심을 꺼내 사람을 감동시키고 맥을 못 추게 만든다. 일평생 절대 벗어나지도 못하게.

"이안아, 나는……."

[넌 어르고 타일러도 드럽게 말 안 들어 처먹어서 허구한 날 손가락에 밴딩하고 있어야 하는 그런 부류이자 문제적 인간이잖아. 바로 앞이 천 길 낭떠러지고 협곡인데도 꼭 간다고 하는 꼴통에 수포자라 그런지 계산을 전혀 못하잖아. 사람이나 사랑에 대해서…….]

더 듣지 않고 전화를 끊어버렸다.

염병! 짧은 통화를 즐기고 지향하는 안이안이 웬일로 오래 전화 하나 싶었다.

그럼 그렇지, 저 인간이 입바른 소리나 하지 다른 여타 무난한 친구들처럼 동조 어린 수다, 눈물겨운 우정애와 신파를 지향할 리가 없었다.

"넌 중간이 없잖아."

그 어떤 말보다 그 말이 가슴에 와 박혔다.

전적이 있고 지금도 그러하기에 부정할 수 없는 치명적인 말.

사랑이라는 감정에 아프지 않고 다치지도 않을 사각지대이자 안전지대가 과연 존재할 수 있을까. 언제든 가벼운 마음으로 치고 빠지며 다음 날이면 아무렇지 않게 살 수 있는 그런 마음가짐으로 사랑이라는 걸, 누군가를 가슴에 품는다는 게 가능한 거니? 친구야.

그 같은 비겁함과 몸 사림을 감히 사랑이라고 해도 되는 거야?

오늘 새벽부터 아침까지 유정은 정다운과 모든 걸 가감 없이 나누었다고 생각하는데 그 남자도 동일하게 생각할까? 똑같이 느꼈을까?

분명 열락의 시간들이었다.

그 시간들을 감히 시작하는 감정이며 사랑이라고, 비로소 진정한 파트너를 찾았다고 인정하며 말하고 싶은데 당신도 그럴까?

그랬으면 좋겠어. 몇 시간 전 무작스러운 남성을 짓무를 정도로 품은 내벽은 분명 빼도 박도 못하는 감정이라고 말하고 싶은데 당신은 어떤 마음인 건지. 당신의 생각과 마음이 궁금해.

언젠가처럼 어른들의 시간이었다고 한다면 무너질 것 같은데…….

마음이 한순간에 복잡해졌다. 그러면서도 내심 믿었다. 이번에는 다르리라고.

오늘이 처음 섹스를 한 그날과는 다른 날인 것처럼 정다운의 마음도 그러리라 믿었다.

불안하지만 믿었고 의심할 수도 있지만 믿고 싶었다.

이 순간 복잡한 마음이지만 그래도 행복감과 기쁨이 더 크기에 완전히 사라지지 않은 두려움보다 긍정의 힘을, 정다운을 믿었다.

진심으로.

개뿔! 진심은 무슨!

주문 때문에 홀을 한 바퀴 돈 유정은 주방 쪽을 죽어라 노려봤다.

믿기는 뭘 믿고, 믿는다는 소린지.

침대 위 정다운과 침대 밖 정다운은 전혀 다른 사람 같았다. 마치 다중인격처럼.

의식적으로 피하기를 시작해 찬바람이 쌩하거나 안면을 깐다고까지는 할 수 없지만 분명 달랐다. 그날 그 침대에서와는.

아무리 바쁘다고 하지만 일단 눈을 마주치지 않았다.

남자가 부끄러움이 많은 건지 아님 공사를 구분하는 게 평소 신조인지는 모르나 분위기가 달라서 유정은 현재 돌아버릴 것 같았다.

"혹시 사장님이요, 8군에 계신다는 친구분이랑 무슨 일 있었는지 아세요?"

언제부터 옆에 있었는지 멘도자가 불쑥 물어왔다.

"친구? 필립 말하는 거야?"

"네, 그분이요."

"몰라. 근데 그건 왜 물어?"

유정은 순간 불길한 기운을 느껴 바로 되물었다. 그러면서도 자연스럽게.

"그러니까 그게요, 사장님께 물어볼 게 있어서 사무실에 갔는데 마침 전화를 하시더라고요 필립이란 분 이름 거론하시면서. 근데 통화 내내 얼굴이 별로였어요. 참, 그분 이따 릴리 마감쯤에 오신다고 하는 거 같았어요."

"……!"

"우리 사장님도 기다린다고 하신 것 같고. 그러면서도 사장님 표정이 안 좋으신 것 같아서…… 혹시 누나는 아시는 거 있는지 해서요."

정다운과 필립이 만난다고? 그런데 정다운 표정이 심상치 않았다고?

왠지 모르게 안 좋은, 그것도 유정에게 안 좋은 일인 것 같은 기분이 본능적으로 들었다. 그러면서 그때 필립이 반강압적으로 저녁 약속을 잡았던 날의 정다운 표정이 생각났다.

처음부터 끝까지 필립을 주시하면서도 그 어떤 말도, 의견도 내지 않던, 그리 편치 않던 표정이.

뭐지? 뭘까? 두 남자가 늦은 밤에 이곳에서 만나 할 이야기란 게. 것도 통화 내내 기분이 안 좋은 정다운이라니. 잘 상상이 되지 않았다.

"어쩌면 전화랑은 상관없이 오전에 무슨 일이 있었을 수도 있는 거죠, 뭐."

이건 또 무슨 말인 건지.

"무슨 말이야? 오전이라니?"

다소 심각하게 묻는 유정의 표정을 본 멘도자는 별거 아니에요, 하면서도 일전에 있었던 일을 설명하기 시작했다.

"전에 한 번 사장님이 진한테 급하게 도와달라고 해서 공강에 오전 알바를 했는데요…… 손님이 전부 여자 손님들이라고 하더라고요."

멘도자는 그 사실이 무척이나 신기했었는지 눈을 동그랗게 뜨며 말했다.

"그렇겠지. 11시부터 브런치를 찾아 먹는 남자가 우리나라에 얼마나 되겠어? 연예인이나 자영업자 아니면. 또 그렇다 해도……."

"그렇긴 한데 진이 서빙하면서 보니까 미혼 같은 기혼 여자들이 죄다 우리 사장님 때문에 오는 것 같다고."

"……."

"테이블마다 사장님을 찾는 건 보통이고 이 음식은 뭐냐? 재료는 뭐가 얼마나 들어간 거냐 하면서…… 사장님을 숨도 못 쉬게 찾았다고 했어요."

뭐 그런 여우 같은 것들이 다 있어! 어디 감히 임자 있는 남자를!

임자도 보통 임잔가! 그녀 안에서 백만돌이처럼 난장을 친 남자를!

"사실 우리 사장님이 남자치고 곱상하시기는 하죠. 얼굴만 보면. 그렇지만 사장님 완전…… 아, 그게 뭐더라? 그…… 그래! 그거요, 상남자. 완전 상남자신데. 그죠? 누나."

유정은 멘도자의 의견에 동의하는 듯 미소를 보였다.

"어, 진이 부르네요. 저 가요, 수고."

눈인사를 한 멘도자가 주류 창고 쪽으로 향했다.

멘도자가 늘어놓고 간 모든 정보는 전혀 모르던 사실이며 간과하고 있던 사안이었다.

생각해 보니 그랬다.

유정에게 사과면 타인에게도 탐스런 사과일 테고 그녀 입맛에 맞는다면 그 누구의 입맛에도 맞는다는 소리다. 비유를 하자면.

보편적인 게 그럴진대 특별 한정판 같은 정다운이 여자들 눈에 들지 않을 리가 없었다.

아무래도 너무 안일한 마인드로 연애를 하려 했나 싶었다.

오전엔 각자의 포지션에서 시간을 보내고 오후에 본다 해도 대체적으로 바쁘고 총 시간을 계산하면 그리 길지 않기에 단속에 대한 걸 간과하고 있었다.

"그렇단 말이지……."

아무래도 오늘 밤 필립 정과의 미팅에 대한 확인도 그렇고 오전에 대한 단속도 해야지 싶었다. 단속은 불철주야로다가!

11시 가까이 되자 정다운은 도로변 릴리의 네온사인을 껐다. 그러면서 직원 모두에게 12시 이전에 알아서 퇴근하라는 말을 했다. 그 같은 말은 유정에게도 통용되는 말이었다.

진이 먼저 인사를 하고 릴리를 빠져나갔다. 그다음은 유정이었다. 유정은 마감으로 바쁜 다운에게 인사를 하고 출입구 쪽으로 향하다 주류 창고로 빠졌다.

멘도자는 그 같은 유정의 행동을 모르는 척하며 시선을 끌어 도와주기까지 했다.

그때부터 기다림의 시간이었다. 유정은 박스가 쌓인 창고 귀퉁이 혹시라도 정다운이 출입해도 알 수 없고, 볼 수 없는 곳을 찾아 자리를 잡았다.

사실 새벽부터 아침까지 고강도 전투 섹스에 오전 내내 사무실 업무, 다음 바로 이어진 릴리 알바까지 아무리 무쇠 체력 자신이라 해도 버겁고 몸살 날 정도로 피곤했다. 이대로 자라고 멍석 깔아주면 5분 안에 잠들 만큼.

저질 체력을 자랑하는 여자였다면 필경 코피를 쏟고 반차라도 내 컨디션 조절을 하고도 남았을 일이지만 유정은 피곤함을 감수하고 릴리에 나왔다. 당연한 일이지만 당연함 이전에 정다운이 보고 싶었다.

새벽에 서로의 얼굴을 응시하고 만지며 키스를 기본으로 별의별 행동과 기막힌 행위를 했지만, 오롯이 서로를 마주하며 보내지는 않았기에 정다운의 차분하니 깨끗한 인상이 하루 종일 그리웠다.

자고로 사랑은 만지고 치대며 닳도록 쓰고 애용하라고 했던가.

어떤 시인인지 기억나지 않지만 평생의 멘토로 모시고 싶을 만큼 존경스러웠다.

아무것도 하지 않아도 좋았다. 야한 행위와 격한 행동으로 바쁘게, 부산하게 보내기보다 조금 느슨한 장소에서 바람을 맞으며 서로를 옆에 두고 둘이면서 각자의 시간을 보내고 싶었다. 모든 함께 나누며 별거 아닌 이야기에 피식 웃어넘길 수 있는 내 사람이 옆에 있구나, 하는 그런 감사하고 행복한 기분을 느끼고 싶었다. 정다운과 정겹게.

아직 연애 같은 연애, 연애다운 연애를 하지도 않는 것 같은데 마음은 이미 정다운을 대상으로 많은 이야기를 만들며 그림을 그렸다. 거창하진 않지만 상상만으로도 벌써 기분이 좋아졌다.

"이 모든 게 몸의 대화가 주는 필연적 요소인 건가……."

그게 어디 그저 그런 몸의 대화였을까. 유정이 다운과 나눈 건, 마음이었고 영혼이었다. 그러기에 행복했다.

이 세상 가장 꼴 보기 싫은 커플에 등극한 이안과 길정민 커플을 능가하는 세기의 커플이 나올 것 같은 예감에…….

릴리 출입구 위에 달린 벨 소리가 들린 듯했다.

"온 건가?"

확인이 필요한 일이라 유정은 창고 모퉁이를 빠져나와 최대한 몸을 낮춰 문을 열었다.

미세한 틈으로 밖을 보니 언뜻 키가 큰 이의 머리가 보이는 듯했다. 아무래도 확실하게 확인할 필요가 있었다. 거의 기다시피 한 유정은 그녀 쪽에서는 홀이 보이지만 홀에서는 그녀가 절대 보이지 않는 사이드 벽에 붙어 중앙 테이블에 마주 앉는 두 사람을 확인했다.

정다운과 필립 정. 두 남자가 맞았다.

유정은 최대한 벽에 붙어 스파이더맨을 능가하는 신기술로 최대한 홀 쪽으로 전진했다. 유정 편에서는 다운의 뒤통수와 보고 싶지 않은 필립을 정면으로 볼 수 있었다.

"미안하다, 바쁜데 나 때문에."

"괜찮아."

뒤통수만으로 정확하게 알 수 없지만 다운의 음색이 조금…….

"바로 말할게. 우유정 씨, 릴리에서 알바 못하게 해줘."

이…… 게 무슨 말인가! 그녀 알바를 왜 치프가 관여하고 상관하는데!

"그 사람, 여기서 일하는 거 내겐 마이너스야, 알잖아?"

정다운에게 말하는 필립의 표정은 부탁이라고 하기엔 묘하게 당당한 표정이었다.

"너랑 떨어져 있는 만큼 내게 기회가 생기고 가능성이 있어. 크리스 네가 감정 드러내지 않는다고 해도 네가 그 여자랑 같은 공간에 있다는 것만으로도 내겐 약점이고 불리해. 또 내가 부탁한 두 달이라는 시간 결코 충분한 시간이 될 수 없어. 알다시피 그 사람은 이미 널, 가슴에 담았으니까. 내가 우유정을 담았듯이."

얼라리요! 감정이라니? 무슨 감정? 근데 이게 다 무슨 소리인 거지.

유정은 조금 더 크게, 정확하게 듣기 위해 눕다시피 해 최대한으로 몸을 빼고 귀를 쫑긋했다.

"부탁한다, 크리스. 우유정 씨 해고시켜 줘."

"우유정 씨랑 약속했어."

"……."

"알바를 하는 동안 무슨 일이 있어도 내가 먼저 그만두라는 말을 하지 않겠다는 약속."

그래, 그랬지. 유정이 제 발로 나가기 전에 절대 그 말을 하지 않기로!

나름 두 남자의 대화가 잘 들리기는 하는데 다운의 표정이 보이지 않아 답답함을 느꼈다. 참 그보다는 대체 이 남자들의……

"그렇다 해도 적당한 이유 만들어서 그만두게 해줘. 우유정 씨 정식 직원도 아니고 알바야. 둘 사이에 약속에 대한 계약서도 없고 효력도 없는."

들을수록 어이없고 기분 나쁜 말의 연속이었다. 더군다나 한 사무실의 총괄 치프라는 이가 가볍게 치부하며 할 말은 아니었다.

　"내가 지금 이렇게 네 일방적인 부탁을 들어주고 감정대로 움직이지 않는 건, 다 그 약속 때문이야, 필립. 오래전 내가 너에게 한 약속."

　"……!"

　"그때 네가 날 도와주고 케어해 준 시간에 대한 약속. 우리도 그때 서로의 눈빛과 말뿐 특별한 계약서나 확인 없었어."

　약속! 뭔 약속? 염병! 대화를 하려면 좀 알아듣게, 기승전결로 하든가! 이건 뭐, 암호도 아니고 띄엄띄엄. 지들이 무슨 풀 뜯어먹는 토깽이도 아니고.

　"그래, 그랬지. 근데 내가 무연고 이민자에 약골 소년을 두 달여 간 케어하고 리드해 줘서 지금의 네가 있다는 것도 사실이잖아. 그리고 크리스 네가 내가 좋아한 여자와 감정 없이, 목적과 수단만으로 결혼한 것도 사실이고."

　"……."

　"더 솔직하게는 사랑이 아닌 공고한 신분 상승과 네게 떨어진 숙제를 위해서."

　숙제?! 숙제라니…….

　결코 다 큰 어른들의 입에서 나올 말은 아닌 듯했다.

　"그때 내가 널 보호하지 않았다면 너에게 가족은 없었어. 또 마약과 교내 폭력으로 죽었을 수도 있었고. 그건 사실이잖아?"

　"사실이야."

　"그러니까……."

"그때 굉장히 정의롭고 순수했던 소년의 용기와 호의가 20년이 지난 지금 상당히 이기적인 부탁이자 거부할 수 없는 무기로 변질됐다는 것 또한 사실이지."

"……!"

다운의 말에 상당히 놀란 치프의 표정이 정확하게 보였다. 또한 보이지는 않지만 정다운의 목소리엔 부인할 수 없는 실망감과 두 남자가 회자하고 소환하는 그 시절에 대한 아쉬운 감정이 분명하게 묻어났다.

"그 부분은 일전에 내가 충분히 부탁했어."

"그래, 그 충분을 넘어 절절한 부탁 때문에 난 지금 한 여자에게 맘껏 솔직하지도 한껏 냉정하지도 못한 채 비겁하고 무기력한 남자로 서 있고."

"그렇다 해도 고작 두 달이야."

"그래, 두 달을 약속했어. 그러니까 더는 기대도, 부탁도 하지 마. 필립 너와 약속을 한 것처럼 그녀와도 약속을 했고, 그 다짐 내겐 중요하고 소중해."

도대체 뭘 약속했다는 거야? 아까 분명 감정이라는 말이 나왔었는데…….

"……사랑하니? 우유정 씨."

'……!'

전혀 예상 못한 치프의 질문에 유정의 심장이 허벌나게 벌렁거렸다. 더한 밀착이 불가능할 정도로 벽에 붙어 있는데도 그녀의 심장 소리가 홀 안에 울려 퍼질 듯 쿵쾅거렸다.

분명 호흡을 하는 세 사람이 있는 공간인데도 릴리는 무섭도록 조용했다. 그 같은 극도의 긴장감에 유정은 숨이 막혀 죽을 것 같았다.

"내 모든 감정은…… 두 달간 유예야."

그 같은 모호한 대답에 유정은 더욱더 긴장되면서 동시에 허무했다. 화가 날 정도로.

"어떤 감정이든 간에."

그래, 도대체 어떤 감정인 건데! 당신이란 남자는.

"크리스, 나 그 사람 사랑해."

침대 위에서는 그렇게 적나라하니 솔직한 남자가 지금은 아닌 거야? 아니면 이 우유정이 전혀 아닌 건가? 아니, 전혀 아니었다면 그렇게 이 잡듯 취하고 쥐 잡듯 탐했을 리가 없다.

"이번에는 절대 놓치고 싶지 않아. 네 전처 지나를 좋아할 때도 이러지 않았어. 정말 이 정도는 아니었어. 근데 지금의 난 우유정 씨를 보면 숨이 막혀. 쿨한 척, 담백한 척, 여유 있는 척하지만 사실은…… 그 여자 갖고 싶어서 미칠 것 같아. 네가 아무리 아닌 척해도 우유정 씨 곧 알게 될 거야, 릴리에서 계속 일하면. 그러니까 한 번 더 도와줘."

"……"

"나 그때 아무 말 하지 않았어. 네가 지나 사랑하지 않는다는 거 알면서도 네가 바라고 이루려는 그 모든 것들, 가족과 가정에 대한 절박함을 알기에 마음 접었어. 그때는 그랬는데, 그럴 수 있었는데 이번에는 안 되겠어. 나 그 사람 인터뷰 때부터 보고 반했어. 그래서 더 심술 맞게, 못되게 굴었어. 나란 남자 그 여자 뇌리에 어떻게든 심으려고. 뭐든, 어떤 형태든 기억되는 남자이고 싶어서……."

유정은 필립의 절절한 고백보다 정다운의 마음이 천배, 만 배

더 궁금했다.

두 남자 간의 그 염병할 약속이 뭔지, 구린 동조와 밀약이 뭐든지 간에 그녀는 정다운의 감춘 속내가 미치게 궁금하고 죽도록 열이 받았다. 또한 각기 다른 두 남자에게 전혀 다른 분노가 일면서 동시에 거세게 일렁거렸다.

"필립."

정다운의 부름에 치프는 긴장한 채로 다운을 응시했다. 그 시선은 꽤나 낯설었다.

유정이 이제까지 필립과 일하면서 단 한 번도 보지 못한 눈빛이었다. 간절함이 배인 긴장감. 두려움이 분명한 기대감. 그러면서도 배신을 염두하지 않는 불안한 믿음.

"어떤 말을 하든 간에 더 이상의 양보, 배려는 없어."

"크리스!"

정다운의 단호한 의지 표명에 치프는 괴력과 같은 괴성으로 다운의 이름을 부르며 자리에서 일어났다. 이름이 불러진 다운도 자리에서 일어났다.

"네가, 네놈이 이럴 수 있는 거냐? 나한테."

치프는 당황한 듯하면서 분노가 배인 얼굴로 다운을 노려봤다. 유정은 이 또한 무척 낯선 모습이라 생각했다. 소도둑놈 인상의 치프는 8군에서 결코 저런 표정은 하지 않았기에.

"너와 연관된 내 모든 과오는 지난 시절 충분히 사과했어. 사과로 없던 일이 되지는 않겠지만 알다시피 그에 대한 대가는 충분히 치렀어. 그 모든 이유로 내 감정 죽이고 감추는 건 약속한 기한까지야. 더는 하지 않아."

"크리스……."

마지막으로 확인하고 통고하는 다운을 치프는 죽일 듯 응시했다.

"필립, 누군가를 원하는 감정은 너에게만 있는 게 아니야."

"……."

"아무것도 모르는 그 사람도."

"……."

"괴물 같은 나도 있어."

'……!'

답답해 미쳐 돌아버리겠는 마음에 당장이라도 100미터 전력 질주로 뛰쳐나갈 준비를 하던 유정은 정다운의 마지막 말에 무릎이, 분기탱천하던 마음이 전부 꺾였다.

뜬구름 잡는 잡소리에 헛소리를 하고 있는 두 남자를 손봐 당장에 아작을 내려던 유정은 두 남자 모르게, 빠르게 주류 창고로 되돌아갔다. 마치 정글 숲을 기어가는 왕 도마뱀처럼.

"아하……."

"괴물 같은 나도."

그 같은 말이 서라운드로 들려왔다. 끝도 없이.

그렇게 기어 돌아간 자리에서 유정은 릴리의 창고지기를 자처하며 새벽을 맞았다.

열 받아 돌아버리기 직전의 모습과 머리 풀고 꽃 달기 직전의 상태가 매우 안 좋은 모습으로.

8

회사에 하루 병가를 냈다.

이유는 몸살에서 오는 오한. 미스터 김의 중간 개입으로 무사히 넘어갔다.

도저히 출근을 할 수가 없었다. 새벽부터 혼자 마시고 달린 지독한 숙취로. 두 남자의 썰전을 옵저버 자격으로 관람하고 관망한 결과는 분노의 딸칵, 술이었다.

해 뜨기 전 집에 도착한 유정은 그때부터 달렸다.

자신이 좋아했던 철이와 미애가 아닌, 꼬맹이 철이와 롱 다리 메텔이 나오는 만화 속 주제가. 기차가 어둠을 헤치고 저 하늘을 달리는 것처럼 그렇게 술과 달렸다.

그렇게라도 하지 않으면 두 연놈들을, 아니, 두 놈을 당장이라도 요절낼 것 같았다.

도대체 누가 누구를 위해서, 감정을 숨기는 페이크도 모자라 유예라니…….

혼자 달리는 치프보다 이름만 더럽게 정다운 정다운에게 미칠 듯한 분노가 일었다.

사랑하고 사랑받으며 살기도 짧은 이 생에 아끼다니? 보류라니? 그러면서 다른 이가 가겠다는 길에 보도블록과 시멘트를 깔고 있단 게 말이 되는 건지.

"아니, 세 살 연하라 그런 거야? 연하라도 그렇지! 지는 백날 천날 어려? 지금이야 그럴 거 같지, 아니거덩! 이 우유정도 평생 꽃띠인 줄 알았다고! 뭐 서른? 나도 소싯적에 여자 나이 서른 초반이라도 환갑에 진갑이라고 생각했던 여자야!"

세 살 연상이란 하등 상관없는 이유에 울컥해 일순간 집 안에 있는 거울을 죄다 치워 버리고 싶어졌다.

"뭐 지는 불로장생에 영원불멸 흡혈귀야!"

하아. 이 판국에 나이가 문제일까…….

미칠 듯한 분노가 일면서도 한편으론 맘이 씁쓸하고 착잡했다.

더 솔직히는 상처받았다, 정다운에게.

이미 누군가를 알아보고 맛본 유정은 이 애매한 관계에 애가 타는데 정다운은 혼자 열 내는 필립보다 미진한 마음이고 결국엔 양보가 되는, 그 정도의 마음인가 싶었다.

그녀에게 향하고 그녀를 원하는 그 마음이.

"그때 굉장히 정의롭고 순수했던 소년의 용기와 호의가 20년이 지난 지금 상당히 이기적인 부탁이자 거부할 수 없는 무기로 변질됐다는 것 또한 사실이지."

도대체 그 둘 사이에는 무슨 일이 있었던 걸까…….

대화가 중구난방에 묘하게 논점을 빗겨나고 벗어나 알맹이가 뭔지 알 수 없었다.

"아이, 정말! 뭐야? 뭐가 그렇게 복잡한데!"

……후회했다. 지금의 이 상황을.

그 순간 주저 않고 뛰쳐나가 셋이서 삼자대면을 하든 3차 방어전을 하든지 해야 했다.

그게 뭐가 됐든 해서, 아니, 했다면 지금처럼 답답하지는 않을 텐데 싶었다.

"염병! 그냥 생긴 대로, 하던 대로 할걸."

"……괴물 같은 나도 있어."

할 수 없었다. 평소대로는.

마지막 정다운의 그 이상한 말 때문에, 또 왠지 모르지만 분명이 아픈 얼굴을 했을 게 분명한 그 남자의 얼굴을 끝까지 볼 수 없었기에.

"하아……."

아무래도 지원군, 브레인이 필요했다.

그녀의 머리로는 처음부터 끝까지 괴로워하고 고민에 고민만 하다 길을 잃고 답을 몰라 흐지부지 끝날 것 같았다. 그게 무엇이든.

오랜만에 상총사의 회합이 절실했다.

생각과 동시에 결심한 유정은 침대에서 일어났다. 순간 새벽부터 너무 달렸는지 머리가 팽 돌았다. 잠시 어찔했지만 방심하면 도로 주저앉을 것만 같아 독하게 맘을 먹고 거실로 향했다. 그대로 주저앉을 여유가 없었다.

이대로는 인생에서 가장 중요한 무언가를 어이없이 놓치고, 그녀 모르게 스르르 빠져나갈 것만 같아서.

한낮이지만 상총사가 어렵게 모인 탓에 유정은 결연하면서도 마음의 상처로 한껏 풀 죽은 표정을 지어 보였다.

오늘의 안건을 위해서는 각기 다른 성향의 조언과 충고가 절실하기에 한껏 몸을 낮추는 심정으로 드디어 입을 뗐다.

"그러니까 같이 고민해 보자고. 속을 뒤집어 까지 않는 정다운이란 남자를 어찌해야 하는지. 죽도록 고민을 해봐야 난 왠지 똑같은 답만 내고 있으니까……."

"똑같은 답이 뭔데?"

상황 판단의 달인이자 답답한 상황을 제일로 죄악시하는 이안이 물었다.

"나……."

"……!"

"나~ 아쁜놈! 우유부단한 인간! 중세도 아니고 19세기도 아닌데 우정에 사랑을 팔아버린 저능아! 덜 생긴 미숙아! 그럼에도 불구하고 신기루 오아시스 같은 놈!"

오아시스 좋아하네. 사람 마음 우롱한 불한당에…….

"그만해, 뻔한 얘기 그만 듣고 싶으니까."

"뻔하다니! 그리고 왜 그만 들어? 들어야 해결 방안이 나오고 나아갈 방향을 잡을 거 아니야?"

유정은 문제의 심각성을 모르는 이안을 보며 톤을 높였다.

"너 내 맘이 얼마나 복닥거리고 소란한지 알아? 나 미친년처럼 중얼중얼거리고 혼잣말하면서 머리 아파 죽겠다고. 꼭 TV에서 본 신내림 받기 직전 같아. 이렇게 심각한데 뻔하긴 뭐가 뻔한데?"

"글쎄 됐다고."

"안이안!"

"유정아, 목소리 좀 낮춰."

내내 조용하던 중재의 달인 미미가 치고 들어왔다. 불현듯 이안이 뱃속에 있는, 왠지 평범하지는 않을 것 같은 아가가 생각났다.

"그런 사람인데도 불구하고 넌 그 남자가 좋은 거 아니야? 트집 잡을 건 백 가진데도 좋은 이유 한 가지가 엄청나게 압도적인 거 아니냐고?"

절묘하게 맞는 말이기에 눈도 깜박하기 싫었다. 분명 지원군이자 아군이 맞을 텐데도 왠지 안이안 말에 고이 수긍하며 인정하기 싫었다.

"그렇게 욕을 하면서도 끝까지 끝이라는 소리 않는 거 보면. 그지, 미미야?"

안이안이 미미에게 토스했다. 유정은 자연스레 미미를 봤다.

쌍심지는 아니지만 눈을 동그랗게 뜬 유정은 미미의 입만 죽어라 쳐다봤다. 이 타이밍에서 뭔가 빵 하고 사이다 처방을 내려주길 바라는 마음으로, 애틋하게.

"보니까 남자가 성향 자체도 그리 외향적이지 않고 또 그럴 수밖에 없는 피치 못할 이유가 있는 거잖아. 치프랑 개인적인 히스토리가 있다는 것도 그렇고 두 달을 유예해야 하는 무언가가. 그러니까 유정아, 일단은 관망하는 맘으로 묻어두고 기다려 보는 게……."

"뭘 기다려! 왜 기다려야 하는데!"

기대하며 기다렸던 말이 아니기에 화가 났다.

"그 사람 마음 어느 정도인지 모르지만 여튼 약속으로 인해 기다릴 수 있는 마음이라는 거잖아. 그건 절박하고 절실하지 않다는 거고!"

"우유, 그건 아니지. 지금 참고 있다고 해서, 또 기대치에 상응하는 슈퍼액션이 없다고 절실하지 않은 건 아니야. 그건 사람 성격, 성향의 차이야."

음흉스러운 게 비슷한 인간끼리는 통하는 게 있는지 타인에게 무심함의 극치를 보이는 이안이 정다운 역성을 들고 나왔다.

"그런 게 어디 있어? 갈증 나면 물마시고 싶은 건 당연한 거잖아? 그러니까 참을 수 있다는 건 죽지 않을 것 같으니까 참는다는 거고! 그 얘기는 결국 그 사람 감정도 그럴 가능성이 크다는 거지 뭐야?"

"야, 넌 어떻게 매사 말하는 게, 눈에 보이는 게 다라고 생각해? 이 비슷한 얘기 길정민 때문에 네가 나한테 한 소리야. 기억 안 나?"

기억? 당연히 기억나지 않았다.

"그리고 사람 다 이면이란 거 있어. 완전히 까놓지 못하는 그늘, 그림자, 지하 창고. 너도 그런 거 있잖아? 그러니까 그 모든 이유로 그 사람, 마음과 달리 네 템포랑 동일할 수 없는 거고. 이 화상아."

"그래, 나는 단순 무식한 화상이라 그런 거 몰라!"

이 순간은 알아도 모르고 싶었다. 그래야만 했다.

"여튼 당장 따져 물어도 시원치 않은데 묻지 말고 내가 동의도, 수긍도 하지 않은 시간들에 대해서 묵언 수행을 하라는 거잖아! 대체 왜! 왜 그래야 하는데! 난 이렇게 매 순간, 1분 1초가 외롭고 억울하기만 한데!"

유정은 무조건 그녀를 지지하지 않고 정다운의 역성을 드는 이안에게 섭섭함에 분노를 터트렸다. 그리곤 일어나 거실을 마구, 누군가의 가슴을 헤치고 헤집듯 돌아다녔다.

대체 왜 기다려야 하는지, 누구를 위해서 그래야 하는지, 그렇게 기다렸다 기대한 만큼의 결과가 아니라면 자신은 어찌해야 하는지…… 두렵고 조급했다.

"잠…… 깐만, 거기 벽에 뭐야?"

답답함과 뭔지 모를 억울함에 사로잡혀 분노의 발걸음으로 제자리만 돌고 있는 유정을 이안이 불러 세웠다.

"벽? 무슨 벽을 말하는 거야? 이안아?"

미미가 이안에게 물었다.

"저…… 기 우유정 백그라운드. 우유, 너 좀 서봐."

이안은 거기라며 손가락을 들어 보였다.

"갑자기 벽이 어쨌다는 건데? 넌."

유정의 질문에 이안은 답답하다는 듯 얼굴을 가까이하며 말했다.

"어디긴? 너 지금 서 있는 자리 뒤에 벽면을 말하는 거지."

이안의 설명에 유정은 두 개의 서로 다른 핸드폰을 들고 그녀가 서 있는 자리의 뒤편을 비췄다. 그러면서 유정 자신도 한쪽 벽을 촘촘하게 메운 포스트 잇의 향연을 힐끔 바라봤다.

거실 한쪽은 그야말로 노란 병아리색 포스트 잇이 물결치듯 도배되어 있었다. 마치 어느 영화 속 나풀거리는 노란 손수건처럼.

"그…… 게 다 뭐야?"

꽤나 놀라면서도 역시나 궁금해하는 호기심 천국 안이안이었다.

"어머나! 진짜 그게 다 뭐야?"

이번엔 미미였다. 추임새까지 넣어가며 이안보다 더 놀란 목소리의 주인공은.

"이거? 이건 그러니까…… 단서들이야."

"단서?"

"단서라고?"

높은 볼륨을 통해 흘러나오는 친구들의 목소리는 꽤나 놀란 듯했다.

"중구난방으로 생각하고 떠올리기도 그렇고…… 당최 스토리 연결이 안 돼서 두 남자들 대화에서 기억나는 것들, 그러니까 임팩트 있던 문구들이나 어떤 뉘앙스를 풍기는 말들을 적어서 벽에 붙였지. 어때? 잘했지? 뭔가 체계적이고 프로페셔널한 게?"

"헐!"

"어머나! 진짜?"

안이안은 어이없어 하고 미미는 놀랍다는 듯 한 손으로 입을 가렸다.

유정은 친구들의 반응을 보며 이게 어때서 하는 마음으로 노란 물결의 벽을 다시금 쳐다봤다. 다시 봐도 역시나 탁월한 방법이었거늘.

"있어 보이지?"

"아주 영화를 찍어라. 너 미드 프리즌 브레이크 오마주해? 왜 아예 그 빠박이 남주처럼 몸에 문신을 하지? 니가 아주 제대로 몸이 달았구나, 그 남자한테."

화상 통화 속 이안이 유정을 보며 기가 막힌다는 표정을 했다.

그녀의 절박함과 억울함. 불안함은 안중에 없고 이 같은 행동, 방금 전에 자신이 언급하고도 이렇게 눈에 보이는 팩트로 평가절하 하는 듯한 이안에게 유정은 화가 났다. 정다운 이면은 그렇게나 이해하라고 하면서 그녀의 조급함은 헤아리지 못하는 천하의 밉상!

"그······ 래!"

"······."

"나 지대로 몸 달았다! 내가 지금 안달나지 않게 생겼어! 몸과 함께 하루가 다르게 마음 가는 놈은 애매모호에 흐지부지고, 싫다는데도 제 마음 주지 못해 안달인 놈은 내가 좋아하는 이를 협박하고 있는데!"

"협박은 무슨. 그건 아니다."

"아니긴! 뭐가 아닌데?"

끝까지 동조하지 않고 공감해 주지 않는 이안이 섭섭해 목소리 톤은 더 높아만 갔다.

"저기…… 유정아, 좀 살살. 우리 조카 놀라겠어."

양손에 하나씩 쥔 핸드폰 속 왼쪽 화면에 있는 미미가 유정을 달래며 진정시켰다. 또 한 화면에서는 이안이 정작 제 배보다 유정이 더 걱정스럽다는 듯 쳐다보고 있고.

그래, 길버트 2세. 임산부 안이안. 자중하자, 우유정.

마음속으로 자중할 근거들을 나열하며 진정을 한 유정은 서로 다른 화면 속 두 여자를 번갈아 보며 한숨을 쉬었다. 아무래도 영상을 통한 다자간 네트워크의 한계며 그녀 자신의 한계인가 싶었다.

오늘 상총사의 회합은 영상통화로 진행됐다.

두 친구들의 각기 다른 사정으로 인해, 리더인 밉상 안이안은 불가사의한 사정으로 외출 금지에 일종의 감금 상태고, 궁상 미미는 화재로 피해를 입은 고아원 복구가 진척이 없어 여태까지 그곳에 머물고 있었다. 그래서 선택한 게 이안 몰래 또 하나 가지고 있으면서 사모임 앱으로 만난 이들과 연락할 때 쓰던 사이드 폰을 꺼내 대화를 시도했었다.

"어이, 진상."

오른쪽 손에 있는 핸드폰 속 이안이 그녀를 불렀다.

"……."

"우유정이?"

"……왜?"

한번은 묵살했지만 두 번째까지 못 들은 척할 수 없었다.

"왜 부르는데?"

"왜 그렇게 안달이 난 거야? 뭐가 그렇게 자신이 없는데? 벽 한 면에 노란 손수건 같은 포스트잇까지 써가며 공부하고 준비하면서 불안한 이유가 대체 뭐냐고?"

불안한 이유?

오래토록 기다린 감정이고 실로 오랜만에 느끼는 두근거림인 이 감정을 온전히 즐기지 못하고 안절부절못하는 이유? 그래, 왜 일까?

"너 우유정이야."

"……."

"그 지랄 같은 성격 번외로 두고 보자면 명백한 솔로에 든든한 직업 있고 서시가 환생했다고 칭찬에 마지않는 오리엔탈 특급 미모에 천송이보다 천배는 더 이쁜 네가 대체 왜 그렇게 걱정을 하냐고?"

작은 핸드폰 속 농담을 지운 친구는 물었다. 또 다른 핸드폰 속 친구도 같은 마음인 것 같았다. 유정의 조급하고 성급한 불안감에 공감을 할 수 없다는 듯한 표정.

잠시 후, 끝내 친구들의 의문과 질문에 사이다급 대답을 하지 못한 유정은 노란 물결의 벽을 응시하며 거실 바닥에 주저앉았다. 그대로 포스트잇을 뚫어지게 바라봤다. 마치 방금 전에 하지 못한 답을 찾듯. 그러자 조금씩 윤곽이 드러나는 단어가 있었다.

그건 바로, 사랑과 자존감.

그녀 인생에 단 한 번도 마음껏, 원하는 만큼, 충분히 받아보지 못한 감정인 사랑. 늘 단 한 사람의 사랑을 바라고 바랐지만 바란 만큼 그만큼의 크기와 동량으로 허탈하고 허기졌던 마음.

두려웠다. 바라고 바라기만 하다가 이내 사그라져 처음부터 아니었다는 듯 없던 일이 될까 봐.

사랑인가 했는데 사랑은 아니니 기대하지 말라고 할까 봐. 무책임하고 유희적인 감정에 휘둘리다 이내 버려질까 봐. 또 언젠가처럼 처참하게 망가질까 봐.

단지 어른들의 유희이자 쾌락이었을 뿐이며 그게 전부였다고 할까 봐서…….

또 하나는 자존감.

유정은 스스로를 믿고 사랑하는 마음이 부족하고 여전히 미비했다.

어쩌면 이 모든 일의 전부일 수도 있는 문제. 남이 아닌 그녀 자신만이 부여하고 인정하는 감정, 그 같은 자존감이 늘 깃발처럼 흔들리며 그녀 안에서 단단히 뿌리내리지 못했다.

이 모든 이유로 두렵다고, 무섭다고 말하지 못했다. 소중한 지기들에게, 그녀들에게조차 속 시원하게 털어놓을 수 없었다.

사랑은 그토록 어려웠다.

사랑이란 모진 놈은 늘 그랬다. 유독 그녀에게만.

친구들과의 대화 후, 며칠을 고민하며 절로 철학가가 되어갔다.

팔자에도 없는 길고 지난한 사유 끝에 내린 결론은, 입 닥자! 눈 감자! 귀 없다! 이 같은 담백한 구호였다.

그날 유정은 릴리에서 아무것도 보지 않고 듣지 못했다.

결국 기다려 보기로 했다. 결코 그러고 싶지는 않지만 누군가 언급한 시간을, 그 목마를 게 분명한 두 달을 참아보기로 했다.

엄밀히 말하면 한 달 남짓한 시간을 유정 역시 누군가처럼 유예하기로 했다.

마음을 먹으니 느리지만 시간은 지나갔다.

사무실에서 매일 보는 필립은 늘 무언가를 제안하고 제시했다. 그것도 신사적이고 매너 있게. 곁들어 유머와 배려까지 곁들여서 총체적으로 착하고 좋은 남자가 할 수 있는 모든 것을 했다. 그러면 유정은 필립이 노력한 만큼, 딱 그 선에 걸맞게 거절하며 선을 그었다. 사실은 군사분계선보다 더한 철벽에 옹벽을.

8군에서 퇴근하고 오후 릴리에서의 시간도 그럭저럭 흘러갔다. 다행히 늘 바쁜 릴리였다. 그 속에서 서빙을 하고 전선을 지키는 군인처럼 주방을 지켰다.

주방에서의 시간이 늘어갈수록 음식 솜씨도 늘고 설거지를 달인 수준으로 하게 됐다. 미처 몰랐는데 그녀는 손이 상당히 빨랐다. 요리도 그렇고 주방 보조 업무까지 디테일하면서 재빨라 어느새 모든 요리를 만들고 있었다. 사수이자 사부인 정다운 없이도.

다운과는 나쁘지도 좋지도 않고 특별한 무언가가 생기지도 가로막지도 않았다.

정다운은 똑같았다. 이전과 한 치도 다르지 않았다.

적당히 정중하고 적절하다 싶을 정도로 유정을 대했다.

두 번의 뜨거운 밤 이후, 더 이상 불타는 밤, 뼈와 살이 녹는 밤이자 무릎과 무릎 사이라는 문구가 어울리는 격정적 신은 없었다.

어디 이 우유정을 통째로 줄까 봐, 뭐 이런 불타는 열의와 정조 관념이 투철하거나 대단한 것도 아닌데 묘한 분위기는 찾아들지도 생기지도 않았다.

그 시간들 속에서 BGM은 없었다. 신기할 정도로 들리지 않았다.

어느 날부터 틈만 나면 울려대던 샤라랄라 랄라라는 울려 퍼지지 않고 있었다. 너무도 신기해 어느 날은 이비인후과에도 갔었다. 혹여 귀에 문제가 있나 해서.

동네 의사는 아무 이상도 없다고 했다. 달팽이관도 그렇고 청각에는 아무 이상이 없다고.

고로 콩깍지가 벗겨졌나 싶었다.

정다운만 보면 대책 없이 벌렁거리던 심장도 무풍지대처럼 잔잔하기만 해 이렇게 정신이 드는구나 했다. 그렇게 시간이 지나갔다.

드디어 약속했던 두 달의 알바가 끝이 났다. 좀 났다.

염병! 그놈의 두 달.

모두가 언급한 두 달의 시간이 기어이 지나가 버렸다.

유정은 점심을 먹기 전부터 시작해 다 먹고 바람 쐬는 지금까지 나사 빠진 미스터 김을 지켜볼 수밖에 없었다. 비싼 부탁을 하려면.

김양호는 실성한 사람과 다르지 않았다.

꽃만 꽂지 않다 뿐 꼭 그처럼 울다 웃다 하며 골고루, 오만 감정을 다 서술하며 토로했다.

그것도 결혼했다 금세 이혼해서 돌싱 된, 기세고 거칠다는 평판이 자자한 서른여섯 여자 앞에서. 겁도 없이, 확 죽을라고!

"우리 순미 너무 대견하지 않아요?"

눈가에 눈물 그렁한 미스터 김은 와이프인 순미 씨가 하늘의 별이라도 딴 듯 말했다.

대견하긴. 요사이 아무리 난임이나 불임이 많다고 하나 임신이 이렇게 대단한 업적이자 중차대한 성과인 줄 예전에는 몰랐다. 지가 조선시대 왕세자도 아니고.

"나도 순미 씨처럼 대견할 수 있는데."

"……!"

순진한 애가 사색을 넘어 경기에 대경실색 수준이라 안 되겠다 싶었다.

"농담이에요. 뭐 또 그렇게 놀라나? 말한 사람 무안하게."

유정은 얼음 버전 김양호를 툭 치며 씨익 웃었다. 내심 음흉하고 사악하게.

"제발 그런 농담 좀 하지 마세요! 간 떨어지니까."

"나도 대견할 수 있다는데 미스터 김 간이 왜 떨어지는 감?"

"……!"

라임 맞추는 대화발에 미스터 김은 또 헐 하는 표정을 하더니 말했다.

"몰라요. 우유정 씨 농담은 왠지 농담 같지가 않아서 무서워요."

"맞아요. 나 무서운 여자예요. 그러니까 나 열흘 휴가 낸 거 미스터 김이 치프한데 샤방샤방, 사바사바 잘 좀 해줘요. 병가도 아닌데 갑자기 롱 타임으로 내려니까 무지막지하게 눈치 보여요. 사무실 일도 많은데."

"그러니까요, 갑자기 휴가는 왜 내신 거예요?"

김양호는 궁금한 듯 쳐다봤지만 유정은 답을 하지 않고 시선을 돌렸다.

시즌도 아니고 아픈 것도 아닌데 사무실에 휴가를 냈다. 그것도 제법 장기 휴가를.

그제부로 알바도 끝났다. 그래서 그런지 쉬고 싶었다. 그간 팔자에도 없는 알바를 하며 너무 열심히 살았기에 약간의 바람을 쐬고 싶었다.

갑자기 비어버린 오후 시간들이 재앙으로, 쓰나미로 덮쳐 올 것 같았다. 그전에, 그처럼 당황스럽기 전에 심신 안정과 정서 함양, 체력 강화를 위해 제주도를 다녀오기로 했다. 겨드랑이 허전한 겨울이 다가오기 전에.

"근데 치프는 정말 오키나와 기지로 가실까요?"

김양호는 그 질문의 답을 유정에게 바라는 듯 쳐다봤다.

"그야 모르죠. 내가 본인도 아니고. 그런데 가면 좋은 거 아닌가?"

"뭐가요?"

"군무원 중에 가장 높은 13급으로 가는 거잖아요. 그럼 대체 월급이 얼마야? 얼추 평달에도 육백만 원은 나오겠다. 그럼 보너스는 200프로라는 소리고. 여튼 부럽다. 월급쟁이가 대기업 간부도 아니고 평달에 육백이라니. 각종 혜택과 복지는 전부 누리면서."

"그렇게 부러우시면 잡으시지…… 매정하게 차시고."

"차긴 누가 찼다고 그래요? 치프가 변절에 변심한 거지. 그러고 보니 나도 미모로 평정한 호시절은 다 갔나 봐요. 요 사이는 루머도 그렇고 별다른 소문도 없고. 싸우자고 덤비는 여자 군무원도. 또 나랑 사귀네 하면서 혼자 각본 쓰고 각색하는 이도 없는 거 보니까……."

"그렇게 아쉬우면 소개팅하실래요? 사실 저랑 친한 형이 있는데 그 형이 저번에 7번 게이트에서 저 기다리다가 우유정 씨 보고 첫눈에 반해서……."

"요즘 세상에도 첫눈에 반한다는 게 가능한가? 만화나 동화도 아니고."

유정은 믿거나 말거나 하는 말을 하는 미스터 김을 보며 어깨를 으쓱했다.

"가능하죠! 다른 사람도 아니고 우유정 씨인데요."

"그런 소리가 나오네. 내 성격 누구보다 잘 알면서?"

유정은 놀려줄 심사로 얼굴을 김양호 코앞에 바싹 들이밀며 치댔다. 그러자 미스터 김은 질색을 하며 경계수위를 강화했다.

"그…… 러지 마세요. 전 임자가 있다고요. 우리 순미랑 아기."

"아이고, 치사해라. 짝 없고 자식 없는 사람 어디 살겠어요? 외로워서."

"그러니까 그 형이랑……."

"됐고!"

"……."

"내 휴가 건이나 신경 써줘요. 여행 갔다 오면서 순미 씨 선물 사올 테니까."

"어디로 가시는데요?"

"글쎄…… 그대 마음속?"

"……!"

"아니다. 김양호 씨의 은밀한 상상 속?"

유정은 윙크에 유혹이 분명한 미소를 지으며 김양호를 노골적으로 쳐다봤다. 그러자 반응은 곧바로 왔다.

"아, 정…… 말 왜 그러세요?"

"알았어. 깊은 밤 당신의 꿈속?"

기절 직전의 김양호는 코를 벌렁거리며 몸을 좌우로 격하게 흔들었다. 그러면서 애처럼 징징거리기까지 했다.

"왜? 어쨌다고?"

유정은 모른 척 시치미를 뗐다.

"제…… 가 그러는 거 무섭다고 했잖아요!"

"무섭긴? 이쁘다며?"

유정은 아니야? 너 아니라고 하면 죽는다, 이 같은 분명한 위협으로 김양호를 부추겼다.

"물…… 론 무지막지하게 이쁘시긴 한데 그만큼 무섭다고요! 저는."

서른이 가까운 나이에도 귀욤이 철철 흐르는 미스터 김을 보며 유정은 웃었다. 정말이지 이 정도로 웃는 건 오랜만이었다.

정확히는 이름값 못하는 정다운에게. 스스로를 괴물이라 칭한 남자에게 유예와 함께 애매하게 거절당한 이후 처음.

늘 그렇듯 유정은 그녀의 집보다 더 편하고 좋은 미미 집에서 오랜만에 여유를 부리고 있었다.

점심 대신 미미가 무친 골뱅이 소면을 한 젓가락 입에 넣은 유정은 딱 네 번 씹고 기막힌 간과 맛에 혀를 내둘렀다.

"우리 정말 식당 하나 차려서 해볼까? 너, 너희 건물 1층에 점포 하나 구해봐. 목 좋은 데로다가."

"네가 장사를 하겠다고?"

"왜 못할 거 같아서? 야, 솔직히 나는 충분히 장사치 될 수 있어, 몸 사리는 너랑 안이안이 못하지. 왜냐, 하나는 지랄 맞고 그에 비에 하나는 지지부진하거덩."

유정은 그러면서 너, 너 말이야, 하며 미미를 약 올렸다.

"네 성격은?"

"내 성격이 어때서?"

"어쩌긴?"

"제대로⋯⋯."

"제대로?"

친구의 평이 궁금해 유정은 기대감 가득이었다.

"진상이지."

미미는 그렇게 한 방 먹이고는 메롱 하며 히죽거렸다.

"하아! 우리 궁상 많이 컸네. 무슨 일만 터지면 질질 짜고 내 뒤만 졸졸 따라다니던 게 엊그제 같은데?"

정말 그랬다. 이안의 갑작스런 결혼과 임신. 그에 따른 필연적인 무리 이탈 이후, 상총사의 두 축을 담당하는 진상과 궁상 사이는 더 견고해졌다고나 할까. 동시에 빈 둥지 증후군에 시달리기도 하고.

"그래, 그런 나를 두고 혼자 무슨 여행을 간다고 그래?"

전국을 배낭여행 한다는 것도 아닌데 미미는 여행 얘기를 꺼내고부터 내내 걱정에 시달렸다.

"그동안 너무 일만 했잖아."

"그렇긴 해."

"것도 AM, PM으로 허벌나고 오지게."

"그래, 그러니까 같이 가야지, 다음 달에 휴가 내서. 알다시피 이번 달에도 고아원 때문에 휴가를 너무 많이 냈어."

"알아."

"안다고만 하지 말고 다름 달에 가자고. 국내든 해외든."

딴엔 안 그런 척하지만 얼굴 전반에 친구에 대한 걱정 근심이 전부인 미미가 유정을 살살 달랬다.

"이번에는 나 혼자 가고 다음에는 둘이서 가자. 배부른 진상은 따 시키고."

"그러고 보니까 이안이 출산 다음 달이다."

"······."

특별한 라이프 스타일이나 이변이 없는 한, 결혼하면 아이가 생기는 건 고맙고 감사한, 또 당연한 일인데 이상하게 안이안이 아이 엄마라는 건 이해도, 매치도 되지 않았다. 마치 스티븐 스필버그의 이티와 안데르센의 인어공주 조합처럼 부조합이란 말이 딱이었다. 아직도 이안의 결혼에 적응을 못하고 있는 건지.

"정말 감개무량이다. 우리 중에도 애 엄마가 탄생한다는 게. 왠지 우린 셋은 다 미혼이나 비혼이 되지 않을까 싶었는데······."

그건 유정도 그랬다.

셋 다 전혀 다르고 그러면서 어딘가 비슷한 상총사는 왠지 모르게, 별다른 근거도 없이 이대로 쭉 갈 수 있겠다 싶었다. 이렇게 친구면서 가족으로, 애인으로, 또 사회 안전망이자 무덤 친구로 지구 밖 우주 끝까지. 외로움과 배신이 난무한 총체적 불만의 사회에서도 독보적으로 유지되며 유일하게 믿을 수 있는 관계. 그게 상총사였다.

"이안이 출산하면 지금보다 더 얼굴 보기 어렵겠지? 외출하기도 힘들고?"

미미는 아쉬움이 가득한, 부러움도 꼭 그만큼인 표정을 하고 물었다.

"알면서 뭘 물어? 저번에 네가 그랬잖아. 변질이 아니고 자연스런 변화니까 받아들이라고."

"그래, 그랬지. 맞는 얘기고."

맞는 얘기라고 해서 수긍하고 받아들이기 쉬운 건 아니다. 어떤 땐 진실이 더 잔인한 법이니까. 그렇게나 BGM이 흐르면서 사람을 들었다 났다 하던 감정도 지금은 이렇게나 잠잠했다.

그 사람에 대한 모든 감정은 한시적 유예를 넘어 완전히 신석기 이전으로 소멸된 것처럼. 그렇게 결론내고 이해할 수밖에 없을 정도로.

"그러나저러나 넌 어쩔 거야?"

유정은 제 문제는 전혀 없는 듯 행동하는 미미에게 물었다.

"뭘?"

"미국에 간 그 사람 이제 작정하고 쫓아가야 하는 거 아니냐고? 자고로 남녀는 떨어져 있으면 탈이 나는 법이야. 어떤 인간들은 그만큼 그리워서 깊어진다고 헛소리들 하는데 혈기 왕성하고 감정선 들끓으면서 육체가 난동 부리는 나이에는 원거리 연애, 그거 쥐약이야. 마음은 다른 사람에게 있어도 눈은 내 앞에 있는 사람한테 움직이게 돼 있거덩."

"아, 그러세요? 그럼, 그대는 왜 매일 눈앞에서 어른거리며 지극정성으로 대시하는 필립한테 안 넘어가셨을까요? 뭐든 차고 넘치는 필립이었는데."

미미는 그 점을 꼭 집어 말했다.

"그래서 말이야 나도 그 점을 꽤 심도 있게 생각해 봤는데 말이지…… 그게 아마 쾌락설정치라는 것 때문에 그런 것 같아."

"쾌락설정치? 그게 뭐야?"

미미는 처음 듣는 단어에 눈을 동그랗게 뜨고 물었다. 그 모습이 너무 이뻤다. 동성이자 친구만 보기 아까울 정도로.

"그러니까 내 순진무구한 뇌는 그 사람이 심어놓은 쾌락에 맞춰져서 애초 다른 이의 접근조차 허용하지 않는 거지. 난 이미 그 사람이 주는 쾌락에 설정이 된 상태라."

보면, 인문학 세계에서 허우적거리는 친구가 곁에 있는 게 가끔 도움이 되긴 했다. 새로운 단어를 접하는 게 다른 누구보다 빨랐다.

"나 말이야……전부터 진짜 궁금했는데 그 사람이랑 하는 관계가 정말 그렇게 좋았어? 이론이긴 하지만 이거 저거 들은 풍월도 많고 공부도 많이 한 네가 이렇게 몸과 맘 요조숙녀로 지낼 만큼 좋았던 거냐고? 사실 묻는 게 실례인 건 알지만……."

"우리 사이에 실례는!"

"……."

"이 언니가 정말 자랑하고 싶어서 입이 근질근질했는데 말이지…… 감정을 배제하고 몸의 반응만 두고 보자면, 그 사람과 하는 섹스는 매순간이 오르가슴 플러스에 초마다 환희 제곱에 분마다 절정에다가 시작부터 끝까지 발끝에서 갈라진 머리카락 끝까

지 오감과 쾌감으로 절절 끓어서는 뚝 건드리기만 해도 애액이 대
폭발하면서…… 으흡!"

초점 없는 시선으로 허공을 응시하며 입을 벌린 유정의 입에 한
순간 새콤한 국수 뭉치가 밀려들어 왔다. 유정은 간신히 씹어 넘
기고 미미를 노려봤다.

"야! 너 갑자기!"

"……."

"그러다 꼴까닥 가는 수가 있는데! 그리고 네가 물었잖아? 어땠
냐고?"

"그래도 그렇지, 그렇게 노골적으로 답을 하는 사람이 어딨어?"

"어머, 얘 보게. 내숭은, 말이야 바른 말이지 국산 무기가 강하
겠어? 인터내셔널하게 검증받은 미제 최첨단 무기가 강하겠어?
네 애인과 정다운은 비교 자체가 불가할까? 둘 중에 누가 워너일
까? 한미미, 실은 너도 궁금하지?

"우…… 유정!"

유정의 묘사에 미미는 어머나, 세상에나를 찾으며 붉어진 얼굴
로 손부채질을 했다.

"내숭은. 궁금하잖애? 궁극적으로다가 그런 몸땡이와 피너츠를
쟁취한 내가 워너인지 네가 워너인지?"

"세상에…… 미…… 쳤나 봐."

"아니다! 이안이도 껴주자."

이안이까지 등장하자 미미는 말도 못하고 입만 벌리고 있었다.

"짐작하건대 길버트 걔도 한 정력할 거야? 항상 말하지만 걔가
여직 만들어 먹은 신약이 얼마며, 우리 이모부가 해다 준 약이 얼

마겠어? 이거 아무래도 막상막하에 도진개진 아니야?"

"우유, 넌 미쳤어!"

미미는 경악스럽다는 얼굴을 하며 슬슬 뒤로 물러나려 했다. 허나 그대로 방치하며 놓칠 유정이 아니었다.

"그러지 말고 좀 풀어봐 봐. 네 애인의 미친 정력과 무자비한 핵폭탄급 파괴력! 그에 따른 너의 수치 불가능한 쾌락설정치는 몇인지? 네가 제대로 비교, 묘사를 해야 막상막하의 순위를 가리지? 나 정말 이것만은! 너희들한테 다 져도 이 분야에서만은 안이안 제치고 너 밀어내서 무조건 1등 하고 싶다! 미미야."

"……!"

미미는 역시나 어머나 세상에를 찾으며 여직까지 중에 가장 붉은 노을 같은 얼굴로 도망치려 했다. 유정은 그런 미미의 팔과 다리를 덥석 잡아챘다. 그러고는 어서 바다 건너온 미제 무기의 낮과 밤 성능을 털어놓으라고 간지럼을 태웠다. 회유와 닦달을 곁들여서.

도망치는 미미는 끝까지 싫어! 를 부르짖으며 온몸으로 반항했다.

"야! 나 지금 심폐소생술이 필요한 응급 환자야. 너도 알잖아. 나 제대로 맘 다친 거. 근데 그거 하나를 거부해! 네가 그러고도 불알친구야!"

"이안아! 너 이안이한테 이를 거야!"

"웃기시네. 막달에 접어드신 안이안은 지금도 쾌락설청치 리셋하고 이상야릇한 짓 하고 있을 거다. 그러니까 얼릉 말해! 네 남자의 믿거나 말거나 한 능력을!"

"캬악!"

"캬악은 무슨!"

한동안 나 잡아봐라 하는 치열한 공방전이 계속됐다. 그러나 결국 어느 늦은 밤, 송파 삼전동 주택가에서는 서로의 불가사의한 섹스와 각자가 느낀 차원이 다르고 높은 오르가슴, 아직 경험하지 못하고 도전하지 못한 고난이도 트리플 체위와 체공 시간을 자랑하며 두 여자는 날이 새는 줄 몰랐다.

시간이 지날수록 열린 토론은 점점 파트너 자랑과 숭배 양상으로 흘렀다.

유정은 이 순간 안이안이 없다는 게 눈물겹도록 안타까웠다.

제주도는 푸르렀다. 노래처럼.

날씨가 전혀 푸르지 않아 그렇지. 노래와 달리.

개인적인 판단으론 오전도 아니고 느지막한 오후 도착에 완벽한 비수기. 도착한 날이 평일이라 짐 풀 곳은 아직 미정이었다.

사실 찾으려고만 들면 그때 결혼식 하객으로 내려온 날 정다운과 묵었던 호텔도 있고, 인사드린 수녀님의 인도와 안내로 찾을 수도, 해녀 할머니들의 돌담 낮은 집을 찾을 수도 있었다.

그 모든 생각을 뒤로하고 찾아든 곳은 정다운이 해안 드라이브를 하면서 언급한, 특별히 이름 없고 그닥 펜션 같지도 않다는 애매한 펜션이었다.

케빈 때문에 알게 됐고 장기 투숙까지 했다던 노부부가 소일거리 삼아 방 두 개를 빌려주기도 한다는 그곳.

기억을 더듬고 두 시간을 헤매다 결국 찾았다. 찾고야 말았다. 장독대 뒤에 살짝 숨은 듯한 느낌의 아름다운 집을. 주인 내외는 마침 예약 손님이 없다시며 좋아하셨다. 또한 유정의 우주대미모에 칭찬을 아끼지 않으셨다. 하여간 어디 가나 선방하며 먹히는 외모였다. 감상과 감정 대비 이용 가치나 효율성이 심하게 떨어져서 그러지.

정 여행을 가고 싶어 간다면 반드시 숙소와 전화번호를 남기라는 미미의 최후통첩 같은 미션에 핸드폰으로 작금의 위치, 숙소 번호를 남기고 많지도 않은 짐을 풀었다.

역시나 평일 비수기라 옆방은 비어 있고 전용 테라스까지 사용 가능한 2층에서는 바다가 보여 좋았다. 굳이 한적한 바닷가를 찾아 시선 받으며 걷지 않아도 됐다.

테라스에서 시선을 멀리하는 것만으로도 제주도 푸른 바다는 충분히 구경할 수 있었다.

그 모든 이유로 본채 옆 독채가 아닌 2층을 선택했다.

마치 태풍 직전의 얼굴을 한, 잔뜩 흐린 하늘을 주구장창 올려다보다 목이 아파 그만뒀다. 그리곤 약간 추운 듯해 북유럽 필 나는 담요를 싸매고 테라스 끝에 걸터앉았다.

역시 여행은 혼자가 제맛이었다. 이 같은 자태로 앉아 있으니 청승맞고 심심하니 절로 한탄이, 한숨이 나왔다.

이혼하고도 하지 않은 짓을 이렇게 하고 앉았다. 뉴규 때문에? 모르겠다, 이젠 기억이 안 나서. 아니면 이름만 정다운 인간을 기억하기 싫어서.

"제주도에서 첫사랑을 만나면 딱 건축학개론인데. 아 참, 빌어먹을 첫사랑은 그놈이구나. 전남편이자 개차반."

그러고 보니 서른여섯이나 먹도록 연애 같은 연애 경험이 없었다.

뭣도 모르는 사람들은 얼굴값 한다고, 꽤나 했을 거라 짐작하지만 인생 전반을 상총사 친구들과 이바구 하며 보내고 그중 3년은 불안한 결혼 생활이 전부였다.

아, 진부하고도 지지리 궁색한 인생.

"그러니까 천지신명님, 다음 생은…… 다품종 남자들과 단발성 연애라도 좋으니 중간급 얼굴에 성격 무난한 중상 정도로 부탁드려요. 이 아무짝에도 쓸모없는 미모는 이번 생 열라 사랑받고 사는 안이안 같은 애들에게 벌주듯 주시옵고, 저에게는 18년 짝사랑하다 계략으로 낚아채서는 허구한 날 침대에서 물고 빠는 길버트 같은, 아니, 조금 더 써서 그레이 같은 남자로 부탁드리옵니다."

백 퍼센트 진심이었다.

"참, 엄마는 빨리 데려가지 마세요."

이 또한 백 퍼센트 희망하고 소망하는 것이었다.

엄마와 하는 그 모든 것들을 제대로, 하고 싶은 만큼 하지도 누리지도 못했다. 그게 엄마와의 의견 충돌이든 모녀의 피 튀기는 디스전이든.

"아, 그리고 이번 같은 애매한 금수저는 바라지도 않네요. 참, 정말 중요한 하나. 다른 건 다 랜덤에 캔슬하셔도 되는데, 제 친구들은 꼭 다시 만나게 해주세요."

이건 정말 묻지도 따지지도 마시고 들어주셔야 한다며 유정은 머리 위, 하늘을 간절하게 올려다봤다.

"……다른 건 다 랜덤으로 돌리시거나 무책임하셔도 되는데 친구들은 꼭 저한테 다시 보내주세요. 이건 꼭 약속하셔야 해요. 원래 인간이 하나는 갖고 태어나는 거라면서요."

아주 오랜만에 혼자 여행이고 여행 전에 마음이 많이 상해서 그런지 기분이 엄청 센티멘탈했다.

"하아……."

아무래도 밥을 먹어야 할 것 같았다.

서른 이후, 밥은 섹스보다 더 중요했다. 어느 면으론.

지역 주민이 추천하는 맛집을 찾으려면 펜션 주인에게 물어야 하지만 번거로워 일단 나섰다. 차를 렌트한 것도 아니기에 30분쯤 걷다 간판 걸린 식당 아무 곳이나 들어가 앉았다.

10분 후, 유정은 돼지국수를 돼지처럼 먹어치웠다. 미모를 전부 포기한 땀내 나는 비주얼로.

커튼을 치고 자지 않아 알람 시계 없이도 눈이 떠졌다.

큰 통유리로 여과 없이 투과되는 볕이 가히 살인적이었다.

베개와 이불을 방패 삼아 한참을 피해 다니다 결국 번거로워 포기했다. 지독하게 따라붙어 모닝콜을 하는 제주도 볕이 생각보다 끈질겼다.

"일난다, 일나. 아침부터 할 것도 없는데……."

이번 여행의 목적은 딱 하나, 밍기적거리고 뭉그적거리기.

오직 게으름. 단연코 제주도 방구석에서 멍 때리기이자 죽 때리기였다.

그처럼 애초 방향에 충실하려 했으나 인생이 늘 그렇듯 사소한 별로 인해 뜻대로 되지 않았다. 침대에서 내내 허우적거리다 일어나려는데.

"앗!"

골이, 머리가 깨질 것처럼 아팠다. 늘 그렇듯 숙취로다가.

그랬다. 어제저녁 인근을 어슬렁거리다 유독 키 작은 동네 할매들이 마주치기만 하면 깜짝들 놀라서서 실로 다양한 술을 떠안고 황급히 펜션으로 돌아왔다. 그때부터 제주 방송을 보며 잠들기 직전까지 술을 마셔서 그런지 골이 너무나 아팠다. 그래도 어젯밤 술기운에라도 잠시 제주도 밤하늘을 봤다.

언젠가 친구들과 올려다본 강릉의 하늘에서 본 것도 같고 밀양인가 어딘가에서 본 듯한 별천지는 실로 눈물 나도록, 짠하게 반겨주고 반짝여 주었다.

저 별은 나의 별, 저 별은 너의 별. 그런 노래 불러줄 이는 없지만 그래도 이 또한 좋지 아니한가, 하는 그런 다정한 얼굴로.

이번 여행에서 하나 건지기는 했다. 별에 별천지……. 그래도 머리가 아픈 건 아팠다.

"으…… 응."

이불을 둘둘 말고 간신히 일어났다. 손도 까닥하기 싫어 발로 통유리를 열었다.

평소보다 2, 3분이 더 소요됐다. 발꼬락 신공으로 정평이 난 자신이.

어제와 같이 널찍하니 깨끗한 파라솔과 두 개의 의자가 비치된 테라스는 베리 굿이었다. 파라솔 의자에 앉은 유정은 하반신을 반쯤 내놓은 상태로 바다를 찾았다.

시선 끝 바다가 보였다. 거칠 것이 없고 거침이 없는 바다.

"좋겠다, 니들은. 만고 땡으로 바람결에 대충 일렁이면 되니까."

요사이 자주 빙의되는 철학자가 되려는데 이놈의 골이 끔찍하게……

"일찍 일어났네요. 좀 더 잘 줄 알았는데."

골치가 아파 머리를 뒤로 제치며 어! 하려던 찰나 익숙한 목소리에, 허나 절대로 그럴 일 없는 소리에 고개를 돌렸다.

"……"

분명히 이태원 릴리 사장, 젊은 쉐끼, 나쁜 쉐끼였다.

안 그렇게 생겨가지고서는 여자보다 우정을 택한 아둔하고 우둔한 인간. 침대 위가 전쟁터인 줄 아는지 파트너 진을 빼고 골을 빼 씹어 드시는 아주 위험스런 위인.

극적인 순간마다 현란한 BGM으로 사람 현혹시키더니 그게 언제냐 하며 전매특허 BGM이 종적을 감췄던 인사.

그 모든 이유로 욕하면서도 욕망했던 남자, 정다운이 맞았다.

"그쪽이 여기 왜 있어요?"

"릴리 인테리어 공사 중이라 제주도로 여행 왔습니다."

"갑자기 무슨 인테리어? 그것보다 친구 집도, 수녀님 계신 곳도 아니고 여기서 지낸다고요? 혼자?"

"네."

정다운은 고개까지 끄덕이며 답했다. 그리곤 유정이 앉아 있는 파라솔을 향해 걸어왔다. 정다운이 걸을 때마다 그의 얼굴이 점점 가까워지며 분명해졌다.

정말, 맞네. 감정도 너끈히 유예시키는 그야말로 유해하고 해로운 종자.

정다운은 유정이 앉아 있는 맞은편 의자를 당겨 앉았다. 그리고는 푸석한 게 당연할 유정을 쳐다봤다. 그 같은 시선에 유정도 정다운을 응시했다. 아무 말 안 하기, 그런 동일 버전으로.

염탐과 탐색은 아니지만 두 사람은 말없이 서로만을 바라봤다.

보고 있자니 정다운은 알바 마지막 날 모습과 다르지 않았다.

일반 TV나 영화에서 본 군인 이미지와는 상이해서 여린 듯하면서도 강단 있는 이미지도, 투명한 홍채에 분명한 눈빛도, 전체적으로 선이 고와서 고집스럽게도 보이는 인상도.

나쁜 자식! 저~ 엉~ 말 나쁜 쉐끼!

어디 하나 망가지고 아픈 기색이 없었다.

어떤 경우, 여자에게 상처 줬다는 생각에 쬐금 흐트러져서는 까칠하기도 하고 그녀가 보고 싶어 눈가가 살짝 짓물러야 하는데 인간이 그런 기미가 없었다. 죽어라 얄밉게도.

숙취에 의한 미약한 심신과 두통 때문인지 모르겠지만 웬걸 정다운이 이 자리에 있다는 서실이 쬐금, 아주 쬐금 그러니까 허벌나게는 아닌데 좋았다. 벨도 없이, 미친년처럼.

이 남자가 굳이 알리고 공지하고 싶지 않은 사실과 말들을 그처럼 다 보고 듣고도 정다운이 지금 이곳에 있다는 게 나쁘지 않았다. 막 싫지는 않았다.

왠지 그런 자신이 초라하고 바보 천지 같아 유정은 자꾸 주저앉으려는 시선을 접고 자리에서 일어났다. 그 순간이었다.

"아침."

"……."

"같이 먹고 싶은데 준비하고 갈래요?"

머리는 미친년 꽃다발처럼 산발에 퉁퉁 부은 자신의 몰골을 모르는 유정은 단지 정다운에게 우아하고 고고하게 보이고 싶은 마음에 고개를 꼿꼿하게 세우고 이불을 망토인 양 두른 후 정다운을 노려봤다. 레이저가 나갈 만큼의 강력한 분기와 화기를 장착하고.

"이 근처 아침 잘하는 데 있어요. 같이 가요, 나랑."

하아……. 나랑, 나랑, 나랑이라니!

죽도록! 지랑 뭐 하고 싶어 죽겠을 때는 우정이니 유예니 하면서 사람을 피폐물 저리 가라 들었다 놨다 하더니만, 지랑이란다! 나쁜 놈이.

"아침 먹고 우유정 씨랑 꼭 같이 가고 싶은 곳이 있어요."

아! 저 그렁그렁한 눈빛! 절절하고도 절도 있어 섹시한 목소리! 미어지게 간절한 표정은…… 아니지만, 아니더라도 좌초 직전의 쪽배처럼 유정의 가슴은 마구 흔들렸다. 아! 염병!

샤라랄라 랄라라는 들려오지도 않는데 가야 되는 건가! 아, 골치 아퍼라.

"가요, 우리."

유정은 끝까지 한마디를 못하고 정다운을 쳐다보기만 했다. 보기만.

정다운이 이끈 곳은 그냥 거리였다.

특별하지도 전혀 색다르지도 않은 지방 도시 평균치 이하의 촌스럽고 낯선 거리와 도로 사이 좁은 골목길. 굳이 언급을 하자면 보랏빛이 도는 파란빛 대문은 괜찮았다.

아침도 그저 그랬다. 완전 맛이 있지도 그렇다고 돈이 아까워 눈을 야리게 되는 그런 집도 아닌 이 또한 평균치.

아니, 뽀송뽀송한 얼굴로 어딜 가자고 하길래 특별한 장소나 중문 유명 카페라도 가려나 했더니 고작…….

"이름도, 생년월일도 없는 내가 이불에 싸여 버려진 장소가 여기예요."

"……!"

"지금은 다 변해서 정확하게 이 자리라고 하기엔 무리가 있지만 저 대문 앞쯤에 버려졌는데 수녀님이 절 거두셨다고 했어요."

너무 훅 하고 들어와 도무지 반응을 할 수 없었다.

"이름은 고아원 아이들이랑 도무지 어울리지 않고 항상 외톨이라 정다운 사람이 돼서 정답게 살라고 지으셨다고 하고."

정다운은 그 같은 말은 하며 짧은 골목길을 앞서 걸었다. 몇 발자국 되지도 않는 길을 유적지 돌 듯 돌아 나와 렌트카에 올라탔다. 얼마나 달렸을까 정다운은 어느 해안 도로 커브 길 제법 큰 공간에 차를 세웠다.

제주도 바람은 실로 심상치 않았다. 이래서 제주도하면 바람, 여자, 돌인가 싶었다.

발 닿는 곳은 돌부리 천지. 하늘은 바람이 진작에 점령한 상태. 그리고 이곳은 미모의 유정이 접수한 상태였다.

"내 양부모님들은 고아원을 후원하시던 분들인데 다행인지 운명이었던 건지 자식이 없었어요. 그래서 난 그 모든 것들을 빠르게 판단해 좋은 학교 성적을 이용해 도박을 했죠. 그 이후 일은 빠르게 진행됐어요. 우리나라로 치면 군 장성에 든든한 후원자 지원이란 이름으로 고등학생일 때 유학을 가 결국은 그분들 자식이 되었고, 처음 다니게 된 사립학교에서 필립을 만났어요."

"……"

"호의와 매너 있는 척하면서 마약을 상습 복용하는 백인 아이들에게 둘러싸였을 때, 필립이 도와줬어요. 내가 사태를 파악하고 정신 무장을 해 다른 사람이 될 그 시간 동안이었어요. 별다른 티를 내지 않으면서 필립은 교묘할 정도로 날 케어하고 가드해 주었죠. 두 달 넘게 걸렸던 거 같아요. 그 혼란과 지옥 같은 시간에서 자립한 게."

그런 거였구나. 두 달 유예라는 시간의 의미는…….

정다운 당신이 필립의 요구를 단호하게 거절할 수 없던 바로 그 이유.

"내 양아버지는 미국 내에서 유명한 군인이셨어요. 그분 가문도 흠잡을 게 없이 완벽한 집안이었고. 그런 분의 성을 받은 난, 양아버지가 원하는 건 전부 다 했어요. 그게 무엇이든 완벽하게 이뤘고 그래야만 완벽한 그분들의 자식, 가족 구성원이 될 것 같았으니까. 인종도 다르고 결론적으론 집안 어른들의 반대로 그런 일은 없었을 텐데 그걸 몰랐어요. 치기 어린 나는."

"……"

"똑똑한 척하면서도 어리석었던 난 양부모님인 두 분의 의지와 지지만 있으면 가족을 만들 수 있을 거라 계산했죠. 진짜 혈육도 아닌데……."

정다운은 유정의 표현력으론 묘사가 불가한 표정을 하고 유정을 바라봤다. 그의 머리가 바람에 세차게 날렸다. 그에 반해 단정한 포니테일 스타일을 한 유정은 어떠한 말도 없이 그 모습을 보고, 그의 말을 들었다. 그런 유정을 빤히 보던 다운은 문득 생각난 듯 지금까지와는 다른 따뜻한, 미소를 보였다.

"아, 우리 저녁은 케빈네 집에서 먹어요."

"……"

"케빈이 당신 많이 보고 싶어해. 그의 귀여운 신부도."

뜬금없는 제안을 한 다운은 고해성사와 같은 고백으로 다운되어 가는 걸 염려해 뭐 그런다 쳐도, 그녀를 많이 보고 싶어한다는 케빈은 그닥 이해 가지 않았다. 그들이 무슨 대단한 인연이라고 보고 싶단 말을 하는지. 역시나 오버 감정과 감동의 아이콘인 케빈답다 했다.

"날 왜 보고 싶대요? 친밀한 관계도 아닌데."

결코 틀린 말은 아니기에 유정은 팔짱 낀 채로 어깨를 으쓱했다.

"친구한테 소중한 여자라니까 보고 싶은 거죠."

"……!"

유정은 그 같은 말을 한 정다운을 쳐다보다 결국엔 죽어라 노려봤다.

앙다문 입술에 피가 날 정도로 입술을 깨물면서 계속해서 노려봤다. 정다운은 다가와 유정의 입술에 손을 대려 했다. 그 순간을 재빨리 피해 버린 유정은 무작정 차로 가 안전벨트를 매고 정다운이 운전석에 앉길 기다렸다.

펜션에 도착하자마자 튕겨 나오듯 차에서 내린 유정은 거친 발걸음을 하고 2층으로 향했다.

오는 동안 단 한 마디도 하지 않았다. 다운 또한 그랬다.

마음 같아서는 탁 트인 테라스에서 마음껏 지르는 속풀이 대화를 하려 했지만 여차하면 펜션 내외분들과 이 동네 유독 체구가 작으신 할머니들께서 단체로 경기하실 것 같아 방에서 정다운을 기다렸다. 다운은 이내 따라 들어왔다.

심호흡을 하며 돌아선 유정은 최대한으로 마음을 억제하며 눈앞에 선 다운을 봤다.

"내가 누구한테 소중한 여자인데요?"

"나, 정다운한테."

정다운은 일말의 동요 없이 참으로 곱고 단정하게도 규정했다. 본인이며 자신이라고.

"하아! 그런 말이 나와요? 아니, 그 같은 말을 나한테 할 수가 있어요? 정다운 사장님께서?"

유정은 한껏 비웃는 듯한 말투로 반항적으로 말했다.

"난 당신한테 분명하게 말했어."

정다운은 주저함이나 번복 없이 유정을 보며 말했다.

"야! 정말. 사람 미치게 만드는 재주 있네, 당신이란 남자."

유정은 분기에 일시적 호흡곤란이 올 것 같아 일단 말을 아꼈다. 사실은 말보다 육두문자가 먼저 나올 것 같아 이 순간은 죽도록 참아야 했다. 한 템포든 두 템포든 무조건.

"……!"

정다운이 손을 뻗었다. 그리곤 찢어져 피가 배인 입술을 긴 손가락으로 부드럽게 훑었다. 순간 몸이, 뒷목이 날카로운 송곳에 찔린 듯 예리한 칼날에 베인 듯 움찔했다. 또한 움츠러들었다.

유정은 그 같은 동물적, 본능적 반응에 미치도록 화가 나 다운의 손을 거칠게 쳐냈다.

"당신은…… 내가 이제까지 알았던 그 어떤 사람보다 교활하고 못됐어! 내가 당신 손길에 약하다는 거 누구보다 잘 알면서! 이렇게 만질 수 있는 사람도 당신밖에 없다는 거 이미 다 알면서 이 순간 날 만지는 건, 정말 최악이란 소리야."

"……"

"당신은 진심이 아니라 내 취약한 몸과 감각을 공략하는 거니까."

"알아, 그렇다 해도 할 수 없어."

아니라고 부정은 하지 않는구나, 당신이란 지독한 위인.

"이렇게라도 만지고 싶고 내 마음 전하고 싶으니까."

"하아!"

아무래도 이럴 때를 대비해 콧구멍이 있나 싶었다. 호흡을 골라 절대 억울하게, 열 뻗쳐 죽지 말라고! 이대로 고혈압으로 넘어가면 우유정 네가 병신이라고.

"세상에. 뭘 전하고 싶다고? 당신 마음? 당신이 마음이란 게 있어? 당신 같은 냉혈한이자 강호의 고수가? 아니, 파워레인전가?"

유정은 마음속으로 기도하고 염불을 외며 침착하려 했다. 흥분하면 지는 거고, 지면 분명 죽고 싶을 만큼 쪽팔릴 테니까! 고로 흥분하면 안 됐다. 절대로!

"나 당신이랑 하루 종일이라고 해도 될 만큼 섹스했어. 내가 그 미칠 것 같은 시간들을 왜 버티면서 즐겼는데! 당신이 좋으니까. 그런 기분은 난생처음이었으니까! 그런데 당신 나한테 뭐라고 했어? 어른들의 시간이었다고 했지? 또 어땠어? 그래, 나 쌩까고 나

없는 사람 취급했잖아! 비열하게! 치사하게! 사람 죽도록 비참하게 만들면서!"

"나도 처음이야!"

"……."

"미치도록 좋아서 여자 안은 거 태어나 처음이고 거친 내 행동에 당신 기진맥진해하는 거 알면서도 자꾸 하고 싶은, 그 치졸하고 동물 같은 기분 나도 난생처음이었다고!"

처음 봤다.

정다운이 자신의 생지 같은 날 것의 감정을 토로하는 것도. 지금처럼 감정에 치우쳐 격앙된 채 전혀 모르는 얼굴을 하는 것도.

"내 무리한 요구, 발작 같은 반복에 당신이 정신 놓았을 때도 나란 놈은 당신 안에 꾸역꾸역 기어들어 가고 있었어. 그것도 미치도록 만족스러워하면서."

"……!"

"우유정 당신 안이 미치게 좋아서, 한없이 뜨거워서, 꼭 나에게만 이런 것 같았어. 내가 느끼는 게 맞다는 확신에 도저히 놓을 수가, 빠져나올 수가 없었어. 당신이 움직이면 키스로 입을 막아가면서 하고 또 했어. 마약에 중독된 것처럼 당신을 놓을 수가 없어서……."

정말 그랬다.

두 번의 기막힌 밤, 마치 꿈속에서도 섹스를 하는 거 같았다.

어쩌면 현실보다 꿈속이 더 지치고 피곤했었다. 몸뚱이는 마치 늪에 빨려 들어가는 기분이고, 사지는 결박을 당한 듯하며 호흡은 딱 죽기 직전의 물고기처럼 벌름거렸던 그 희미하고 몽롱했던 무의식 속 무시 못할 기억.

"이제 와 고백하는 거 미안해. 그런데 그때는…… 도저히 그만 둘 수가 없었어. 그때 난, 당신이란 여자를 먹어버리고 싶었어. 당신이 괴로워하고 거부한다 해도."

어떻게 저런 참한 얼굴을 하고 저런 기막힌 말들을 할 수가 있는지.

무섭도록 솔직한 정다운을 보며 유정은 자신도 말을 해야 할 것 같았다. 그녀 자신의 묵직한 체기를, 답답했던 그 무언가를.

"당신이 느꼈던 감정과 충동, 나 모르게 내게 했다는 행위나 행동들은 이 순간 아무것도 아니야. 난 그때 당신 때문에 상처받았어. 그 상처는 지금도 선명하게 내 안에, 여기 가슴 안에 있어."

"……."

"내가 당신에게 바라고 원했던 건 이해 가능한, 이론적인 설명이 아니었어."

필립 정과의 약속은 어쩔 수 없다 쳐도, 그로 인해 다가올 수 없다 해도 다운이 진심으로 따뜻하게 대해주길 바랐다. 웃어주고 눈 맞춰주어 자신이 안심할 수 있게. 정다운을 편한 마음으로 기다릴 수 있도록 그 조그마한 배려를 원했었다. 그 같은 둘만의 신호를 기다렸다.

서로가 서로에게 맞춰진 단일 주파수이니 안심하라는 말이 아닌 말, 눈빛, 미소, 아니면 텔레파시…….

왠지 그 같은 것들을 말하는 스스로에게 웃음이 났다.

고작 두 번의 잠자리. 두 달의 시간으로 불가능한 것을 바랐던 건 아닌지.

정다운은 사랑도 아닌데, 분명 아직은 아니고 끝까지, 영원히 아닐 수도 있는데 감히 그 같은 둘만의 초능력을 바란다는 게 미친 거지.

"……사랑해."

"……!"

미치게 소원하며 듣고 싶었던 말을 결국 이렇게 들었다. 듣게 됐다. 헌데 사랑이란 말을 들었다는 것보다 정다운이 사랑이라는 말을 할 수 있는 사람이라는 게 더 신기하기만 했다.

"살면서 누군가를 진심으로 사랑한 적 없었어."

"……."

"무슨 일이 있어도. 어떤 희생이 따라도 완수해야 하는 군인의 임무처럼 사랑해야 하니까 했을 뿐. 그래야 내 거일 수도 있는 것들을 지킬 수 있으니까. 그래서 필립이 많이 좋아하는 거 알면서도 전처와, 친구 같은 사람과 결연을 맺듯 결혼했어."

놀라는 유정의 표정을 보며 다운은 아프게 웃어 보였다.

"양아버지가 전처 가문과 긴밀한 관계였어. 또 양아버지 가문의 정치적 행보를 위해 여러모로 필요한 가문이었고, 난 그 사람을 사랑을 해야 하니까 사랑했어. 아주 열심히. 헌데 나 자신도 모르는 사실을 현명하면서도 민감한 양어머니와 지나를 좋아한 필립은 알았지. 내가 사랑이란 이름으로 자연스럽게 나누는 감정을 숙제로, 미션으로, 임무와 절대적 과업, 지나친 충성 모드로 한다는 걸."

누군가 사랑하는 감정을 숙제로 하고, 그 같은 숙제를 목숨 걸고 하다니, 잘 이해되지 않았다.

유정의 의문은 고스란히 그녀 얼굴에 나타났다. 다운은 그 모습을 캐치했고.

"난 아무도 찾지 않는, 철저히 버려진 고아였어. 꼭 그런 이유라고는 할 수 없지만 관계에 대한 소유욕, 허울뿐이라도 가까운 사람에 대한 집착, 나에게 있었어."

"……."

"진짜 가족이란 개념보다 수족처럼 부리는 양아버지와는 다른 어머니의 노력과 헌신으로 지금은 집착과 욕심을 전부 내려놓았고."

그 같은 집착이라면 유정에게도 있었다.

사랑에 대한, 두 친구에 대한, 그리고 사람과 관계에 대한 그 모든 것들은 유정도 있었다.

거미줄 같은 관계망 속에서 사는 인간이라면 없을 수 없는 그것. 내 거란 소유욕과 내 사람들이라는 확실한 증명, 인증. 그로 인해 오는 편안함과 아슬아슬하고 안타까운 안정감. 또한 그 모든 것들로 인해 공고해졌으면 하는 스스로에 대한 자존감.

"하아……."

피곤했다. 온몸이 피곤했고 이 모든 엄청난 말들을 들어 더 피곤했다.

사랑한다는 말을 들었는데도 지금은 피곤하기만 했다.

그동안 방치하고 방기했던 모든 피로가 한꺼번에 몰려오는 것처럼 피곤하기만 했다.

정다운의 외면 이후 눈 감고, 귀 막고, 입 없다, 란 미명과 구호 아래 하루도 깊이 잠들지 못했다. 슬픔에, 막막함과 비참함에 단

하루도.

유정은 아무런 말 없이 정다운을 쳐다봤다. 말은 않고 그저 보기만 했다. 이런 행동에 정다운의 반응을 세밀하게 지켜보면서.

"이리 와……."

"……."

"나도 당신 안고 자고 싶어."

유정은 두 팔을 벌려 기다리는 다운에게로 조금씩, 천천히 다가갔다.

분명 조금 더 대화하고 싸우고 설명하며 따져 물어 무언가를, 일종의 시시비비를 가려야 하는 것 같은데, 지금은 이 남자 품에서 너무 좋았던 사람의 기운과 체취에 취해 자고 싶었다. 아주 실컷, 되도록 길게, 가능하다면 깊게.

할 수만 있다면 동화 속 잠자는 공주인가 백설공주인가 하는 그 애들처럼 그렇게.

딱 그 애들처럼 잠에 취해 있다가 누군가의 키스로 전혀 새로운 날을 맞고 싶었다.

정다운, 당신은 어찌 생각해? 생각해 봐.

이 우주대미모 숙취, 아니, 숙면하는 동안에.

영화나 책에서 보면 싸우고 화해하는 방법 중 하나가 묻지도 따지지도 않는 섹스던데.

정다운은 어쩜 이렇게, 이다지도 기대 이하에 수준 미달이신지.

유정이 깨어나길 기다렸다는 정다운은 서둘러 외출을 종용했다. 케빈이 기다린다면서.

아니, 그놈에 케빈인지는 안 보면 어떻다고! 또 나중에 봐도 되고 안 봐도 그만이지.

기어이 차를 끌고 간 케빈네 부부의 집은 정말로 폭풍의 언덕이란 말이 걸맞은 절벽 끝에 덩그러니 있었다. 까닥해서 밀기라도 하면 그야말로 나락이요 인생 종이었다.

일대를 케빈이 전부 샀다는데 해녀 부인을 절벽에 꽁꽁 감금할 것도 아니고, 자맥질이 일인 사람이 절벽 꼭대기가 집이라니…….

여튼 사이코들은 요소요소, 이처럼 전국 방방곡곡에 포진하고 있었다.

하여간 정다운이나 케빈이나 촉과 감이 절대적으로 부족했다.

차에서 먼저 내린 다운은 차 문을 열어주는 센스와 유난을 떨었다. 정작 징하고 진하게 할 건 않고 쓸데없는 일에 공들이는 푼수데기들 같으니라고. 대체 미쿡 물은 얼루 다 드셨는지.

사태 파악이 안 되는 정다운은 유정에게 손을 내밀었다. 꼭, 꽉 잡으라는 듯.

"있잖아요, 정 사장님. 우리 아직……."

"안아줄까요? 안아줄게요."

이 무슨 종아리 근지러운데 허벅지 긁는 소린지, 원.

"뜬금없이 안아주기는…… 으악!"

정다운은 대답도 듣지 않고 그녀의 몸을 번쩍 안았다. 유정은 하는 수 없이 다운의 목에 팔을 두르며 쳐다봤다.

"이왕 든 거 현관에서 내려줘요. 민망하니까."

정다운은 대답이 없었다.

"내려주는 거예요. 여기까지 왔는데 서로 편하게 밥을 먹어야 할 거 아니에요. 자, 빨리요."

말이 떨어지기 무섭게 정다운은 바로 현관 앞에서 유정을 내려주더니 곧바로 눈을 가렸다.

이 무슨 쌩쇼에 난리 블루스인가요, 정다운 씨.

"이보세요, 그리 정답지도 정감 넘치지도 않으면서 쓸데없이 정다운 척하는 분……."

금세 문이 열리는 소리가 들렸다. 엉거주춤하며 현관으로 들어서자 바로 세상이 환해졌다. 동공이 확 열리는 기분이 들었다.

"……!"

바다 밑으로 저무는 태양의 조명을 고스란히 받은 수많은 사진들은 아름다웠다.

태양빛을 받는 모든 지점엔 붉은 노을만큼 아름다운 사진들이 가득했다.

이태원 어느 골목을 총총히 걸어오는 롱 샷과 풀 샷의 사진. 사각의 프레임에 걸친 유정이 신이 나서 대차게 악동처럼 걸어오는 모습. 8군 안에서 미스터 김과 이야기하며 무섭게 째려보는 사악한 모습. 진과 심각하게 가위바위보 하는 모습. 멘토자의 엉덩이를 걷어차며 낄낄거리는 사악한 마녀 같은 사진. 또 주방에서 심각하게 플레이팅하는 모습. 앞머리에 무용수처럼 핀을 꼽고 곰곰하는 철학가의 모습.

누가, 언제, 어느 순간에 이리 다 찍었는지 모르겠지만 정다운의 시야와 프레임에 어김없이 자리하고 있는 이는 아름답기보다 그리 아름답지 않아 보이는 유정이었다.

아름답기보다 열심이고 누구보다 뜨겁게 달리고 부딪히며 노력하는 사람의 모습이었다. 정다운이 간직하고, 보여주려는 그녀의 진짜 모습은.

결국 그의 시야에 가득 담긴 모습은 무언가를 하고. 하려고 하는 고군분투하며 어찌 보면 고생하는 유정이었다.

"당신은 아름다워."

정다운이 뒤에서 유정을 가득 품에 안았다.

"그렇지만 내가 좋아하면서 늘 쫓고 또 몰래 담고 바라보던 당신 모습은 늘 이랬어."

"……."

"호기심 가득한 시선으로, 사람과 진심이 전부인 눈빛으로 누군가를 보고, 돕고, 일하면서 상대와 반응하고 안전한 정체보다 위험할 정도로 달리는 사람. 어제보다 오늘, 어쩌면 오늘보다 내일을 더 열심히, 즐겁게, 뜨겁게 달구는 사람."

정다운이 유정의 뽀얀 귓불을 살짝 흡입하는 듯하더니 아프게. 아찔하게 깨물었다. 그 한 번에 몸에 진동이, 파동이 몰려왔다.

아! 민감하여라, 우유정.

"내 시선은 처음부터 당신만을 향해 있었어. 그게 언제부터인지 당신은 짐작도 못했겠지만."

안고 있던 다운의 손이 가슴께로 내려와 가슴을 아프게 주무르며 창처럼 단단한 손끝으로 성난 유두를 찾았다. 기어이 분홍 돌기를, 예민한 꼬마 숙녀를 찾아 손에 쥔 다운은 마치 구슬을 잡아 굴리듯 유두를 쥐고 당기며 민감하고 예리한 자극을 섬뜩하게 주입했다. 혀와는 또 다른 감각과 유희에 자궁 안은 소용돌이치며 진저리를 쳐댔다.

오늘처럼 선 채로 뒤에서 조이며 압박하는, 쏟아지는 감각의 해무는 처음이기에 유두를 스치며 은근하게 우롱하는 자만과 작태에 사지가 부르르 떨렸다.

"아훗!"

스스로의 기합일지도 모르는, 앓는 듯한 기묘한 신음도 절로 터져 나왔다.

완전히 풀어헤쳐진 셔츠 속, 그 안에서 온갖 음탕한 호흡과 유혹의 손길이 어지럽게 얽혔다.

앞과 뒤. 전면과 후면 완벽한 포박이었다. 또한 절대적 밀착이 주는 소름 돋는 쾌감이고.

엉덩이로 분명하게 느껴지는 다운의 거대하고 거룩한 남성이 유정의 엉덩이 골을 무섭게 치받으며 아직 주저하는 듯한 의식의 밑바닥을 예민하고 기민하게 할퀴었다.

마치 옷과 옷을 통하고 넘어 얻어지는 완벽한, 일체감 가득한 섹스 같았다. 그로 인해 느껴지는 기분은 기가 막힌 오르가슴이었다.

벌써부터, 시작부터 쾌감의, 열락의 극치였다.

"당신을 처음 본 그 순간부터 매혹당한 난, 당신이 릴리에 발을 들이던 그 순간부터 줄곧 당신을 향해 손을 뻗었어. 날 봐달라고. 내 손을 꼭 잡아달라고. 내가 당신 옆에, 뒤에 항상 있다고……."

어느새 청바지 버클이 풀리고 그 틈으로 찾아들어 간 길고 강한 열 개의 손가락은 팬티 안까지 다급하고 갈급하게, 부드럽고 유연하게 파고들어 가 아직 두려움과 긴장감이 가득한 여성을, 한결같이 경직돼 수북한 음모를 달래듯 부드럽게 도닥이며 만지기 시작했다. 그와 동시에 깊숙한 진입과 파고듦에 정신이 몽롱했다.

"하아. 하…… 아."

이 같은 농밀한 상황을 의도하지 않은 고개는 힘없이 꺾이고 타는 목마름에 말라가는 유정의 두 손은 제멋대로 뻗어가 다운의 목과 머리, 귀와 입에 도달하며 거세게 주문하며 재촉했다. 무엇이든. 그 무언가를.

순식간에 혈 자리가 순환되며 몸 전체에 뜨거운 피가 돌기 시작했다.

폭압적인 누군가 발밑에서 수많은 장작을 피우는지 발끝부터 머리끝까지 순차적으로, 숨차게, 그러면서도 달큰하게 화기가 달아올랐다.

이대로 타 죽어버릴 것 같았다. 누군가 고통과 공포로 무장해 유정을 다독이다 치받지 않는다면.

"당신을…… 미치게 안고 싶어."

"으…… 응."

"당신 먹고 싶어."

"제발…… 좀…… 빨리……."

정다운의 치명적 고백과 유정의 노골적인 요구를 끝으로 길고 단단한 손가락이 무방비하게 노출된 둔덕을 지나 벌써부터 첨벙첨벙 눈물범벅이자 진창인 여성으로 깊이, 단번에 꽂혔다.

"아…… 악!"

분명 아픈데, 놀랍도록 아리고 아픈데 그만큼, 아니 월등히 좋았다. 다운의 불친절한 침투가.

마치 창에 꽂힌 물고기라도 된 듯 유정은 온몸이 들려 다운의 의지와 행동 아래 처벌을 기다리듯 버둥거리며 숨을 몰아쉬기 바빴다.

그녀 안에서, 명백한 묵인하에 다운은 무자비하면서도 전문적 무희처럼 손가락을 놀렸다.

깊게, 넓게, 벌리고 찢고, 뭉개듯 하면서 파고들어 들쑤셨다. 그러면서 버선발을 들어 보이는 특유의 고혹미처럼 유정을 몸살 나게, 감질나게도 만들었다. 그야말로 자유자재로.

정다운 당신은 이토록 잔인한 남자였구나…….

긴 손가락은 이 순간 최고의 무희이자 최선의 무기였다.

유정을 농락하고 새된 비명을 토하게 만드는 우유정 한정 최고의 비기이자 무기.

"아…… 훗!"

더, 더 이상은 못 견딜 것 같은 아픔과 쾌락 사이, 긴 통로를 장악한 손가락이 교묘히 빠져나와 그와 동시에 들려진 유정은 다운의 품 안에서, 다운의 허리를 그녀의 긴 다리로 감싸며 안겨 있었다.

"……."

한 뼘도 안 되는, 마치 어느 시의 행간처럼 마주한 두 사람이었다.

정말 그 말이 맞았다.

서로를 열망하는 남녀의 묵직한 침묵. 달큰한 호흡 같은 최고의 유혹은 세상 어디도 없다고.

정다운의 열기 가득한 시선을 피하지 않고 받기 급급한 유정이

다운의 눈가 길고 긴 눈썹에 일부러 깊고 짙은 호흡을 흘리며, 흩뿌리며 요염하게 물었다.

"날 얼마나 먹을 거예요?"

벌써부터 죽도록 다급한 듯 보이는 페니스가 유정의 둔덕을 아리게 비벼댔다. 마치 칭얼거리는 아이처럼, 절박함에 목을 매는 방랑자처럼.

"얼마나 먹히고 싶어요?"

두 사람의 하반신은 여전히, 동일하게 바빴다. 정다운의 야하고 야시시한 밀착으로 인해.

"⋯⋯죽기 직전까지."

"⋯⋯!"

"난, 당신이 날 원하는 것보다 내가 당신을 더 많이, 지독하게 원하니까."

다리로 감싸 안은 것처럼 유정은 두 손과 팔로 다운의 목을 감싸며 서서히 다가갔다. 비스듬하게 마주해서는 벌어진 입술과 물어 채려는 입술이 겹치기 전, 유정은 분홍빛 혀로 다운의 입가를 핥았다. 입술을 핥고 여자보다 더 아름다운 다운의 턱 주변을 부드럽게 핥아먹었다.

마치 앞으로 있을, 기대감을 갖고 기다리고 기대하라는 예언처럼 유정은 다운의 입가를 촘촘히 핥았다.

한 번 핥아 먹을 때마다 남성이 유정을 푹푹. 고통스럽게 찔러왔다. 마치 단단히 각오하라는 듯.

서로 다른 공격과 방어를 하는 사이, 방향이 바뀐 채로 유정의 등이 침대에 닿았다.

항상 그랬듯 군대에서의 이 남자 포지션이 궁금했다.

어쩜 이렇게도 손쉽게, 민첩하고 완벽하게 자신이 원하는 대로 세팅을 하시는지.

"내가 원하는 만큼 받아주면 상 줄게요."

유정의 위에서 제자리를 잡은 다운이 끊임없이 하반신을 비벼 쳐대면서도 가슴 위로는 꽤나 느긋한 얼굴로 제안했다.

"무슨 상?"

"비밀 작전은 물론 전투부대 최고 영애의 상."

"그게 무슨 상인데요?"

"점령지 탈환 및 적진 초토화를 기념하는 상."

"그러니까 무슨 상?"

"무한 섹스를 서비스받을 수 있는 일주일 포상."

"그…… 게 뭐예요?"

"날 일주일 동안 가져요."

"……!"

"당신한테 기꺼이 먹혀줄 테니까. 승리한 전쟁 영웅이 가장 좋아하고 기대하는 게 뭔지 알아요? 그건 돈도 명예도 아닌 사랑하는 사람과의 뜨겁고 완벽한 섹스예요."

"뭐야! 엄청 기대했는데! 지금 우리가 하는 게 섹슨데…… 으흡!"

강한 흡입으로 유정의 입술을 강탈해 삼킨 다운은 한 손으론 여성을 애무하며 뜨겁게 달궜다. 다운의 손안 가득 잡힌 여성은 적당한 힘으로 가하는 밀림과 잡아당김에 울컥울컥 애액을 토하며 애닳게 만드는 다운의 손을 정신없이 채우고 물들였다. 흥건한 눈물로.

아래위. 서로 다른 자극에 죽을 것 같은데도 자꾸 더 많이, 더 깊이, 더 아프기를 원했다.

그 모든 충동을 감지한 다운은 혀를 깊이 꽂아 유정의 입안을 가르고 빨았다. 무섭게 흡착하면서. 신음하고 비명 쏟게 하는 손과 달리 조금 여유 있는 또 다른 손은 유정의 머릿결 속에서 앞으로의 진행 상황을 브리핑시키며 준비시키고 예비하게 만들었다.

이제 곧 죽도록 아프고 좋아 죽을 테니까…….

이내 파헤쳐져서는 숨도 못 쉬고 내내 팍팍하게 받아들여야 하기에.

조금도 빠져날 수 없는 올무이자 양날의 칼이니 무사하길 바란다는 그런 경고이자 약속.

흐르는 타액을 전부 빨아 삼키며 조금씩 아래로 내려가던 다운이 목 주변을 깨물며 유정을 단련시켰다. 마침내 반항하듯 고개를 쳐든, 거짓말처럼 새빨간 유두를 입에 머금고 돌돌 굴리듯 하더니 어느 순간 강퍅하게 빨아댔다.

"아…… 흣!"

너무도 아프게, 하반신이 울컥하게 빨아들여 유정은 울고 싶었다. 이러다가는 그게 무엇이든 참지 못하고, 끝내, 마지막까지 견디지 못한 채 정신을 놓을 것 같았다.

집요한 사탕발림에 유두 끝이 갈라지고 까인 듯 쓰라리던 찰나, 어느새 고지에 다다른 전투력 만렙인 용병은 유정을 제 뜻대로 고문하기 시작했다.

"추흡! 추…… 흡!"

지독하게 야하고 야하기에 더 기대감을 증폭되게 만드는 BGM

이었다. 언제 어디서 들어도 행복한 시그널이고.

"아…… 악!"

너무도 급진적인 입성이었다.

그 어떤 배려나 알림 없이 강하게 박혀 들어온, 거대해서 거북한 다운의 페니스.

"미안해…… 도저히 참아지지가 않아서."

너무도 팍팍한 시작에 숨이 막혀 답을 할 수 없었다. 그저 옹골찬 조임과 질퍽하니 점성 좋은 애액으로 오래달리기를 종용하는 수밖에.

숨을 고른 유정이 다운의 얼굴을 섬세하게 애무하며 간신히 말했다.

"당신은…… 내가 다 먹을 거야."

유정은 그녀 자신이 꼭 물어 꽤나 고통스런 표정으로 찡그리는 다운의 입술에 그녀의 가장 길고 아름다운 중지 손가락을 넣어 다운에게 똑같은, 긴밀한 주문을 했다.

"아님 당신이 이렇게 먹어주든가? 아주 실컷."

순간 정다운의 눈빛이 출렁거리듯 반짝였다. 그런 후, 응답이자 반격은 바로 이어졌다.

입속을 장악한 손가락을 핥으며 깨문 것과 동시에 다운이 허리를 강하게 한 번 쳐올렸다.

"……!"

더없이 들어찬 상태에서의 강한 허리 짓은 유정을 절로 앓게 만들었다. 그러면서도 고집스레 무음으로 버티고 견뎌내게끔.

이제 시작이니 유정은 그게 뭐든 질 수도, 순순히 넘겨줄 수도 없었다.

팍. 팍. 팍. 퍽! 팍! 퍽!

유정의 골반을 단단하게 잡아 올린 결과 힘과 의지를 잃은 하반신과 상체가 공중에서 마구 흔들렸다. 다운은 안정된 자세로 유정의 허리를 기준으로 위아래를 완벽하게 분리하고 끊어낼 듯 잔인하게 쳐댔다.

고통과 희열이 동일하게 공존하며 유정을 사정없이 갈랐다. 그로 인해 금세 의식과 무의식의 중간에 놓인 듯했다.

짧지 않은 시간 흔들리고 흔들리며 유정이 어딘가를 헤매는데,

"……헉!"

갑작스럽게 번지며 차오르는 뜨거운 기운에 내내 메마르고 강팍했던 유정의 피부가, 탄력을 잃었던 자궁이, 내내 굶주림에 건조했던 여성이 뽀얗고 푸짐하게 젖어들기 시작했다. 눈을 감지 않아도 전부 다 느껴졌다.

정다운의 약침은 늘 이렇게 옳았다.

마치 어느 영화 속 피를 마신 뱀파이어처럼 더없이 완벽하고 만족스러운 기분.

충성스럽고 늘 선방하고 약진하는 정다운을 삼키어 먹는 기분은 그와 다르지 않으리라.

결코 객기나 도전은 아니었는데 정다운이 착각이자 왜곡을 한 것 같았다.

오랫동안 하지 못한 사정을 시작과 함께 깊숙이 토해내더니 정다운은 더는 급성, 속성 속결 없이 체공 시간을 늘리고 갖가지 체

위로 유정을 곤혹스럽게, 질겁하게 만들었다.

"하아. 하아. 아…… 앗!

첫 번째는 너무 굶어 절박하고 긴박해서 그렇다고 쳐도 두 번째도 콘돔 없이, 마치 그녀의 피를 전부 제 정액으로 채울 것처럼 토해내는 다운에게 소름이 돋고 진저리가 쳐졌다.

마치 한 방울도 양보할 수 없다는 듯이 끝까지 박아 페니스를 빼지 않고 그 쾌감을 지속하고 유지하려는 정다운은 결코 릴리 주방에서 보던 남자가 아니었다.

매너를 기본으로 약간의 절도도 있고 신사적이다 못해 냉랭하니 각이 제대로 잡혔던 이가 침대에서는 완전 반전이었다. 어쩜 이렇게 노골적이고 음탕한지 두 번째 사정은 가슴을 빨면서 끝까지 끌었다.

지금 이렇게 다운의 위에서 그를 깔고 앉아 손과 굵게 솟은 팔의 힘으로 눌려 박혀지는 유정은 제정신이 아니었다. 또한 깊게 내려 박히는 순간이 바로 몽롱한 정신에서 벗어나는 유일한 순간이었다. 그것도 잠시, 진공 상태처럼 완벽히 밀착돼 거대 남성으로 긁어대듯 비벼지는 자극에 미칠 것 같았다. 아프면서도 너무 야해서.

이대로는 계속할 수 없었다. 딱 죽을 것 같아서.

다운이 조금의 틈을 보인 순간, 유정은 무작정 다운에게 기대 그의 상체를 꼭 안았다. 절대 움직이지 못하게. 제발 그만 좀 하고 살려달라고…….

"조금."

갈급한 호흡의 다운이 부탁하듯, 애걸하듯 말했다. 주객전도라고 했던가, 애걸이라면 유정이 하고 싶었다.

"조금만 더……."

더는 무슨! 까닥하면 이대로 복상사하게 생겼는데.

"싫어, 난 못 해! 난 당신이랑 오래 하고 싶어. 정 사장님 이렇게 막 사용하면 안 된다고요. 이러다간 정말 나중에 진짜 안 되는 수가 있단 말이야, 당신."

유정은 자칫 험악해질 것 같아 아이 달래듯 농을 하듯 정다운의 혈기를 가라앉히려 했다. 사실 살려면 꼭! 반드시 그래야만 했다.

"미…… 친 것 같아…… 당신한테."

유정도 거친 숨을 고르며 자칫 과호흡으로 넘어갈 수도 있는 스스로를 구명했다.

"나도! 나두 미칠 것 같아!"

"……."

"아무리 굶어서 그런다고 해도 사람이 어떻게 이렇게나 모질어? 도대체 끝이 있기는 한 거야? 내가 정말 웬만하면 참으려고 했는데…… 나 이대로는 한 발자국도 못 움직일 것 같아. 휠체어 없으면! 정말 좋아 죽겠는 것만큼 아파 죽겠다고!"

이왕 분위기 깨는 거 확실하게 깨 이 퇴폐적이고도 농밀한 분위기에서 벗어나고 싶었다.

무슨 청나라 아편굴도 아니고 집 전체가 두 사람의 신음과 비명, 교성과 정액, 애액 뒤범벅인 채로 밀폐와 함께 완벽하게 차올라 집주인이라고 했던 케빈 얼굴을 볼 수 없을 정도였다.

유정의 완벽한 거부에…… 웬걸 자궁과 여성을 완벽하게 장악하고 있는 정다운의 남성이 점점 더 부피를 키웠다.

"어…… 어…… 말도 안 돼. 이럴 수는 없어! 지금 이거 내 착각이 맞는 거죠?"

어처구니가 없어 유정은 상체를 떼 정다운을 마주 봤다. 정확한 시시비비를 가리기 위해.

대경실색하는 유정을 정다운은 애틋하게, 절절하게 쳐다봤다.

"뭐…… 예요? 그 시선은? 그만 좀 끝내자고 애걸하는데 정다운 씨 눈빛은 대체 왜 그렇게 아련한 건데! 사람 불안하게!"

유정이 난리를 치듯 순간, 귀신같이 자세를 다잡은 정다운이 유정을 꼭 안아 서로의 코끝이 닿을 만큼 가까웠다.

"사랑해…… 우유정."

"……!"

갑작스런 고백에 심장이 짜잔! 하고 BGM을 불러댔다.

"섹스하려고 꼬시는 멘트 아니고?"

너무 급작스런 멘트가 의심스러워 확인할 필요가 있었다.

"절대 아니야."

그 소리에 안도의 한숨이 절도 나오는 것 같았다.

"……그렇지만."

유정은 이 순간에도 부피를 키우는 정다운을 노려보며 그의 진정성을 의심했다.

"그렇지만?"

"지금 이 순간 하던 건 끝까지 받아줘."

"뭐…… 라고…… 아…… 앗!"

유정의 몸이 한순간 공중으로 치솟았다. 그다음은 그대로 거구의 남성을 품은 둥지가 돼,

"악!"

비명을 지를 수밖에 없었다.

나쁜 놈! 나쁜 쉐끼! 정말 야비하고 이기적인 인간이야, 정다운 당신은.

갑자기 거세지고 빨라지는 속도에 더 이상은 욕을 할 수도 없고 욕도 나오지 않았다.

문득 그런 생각이 들었다. 연상연하라고 해야 고작 세 살 차이, 우습고 만만하게 생각했는데 혹시 그게 우유정 인생 최악의 선택이자 착각은 아니었는지…….

이후, 세상은 급격히 늘어지게 보이고 사정없이 흔들리며 칼라에서 흑백 톤으로 마구 뒤섞이고 뒤엉켰다. 호흡은 신음과 교성 그 중간에서 달리다 결국 비명으로 확산됐다.

모든 기관과 감각은 물론이고 지독하고 끈질긴 초자극에 그녀 안의 모든 뼈가 마치 출산을 하는 것처럼 뒤틀려 쪼개지는 것도 같았다.

안이안 어쩌냐?

정말 이런 기분이 출산이라면 우리 밉상이가 너무 불쌍해!

정다운의 말처럼 딱 일주일 후, 연인과 신혼부부의 파라다이스라는 제주도는 다시는 가지 않아도 되는 악몽의 섬이 되었다.

다시 간다면 그건 여행이 아니라 구금, 감금에 유배지가 될 게 분명했다.

주위 성스런 사이코패스는 사촌인 길정민뿐인 줄 알았는데 의외로 가까운 곳에 살고 있었다. 또한 철들어서부터 늘 안이안을 부러워하면서 살았는데 절대 부러워할 일이 아니란 것도 절실하게 깨달았다. 진심으로 다독이고 안쓰러워할 일이지.

그간 그 아이가 얼마나 두려움과 공포에 사로잡혀 살았었는지 비로소, 이렇게 동변상련이 되고서야 뼈저리게 알았다. 이런 사실도 모르고 삼시섹끼만 찾았으니.

섹스 머신도 그렇고 섹스 돌은 그냥 솜 인형으로 옆에 둬야지 사람으로, 연인으로, 또 파트너이자 알바 사장으로 두는 건, 절대 좋은 생각이 아니었다.

아무리 미쿡! 물을 먹어도 그렇지, 정다운은 때와 장소를 가리지 않았다. 마치 섹스 앤 더 시티의 사만다처럼.

"이…… 건 정말 아닌 것 같아요."

"……."

그 어떤 근거와 증거자료 없이 말뿐인 케빈의 제주도 집에서 찍은 색, 계에 대한 악몽을 채 지우기도 전에 아직까지 인원 충원을 못했다는 빌미로 정다운의 기습적인 가정 방문을 받았다. 것도 매일같이, 고로 매일같이 잡아먹혔다.

정 사장은 밤엔 몸으로 연거푸 사정을 하고 낮엔 핸드폰으로 사정사정을 해 하는 수 없이 단기 알바생으로 재취업했다.

그날부터 정다운은 유정을 회로! 날로! 사시미로 먹었다.

비아그라를 복용한 것도 아닐 텐데(사모임 언니들이 말했었다. 비아그라를 먹으면 남신이 하루 종일 서 있다고. 마치 집 앞 가로등처럼……) 보기만 하면 잡아먹으려 들었다. 자신이 자연산 돌돔도 아니고.

오늘도, 지금도 이 모양이었다. 레인저 출신 사장으로서 채신을 좀 지키시지.

"여기 릴리 밖도 아니고 안에 있는 주류 창고라는 걸 인식하시고……"

"알잖아요? 여기 문은 안에서 열지 않으면 밖에서는 절대 열리지 않는다는 거."

정다운은 자신만만하게 말했다. 이게 자신만만해할 일인 걸까?

"그러니까 왜 안 고쳤어요? 나 그만두고 꽤 시간이 있었는데 바로……"

"늘 생각했어요."

"그러니까 생각만 하면 뭐 하냐고요? 제주도에서 내부 수리 운운하더니 기껏 주방 동선만 바꿔서 사람 하루 종일 실수만 하게 만들고! 그러니까 그때 어지간한 건 다 고치면 좋았잖아요!"

그랬다면 이곳에서 주류 베드신은 굳이 찍지 않아도 됐었다. 염병!

"당신 마음에 담고부터 여기, 이곳에서 한 번쯤은 하고 싶다고. 앞뒤로."

"……!"

정다운은 정말 빼도 박도 못하는, 인증서 발부가 급한 변태 인간이었다.

그 살기 좋다는 청정지역 제주도도 일주일 만에 악몽의 섬으로 만들더니 이젠 이 이쁜 아기들이 있는 술 창고도 이미지 왜곡을 시키려 들었다.

벽 쪽으로 밀어 귓불에서부터 내려오는 다운의 입술은 벌써부터! 겁나게 뜨거웠다. 마치 그의 핵탄두급 남성의 상태를 유추하고 추측할 수 있게끔.

"살짝만…… 들어갈게요."

"……!"

"아직 알바들도 오지 않았잖아요."

살짝은 무슨! 그런 적이, 역사가 없는데!

성격대로 하자면, 당장에 밀어내며 색광! 색마! 색즉시공! 뭐 이런 모든 단어들로 면박을 주고 싶었지만 이제 막 연애를 시작한 입장에서 아무리 서로 간에 성격을 안다 해도 막 나가고 싶지는 않았다. 그러니 이 악물고 달랠 수밖에.

"……오늘, 나 요리 가르쳐 준다고 했잖아요. 애들 오기 전에 알려줘요. 메모하면서 열심히 배울게요."

"나도 열심히 가르쳐 주고 싶어요."

"잘됐네요. 우리 가요. 얼릉 가서……."

"당신으로 인한 현재 내 상태에 대해서."

"……!"

정다운의 빨판 같은 입술이 게릴라식 기습으로 가슴께로 내려갔다. 그리고 언제 단추를 풀었는지 셔츠 안에 고이 잠자고 있던 유정의 버전업 가슴이 겁도 없이 뽀얀 젖가슴과 붉은 유두를 내놓고 있었다.

이 푼수 같은 것들, 지금 지들이 이렇게 존재감을 자랑할 때가 아닌 것을.

그 순간이었다.

샤라랄라 랄라라. 샤라랄라 랄라라~

또다시 들려오기 시작했다. 이 모든 것들의 시작이자 전조 현상이 된 빌어먹을 멜로디!

그 기막힌 멜로디가 정다운의 간드러지는 목청을 통해 작게 공명돼 파동쳤다.

"그 노래 제발 좀 그만해요!"

"싫어요."

아하! 정말이지 정다운에게 절대 말하는 게, 털어놓는 게 아니었다.

어느 밤, 침대 위에서의 격렬한 수위를 조금만 낮추기 위해 유도하며 절박하게 시작한 대화는 서로가 언제부터 좋았는지 이야기하는 고백의 장이 되고 말았다.

그때 멍청하고 속없는 유정은 치명적인 실수를 범했다.

당신과 구름 위에서 키스를 한 후부터 샤라랄라 랄라라, 하는 BGM이 울려서 마음을 각성했다는 소리에 정다운은 그렇게나 좋아했다.

그때 지금도 들리느냐고 물어 언젠가부터 들리지 않는다고 했더니만…… 이 사달이 났다.

정다운 자체 BGM 방송. 자신이 내장을 뒤집는 듯한 딥키스를 하고 싶다거나 중국 인민 기예단이나 할 법한 최고 수위의 롱 타임 섹스를 계획하고 원할 때, 정다운은 저 스스로 그 노래를 불렀다.

"샤라랄라 랄라라……."

허밍처럼. 호흡처럼 조그마하게 울려대는 소리가 자꾸 신경을 건드렸다.

"안 어울리니까 제발 그만 좀 하시죠, 정 사장…… 아훗!"

노출된 가슴과 도전 정신에 불타는 유두가 다운의 입안에서 공 갈 사탕처럼 힘 좋게 빨렸다.

이 남자는 꼭 이랬다. 유정의 끝내주는 성형 미학 가슴보다 표 독스런 작은 알갱이 유두에 집착해 말리지 않으면 하루 종일도 빨 아먹었다.

그 빨림의 끝, 여지없이 유정의 하반신은 녹진녹진, 흐물흐물, 애액 대방출이 되곤 했다. 그리곤 곧 잡고 잡히는 장편의 로드무 비를 찍곤 했다.

"키스만 한다고 해놓고 왜 이렇게 된 거죠? 정 사장님"

유정은 전혀 느끼지 않는 듯 정신을 차리며 말했다. 유정은 전 혀 반응이, 감흥이 없으니 그만하자는 뉘앙스를 잔뜩 풍겼다.

"내가 말한 키스는 당신 입술이 아니라 가슴……."

"어! 문이 또 안 열리네. 두 분 혹시 여기 계세요?"

멘도자였다. 유정은 멘도자가 이리도 격하게 반가울 수 없었다.

"어, 문이 또 말썽이라 지금 사장님이 만지고 계셔. 나 도와주시 다가 둘 다 갇혔어. 이 일을 어쩌니?"

유정은 정다운을 노려보며 벌어진 가슴과 매무새를 정리하기 시작했다. 그 순간에도 정다운은 손을 놓지 않고 계속 진행하려는 듯했지만 기회를 잡은 유정으로서는 절대 이 타이밍을 포기할 수 없었다.

"멘…… 도자!"

"네."

"어디 가지 말고 거기서 기다려 봐. 정 안 되면 네가 망치든 뭐든 간에 부숴야지 않겠어?"

그 소리에 정다운이 유정을 노려봤다. 아주 살벌하게. 유정은 그 같은 시선을 무시했다.

"사장님, 안 될 것 같죠? 그냥 멘도자한테 부수라고……."

"멘도자."

정다운이 무슨 생각인지 밖에 있는 멘도자를 불렀다.

"네, 사장님."

"주방에 있는 설거지 좀 부탁해요. 우리는 30분 후에 나갈 테니까. 부탁해요."

"무…… 슨 소리예요?"

유정은 다운만 들을 수 있는 톤으로 격렬하게 반항했다. 눈과 몸으로, 아니, 온몸으로.

"네, 사장님. 그럼 좋은 시간…… 천천히 나오세요. 저랑 진이 알아서 다 해치울게요."

너무도 노골적인 멘도자의 멘트에 유정은 석고가 돼 문 밖의 멘도자와 문 안에 있는 정다운을 쳐다봤다. 생각할수록 어이없고 도저히 묵과가 되지 않았다.

"이게 무슨…… 아니, 사장이란 사람이 직원한테 할 말이에요? 멘도자가 이상하게, 그렇고 그렇게 생각하잖아요!"

"그럼 억울할 거 없이 이상한 짓 하면 되죠."

"……!"

그 소리와 함께 유정은 다시 또 다운의 품속으로 빨려, 딸려, 끌려들어 갔다.

마치 오래전, 두 오빠들과 일요일 아침인가에 보았던 이상한 나라의 폴이란 만화 속, 뿔 달린 회색 마왕에게 끌려가는 어떤 멍청한 여자애처럼.

자고로 사람이 갑자기 변하면 천국 간다고 그러던데…….

또 언제 풀려 기어나왔는지 가슴이 다운의 손아귀에서 헐벗어 삼켜지려 하고 있었다. 어느새 뒤로 잔뜩 처진 고개에서 신음이 실타래처럼 새어 나오려 했다. 결국 공중에 살짝 들어 올려진 채로 다운은 유정의 유두를 생식하며 섭식했다.

"……아흣!"

공기 반 소리 반인 목소리와 함께 착지하지 못하는 유정의 다리가 공중에서 달달 떨렸다. 그러면서 미어지게 비벼지며 금세라도 뚫고 들어오려는 듯한 남성으로 인해 순식간에 몽롱해졌다.

아무래도 둘 다 정신은 물론 건강을 챙겨야 할 것 같았다. 계속 이대로 가다가는 정말 누구 하나 사달이 날 것도 같았다. 그중 가장 유력한 후보는 그녀 자신이지 싶었다.

세 살 젊은 정다운은 지금만 봐도 절대 아닌 거 같으니까…….

아! 정말 안이안이 몹시도 보고, 손이라도 잡고 싶은 오후였다.

"……집중해요."

"몰라! 난 받기만 할 거야!"

"그래요, 그럼."

"이…… 씨!"

도대체가 이겨먹을 수가 없다, 이 인간은.

정말 소리 없이 강하다. 정다운은.

소란스러운 주말에서 조금은 엄숙하고 지루한 월요일로 넘어가는, 새벽 한 시가 넘은 시간.

유정은 제법 익숙해진 바람을 맞으며 이태원을 내려다봤다.

삼분의 일 정도 남은 각종 불빛과 조명이 이제 지쳐 고개를 숙이려 하는 이태원 거리를 각별하게 밝히고 있었다.

그날이 생각났다. 난생처음 알바를 경험하고 조금은 상기되고 전반적으로는 녹초가 돼 숨 돌릴 겸 내려다본 낯설고도 익숙한 거리.

한 계절이 지나 그런지 그때와는 분위기와 감정의 결이 많이 달랐다.

그때는 거친 호흡으로 잠깐 숨 돌리기 위해 멈춰 선 자리가 지금은 여유 있게 되돌아보고 감상하는 자리가 됐다.

참 많이 사랑하고 의지하던 친구의 결혼과 일상의 부재. 그로 인해 필연적으로 따라오는 빈 둥지 증후군 같은 허전함에 별 생각 않고 시작했던 본보기, 어디 당해봐라 했던 보복성 알바.

알바를 끝내고 집에 도착하기만 하면 부어오른 다리를 보며 그만둔다, 를 외쳤었다.

바로 그곳에서 성 도착증에 필적하는 성스런 인물, 스틸처럼 조용히 강한 정다운을 만났다.

늘 부르짖던 운명적, 생래적 사랑인지는 모르겠지만 그 남자와 섹스를 하고 그의 품에 안겨 자면 세상 부러울 게, 이만큼 따뜻한 곳이 없었다. 그러면서 충분히, 더없이 보호받고 사랑받고 있단 자부심에 내내 불안하고 중심 못 잡던 자존감까지 이전과 다르게 높아졌다. 정말 신기할 정도로.

사실 이 정도가 딱이지, 더 설명하고 디테일하게 논하면 골치만 아팠다.

 유정을 만나기 전까지 사랑이란 감정을 임무이자 숙제처럼 알았다는 사람인데 이제는 섹스를 숙제처럼 했다. 정말 열심히! 죽어라! 반복적으로! 날이 새고 유정의 여성이 피폐해지도록!

 그러면서 문득 그런 생각도 들었다.

 아직 혈기 왕성하고 섹스가 지상 최대 목표인 서른 초반이라서 그런 건가 하고.

 도대체가 미쿡 학교에서 숙제에 대해 어찌 배운 건지…….

 사실 숙제는 해도 되고 안 해도 되는, 아니, 하지 않고 잘 넘어가면 땡잡은 기분도 드는 그런 가벼운, 까먹어도 그만인 일이건만 정다운은 아주 전투적으로, 광신도처럼, 곧 죽어도 고! 이런 개념으로 한다. 고스톱도 아니고.

 늘 총체적 사랑이란 게 고팠는데 사랑과 섹스를 숙제처럼 꼼꼼히, 하루도 빼먹지 않고 하는 정다운 사장으로 인해 이젠 삼시섹끼 타령은 절대로 하지 않게 되었다.

 소리 없이 강한 정다운과 만나는데도 한다면 그건 그야말로 섹스 돌이라는 거니까.

 영혼도 육체도 다운의 든든한 그늘 안에서 무탈하고 오늘도 무사했다.

 늘 꿈에 그리던 서로 마주 보고 주고받는 사랑, 일명 피드백이 있고 리액션을 볼 수 있는 사랑을 매일 할 수 있어 감사하다.

 어느 젊은 연기자가 자주 한다는 말처럼 감사하다, 감사하다, 감사하다!

맘껏 사랑할 수 있음에.

충분히 사랑받고 있기에.

이젠 사랑을 사람으로 인해 믿을 수 있기에 감사하다.

그 사람이 다른 누구도 아닌 정다운 당신이니까.

"……빨리 와요."

뒤돌아보니 늘 버거울 정도로 사랑을 주는 정다운이 언젠가 그랬던 것처럼 열 걸음 정도 앞에 서 유정을 불렀다.

"여기가 더 잘 보여."

그때처럼 한 걸음 한 걸음 걸었다. 다운과 한층 가까워진 거리.

한 세트처럼 꼭 붙어 이태원을 내려다봤다. 역시나 처음 자리보다 이 자리가 잘 보였다. 이 사람 곁이, 함께인 둘이.

"어, 정 사장님 오늘 릴리 불 끄는 거 까먹었나 보네."

"안 까먹었는데."

"안 까먹기는. 여기서 이렇게 잘 보이는데?"

"일부러 켜놓은 건데."

정다운은 잔잔한 미소를 하며 말했다.

"일부러? 일부러 왜요?"

"당신이랑 여기서 이렇게 보려고."

"보면?"

어! 어, 어. 이…… 이거 혹시 깜짝 이벤트? 새벽빛을 물들이는 프러포즈! 뭐지? 근데 뭔가를 하기에는 어정쩡한 시간에 위치인데…….

유정은 순간 머리가 빠르게 돌아갔다.

"너무…… 애틋하고 소중해."

앗싸라비아! 콜롬비아! 맞구나, 맞아!

이게 바로 프러포즈 전 밑밥 깔기, 뭐 이런 건가? 갑자기 심장이 두근거리기 시작했다.

"늘 고맙고."

다운의 목소리는 촉촉해져서는 금세 눈물이라도 흘릴 것 같았다. 철도 씹어 먹을 듯 강한 남자가 지금은 철없는 아이처럼 보였다. 순수하고 여리게만 보여서.

왠지 모르게 유정도 울컥했다. 이런 기분 실로 오랜만이었다. 두근거리고 설레면서 눈물이 그렁해서 짠한 기분.

"나한테는…… 릴리가 그래."

이 타이밍에서 릴…… 릴리라니? 그럼 애틋하고 소중하고 고맙다는 게 릴리라는 거야?

"릴리에서……."

오지게도 찾는다, 그놈에 릴리.

"내 인생 통틀어 가장 소중하고 귀중한 당신을 만났으니까."

"……!"

역시……. 잘못하면 큰 실수할 뻔했다. 역시나 주어이자 목적어는 이 우유정이었구나!

유정은 찢어지는 입가를 단속하고 다소 엄숙한 분위기를 자아냈다. 어쩌면 약식이자 미리 킵하는 프러포즈가 맞을 수도 있는데 장난스럽게, 얼렁뚱땅 하기는 싫었다. 무드 없게.

정다운이 비로소 고개를 돌려 유정을 보았다. 그의 눈은 늘 그렇듯 투명하면서 영롱했다. 이 순간도 여지없이, 이 순간에 더.

"차에서 안고 싶어."

"……."

"당신."

"그 차라는 게 혹시 내 차 말하는 거예요? 공용주차장에 있는 애?"

"응."

뭐? 응! 응이라고?

아니, 소중하고 귀중하다면서 갑자기 카섹스로 이야기가 튀는 건 뭔지.

"소중하다며요?"

"물론."

"귀중도 하고?"

"말했잖아요."

"근데 생뚱맞게 무슨 카섹스? 그것도 이 새벽에!"

"오늘은 릴리 쉬는 날이고 당신도 오프니까."

정다운은 유난히 생글거리는 눈을 하고 요물처럼 또 요기롭고 야시시 하게 유정을 쳐다봤다.

"차에서부터 당신 먹고 싶어. 하루 종일."

하아! 이 남자는 정말 숙제를 너~~~~ 무 열심히 한다.

정작 이 타이밍에서 해야 할 건 하지도 않고 죽어라 그놈의 숙제만!

"다시…… 릴리로 갈까요?"

"……싫어!"

"……."

"안 하고, 안 갈 거야!"

"……."

"절대! 절대! 저~ 얼~ 대!"

이 천하의 무드 없고 감 없는 삼시섹끼 같은 남자야!

디어 마이 백설공주

익숙한 2층 테라스에서 시간을 확인한 다운은 아직까지 숙면 중인 유정의 방을 훔쳐봤다.

어젯밤 8군 사령관의 특별 배려로 그의 전용 헬기를 타고 도착해 그 즉시 캐빈의 도움을 청하고 받았다.

오래전 캐빈과 다운이 절반씩을 투자해 산 절벽 위의 집은 두 남자가 공용으로 쓰는 공간이었다. 필요에 의해 상시적으로 머무는 공간.

새벽까지 절벽 위의 집을 유정의 사진으로 꾸몄다. 그 같은 모습에 케빈은 자신보다 더한 바보라며 다운을 놀렸다.

그 같은 놀림이 싫지 않았다. 싫기보다 안정감을 주었다.

약속과 다짐으로 인해 마음과 달리 아무것도 할 수 없던 그때, 마음은 어느 전쟁터보다 위태롭고 매 순간 긴장되며 다급했다.

졸업과 동시에 파견과 전투에 투입돼 8년 가까이 죽음과 극한의 긴장감, 침묵이 따라붙는 치열한 시간들을 보냈다. 욕심으로 인해 맞닥트린 상황이기에 불만보다 심적 동요와 숱한 갈등이 많은 순간들이었다.

그 모든 이유로 사랑이란 감정은 번외로 두던 무지하고 무익한 시간들.

그 시간들 속에서 결혼과 이혼, 욕심을 버리며 내려놓는 일련의 과정을 치르고 보냈다. 후회와 상처가 전부였던 순간을 양어머니인 릴리로 인해 버티고 견디었다. 그런 어머니가 갑자기 오랜 병마 끝에 홀연히 떠나고 마음은 사막처럼, 전우를 모조리 잃고 혼자 생존했던 어느 전장처럼 폐허였다.

그 속죄와 갱생의 시간 속에서 우유정을 보았고 운명처럼 재회했다.

그 사람은 절대 모르는 그들의 인연에 감사했다.

이번 생은 군인의 신분으로 치른 수많은 전쟁, 사람과 가족의 참 의미를 배우기 급급했기에 포기하고 유예했던 감정과 사랑을 아스트랄한 유정을 만나고 겪으면서 욕심냈다.

아름다운 만큼 상처가 많은 사람이었다, 우유정은.

그녀의 상처를 보듬어주는 단 하나의 남자가 되고 싶었고, 그녀에게 사랑받는 유일한 남자가 되길 희망했다.

지금까지는 전혀 다운답지 않은 모습이었다.

군인으로서 전투에 임한 다운은 누구보다 치밀한 지략가이자 실수를 용납하지 않는 잔인한 전술가였다. 또한 크고 작은 희생을 치르더라도 반드시 목표를 달성하는 인정사정없는 상관이자 장교였다.

그 모든 모습은 결코 유정에게 보이고 들키고 싶지 않았지만 바로 그런 사람이 자신이기에 유정을 열망하며 갖고자 하는 마음은 매너 좋은 신사 필립과 처음부터 결이 달랐다.

그때 우유정을 열망하는 마음이, 애틋한 감정이 필립보다 크지 않아서 유예의 시간을 허용한 게 아니었다.

그 시간들은 과거와의 깨끗한 청산을 위한 의식과도 같은 시간이었다.

우유정에게 거침없이, 일고의 망설임 없는 그답게 다가가기 위해 꼭 치러야 하는 통과의례.

그 일로 아무런 잘못도, 책임도 없는 유정이 아플 수 있다는 걸 알았지만 기다려 주길 바랐다.

필립은 두 달의 시간 동안 한 가지를 부탁했다.

유정에 대한 다운의 마음을, 감정을 절대 들키지도 말하지도 말아달라고. 그 시간동안 자신은 마음을 얻기 위해 최선을 다할 테니까, 감정을 두 달만 유예시켜 달라고. 오래전 마약을 종용하며 괴롭히던 무리들에게서 그를 지켜준 만큼의 시간을 그에게 달라고.

필립은 그때의 고마움을 정확하게 돌려받길 바랐다.

필립에게는 빚이 있기에 거절할 수 없었다.

눈과 마음은 하루가 다르게 꽃을 좇는 벌처럼 유정을 찾는데 말과 행동은 그럴 수 없다는 건, 견디기 힘든 고문이자 고통이었다.

그 아픔의 시간들이 모두 지나갔다.

어떤 사정이 있고 이유가 있든 간에 결국 모든 잘못은 다운에게 있었다.

깨끗이 인정하기에 이제부터 시작이었다. 오늘 이 순간, 이 자리에서부터.

이곳 제주도에 오기까지 우유정의 두 친구의 도움과 격려가 상당했다.

먼저 만남을 청한 사람은 유정이 늘 언급하던, 안이안이란 사람이었다. 여자에게는 유정과 다른 무언가가 있었다.

일종의 유연한 카리스마. 아름다우면서도 그만큼 아이 같은 우유정과는 분명 다른 사람이었다.

이안이란 친구를 칭하고 설명하는 유정의 목소리엔 사랑과 절대적 믿음이 가득했었다. 그때 얼마나 질투하고 시기했었는지 유정을 걱정하는 마음이 한가득이던 여자와 그녀의 남편인 게 분명한, 수행 비서라 칭한 남자는 절대 모를 것이다.

두 사람은 전혀 다른 외모를 하고서도 많이 닮은 이들이었다.

그 닮음은, 동질감과 연대감은 분명 사랑으로 인한 게 분명했다.

견제하고 투닥거리는 듯하면서도 두 사람에게는 동일한 주파수, 시그널이 느껴졌기에.

우유정에 대한 솔직한 감정을 묻는 여자에게 첫눈에 반했다고 토로하자 이안이란 여자는 숨을 참으며 격앙되는 감정을 갈무리하는 듯했다.

만삭의 임부인지라 감정이 격해져 그랬다고 할 수도 있을 텐데 여자는 그 같은 자신의 마음을 오픈하지 않고 담담하려 했다. 옆에서 다운을 죽어라 경계하며 노려보는 남잔 이처럼 남다른 여자의 곧은 성향으로 인해 어지간히 힘들었겠다 싶었다.

전쟁터에서 삶과 죽음을 누구보다 가까이 관찰하고 겪은 다운에게는 일반 사람에게는 없는 특별한 감과 촉이 있었다.

그의 그런 특별한 감각이 말하고 있었다.

안이안이란 사람도, 여자를 끔찍하게 사랑하고 현재 미쳐 있는 것으로 보이는 남자도 일반적인 범주의 사람들은 아니라고.

처음의 카리스마는 어디로 간지 모르겠는 여자는 해사하게 웃으며 말했다.

"제 경험이긴 한데요, 인생이 꼭 이성적이고 신중할 필요는 없는 것 같아요. 일단 몸 가고 마음 가는 대로 가보는 것도 방법이거든요. 그러니까…… 우리 유정이 꼭 잡으세요. 참, 제일 중요한 걸 잊을 뻔했네요."

여자는 당부가 아닌 마치 절대적 미션이자 인생의 지침서, 사랑의 안내서를 일러주듯 담담하면서도 간곡하게 말했다.

"유정이…… 많이 사랑해 주세요. 제 친구는 다른 건 일절 필요 없고 오직 사랑받기 위해 태어난 아이거든요. 그러니 아낌없이 사랑해 주세요."

유정의 친구는 마지막까지 눈으로 당부했다.

절대 사랑하는 사람을 놓치지 말라고.

사랑은 결국 어설프게 잡혀주고 얼른 잡는 거라고.

가끔 보던 몸체 작은 친구도 그러더니 우유정의 친구들은 조금 특별하고 각별한 듯했다. 그런 이유로 유정을 보고 싶은 마음이 더 간절해졌다.

이들에게 나눠 주고 퍼준 마음이 샘이 나 좀 더 빨리 유정을 다운의 사람으로, 사랑으로 가득 채우고 싶었다.

똑 닮은 부부가 먼저 일어나고 잠시 그 자리를 지키던 다운은 한 통의 전화를 받았다.

유정의 친구였다. 8군에서 일하는 한미미라는 친구.

간절하게 요청을 하지만 굳이 만나지 않아도 짐작하고 알 것 같았다.

이 사람이 무슨 이야기를, 어떤 정보를 주겠다고 하는 건지. 또 무엇을 바라고 우유정에게 무엇을 주길 바라는지.

우유정 당신 참 행복한 사람이구나. 이렇게 당신을 사랑하고 걱정하는 좋은 사람들이 주위에 있으니…….

그래도, 그렇다 해도 감히 말하고 싶었다.

이 사람들보다 정다운이 더 당신을 애틋하게 사랑하는 사람이라고.

태어나 처음인 이 마음을,

누구도 아닌 오직 당신에게 전부 다 주고 싶다고.

점점 밝아오는 제주의 아침빛 아래서 습관적으로 시간을 확인한 다운은 점점 더 고민스러웠다.

이대로 유정의 단잠을 두고만 볼지, 그만 깨워 한시가 다급한 그의 고백을 연서처럼 토해낼지.

그러니 제발 좀 일어나시지요.

입맞춤보다 백배. 천배 간절한 고백을 하고 싶은데 들어주실 건가요?

나의 아름다운 백설공주님.

5개월 21일 전

첫눈에 누군가에게 반하는 자신을 단 한 번도 상상한 적이 없었다.

몽상과도 같은 그런 감정은 10년 가까이 군 생활을 하면서 결코 접점이 없는 감성적인 감정이었다. 한쪽에서는 전쟁 영웅, 또 다른 쪽에게는 동족을 해하고 해치는 악마일 수밖에 없는 군인이란 직업은 감상과 몽상이란 말과는 거리가, 거북함이 있었다.

그럼에도 불구하고 여자는 그림 동화 속 공주님 같았다.

동화 속 아름답게 그려진 공주님을 보고 반하지 않을 사람이 있을까?

왕자님처럼 사랑하는 단 한 명의 운명이자 연인이 되고 싶지 않은 사람이 있을까? 아름다운 내 여자와 황금 마차를 타고 높고 화려한 성으로 가고 싶지 않은 그런 남자가?

유난히 긴 속눈썹을 한 여자는 친구와 한바탕 소란을 떨어 피곤한지 붉은 입술을 미묘하게 움직이며 아기 새처럼 꿍꿍거렸다.

그 모습에 하반신에 피가 몰린다면 미친놈일까?

그간 남자라는 인식도, 섹스와 함께 사정에 대한 욕구도 전부 잊고 살았다.

양어머니 릴리의 영원한 부재와 상실감. 그녀의 유언을 지키고 싶은 책임감과 열망. 그로 인해 제대 전 마지막 임무였던, 국내 육사 생도들의 샌드허스트 대회(미 웨스트포인트에서 매년 주관하는 전 세계군인들의 종합적 검증대회이자 랭킹을 매기는 시합) 참가 준비이자 상위 랭크를 위해 하는 교육까지. 일부러 시간의 틈새를 허용하지 않고 바쁘게 보냈다.

이후, 국내에서 자리 잡기 위해 이어진 공사와 릴리 오픈.

그 시간들 속, 감상과 몽상은 분명 사치였다.

여자와의 섹스는 간절하지는 않지만 간간이 드는 희망 사항일 뿐이고.

눈앞의 여자를 보자 그간의 생각들이 착각이자 오해였다는 걸 분명하고 명백하게 알았다.

지금까지 마신 수제 맥주는 세 잔. 공정한 맛 평가와 함께 릴리에서 수제 맥주 판매 타진을 위한 자리였는데, 다운의 시선은 줄곧 의식이 없는 여자에게 고정됐다.

화장기가 거의 없는 얼굴인데도 피부가 뽀야니 투명했다.

맥주잔을 들고 있는 손이 자꾸만 여자에게로 향하려 해 다운은 난감하니 당황스러웠다.

오랫동안 욕구를 잊고 살아서 그런가 하면서도 수그러지지 않는 충동과 열망은 믿어지지 않을 만큼 거세게 일어났다.

그동안 수많은 작전 후, 여타 군인이나 용병들처럼 섹스 파티를 즐기며 산 것도 아닌데 수컷으로서의 본능이 여자에게서 시선을 떼지 못하게 했다.

희미하게 베어나 잔향처럼 퍼져 맴도는 여자의 체향이 다운을 곤혹스럽게 했다. 그러면서도 시선은 거두어지지 않았다.

맥주잔을 잡은 다운의 손등에 굵은 혈관들이 불만 가득히 섰다. 마치 정작 서고 거칠게 써먹을 남성을 대신하는 듯.

"정다운, 너 대체 뭐냐……."

어릴 적 고아원에서 받은 첫 선물이 동화책이었다. 그것도 이름도 생소한 백설공주.

선물은 잘못 배정된 것이었다.

마땅히 여자아이들에게 갔어야 할 책이 후원자들의 고아원 방문 후, 혼란스러움을 틈타 다운에게 떨어졌다.

타인의 호의에 의해 처음 받았던 인정과 관심, 그게 그 한 권의 동화책이었다.

제법 단단하니 고운 색으로 찍힌 동화책을 열기도 전에 가슴이 뛰었던 걸로 기억한다.

다른 아이들은 가방과 옷, 각종 장난감 등으로 입이 벌어져 있을 때, 그는 아름다운 색감에 정신이 혼미했었다.

첫 장을 넘기는 손이 떨렸던 게 기억난다.

넘어가는 페이지에 따라 어린 다운이 느낀 감동과 흥분은 생애 처음인 감정이었다. 그 후, 백설공주 동화책은 늘 주위 어딘가, 책상이나 서랍장 안에 반드시 있었다.

그때의 황홀한 흥분과 절제되지 않은 소유욕을 잠든 여자에게 느낀다면, 그 이유는 오랫동안 본능을 외면하고 지낸 탓일까 싶었다.

"……이안, 이 배신녀…… 앤."

여자의 도톰하니 붉은 입술에서 흘러나온 소리는 그림책 속 공주의 목소리라고 우기고 싶을 만큼 느릿하니 음영이 진 색감처럼 섹시했다.

"색…… 마에 너…… 어머간 새끼 망아지 같으니라고……."

색마에 새끼 망아지라. 누구를 지칭한 말인지 모르나 대단히 흥미로운 조화이자 묘사였다.

"당신은 그 이쁜 입술로 뭘 그렇게 조근거릴까……."

"……으 ……음."

"흥분되게."

다운은 결코 대화일 수 없는 이 순간이 짜릿했다.

누군가 본다면 충분히 욕을 먹고 변태란 타이틀을 받을 만한데도 여자에게 맞춰진 프레임은 고정이자 완벽히 고장 수준이었다.

공주님의 잠든 모습은 그림책이나 실사나 역시나 가슴이 엄청나게 떨리는 부분이었다.

"어머! 얘가 정말……. 죄송해요. 제가 잠깐 자리를 비운 사이 친구가 테이블을 잘못 알고. 정말 죄송해요. 저희 때문에 많이 시끄러우셨죠?"

여자는 이해해 달라는 듯 양해를 부탁한다는 듯이 배시시 웃었다. 다운은 대답 대신 엷게 웃어 보였다.

"정신도 없는 애가 언제 옆 테이블로 넘어간 거야?"

레스트 룸 쪽에서 뛰다시피 걸어온 여자는 그녀 자신이 더 정신 없어 보였다. 그리고서는 자신보다 훨씬 큰 여자를 거뜬히 들어 안아 가방과 짐이 있는 자신들의 테이블로 옮겼다.

"정아, 집에 가게 정신 좀 차려봐! 안 그럼 정말 이안이 부른다!"

작은 여자는 제법 앙팡진 표정과 목소리로 잠든 여자를 채근했다. 동시에 잠든 여자의 어깨를 잡아 마구 흔들었다.

그 모습에 다운의 표정이 살짝, 자신도 모르게 찡그려졌다. 추억 속 백설공주보다 백배는 아름다운 여자가 아플 것 같아서 마음이 쓰였다.

"그래, 불러! 내 맘에 불 지른 인간, 부르라고……."

"사장님, 오래 기다리셨어요?"

드디어 기다리던 일행이 도착했다. 휴무 날까지 사장을 위해 맥주를 맛보러 와준 우수 알바생 진과 멘도자.

"여기 맥주가 그렇게 맛있다는 거예요?"

조용한 진과 달리 멘도자는 주위를 둘러보며 호기심에 눈을 반짝였다.

"수제 맥주라잖아. 그죠, 사장님?"

역시나 미래가 촉망되는 훌륭한 진이었다.

"우아! 옆 테이블에 누워 계신 여자분, 겁나. 아니, 넘나 아름다우셔! 진, 너도 좀 봐봐!"

멘도자가 입을 가리며 나름 작은 소리로 말했다. 역시나 한국인과 대적하고 필적할 만한 오지랖의 멘도자다운 멘트였다.

동화 속 백설공주를 지키던 투철한 일곱 난쟁이처럼 정신없는 친구를 잡아 흔드는 아담한 여자의 손은 다부져 제법 매워 보였다.

"우유정, 이 웬수! 얼른 안 일어나!"

그 모습에 왠지 가슴이 조마조마하며 조여오는 다운이었다. 그러면서 아직까지 잠든 백설공주에게 바랐다.

조금만 더 잠들기를.

아직은 깨지 않기를.

한 번쯤 눈 맞춰주기를.

누구도 아닌, 오직 그 자신 정다운하고만.

THE END

작가 후기

독자 여러분, 깊이 생각하지 마세요.

네, 이 아이도 조금 야함을 표방한 로맨틱 코미디랍니다.

이번에도 독자 분들 꿀꿀하신 날 기분 전환 및 기분 업 되시라고 쓴 글이니 깊게, 다각도로 분석하지 마시고 그냥 웃음, 재미에 충실하세요.

우리 주위에 이런 남자 없습니다. 있을 수도 있는데 극히 드물고 가물지요. 그러니 괜히 오래된 연인, 갓 사귄 남친, 연로하신 남편들 닦달하지 마세요.

로맨스는 로맨스일 뿐이랍니다.

오마길을 읽으신 분들은 아시겠지요? 네, 앤의 친구 우유정의 로맨스입니다. 오마길 때부터 독자 분들께 사랑을 많이 받았던 아이지요.

사실, 쓸 계획은 없었는데 저의 두 명의 친구에게 비수를 맞고 쓰게 됐습니다.

두 가지 말을 들었습니다.

하나는 제 소설 주인공들이 전부 결핍, 결여의 아이콘으로 죄다 비슷하다는 말과 각종 직업을 파헤치는 다큐 3일 쓰지 말고 재미있는 장르소설을 쓰라는 충고를요.

이 정도면 친구가 아니라 자객 아닙니까?

어쩜 그런 충격적인 발언을 아무렇지 않게들 하는지…….

나이가 많아 나이트클럽 알바 구하기 힘들다고 하니까 나이트클럽 이야기는 저만 관심 있다고 칼침을 꽂았습니다. 30년 넘은 친구가요.

그리하여 슬슬 쓰기 시작한 소설이 『샤라랄라 랄라라』입니다.

우울한 기분에서 벗어나고 싶었습니다.

독자 분들도 조금이나마 기분 전환이 되셨으면 합니다.

다미레